DE AANRAKING VAN DE DOOD

EEN BRITSE MISDAADTHRILLERMYSTERIE

DS TOMEK BOWEN ESSEX MOORDMYSTERIE-
SERIE

BOEK 3

JACK PROBYN

CLIFF EDGE PRESS

HOOFDSTUK
EEN

E r hing iets in de lucht vanavond. Een ruwheid, een elektriserend gevoel dat door het John Burrows Park golfde. Alsof, toen de klok middernacht was gepasseerd, alles was gereset. De straatlantaarns rondom het park hadden geflikkerd en leken nu een nieuw leven te hebben gekregen. Zelfs de wind leek nieuwe energie met zich mee te brengen. Krachtiger, doelbewuster, in een bepaalde richting in plaats van een willekeurige vlaag beweging, die de wolken verdreef en het uitzicht vrijmaakte op de talloze sterrenbeelden van knipperende lichten boven ons.

Er hing inderdaad iets in de lucht vanavond.

En in het bijzonder de geur.

De geur van opgewonden tieners doorweekt met liters parfum en eau de cologne, de geur van alcohol op hun adem. De geur van wanhoop, besluiteloosheid, verlangen.

En binnenkort de geur van de dood.

Hij bekeek ze van een afstand, vanaf de andere kant van het park, verscholen onder een bladerdak van laaghangende bomen op een bankje. Hun gegil en geschreeuw was hier hoorbaar, de geluiden rolden over het glooiende veld, gedragen door de vastberaden wind. Elk woord deed zijn lichaam tintelen.

Maar één in het bijzonder.

Die van haar.

De luidste, levendigste.

Ze droeg bijna niets. Een mager zwart rokje met een witte crop top. Een dappere maar naïeve keuze in dit weer. De temperatuur was onder nul gedaald en een dunne laag rijp begon zich op het gras en de parkbank te vormen. Hij deed zijn best om te voorkomen dat zijn adem zichtbaar voor hem zou dampen, om niet opgemerkt te worden. Maar achteraf gezien was het een zinloze inspanning; ze waren te druk bezig met plezier maken, te druk met dronken worden zoals jongeren van hun leeftijd plachten te doen, om hem ook maar enigszins op te merken.

Toch kon het geen kwaad om voorzichtig te zijn.

Hij keek op zijn horloge. Bijna 1 uur 's nachts. Met een beetje geluk zouden ze snel vertrekken, gezwicht voor de elementen en gedwongen onderdak te zoeken, beschutting op een warmere plek.

Timing was cruciaal. Timing was misschien wel het belangrijkste onderdeel van vanavond. Te vroeg en hij liep het risico gezien te worden. Te laat en hij liep het risico haar te verliezen, zijn enige kans om dit goed te doen volledig te verspelen. Net als Goudlokje moest hij de timing perfect hebben.

Terwijl hij wachtte, sloot hij zijn ogen en liet de elektriciteit in de lucht door zijn lichaam stralen en zijn zintuigen prikkelen.

Het was een tijd geleden. Zo lang. Te lang, eigenlijk. Een deel van hem was bijna vergeten hoe het was. De honger, de sensatie, de euforie.

Maar het was een noodzakelijk kwaad geweest, het wachten. Alles moest nauwkeurig worden voorbereid. Er moest voorwerk worden gedaan. Stappen moesten worden uitgezet. Elke hoek van zijn verhaal moest kloppen.

Vanavond was de nacht dat hij zou doden. En hij moest ervoor zorgen dat hij ermee weg kon komen.

De tijd verstreek zoals altijd: langzaam, vooral als je op iets wacht. Een pot die je bekijkt kookt nooit, en al dat soort dingen. Het was iets na half twee 's nachts toen de groep besloot dat ze genoeg hadden van de kou. Terwijl hij ze naar de rand van het park zag schuifelen, kwam hij moeizaam van de bank af en volgde hen, gemaskeerd door de duisternis. Hun gejuich en gelach bleven weerkaatsen tegen de huizen die het park omringden. Kort daarna volgde de groep een smal pad dat uitkwam op de hoofdweg.

Hij wist dat hij niet veel tijd had voor het volgende deel, dus hij haastte zich de honderd meter naar het steegje verderop en rende naar zijn auto. Hij sprong erin, startte de motor, dimde de koplampen en zette toen de verwarming aan. Volle kracht. Tijdens zijn afwezigheid had de kilte van de nacht de auto verstikt en bedekt met een dunne laag rijp.

Vergelijkbaar met wat hij vanavond voor haar had gepland.

Hij greep het stuur vast en masseerde het met zijn gehandschoende vingers. Latex, zwart van kleur, passend bij de stuurkolom en zijn jas. Niet bereid om nog meer tijd te verspillen, trok hij weg achter de geparkeerde auto en reed richting de groep. Tegen de tijd dat hij langs hen reed, stonden ze bij de ingang van de andere steeg, nog steeds pratend, dicht bij elkaar, zichzelf beschermend tegen de kou.

Nog niet. Te vroeg.

Hij zou moeten wachten en terugkomen, nog wat langer op de achtergrond blijven, ergens waar hij kon kijken zonder gezien te worden. Op dezelfde manier als hij de afgelopen dagen had gedaan. Hij had haar al een tijdje in de gaten gehouden, haar bewegingen gevolgd, gezien hoe ze met haar vrienden uitging zoals ze vanavond had gedaan. Maar elke keer was er een probleem geweest, een afleiding. Ze was nooit alleen geweest, altijd met iemand, altijd verbonden met haar vriendin of die jongen die verliefd op haar leek te zijn. Vanavond bleek niet anders te zijn. Met uitzondering dat hij het in de lucht kon voelen. Iets anders.

Hij draaide zijn autoraam naar beneden en luisterde. De stemmen waren ver weg en hij kon alleen het einde van het gesprek opvangen.

'Kom je wel goed thuis?' vroeg een van de jongens aan Lily.

'Het komt wel goed. Ik loop wel. Ik woon maar om de hoek,' zei ze met een air van uitdaging die hij bewonderde.

Hij wachtte een paar minuten tot de groep in de andere richting was verdwenen en zij zijn kant op kwam. Zodra ze hem aan de andere kant van de weg was gepasseerd, startte hij de motor, masseerde het dikke rubber van het stuur. Toen keerde hij op de weg en haalde haar twee hoeken later in.

Verstandig meisje, dacht hij, ze blijft op de hoofdwegen, blijft in het licht, maakt zichzelf zo zichtbaar mogelijk. Hij vertraagde de auto en stopte naast haar, wielen draaiend, auto rollend. Hij liet het raam zakken en leunde zo ver mogelijk naar voren, met één oog op de weg en het andere op haar korte rokje.

'Lily? Ben jij dat? Lily, gaat het goed met je?'

Haar reactie was onmiddellijk - en precies zoals hij had verwacht.

Eerst was ze opgeschrokken bij het horen van haar naam, maar had ze hem niet aangekeken, durfde hem niet aan te kijken. Toen had ze haar hoofd gebogen gehouden, haar ogen gericht op de stoep voor haar, haar hand beschermend voor haar tas en die dichter tegen zich aan getrokken. Maar toen ze begon te beseffen dat de stem van een vriend kwam en niet van een vijand, ontspande ze, liet haar hand zakken en draaide zich om.

'Je zou hier niet in je eentje moeten rondlopen op dit tijdstip,' zei hij tegen haar. 'Er lopen vreemden en gekken rond.'

Ja, ja die waren er. Behalve dat ze niet altijd op de stoep te vinden waren; sommigen hadden liever een auto als vervoermiddel.

'Noem je mij dan een gek?' zei ze, met een zweem van speelsheid in haar stem.

'Leg me geen woorden in de mond.' Hij bracht de auto langzaam tot stilstand, keek om zich heen en vervolgde toen: 'Kom, ik geef je een lift. Je zou hier niet in je eentje moeten zijn. Het is een jungle hier buiten.'

'En er kruipt van alles rond.'

Reken maar.

Lily stapte van de stoeprand en sprong met haar achterste eerst de auto in. Terwijl ze zich naar binnen draaide, kroop haar rok omhoog langs haar dij, en hij dwong zichzelf om niet te kijken.

Er zou later genoeg tijd voor zijn als hij dat nodig had.

'Wat doe jij hier op dit tijdstip?' vroeg Lily nadat hij was weggereden.

Hij wendde zich tot haar, wenkbrauwen gefronst. 'Dat zou ik jou ook kunnen vragen. En ik zou zelfs kunnen vragen waarom je naar alcohol ruikt.'

Haar gezicht kleurde even rood als haar lippenstift, een uitdrukking die haar vijf jaar jonger deed lijken.

'Goed punt,' gaf ze toe.

'Als je het per se wilt weten,' antwoordde hij, 'ik was bij mijn moeder op bezoek. Ze ligt in het ziekenhuis. Ik kan haar alleen op dit tijdstip zien, anders lukt het me helemaal niet.'

'Wat naar,' zei ze. 'Gaat het wel met haar?'

'Niet echt, maar het is oké. Het is wat het is. Ik heb het geaccepteerd.'

Ze reden de rest van de rit in stilte. Tot ze de doodlopende straat bereikten waar Lily woonde. In plaats van haar straat in te slaan, reed hij door en manoeuvreerde behendig langs de geparkeerde auto's.

'We zijn net mijn straat voorbijgereden,' zei ze, terwijl ze haar hoofd omdraaide om achterom te kijken.

Hij bleef stil, zijn ogen gericht op de straat. Zijn hand bewoog handig naar het bedieningspaneel aan de zijkant van zijn deur en vergrendelde de auto.

'Waar gaan we heen?' vroeg Lily. De angst en bezorgdheid waren duidelijk in haar stem te horen. Precies zoals hij het graag had. 'Waar breng je me naartoe?'

'Omweg.'

'Waarheen?'

'Een plekje dat ik ken.'

'Welk plekje?'

Ze stelde te veel vragen. Hij wilde geen vragen. Hield er niet van.

Het was tijd dat ze nu haar mond hield. Hij trapte hard op de rem, greep haar veiligheidsgordelsluiting vast om deze op zijn plaats te houden en te voorkomen dat ze hem los kon maken, en sloeg haar toen in haar keel. Terwijl ze naar adem hapte en snakte, reikte hij naar zijn tas op de achterbank en haalde er een dunne latex handschoen uit. Zwart, vergelijkbaar met die aan zijn handen. Toen, terwijl hij één hand over haar mond hield en haar hoofd tegen de hoofdsteun duwde, begon hij de handschoen over haar gezicht te trekken, helemaal tot aan haar achterhoofd.

Ze spartelde heftig, haar nagels zwaaiden in zijn richting, maar telkens misten ze. En toen begon ze te beseffen wat er met haar gebeurde.

Wat er met haar *zou* gebeuren.

Het laatste wat ze deed voordat hij haar bewusteloos sloeg, was schreeuwen tot haar longen bijna barstten.

HOOFDSTUK
TWEE

'Kan ik dit krijgen?'
    'Nee.'
'Maar het zal-'
'Nee.'
Ze draaide zich naar hem toe als laatste redmiddel. De puppy-hondogen.
'Nog steeds nee.'
'Maar ik denk dat het er leuk uit zal zien!'
'Ik denk dat een Ferrari er ook leuk uitziet, maar je ziet me er geen kopen.'
'Alleen omdat je het niet kunt betalen.'
Tomek negeerde de steek en zuchtte diep. Toen stak hij zijn hand uit naar het voorwerp in haar handen en aarzelde. Een blik van opwinding en verwachting bloeide op haar gezicht.
'O mijn God, *echt*?' zei ze, niet in staat zichzelf in te houden.
Zonder iets te zeggen pakte Tomek de kerstversiering van haar aan en legde het terug op de plank bij alle andere kerstbomen die zo waren ontworpen dat ze op marihuanabladeren leken. Ernaast stond een assortiment jeugdige en kinderachtige kerstversieringen die Tomek wel waardeerde en waar hij de humor van inzag, maar dat zou hij nooit toegeven: een figuur van de kerstman die voorovergebogen zijn kont liet zien; een Jezus die een joint rookte en het vredesteken gaf aan voorbijgangers; en een zwarte kerstman die basketbal speelde.

Kerst was voor hem net zo'n verspilling van tijd als alle andere feestdagen. Valentijnsdag, Halloween, Pasen. Hoewel hij uit een diepgelovig
Pools gezin kwam, was hij niet de enige die afweek van de maatschap-
pelijke en culturele verwachtingen die zijn ouders, vooral zijn moeder,
voor hem hadden gesteld. Zijn oudere broer Dawid was, sinds hij vader
was geworden en een eigen gezin had gesticht, weggegroeid van het
religieuze aspect en meer richting het kapitalistische gegaan. Terwijl
Tomek geen van beide was. Het was niet omdat hij er niet in geloofde of
omdat hij het idee van elk jaar cadeaus krijgen niet leuk vond. Het was
omdat hij historisch gezien nooit in staat was geweest om van de kerst-
tijd te genieten voor wat het was. Hij wist dat het een tijd was voor
familie, voor gelach, voor samenzijn. Maar wanneer je zo lang alleen
had gewoond, en was buitengesloten van de familie-uitnodigingen voor
het diner bij zijn ouders elk jaar, was het een beetje moeilijk om er
enthousiast over te worden.

Er was niets ergers dan iemand van het andere uiterste van het spectrum. Iemand die kerstgek was. Iemand die maanden voordat het
sociaal acceptabel was naar George Michael en Mariah Carey begon te
luisteren. Iemand die geobsedeerd was door de niet-bestaande kerstversieringen in zijn flat.

'Je hoeft niet zo'n...' Kasia dacht aan het vriendelijkste woord mogelijk. 'Je hoeft niet zo'n *zak stront* te zijn erover.'

'Dat ben ik niet.' Hij keek neer op de trolley voor hen en de verschillende boodschappentassen in zijn handen. 'Vind je niet dat we genoeg
hebben?'

Hij had al een paar honderd pond uitgegeven aan een gloednieuwe
doos klatergoud; een gigantische doos met veertig verschillende
gekleurde kerstballen; een krans die beter zou passen in een vogelnest
hoog in de bomen ergens; meer dan tien meter knipperende lichtjes
waarvan hij ongetwijfeld degene zou zijn die de taak kreeg om zijn
leven te riskeren om ze over de ramen buiten aan de bovenkant van het
huis te hangen; en een gloednieuwe kerstboom waar hij direct spijt van
had. Dwaas genoeg had hij tegen Kasia gelogen en verteld dat hij elk
jaar een verse kocht om de wereld te redden van plasticafval, maar toen
had ze hem eraan herinnerd dat het doden van levende bomen schade-
lijk was voor het milieu en dat een plastic exemplaar herbruikbaar en
duurzamer was. Hij had beargumenteerd dat er helemaal geen kopen,
en zelfs helemaal *niets* kopen, de grootste stap was die ze hadden

kunnen zetten richting duurzaamheid, maar die strijd had hij verloren, en dus had de plastic boom zijn weg gevonden in zijn armen, samen met de extra paar kilo's die aan zijn CO2-voetafdruk waren toegevoegd.

'Je kunt nooit genoeg hebben, pap,' antwoordde ze. 'Mama en ik pakten altijd groots uit. We hadden alles in kerstthema: peperkoekhuisjes, fotolijsten, chocoladeblikken. We bedekten het huis met klatergoud en plakten sneeuwpoppen en rendieren van papier op de ramen. We hadden zelfs een gigantische kerstman in de voortuin, met nepsneeuw over het hele gras.'

Ja, en je moeder had waarschijnlijk het drugsgeld om voor dat alles te betalen.

Terwijl hij dat niet had. Hij had zijn schamele sergeantssalaris dat snel opraakte - wat met de recente verhuizing, het voeden van zijn dochter, het betalen voor schoolkleren, en alle andere uitgaven die kwamen met het hebben van een kind waarvan je niets wist.

'Ik denk dat we voorlopig genoeg hebben...' vertelde hij haar terwijl hij de trolley wegstuurde van de muur met versieringen en zijn weg baande naar de kassa.

'Je bent zo'n Scrooge.'

'Dat is oneerlijk,' antwoordde hij, zich afvragend of ze het hele verhaal van Dickens' vertelling kende. 'Ik heb tenminste *geld uitgegeven*. Dit is de meeste versiering die ik in ongeveer twintig jaar heb gehad.'

'Je moet zo'n zielig mannetje zijn geweest,' zei ze. Als ze wist welke schade die woorden bij iemand anders dan hij hadden kunnen aanrichten, liet ze het niet merken. Er was geen scheve glimlach, geen hint van sarcasme. Gelukkig voor haar had hij een dikke huid en had hij in zijn tijd veel erger te horen gekregen - van veel jongere kinderen.

Ze kwamen tot stilstand aan het einde van de rij die al tot een belachelijke lengte was gegroeid in de korte tijd sinds hij voor het laatst had gekeken.

'Ik ben meer dan bereid om alles terug te brengen als je wilt?'

Ze legde een bezorgde hand op zijn arm. 'Nee. Alsjeblieft niet. We kunnen geen kerst hebben zonder kerstboom of de versieringen.'

'Dan stel ik voor-'

Hij had Kasia's aandacht verloren. Iets had haar afgeleid. Mogelijk een feestelijk thema-plant. Of een pook versierd met kerstslinger. Hij wist het niet. Het zag er voor hem allemaal uit als dezelfde troep. Maar wat het ook was, het had haar geboeid. Zonder iets te zeggen haastte ze zich naar een tafel, greep naar iets en bracht het triomfantelijk terug, als een kat die net een rat voor zijn baasje heeft meegebracht. Tomek keek naar beneden en zag een keramieken bord met een schreeuwerige afbeelding van de kerstman die door een schoorsteen naar beneden klimt.

'Wat is dat in godsnaam?' zei hij, zijn stem een paar octaven hoger.

'Vind je ze niet schattig?'

'Nee. Dit zijn van die dingen die je koopt en later aan een goed doel geeft omdat je eindelijk bij zinnen bent gekomen en beseft hoe stom het was om ze in eerste instantie te kopen.'

De verwarde blik op haar gezicht vertelde hem dat ze geen idee had waar hij het over had.

'Oké dan,' zei hij. 'Dat is een specifiek voorbeeld, maar ze zijn nog steeds verschrikkelijk. En we gaan ze *niet* kopen.'

'Maar we *hebben* kerstborden nodig!'

'Nee. We *hebben* lucht nodig. We *hebben* eten nodig. We *hebben* water nodig. We *hebben* deze niet nodig. Bovendien gaan we ze maar één keer per jaar gebruiken.'

'Precies. Speciale gelegenheden. Dan worden ze tenminste gebruikt. En als ze gebruikt worden, belanden ze niet in een kringloopwinkel zoals je zei.'

Tomek opende zijn mond om te reageren maar kon niets zeggen. Ze had hem te pakken. Zijn eigen woorden tegen hem gebruikt. Daar kon hij haar niet voor afstraffen. Evenmin, zo bleek, als de vrouw die voor hen in de rij stond.

'Ik denk dat ze een punt heeft,' zei de vrouw, die zich in hun privégesprek mengde. 'Ze zien er echt leuk uit. En ze passen bij de rest van de dingen die jullie hebben gekocht.'

'Geweldig. Bedankt voor je ongevraagde inbreng.'

Tomek besefte snel dat hij deze nieuwsgierige trut niet kon uitschelden voor Kasia's ogen, dus in plaats daarvan moest hij het houden bij passief-agressieve glimlachjes en een nog agressiever passieve uitdrukking op zijn gezicht.

'Graag gedaan,' zei ze met een grijns, en toen ze terugkeerde naar wat ze ook deed in de rij, gaf ze Kasia een sluwe knipoog.

'Ik zag dat...' fluisterde Tomek tegen zijn dochter.

'Dus... Mogen we? Mogen we ze kopen?'

Tomek zuchtte diep. Hij had de strijd verloren, één strijd van velen. Maar hij zou de oorlog niet verliezen. Wacht, nee. Wie hield hij voor de gek? Natuurlijk zou hij die verliezen. Ze had hem om haar vinger gewonden en ze liet hem niet los.

Tenminste, niet binnenkort.

Kort nadat ze voor hun spullen hadden betaald, verlieten ze John Lewis en liepen terug naar de auto aan de andere kant van Chelmsford High Street. Buiten was de lucht donkergrijs geworden en een lichte regen was begonnen te vallen. Hij was maar een paar keer eerder in dit gebied geweest om te winkelen, en het was allemaal redelijk nieuw voor hem. Maar Kasia wist precies waar ze heen moest en wat ze moest doen, ook al was ze er nog nooit eerder geweest. Het was alsof ze een aangeboren richtingsgevoel had dat haar naar haar favoriete winkels leidde, als een speurhond die de geur van H&M en Primark van een kilometer afstand kon ruiken.

Terwijl ze richting de auto slenterden, zich scherend tegen de kou, nam Tomek zijn omgeving in zich op. Hij observeerde de vrouw van middelbare leeftijd die alleen was met tassen van verschillende ketens, haastend naar de volgende, en vroeg zich af wat erin zat, waar ze haar geld aan had uitgegeven. Welke cadeaus haar familieleden ondankbaar voor zouden zijn. Of het de juiste dingen waren of niet.

Dat herinnerde Tomek aan iets.

'Wat wil je voor Kerstmis?' vroeg hij, terwijl hij plotseling besefte dat hij het misschien een beetje laat had gelaten. Nog maar een paar weken te gaan... hij zou het wel redden, toch?

'Wat bedoel je?'

'Voor Kerstmis. Cadeaus. Je weet wel... die krijg je rond deze tijd van het jaar... Wat wil je hebben?'

Ze keek hem verward aan, alsof ze net een zuur snoepje had gegeten en probeerde haar gezicht in de plooi te houden. 'Wil je dat ik je, zeg maar, een lijstje geef ofzo?'

'Idealiter, ja...'

'Maar... Dat is niet... Zo vier je Kerstmis niet.'

'Jawel. Jij vertelt me wat je wilt. Ik koop het. Jij ontvangt het. Jij bent blij. Ik ben blij. Iedereen wint.'

'Maar waar is de lol dan? Waar is de verrassing?'

'Dit is geen Secret Santa, Kasia. Als ik je een rotcadeau had willen geven dat je na vijf minuten weggooit, had ik nog meer van die borden voor je gekocht. Ik koop liever iets wat je echt wilt, in plaats van te gokken. Ik ben niet erg goed in gokken. Ik moet het *horen*. Je moet me een lijstje geven.'

Ze dacht even na, terwijl ze onder haar oog krabde.

'Wat dacht je van AirPods?' vroeg ze terwijl ze een kleine brug overstaken over de rivier de Chelmer die door de stad liep.

'Nee. Absoluut niet. Weet je hoe duur die zijn? En je gaat ze alleen maar kwijtraken op school. Denk nog eens na.'

'Dus ik kan niet krijgen wat ik wil, toch?'

'Dat heb ik nooit gezegd. Ik zei geef me een lijstje, en ik zal kopen wat ik kan-'

'Maar dat laatste deel zei je ook niet.'

Ze had hem weer te pakken. Zijn eigen woorden tegen hem gebruikt. Ze werd te slim voor haar eigen bestwil. En hij zou in de toekomst goed moeten nadenken over wat hij tegen haar zei.

Ze kwamen bij de auto aan. Tomek liet de tassen en de kerstboom op de grond vallen en ontgrendelde de auto.

'Nou, ik zeg het je nu, geef me de lijst met dingen die je wilt en ik zal kopen wat ik kan, en ik zal ervoor zorgen dat je niet weet welke ik voor je koop... *Daar* heb je je verrassing.'

Zodra ze thuiskwamen, nog voordat ze zelfs maar nadachten over wat ze voor het avondeten zouden nemen, stond Kasia erop dat ze de rest van de avond het appartement ondersteboven zouden halen en het zouden transformeren in een goedkopere, kleinere (maar zeker niet minder kitscherige) versie van de Grot van de Kerstman. Het kostte hen in totaal twee uur. En in die tijd waren ze erin geslaagd om de boom op te zetten en uit te rusten met alle kerstslingers, ballen, lichtjes en andere overbodige decoraties die hij had gekocht. Ze hadden ook een krans, compleet met glitterballen en plastic blaadjes die afvielen telkens als Tomek ademde, aan de voordeur van het appartement gehangen. Tomek had erop gestaan om hem niet aan de buitenkant van de voordeur te hangen omdat hij zei dat het een baken was voor criminelen en dieven, dat signaleerde dat er ergens in het appartement dure cadeaus en veel geld waren. Geen van beide was op dit moment waar voor hem, maar hij wilde vooral niet dat iemand dacht dat ze zomaar zijn huis binnen konden komen wanneer ze maar wilden.

De grootste en moeilijkste taak die ze hadden bij het opnieuw inrichten van het appartement, was ruimte maken voor de kerstboom zelf. De bijna twee meter hoge kolos, die volgens Tomek groter was dan een kerstboom zou moeten zijn, en zeker groter dan wat *zij* nodig hadden, vereiste minstens vier vierkante meter ruimte in een kamer die nauwelijks groot genoeg was voor hen beiden (hoewel ze net waren verhuisd van een nog kleiner pand). Dit betekende dat alle meubels verplaatst moesten worden. Toen Tomek het appartement enkele weken geleden had gekocht, had hij geen rekening gehouden met een kunstmatige plant in zijn beperkte interieurontwerp-vaardigheden. Nu, nadat alles was verplaatst, zag de kamer er aanzienlijk kleiner uit en was de feng shui van de ruimte volledig uit balans. Niet dat hij in dat soort dingen geloofde, hij gebruikte die woorden alleen om haar een schuldgevoel te geven over het feit dat ze alles hadden moeten verplaatsen.

'Nu krijg ik pijn in mijn nek als ik tv kijk,' vertelde hij haar. 'En mijn nek is niet gemaakt voor dat soort hoeken.'

'Ik denk dat niemands nek dat is-'

'En het gaat mijn rugpijn nog erger maken.'

'Die had je twee minuten geleden nog niet.'

Tomek negeerde haar en masseerde in plaats daarvan het gebied van zijn onderrug dat hij had voelen trekken toen hij de boom op zijn plaats had getild.

'Waarom gedraag je je zo als Scrooge?' klaagde ze.

'Dat doe ik niet. Het spijt me. Ik maakte maar een grapje. Mijn rug komt wel goed.' Hij masseerde het wat harder om de pijn te verlichten. 'Ben je er tevreden mee?'

'Ja.'

'Dan ik ook.'

Om het te vieren, bestelde Tomek een pizza bij hun lokale afhaalrestaurant. Een pepperoni voor hem, vol smaak en heerlijke verzadigde vetten. En een saaie quattro formaggi voor haar, zonder gluten, zonder flair en zonder enig plezier. Hun vaste pizzeria, de enige die ze ooit gebruikten, was bekend met Kasia's notenallergie en maakte de vreugdeloze pizza speciaal voor haar. Tegen een meerprijs, natuurlijk. Ver weg van alle andere ingrediënten die noten zouden kunnen bevatten, voor zover mogelijk.

Terwijl ze in de woonkamer zaten die nu elke vorm van feng shui miste, zette Tomek de televisie aan en stemde af op een natuurdocumentaire. David Attenborough vertelde hen over de dieren van de Afrikaanse savanne. Leeuwen, hyena's en allerlei andere beesten slopen door de woestijn, jagend, sluipend en dodend.

Tot het beeld veranderde naar een kudde vreedzame buffels, die rustig hun eigen gang gingen, grazend op het gras en de modder langs een oase.

'Denk je dat je tegen een koe zou kunnen vechten?' vroeg Kasia, hem verrassend. Hij draaide zich naar haar toe. Ze had haar stuk pizza opgegeten en staarde hem indringend aan, met een serieuze blik op haar gezicht.

'Ik denk dat je me dat nog een keer moet vragen. Ik denk niet dat ik je goed heb gehoord...' antwoordde hij, terwijl hij langzaam zijn halfopgegeten stuk pizza terug op zijn bord legde.

'Een koe. Denk je dat je tegen een zou kunnen vechten?'

Blijkbaar had hij haar de eerste keer prima gehoord.

'Wat voor soort vraag is dat?'

'Nou, toen we laatst met school op de boerderij waren, ging Billy Turpin tegenover een van de koeien staan en hief zijn vuisten op. Juffrouw Wells moest hem wegtrekken.'

Zoveel vragen. Zoveel dingen die hij wilde zeggen, opmerkingen die hij wilde maken.

Hij was helemaal vergeten dat ze naar de boerderij was gegaan voor een van haar aardrijkskunde-schooluitstapjes. Hoewel hij zich wel herinnerde dat hij de brief daarvoor had gezien en had gedacht dat ze in de middelbare school wat te oud waren om koeien, geiten en kippen te bekijken. Dat het iets was dat meer geschikt was voor kinderen op de basisschool. Blijkbaar niet. En blijkbaar voelde Billy Turpin zich daar niet misplaatst.

'Billy Turpin klinkt als een beetje een idioot,' antwoordde hij.

Ze keek zichtbaar beledigd. 'Hij denkt dat hij tegen een koe zou kunnen vechten en hem knock-out zou kunnen slaan.'

Tomek schudde zijn hoofd, in een poging het gesprek te begrijpen. 'Tegen een koe vechten en hem knock-out slaan zijn twee verschillende dingen. Iedereen kan tegen een koe *vechten*, maar dat betekent niet per se dat ze zullen winnen. En het betekent zeker niet dat ze hem knock-out zullen slaan.'

'Maar zou *jij* het kunnen?'

'Ik heb er nooit over nagedacht. Ik kan eerlijk zeggen dat de gedachte nooit bij me is opgekomen.'

En hij was bezorgd omdat hij, nu het wel was opgekomen, aan niets anders kon denken dan een koe die zijn vuist in het gezicht kreeg.

'Wat zei juffrouw Wells?' vroeg Tomek.

Kasia haalde haar schouders op, alsof ze plotseling haar interesse in het gesprek had verloren. 'Ze noemde Billy stom.'

'Nou, daar heeft ze gelijk in. Billy klinkt als een beetje een lul. Blijf bij Billy uit de buurt.'

Kasia werd stil, haar blik viel op het tapijt vlak voor het tv-meubel. Ze kruiste haar benen op de bank en plaatste beide handen in de ruimte tussen haar benen.

'Nou, eigenlijk...' begon ze, niet in staat hem aan te kijken. Aarzeling doorspekte haar woorden. 'Ik wilde je vragen...'

O-oh. Tomek voelde aan waar dit naartoe ging. Het J-woord. Jongens. In het bijzonder, *een* jongen. Een enkele jongen die zij als een stap boven de rest beschouwde. Een jongen die dacht dat hij tegen een verdomde koe kon vechten.

'Zou Billy een middag na school langs kunnen komen?' zei ze verlegen. Zodra de woorden eruit waren, spande haar lichaam nog meer aan en bleef ze bevroren op de bank zitten. 'Gewoon om wat tv te kijken of zo...'

Of zo. Tomek wist precies wat dat *zo* was. Het gebeurde op dat moment vlak voor hem op het televisiescherm. Twee wilde beesten die paarden, de mannelijke leeuw die zich oprichtte en zich voorbereidde om de leeuwin te bevruchten.

Gewoon om wat tv te kijken of zo...

Zijn verbeelding sloeg op hol terwijl paranoia en overbeschermende gevoelens zich van hem meester maakten.

'Ik zal erover moeten nadenken...' zei hij. 'Maar ik ben niet enthousiast over het idee dat jullie twee alleen thuis zijn. Ik hoef je toch niet te vertellen over de bloemetjes en de bijtjes, hè?'

'Gatver, pap! Nee, smerig! Ik ben dertien! Billy is gewoon een vriend. Hij is een jongen... *vriend*,' legde ze uit, met extra nadruk op het woord *vriend* om eventuele twijfels die hij nog had weg te nemen. 'Bovendien weten we dat allemaal al van school. Ze leren ons dat al jaren. Vertel me alsjeblieft niet hoe baby's worden gemaakt.'

'Als jullie alleen maar vrienden zijn, dan hoef je je geen zorgen te maken dat ik je vertel hoe dat soort dingen werken.'

Daarop had ze geen antwoord. En dat maakte hem nog bezorgder.

'Ik wil niet dat Billy langskomt,' vertelde hij haar. 'Je avonden zijn al druk genoeg met je Poolse lessen en je huiswerk. Ik wil niet dat hij je nog meer afleidt dan hij waarschijnlijk al doet in je lessen... of op de boerderij.'

HOOFDSTUK
DRIE

Z oals hij al vermoedde, had de vraag zijn hoofd niet verlaten. Die stomme, idiote en ronduit irritante vraag. Zou hij een koe kunnen bevechten? Natuurlijk niet. Hij wist dat hij dat niet kon. Het was belachelijk om dat te denken. Het dier woog tien keer zoveel als hij. En was nog veel sterker dan dat. Maar hij was wendbaarder... beweeglijker. Hij had het voordeel van twee benen in plaats van vier.

Toch was het een verdomd belachelijk iets om slaap over te verliezen.

En toch wilde de gedachte hem niet loslaten. Zo erg zelfs dat toen hij de volgende ochtend op het politiebureau van Southend CID aankwam, hij vond dat het een bredere discussie verdiende. Een gesprek met volwassenen, mensen met meer logica en intelligentie dan een dertienjarige puberjongen.

Hij zat al meer dan een uur aan zijn bureau, bezig met het afwerken van restjes van gisteren, toen hij eindelijk de moed had verzameld.

'Sean...' begon Tomek, waarbij hij plotseling dezelfde onzekerheid en angst ervoor die Kasia de avond ervoor had getoond toen ze hem de vraag stelde.

'Ja, maat,' antwoordde DS Campbell.

'Ik heb een vraag voor je...'

Sean stopte met wat hij aan het doen was en draaide zich naar Tomek toe. De afgelopen dagen hadden ze een nieuwe indeling van de werkplekken op kantoor gekregen, en nu werden ze alleen nog maar door één bureau van elkaar gescheiden. Het was fijn om zo dicht bij zijn beste vriend te zitten; het zorgde voor een productievere en effectievere werkomgeving. Het enige nadeel was het zinloze en constante gepraat. Net als in een klaslokaal, achteraan zitten en de rest van de klas afleiden.

'Dit klinkt belangrijk,' zei Sean.

'Dat is het niet,' antwoordde Tomek. 'Eerlijk. Het is verdomd stom, dat is het.'

Sean gromde en leunde naar voren. 'Je weet echt hoe je iets moet verkopen, maat. Je hebt me op het puntje van mijn stoel.'

Tomek wenste dat hij dat niet had gedaan; DC Rachel Hamilton en DC Nadia Chakrabarti achter Sean hadden zich ook naar hem omgedraaid en wrongen zich in hun discussie.

Hij haalde diep adem voordat hij de vraag stelde.

'Denk je dat je een koe zou kunnen bevechten?'

Er was een kort moment, een fractie van een seconde van absolute stilte, de stilte voor de storm, net voordat de kamer uitbarstte in een kakofonie van gelach.

'Dat is mogelijk de beste vraag die ik ooit gesteld heb gekregen,' zei Sean nadat hij zijn lachen onder controle had gekregen.

'En ik hoop dat je antwoord net zo goed is als de vraag,' zei Nadia, die zich in het gesprek mengde.

Sean vlocht zijn vingers in elkaar, strekte zijn armen, en liet zijn knokkels in één vloeiende beweging kraken. 'Ik denk dat ik dat zou kunnen...' zei hij. '*Makkelijk*.'

'Makkelijk?'

'Ja,' zei hij met een schouderophaling. 'Ik snap dat ze groot zijn enzo, maar ze zijn niet erg snel. En als ik wat tijd kreeg om te trainen, denk ik dat ik het in een paar klappen zou kunnen doen.'

De meiden lachten.

'Natuurlijk denk je dat,' zei DC Hamilton. 'Jullie mannen en jullie verdomde ego's.'

Sean wiebelde met zijn vinger in de lucht. 'Ego heeft er niets mee te maken. Waar het op neerkomt is voorbereiding, training en een fatsoenlijke rechtse hoek.' Seans gezicht betrok alsof er plotseling een gedachte bij hem opkwam. 'Vraag: krijgt de koe ook training?'

'Wat?' Tomek had geen tegenvraag verwacht, een vraag die hen verder het konijnenhol van koe-meppen in zou leiden.

'Krijgt de koe ook training voor het gevecht?'

'Ik heb geen flauw idee. Hoe zou ik dat moeten weten?'

'Jij stelt de vraag, maat.'

Tomek krabde aan zijn hoofd. 'Eh. Ik denk het wel. Ja. Ik bedoel, dat is alleen maar eerlijk.'

'Nou, in dat geval, nee. Geen kans. De koe wint elke dag van de week.' Toen draaide Sean zich naar Nadia en Rachel, die aan de andere kant van hun bureaus zaten, en zei: 'Zie je wel, ego heeft er niets mee te maken. Het gaat allemaal om logica en of je vertrouwen in jezelf hebt.'

'En in dit geval heb je duidelijk geen vertrouwen in jezelf,' zei Nadia, terwijl ze op en neer wipte op de vering van haar bureaustoel met één hand op haar zwangere buik.

'Niet als de koe dezelfde training heeft als ik. Ik ben niet dom.'

'Duidelijk,' zei ze sarcastisch. Toen wendde ze zich tot Tomek. 'Welke andere stomme vragen spelen er nog meer in je hoofd?'

Op dat moment voelde Tomek zich verplicht om hen het verhaal achter de vraag te vertellen. Hij kon niet hebben dat ze dachten dat hij het grootste deel van zijn vrije tijd fantaseerde over het in gevecht raken met vee. Geen van hen leek hem echter te geloven en ze bleven ervan overtuigd dat de vraag van hemzelf kwam.

'Je kunt Kasia niet meer blijven gebruiken als excuus voor dingen, Tomek,' vertelde Nadia hem.

'Dat doe ik niet!' protesteerde hij. 'Ze vroeg me zelfs of ze een jongen na school mocht uitnodigen. Dezelfde jongen die die stomme koeien-vraag stelde.'

'Wow,' zei Nadia. 'Ze nodigt al jongens uit? Ik dacht dat je nog minstens een jaar of twee had voordat dat zou beginnen.'

'Voordat *wat* zou beginnen?'

Nadia's gezicht werd warm. Toen maakte ze twee ovalen met haar duimen en wijsvingers en begon ze die tegen elkaar te duwen, terwijl ze kusgeluiden maakte.

'Hou op,' zei hij, heftig met zijn hoofd schuddend. 'Dat gebeurt niet. Er gebeurt helemaal niets. Want ze mag hem niet uitnodigen. Ze mag niemand uitnodigen. Zo, dat is beslist.'

'Vertrouw je haar niet?' vroeg Rachel, haar stem zacht en rustig alsof ze de stem van de rede personifieerde.

'Ik heb geen probleem met haar,' antwoordde hij. 'Ik heb een probleem met Billy-de-koeien-vechtende-held-Turpin. Iemand die denkt dat hij een koe kan bevechten, moet niet in de buurt van mijn dochter komen... Inclusief jij, Sean.'

De man gooide zijn handen wanhopig in de lucht. 'Waarom moet je mij er nou zo bij betrekken?'

Voordat Tomek zichzelf kon verklaren, merkte hij op dat rechercheur Martin Brown aan de rand van het gesprek stond, met een briefje in zijn hand. Martin was slechts enkele weken geleden bij het team gekomen. Overgeplaatst vanuit Colchester samen met de nieuwste inspecteur van het team, Victoria Orange. Sinds zijn komst had Tomek weinig tijd besteed om de man beter te leren kennen. Hij voegde zich zelden bij hen tijdens hun avonden in de pub na een dienst, en nam ook niet vaak deel aan hun gesprekken op kantoor.

'Meneer,' begon hij nadat hij geduldig had gewacht op Tomeks aandacht.

'Goedemorgen, Martin.'

'Ik heb een vraag voor je, Martin-' begon Sean.

Tomek wierp zijn vriend een blik toe die hem beval zijn mond te houden, wat Sean meteen deed.

Daarna richtte hij zijn aandacht op de man met lang haar in een paardenstaart en een baard waar Tomek behoorlijk jaloers op was.

'Ja, Martin. Waarmee kan ik je helpen?'

'Ik heb net een telefoontje gehad van de meldkamer, sarge. Er is een lichaam gevonden in John Burrows Park in Hadleigh.'

HOOFDSTUK
VIER

Z estien december. Nog iets meer dan een week tot Kerstmis. Wat een vrolijke, feestelijke en aangename periode had moeten zijn, was nu voor één familie een nachtmerrie geworden.

John Burrows Park lag op een paar honderd meter van de A127, de weg die Southend met Rayleigh en verderop verbond. Aan de ene kant van het veld lagen tennis- en basketbalvelden, en aan de andere kant een rij voetbalvelden waarvan de witte lijnen in de loop der jaren waren vervaagd. In de zomer waren het park en met name de tennisbanen gevuld met kinderen van de plaatselijke scholen die kwamen chillen, kletsen en wat sporten. Nu echter, in de ijzige winterkou, was het park verlaten, en de groepjes vrienden waren vervangen door hopen gevallen bladeren op het gras.

Het lichaam was gevonden aan de noordwestkant van het park, aan de tegenovergestelde kant van de sportvelden. In elkaar gezakt in de struiken, ledematen die in verschillende hoeken rustten. Een spookachtige witte tint onder de grijze wolken boven. De regen had zo lang op het gezicht geslagen dat er nauwelijks nog make-up op het gezicht van het meisje zat. Ze droeg een korte zwarte rok en een klein wit topje dat zelfs voor de zomer niet warm genoeg zou zijn geweest. Haar haar was in een paardenstaart gebonden, haar nagels waren in de kleur van het gras gelakt, en naast haar lag een kleine clutch die nauwelijks groot genoeg leek voor een mobiele telefoon. Een dunne deken van rijp die glinsterde in het licht van de late ochtend omringde haar alsof deze haar beschermde.

Op het eerste gezicht leek het voor Tomek alsof ze was gevallen, in elkaar gezakt, en had geprobeerd om op te staan totdat ze uiteindelijk was bezweken aan wat haar ook had gedood. Er was niets dat wees op een misdrijf, niets dat erop wees dat ze was aangevallen. Behalve de rood aangelopen wangen en de licht opgezwollen nek. Maar zelfs dat kon het begin zijn van opzwelling in het ontbindingsproces.

Het duurde even voordat Tomek de situatie echt begon te zien voor wat het was: een meisje, van vergelijkbare leeftijd en bouw als zijn dochter, dood liggend in een veld. Sinds Kasia minder dan drie maanden geleden in zijn leven was gekomen, merkte hij dat hij anders begon te reageren en zich anders begon te gedragen bij bepaalde dingen, dat hij bepaalde situaties in een ander licht zag. Plaats delicten waren daarvan een perfect voorbeeld. Vooral wanneer het slachtoffer een tienermeisje was.

Om zijn gedachten af te leiden, wendde hij zich tot Rachel.

'Zeg alsjeblieft iets,' zei hij tegen haar.

'Waarover?'

'Maakt niet uit... Zolang het maar niet over koeien gaat. Ik heb genoeg van dat gesprek voor vandaag.'

Gelukkig, net voordat ze in een ongemakkelijke stilte zouden vervallen terwijl Rachel nadacht over iets interessants om te zeggen, schuifelde Lorna Dean, de patholoog van het ministerie, naar hen toe. Achter haar was een team van forensisch onderzoekers bezig met het opzetten van de tent die over het lichaam zou worden geplaatst. Verderop, aan de rand van het park, stond een groep agenten in uniform die met behulp van wit-blauw politielint de buitenste afzetting aan het opzetten waren.

'Heerlijke ochtend hiervoor,' zei Lorna opgewekt.

Tomek had haar altijd overdreven vrolijk gevonden over haar werk, alsof ze een soort kick kreeg van het ontleden van dode lichamen de hele dag, elke dag. Hij zou het werk zelf niet hebben kunnen doen, en hij gaf toe dat het in de eerste plaats een bepaald soort ongevoelig persoon vereiste, maar zij was iets anders. Ze was gevoelloos voor elke vorm van fatsoen en respect.

'Het heeft me in ieder geval bespaard van mijn ochtendloop,' vervolgde ze.

Dat bracht hem op een gedachte. Tomek kon zich niet herinneren wanneer hij voor het laatst een ochtendloop had gedaan. Hij ging vroeger elke ochtend, regen of zonneschijn, zonder uitzondering. Tien kilometer langs de boulevard en richting het einde van Southend Pier. Maar nu zijn prioriteiten en verantwoordelijkheden waren veranderd, was het naar de bodem van zijn lijst gezakt. En nu hij erover nadacht, realiseerde hij zich dat hij het niet echt miste. Zijn werk en de zorg voor Kasia deden hun best om hem gezond te houden en hem af te leiden van het verorberen van de snacks en lekkernijen die hij normaal gesproken 's avonds zou hebben gegeten. Er was echter een ander deel van hem dat het miste. Het miste het zelfs heel erg. De endorfines na de loop, de verfrissende wind die tegen zijn gezicht sloeg en hem wakker maakte. De manier waarop het hem zijn hoofd liet leegmaken en de gebeurtenissen van de dag ervoor liet verwerken. Hem dingen in een ander licht liet zien.

Zoals elke keer dat hij een dood tienermeisje zag en aan zijn dochter werd herinnerd.

Iets, hij wist niet wat - intuïtie, misschien, maar het was iets vooruitziends en diep verontrustends - vertelde hem dat hij meer van dit soort situaties zou meemaken. Constante herinneringen aan Kasia. Het was niet elke ochtend dat een tienermeisje bijna halfnaakt in een park werd gevonden. Maar iets zei hem dat dit niet de laatste keer zou zijn.

'Wat denken we dan, Lorna?' vroeg Tomek om de gedachten te helpen verstommen.

'Nou, ze is dood. Dat weet ik zeker.'

'Geweldig. Een goed begin. Nog iets anders?'

'Van wat ik tot nu toe heb kunnen zien, nee. Het lijkt er niet op dat er enig bewijs is van seksueel misbruik; ze is nog volledig gekleed en haar ondergoed zit nog aan, hoewel, afgaande op de gezwollen nek en uitslag op haar gezicht, ik zou zeggen dat ze een soort allergische reactie op iets heeft gehad.'

'Een allergische reactie?'

'Ja. Heb je die nooit gehad?'

Tomek schudde zijn hoofd. 'Nooit. Denk dat ik in dat opzicht gezegend ben. Hoewel ik niet van muggenbeten houd.'

Beide vrouwen keken hem aan, met uitdrukkingsloze gezichten.

'Niemand houdt echt van muggenbeten, Tomek,' zei Rachel streng.

'Ik bedoel, ik verdraag ze slecht. Ze lijken op te zwellen tot de grootte van zo'n vliegende schotel-snoepje dat je vroeger als kind kreeg-

'Met dat bruispoeder erin?'

'Ja.'

'Ik herinner me die nog. De buitenkant smaakte naar papier en de binnenkant was gewoon gevuld met bruispoeder. Ik weet niet wie ooit dacht dat dat een goed idee was.'

'Ik weet niet waarom we ze ooit aten. Ze smaakten ei.'

Ze keken hem allebei weer niet-begrijpend aan, al kon hij niet bedenken waarom.

'Heb je zojuist het woord "ei" gebruikt om iets slechts te beschrijven?' vroeg Rachel.

Daar had je het.

'Ja. Als iets niet lekker is, dan is het *ei*.'

Rachel schudde spottend haar hoofd. 'Weet Kasia dat je dat woord gebruikt?'

'Wat maakt dat uit?'

'Ik denk dat ze het recht heeft om het te weten. Als ik erachter zou komen dat mijn vader dat woord gebruikte om dingen te beschrijven die er totaal niets mee te maken hebben, zou ik hem waarschijnlijk willen verstoten.'

Tomek grijnsde sarcastisch. 'Goeie. Maar denk je niet dat we terug moeten naar de zaak?'

'Jij bent degene die ons afleidde met je stomme woordkeuze.'

Tomek negeerde haar en schuifelde in zijn plaats-delict-pak iets dichter naar het lichaam toe. De zware regenval die was begonnen, ketste af op het materiaal. Voordat hij naar beneden keek naar het lichaam, keek hij naar de hemel en vroeg zich af hoe de omstandigheden waren geweest tijdens haar dood, of het helder of regenachtig was geweest. Of het verschil had gemaakt voor de manier waarop ze was gestorven.

Terwijl hij dichterbij kwam, hurkte hij neer en inspecteerde haar gezicht. Niet ouder dan veertien, vijftien. Misschien zestien op zijn hoogst. Jong maar volwassen. Mooi, maar niet opzichtig. Ingetogen. Haar hele leven nog voor zich.

Het was toen dat hij iets deed wat hij een tijdje niet had gedaan.

Hij begon tegen haar te praten.

'Wat is er met je gebeurd, hè?' fluisterde hij tegen zichzelf, zijn stem zacht houdend zodat Rachel en Lorna het niet zouden horen. 'Hoe is dit gebeurd? Heeft iemand je dit aangedaan?'

Natuurlijk kwam er geen antwoord. Er kwam nooit een antwoord. En hij hoopte altijd dat dat niet zou gebeuren, want anders zou hij ter plekke een hartaanval krijgen, maar het hielp hem om met de situatie om te gaan, om het te verwerken. En hij vond het ook fijn om te denken dat het hen hielp om over te gaan naar welk leven of bestaan ze ook gingen. Een troostende brug die hen van de ene naar de andere kant verbond.

Het stelde zijn geest ook in staat om na te denken over de omstandigheden rond het lot van de persoon. Alsof hij er was, het van een afstand zag gebeuren. Het in realtime zag gebeuren.

En deze keer was niet anders. Hij stelde zich een groep voor. Misschien zes, zeven. Een groep groot genoeg om veel geklets en geschreeuw te veroorzaken. Misschien wat alcohol erbij. Een combinatie van jongens en meisjes. Allemaal van vergelijkbare leeftijd. Misschien van dezelfde school. Drinkend en socialiserend buiten de uren waarop het niet mocht, wanneer hun ouders wilden dat ze thuis waren.

En misschien was ze met de rest van hen naar huis gegaan. Iemand tegengekomen die ze kende. Of iemand die ze niet kende. En was ze in deze toestand terechtgekomen.

Of misschien was ze gebleven terwijl de rest van haar vrienden naar huis was gegaan. Gebleven bij een jongen met wie ze niet gezien mocht worden. Het was taboe voor hen om samen te zijn. Iemand van wie ze niet wilde dat de rest van de groep het wist. Ze was gebleven, en hij ook. Het een had tot het ander geleid, en toen...

Het gezicht van het meisje werd onmiddellijk vervangen door dat van Kasia, en hij kon niet langer naar haar kijken, niet langer denken aan wat er was gebeurd, *hoe* het was gebeurd.

Hij trok zich terug en wendde zich tot zijn collega's.

'Weten we haar naam?' vroeg hij hen.

Lorna schudde haar hoofd en riep toen een SOCO om dichterbij te komen. Kort daarna verscheen een lange gestalte, van top tot teen in het wit gekleed, licht hijgend en buiten adem.

'Kunnen we in haar clutch kijken?' vroeg Tomek. 'Ik wil graag zien of ze identificatie bij zich heeft.'

Het kostte de man langer om te bukken dan om naar de andere kant van het lichaam te lopen. Terwijl hij zich op het gras liet zakken, kon

Tomek het geluid van zijn krakende knieën horen boven het geluid van de wind die langs het materiaal floot dat zijn oren beschermde. Even later trok de man de clutch onder de arm van het slachtoffer vandaan en opende deze met de delicate precisie van een chirurg. Toen reikte hij naar binnen en haalde er een mobiele telefoon uit. Het scherm lichtte onmiddellijk op en een afbeelding van het meisje, zittend met een vriend op het strand ergens, opgewekt glimlachend naar de naar voren gerichte camera, verscheen. De foto was recent, zomertijd tenzij Tomek een zonnige periode aan het begin van de winter had gemist. De telefoon voorzichtig in zijn hand houdend, veegde hij omhoog, maar er was een wachtwoord nodig. Dat had hij moeten weten. Hij had de fout gemaakt te denken dat hij in Kasia's telefoon kon komen wanneer ze hem het apparaat verschillende keren had aangereikt. Elke keer griste ze het apparaat van hem af en voerde ze zelf de code in. Op een dag zou hij erachter komen wat het was.

Hij merkte het eerst niet op, maar toen hij wegkeek van het scherm, zag hij de hand van de SOCO voor zijn gezicht zweven. Met daarin een schoolbuspas. Met de naam en geboortedatum van het slachtoffer ernaast.

Lily Monteith.

Vijftien jaar oud.

HOOFDSTUK
VIJF

Tomek had iedereen kunnen verwachten die de deur voor hem zou openen, behalve brigadier Anna Kaczmarek. Maar aan de andere kant, ze was de familiecontactpersoon van het team, en het was haar taak om contact te leggen met de families van de overledenen en de kloof tussen informatie en desinformatie te overbruggen. Het was een belangrijke rol. Eentje die soms cruciaal bleek bij het vangen van een dader. In de meeste gevallen waren de zaken waarmee ze te maken kregen op de een of andere manier gerelateerd aan de familie, en ze was een expert in het opgaan in de achtergrond, zodanig dat je nauwelijks wist dat ze er was. Luisterend, het gedrag van familieleden noterend, reacties, ruzies en onenigheden. Soms behandelde de familie van de overledene haar als een van hen en bekende iets belastends in haar aanwezigheid, of ze lieten onbedoeld iets vallen dat van vitaal belang bleek voor de zaak. Ze was de slang in het gras, die alles terugkoppelde aan Tomek en het team.

Ze was goed in haar werk, jazeker. Maar hij had niet verwacht dat ze zó goed zou zijn, door op te duiken bij het huis van Lily Monteith voordat hij zelf de kans had gehad om met haar te spreken.

'Cześć,' zei hij tegen haar toen ze de deur openzwaaide.

'*Dzień dobry*, Tomek,' antwoordde Anna.

Hij stapte het huis binnen. 'Hoe in vredesnaam ben je hier eerder dan ik? Sturen jij en Rachel elkaar directe berichtjes of zoiets?'

'Ze vond het een goed idee om me op de hoogte te houden.'

Dat was dus een ja.

'Ik ben onder de indruk,' zei hij. 'Hoe lang werken jullie twee al zo nauw samen?'

Ze antwoordde niet, maar gaf hem alleen een verlegen schouderophalen.

'Voor je het weet komen jullie beiden achter mijn baan aan...'

Deze keer grinnikte Anna, wat hem verontrustte. Het vooruitzicht om uit zijn positie te worden gewerkt door zijn ondergeschikten terwijl hij vocht voor de positie boven hem was verontrustend. Hij hield niet van het idee om zich in het midden van een promotiesandwich te bevinden. Des te minder wanneer het collega's betrof die hij enorm bewonderde en tot zijn naaste vrienden rekende. Anna in het bijzonder. Hij kende haar het op twee na langst (na Sean en Nick), en omdat ze beiden uit Polen kwamen, deelden ze een bijzondere band.

'Ze zijn in de woonkamer,' vertelde Anna hem met een hoofdknik.

Tomek wierp een snelle blik de gang in en zag de kamer waar ze naar verwees.

'Hoe gaat het met ze?'

'Zoals altijd.'

'Triple-D?'

Anna knikte.

Ah, de Triple-D. Een term bedacht door Tomek toen hij een keer op kantoor zat te zoeken naar woorden om de emoties te beschrijven die een bepaalde familie voelde. Hij kende de woorden natuurlijk wel, alleen op dat moment, op dat moment met alle ogen van zijn collega's op hem gericht, had hij moeite om ze te herinneren. In eerste instantie was de uitdrukking vreselijk slecht ontvangen, en hij had er geen toekomst in gezien, maar nu Anna het zich herinnerde, overwoog hij de mogelijkheid om het nieuw leven in te blazen, zoals een muziekgroep die ooit bekend was hun carrière uit de dood laat herrijzen omdat ze allemaal blut zijn en wanhopig behoefte hebben aan een financiële injectie.

De Triple-D.

Diepbedroefd.

Desolaat.

Doortrapt van verdriet.

Tomek stelde zich voor dat het meestal dezelfde emoties waren die de eerdergenoemde bands voelden voordat ze besloten hun reünietournee aan te kondigen.

Met misschien ook nog een vleugje walging erbij.

Hij begaf zich naar de woonkamer, opende voorzichtig de deur en stak zijn hoofd om de hoek. Daar op de bank in het midden van de woonkamer zaten meneer en mevrouw Monteith, in elkaars armen gewikkeld.

Meneer Monteith was een brede man, met dikke, brede schouders die leken te getuigen van een verleden als rugbyspeler. En de bierbuik die de voorkant van zijn overhemd deed uitpuilen, bewees het.

Mevrouw Monteith daarentegen was in elk opzicht het tegenovergestelde. Mager, klein, tenger. Triple-T. Toch was er een felheid in haar ogen, en de manier waarop ze rechtop zat suggereerde voor Tomek dat ze allesbehalve de doetje was die haar gestalte leek te impliceren.

'Meneer en mevrouw Monteith, ik ben rechercheur Tomek Bowen. Ik werk samen met Anna in het team Zware Misdrijven. Het spijt me zeer voor uw verlies. Ikzelf en het team zullen er alles aan doen om erachter te komen wat er met uw dochter is gebeurd.'

Mevrouw Monteith stak een hand uit naar Tomek. Hij pakte deze aan. Haar handpalmen waren nat, hetzij door tranen of zweet, en haar greep was sterk, zo sterk als hij zich voorstelde dat die van haar man zou zijn.

'Dank u, rechercheur,' zei ze. 'Dank u dat u bent gekomen. Dit had nooit met ons meisje mogen gebeuren.'

Tomek gaf haar hand een zachte kneep voordat hij op de rand van de bank tegenover hen ging zitten. Op dat moment kwam Anna binnen met een glas water voor Tomek en ging naast hem zitten.

'Heeft mijn collega u het proces uitgelegd?' vroeg Tomek.

Beide ouders knikten plechtig, terwijl ze zich nog steviger aan elkaar vastklampten dan voorheen.

'Hebt u nog vragen over wat mijn collega heeft besproken?'

Deze keer schudden ze hun hoofd, en mevrouw Monteith begon te huilen tegen de borst van haar man.

Het eerste teken van de Triple-D.

'Goed dan.' Tomek plaatste beide handpalmen op zijn knieën en haalde diep adem. 'Mijn taak is om helaas enkele ongemakkelijke vragen te stellen. Als er vragen zijn waarop u zich niet klaar voelt om te antwoorden, of als er iets is wat u niet aan mij kunt uitleggen, dan is Anna daarvoor hier. U kunt haar alles vertellen.'

Anna glimlachte naar hem, alsof ze wilde zeggen: 'Bedankt voor die introductie, Tomek', en toen wendde ze zich tot de rouwende ouders. Zonder dat het haar gevraagd werd, reikte ze in haar tas en haalde er een pakje Kleenex tissues uit, dat ze aan mevrouw Monteith gaf. De vrouw bedankte haar en depte vervolgens voorzichtig onder haar ogen, terwijl ze naar boven keek, waardoor het oogwit zichtbaar werd dat helemaal niet meer wit was maar was overgenomen door een leger van rode adertjes.

'Zou u me kunnen vertellen wat uw dochter gisteravond aan het doen was?' vroeg Tomek nadat mevrouw Monteith klaar was met het wegvegen van haar tranen.

'Ze... ze was uit met vrienden,' zei meneer Monteith, met een stem die zo diep was als Tomek had verwacht. 'Een soort huisfeestje maar geen huisfeestje. Een samenkomst, noemde ze het. Bij een vriend thuis - een jongen die Marcus heet. Gewoon een paar vrienden van school, kletsen, praten. Je weet wel hoe dat gaat.'

'Hoe laat zou ze thuis zijn?'

'Dat was niet de bedoeling. Ze vertelde ons dat ze daarna bij Gabby zou blijven slapen.'

'Gabby?'

'Haar beste vriendin sinds de peuterschool. Ze gaan overal samen naartoe, doen alles samen.'

Tomek wist hoe dat was. Het was hetzelfde voor Kasia en haar vriendin Sylvia. Kasia had het altijd over haar, sprak altijd met haar af voor en na school. Het was fijn, goed dat ze zo'n goede vriendin had zo snel na hun aankomst in de buurt.

'Weet u de namen van de andere mensen met wie ze was?'

Lily Monteiths ouders dachten even na en schudden toen hun hoofd. 'Maar een paar. Marcus, Brett en Thomas. Maar er zouden naar verluidt nog wat anderen zijn. Vrienden van vrienden. Ze hebben elkaar al eerder ontmoet.'

Tomek knikte bedachtzaam.

De beelden in zijn hoofd begonnen te veranderen. Misschien waren Lily en de groep helemaal niet in het park geweest. Misschien waren ze allemaal naar het huis van Marcus gegaan en was er toen iets met haar gebeurd op weg naar Gabby's huis. Maar waarom was ze alleen geweest als ze bij haar vriendin zou logeren?

'Heeft u nog iets van Gabby gehoord?' vroeg Tomek.

'Alleen haar moeder,' antwoordde meneer Monteith. 'Om haar het nieuws te vertellen. Met Gabby is alles in orde. En ze weet niets over wat er met Lily is gebeurd.'

Tomek zou dat moeten controleren. Het verklaarde nog steeds niet waarom Lily en Gabby gescheiden waren als ze beiden verondersteld waren terug te keren naar het huis van Gabby's ouders voor de avond. Misschien hadden ze ruzie gehad. Misschien was het over een van de jongens geweest.

'Had Lily eigenlijk een vriendje?' vroeg Tomek. Hij stond op het punt om zichzelf naar ongemakkelijk en pijnlijk terrein te navigeren - voor iedereen in de kamer, maar vooral voor meneer en mevrouw Monteith - en dus moest hij voorzichtig zijn met zijn woordkeuze. Iets waar hij niet zo geweldig in was.

'Niet dat wij weten,' antwoordde Lily's moeder.

'Jongens waar ze misschien mee praatte? Online berichten mee uitwisselde?'

Ze keken elkaar aan voordat ze hun hoofd schudden.

'Iemand die ze is gaan ontmoeten?'

Weer schudden ze hun hoofd.

'Heeft ze ooit in het verleden een vriendje gehad? Iemand die misschien jaloers op haar is geworden?'

'Er was iemand toen ze dertien was, maar dat was nooit serieus; nooit serieus genoeg om beschouwd te worden als vriendje-vriendinnetje.' Meneer Monteith schoof ongemakkelijk op de bank, alsof het gespreksonderwerp hem nerveus maakte. De gedachte aan een jongen die bij zijn dochter was.

Tomek had hetzelfde gevoel gehad na zijn gesprek met Kasia de avond ervoor.

Billy de klote Koevechter.

'Ik neem aan dat de relatie lang geleden is geëindigd...' zei hij.

'Ze waren maar een paar maanden samen. Toen ontdekte hij dat ze een latexallergie had en besloot het uit te maken.'

'Een latexallergie... Op dertienjarige leeftijd...' fluisterde Tomek tegen zichzelf. En toen begreep hij waarom het vriendje haar had verlaten.

Latex. Condooms.

Seks.

Dertien jaar oud.

Dat deed niets om de zorgen in zijn hoofd over Billy de Koevechter weg te nemen.

In een poging het gesprek verder te brengen, vroeg Tomek Lily's ouders naar een profiel van haar karakter, haar persoonlijkheid. Wat voor kind ze was, hoe ze was op school en thuis. En, zoals hij had verwacht, zongen ze haar lof. Zoals elke ouder zou doen. Zoals hij zelf ook zou hebben gedaan. Lily was een hardwerkend, zorgzaam meisje dat de juiste hoeveelheid tijd verdeelde tussen hen, school en haar vrienden. Haar favoriete vakken waren aardrijkskunde, wiskunde en Spaans. En in de weekenden ging ze naar haar lokale zwemclub waar ze een fanatieke zwemster was. Ze kwam nooit te laat op school, had veel vrienden, was goed opgevoed en beleefd. In hun ogen was ze perfect en zonder gebreken. Ze zou geen vlieg kwaad doen en ook niet voor de lol een bijennest verstoren.

Dit waren allemaal dingen die Tomek had verwacht te horen. Maar het was wat meneer en mevrouw Monteith nalieten te vermelden dat zijn aandacht trok.

Het feit dat ze nooit alcohol had gedronken. Dat ze nooit ergens anders had gelogeerd dan bij Gabby thuis. Dat ze nooit het huis uit was geslopen of later was thuisgekomen dan ze had moeten doen. Dat ze nooit sigaretten of drugs had geprobeerd.

Misschien waren dit allemaal dingen waar ze geen weet van hadden, of misschien waren ze zich er wel van bewust en wilden ze gewoon niet dat Tomek slecht over hun dochter zou denken. Hoe dan ook, hij betwijfelde of de echte Lily Monteith de heilige was die haar ouders beweerden dat ze was.

Want hij wist uit ervaring dat hij op die leeftijd ook geen engel was geweest. Dat hij zelf vergelijkbare dingen had meegemaakt. Wat het moeilijker maakte om Kasia te straffen en haar te weerhouden ze zelf te ervaren.

Bericht voor Tomek.

Ja?

De pot belde. Iets over een ketel...

Toen hij hen achterliet bij hun rouwproces, een proces dat zou worden begeleid door Anna en een andere junior rechercheur met wie ze nauw samenwerkte, bedankte Tomek hen voor hun tijd en liep naar de voordeur. Terwijl hij een hand op de klink legde, draaide hij zich om naar meneer Monteith, die hem had begeleid naar de uitgang.

'U zou toevallig niet het adres van Gabby weten, hè?' vroeg hij. 'Ik denk dat ze misschien een paar antwoorden voor ons heeft - voor *u*.'

HOOFDSTUK
ZES

G abby Longhouse was precies zo onuitstaanbaar als hij had verwacht, al schreef hij het voor haar bestwil toe aan erfelijkheid, een ongelukkige karaktertrek die ze van beide ouders had geërfd.

Hoewel ze hadden beweerd dat ze van streek waren over Lily's dood en hem enkele minuten hadden verzekerd dat ze inderdaad rouwden, was het een emotie die zich niet had gemanifesteerd op hun gezichten, noch had het doorgeklonken in hun stemmen.

Hij dacht dat de cockapoo die hij was tegengekomen op weg naar de familie Longhouse waarschijnlijk meer aangedaan was door de dood van Lily Monteith.

Zelfs Gabby's eerste woorden tegen hem - 'Ik word toch niet gearresteerd, hè?' - baarden hem zorgen. Als dat al haar houding was bij aanvang, hoe zou haar houding dan zijn wanneer hij haar de vragen zou stellen?

'Niet tenzij u iets verkeerds hebt gedaan,' antwoordde hij. Normaal gesproken zou hij zijn taalgebruik hebben aangepast voor iemand van haar leeftijd, zachter en vriendelijker hebben gesproken. Maar niet voor Gabby Longhouse. Niet voor wie dan ook van de Longhouses.

'Ik wilde u een paar vragen stellen over waar u gisteravond was en wat u hebt gedaan.'

Ze verplaatsten zich naar de woonkamer, Tomek en de familie Longhouse. Net toen hij op het punt stond plaats te nemen op de bank, draaide Gabby zich naar haar ouders en vroeg of ze de kamer wilden verlaten. Na wat protest gaven ze uiteindelijk toe en sloten de deur achter zich, niet voordat ze haar eraan herinnerden dat als ze hen op enig moment nodig had, ze aan de andere kant van de deur waren.

Tomek dacht dat het niet lang zou duren voordat ze hun oren tegen de deur zouden drukken, mogelijk met behulp van enkele drinkglazen.

'Vertel me wat er gisteravond is gebeurd.'

Zodra hij het zich comfortabel had gemaakt, dook Tomek er direct in. Het duurde even voordat ze een plek vond waar ze zich comfortabel voelde. Ze zag er nerveus uit, gereserveerd, alsof er iets was dat ze hem wilde vertellen maar waar ze te bang voor was. Ze had tenslotte net haar beste vriendin verloren. Misschien moest hij wat toegeeflijker zijn.

'We waren met z'n tienen. Ik, Lily, Marcus, Theo, Brett, Thomas, Liam, Henry, Callum en James.'

Tomek noteerde de namen onmiddellijk, waarbij hij tussen elk een regel openliet voor eventuele verdere details die nuttig konden zijn.

'We zouden oorspronkelijk bij Marcus thuis afspreken, maar toen moesten zijn ouders hun plannen afzeggen. Dus gingen we in plaats daarvan allemaal naar het park.'

'Welk park?'

'John Burrows.'

Tomek zei niets. Wachtte tot ze verder ging.

'We... we hebben een beetje drank uit Marcus' huis meegenomen naar het park, en we hebben het grootste deel van de avond doorgebracht met drinken en chillen op het veld.'

'Alleen met z'n tienen?'

'Ja.'

'En wat waren de plannen daarna?'

'Ik zou *eigenlijk* naar Lily's huis gaan als we klaar waren.'

Tomek stopte, aarzelde, keek in haar ogen. De leugen was even duidelijk op haar gezicht als in haar stem.

'Lieg niet tegen me,' zei hij. 'Lily's ouders vertelden ons dat ze na het feest naar jouw huis zou komen. Dus waar zouden jullie echt eindigen?'

Gabby sloeg haar blik neer en begon met haar handen te spelen. 'Ik... Wij... We zouden oorspronkelijk na het feest bij Marcus blijven logeren. Maar omdat zijn ouders er waren, moesten we dat plan laten varen. Toen nodigde Henry ons uit bij hem thuis.'

'Wie?'

'Henry.'

'Dat weet ik. Maar wie nodigde hij uit?'

'Mij, Lily en Theo.'

'Waarom alleen jullie vier?'

'Omdat... omdat we allemaal heel goede vrienden zijn.'

'En is er iets gaande tussen jullie?'

Langzaam, alsof ze zijn vraag beantwoordde, draaide Gabby zich in één beweging naar de keukendeur, controleerde of die dicht was en of haar ouders niet op wonderbaarlijke wijze aan de andere kant waren verschenen zonder hem te openen, en draaide zich toen weer naar hem toe.

Hij verlaagde zijn stem. 'Je kunt het me vertellen. Ik zal het hun niet vertellen als dat niet nodig is.'

Dat leek haar zenuwen enigszins te kalmeren. 'Nou... Theo en ik hebben een relatie. En Lily en Henry zijn... nou, nou... ze zitten in een situationship, als je begrijpt wat ik bedoel.'

Dat deed hij niet. En hij voelde zich plotseling heel oud. Niet op de hoogte van de jongere generatie, de generatie waarin zijn dochter nu opgroeide.

Erop bedacht niet te vloeken in haar aanwezigheid - of *tegen* haar - zei hij in plaats daarvan: 'Het spijt me, maar je zult me dat moeten uitleggen.'

'Wat? Een situationship?'

'Ja. Ik heb geen idee wat dat is.'

'Nou, je weet wel... Het is een situationship.'

Tomek beet gefrustreerd op zijn onderlip. Hij kon er niet tegen als mensen hetzelfde woord gebruikten dat ze probeerden te definiëren in de definitie. Zo werkte het niet helemaal.

'Wat betekent een situationship?' vroeg hij opnieuw.

'Je weet wel. Als ze niet echt verkering hebben. Ze... zien elkaar gewoon.'

'Van de overkant van de straat, in de klas, waar? Wat bedoel je? Je kunt eerlijk tegen me zijn. Je kunt de dingen zeggen zoals ze zijn. Ik ben een volwassene. Ik heb het allemaal al eens gehoord, en erger.'

Het duurde niet lang voordat Gabby zich comfortabel genoeg voelde om het woord te zeggen, hoewel ze zich wel iets naar voren boog en het naar hem fluisterde, voor het geval haar meeluisterende ouders het zouden horen en naar binnen zouden stormen.

'Ze hebben seks maar ze hebben geen relatie. Je weet wel... ze zijn een soort friends with benefits.'

Dat was een uitdrukking die hij kende, een uitdrukking die hij herkende. Friends with benefits. Hij had er zelf een paar gehad, maar niet op die leeftijd. Niet zo jong als vijftien. Hij was naar een jongensschool gegaan en had het andere geslacht pas ontmoet toen hij op de universiteit zat.

Maar *vijftien*...

En toen veranderde dat getal in dertien. Kasia. Billy de Koeiengevechtskunstenaar.

Was dat wat ze waren? In een situationship? Was dat waarom ze wilde dat hij langs zou komen?

Nou, dat zou hij nu zeker niet toestaan, niet nu hij wist waarmee de kinderen tegenwoordig bezig waren. Geen sprake van. Nee, meneer. Geen seks in zijn huis voor minstens de komende zes jaar. Hemzelf inbegrepen.

'Hoe lang was dit al gaande tussen hen?' vroeg Tomek, vastbesloten om het gesprek en zijn gedachten weer op het juiste spoor te krijgen.

'Een paar weken,' antwoordde ze, terwijl ze bleef spelen met haar vingernagels. 'Ze mogen elkaar echt, hoor. Ik denk dat ze over een paar maanden wel iets zouden hebben gekregen als de dingen niet zo waren gelopen.'

'Welke dingen?'

Het antwoord trof hem zodra hij het had gezegd. Als Lily Monteith niet de avond ervoor was gestorven. Als ze niet midden in een veld was gevonden, dan zouden zij en Henry hun relatie hebben opgewaardeerd van situationship naar verkering.

Tomek maakte een aantekening om na dit interview met Henry te spreken.

Nadat hij de naam van de jonge jongen in zijn boekje had geschreven, stuurde hij het gesprek richting de gebeurtenissen van de avond ervoor. Gabby legde uit dat ze hadden gedronken. Dat ze het park net voor twee uur 's nachts hadden verlaten, dat ze waren uitgenodigd om mee te gaan naar Henry's huis. Gabby had ja gezegd, terwijl Lily haar had verrast en nee had gezegd.

'Ik had niet verwacht dat ze dat zou zeggen,' vervolgde Gabby. 'Ik dacht dat ze er helemaal voor zou gaan, maar plotseling had ze besloten om af te haken.'

Tomek knikte, peinzend. 'Weet u waarom dat zou kunnen zijn? Had ze gedurende de avond enige aanwijzing gegeven dat er iets mis was, dat ze naar huis wilde of misschien met iemand anders had afgesproken?'

Gabby dacht een tijdje na. Ze speelde met haar handen en keek naar haar schoot. Op dat moment zag ze er jaren jonger uit dan haar leeftijd. Meer haar echte leeftijd dan de persoon die ze probeerde uit te stralen naar de buitenwereld. Ook al had hij haar nooit eerder ontmoet, hij had het gevoel dat dit de echte Gabby Longhouse was. De stille, gereserveerde, bedachtzame Gabby Longhouse die geen overheersende en vervelende ouders had die haar op de hielen zaten.

'Ik... ik weet niet of ik u dit moet vertellen,' begon ze, haar stem haperde.

'Als het belangrijk is, dan zou je het waarschijnlijk moeten doen.'

'Er waren... We waren... Theo had wat wiet kunnen regelen, dus we zouden het bij Henry thuis gaan roken. Ik heb het al vaker gedaan met Theo, maar ik denk dat Lily het niet had verwacht, dus ze trok zich terug uit de situatie en zei dat ze naar huis zou lopen; ze woonde maar om de hoek dus ik dacht dat ze wel in orde zou zijn.'

Ze trok zich terug uit de situatie en liep regelrecht haar dood tegemoet.

'Liep er iemand met haar mee? Heeft iemand gezien waar ze naartoe ging?'

Gabby liet haar blik in haar schoot zakken. Ze kon zichzelf er niet toe brengen om hem aan te kijken.

'Nee,' antwoordde ze langzaam. 'Zij ging de ene kant op. De rest van ons ging de andere kant op.'

Zij gingen de ene kant op, terwijl Lily Monteith haar dood tegemoet ging.

HOOFDSTUK
ZEVEN

'Ik had niet gedacht dat je tijd zou hebben om deze nog in je schema te passen,' zei Tomek.

Hij keek toe terwijl Lorna van de ene kant van de kamer naar de andere schoot, met in de ene hand een scalpel en in de andere een pen.

'De dood wacht op niemand,' zei ze, maar besefte toen dat het geen zin had en corrigeerde zichzelf. 'Het lijk dat ik voor de vroege middag had ingepland duurde niet zo lang als ik dacht, dus ik heb onze tiener er nog tussen kunnen proppen.'

'Gul van je.'

Het kwam niet vaak voor dat Tomek naar het mortuarium werd geroepen om een autopsie bij te wonen - gewoonlijk gaf hij die taak door aan een van de rechercheurs in het team - maar aan de telefoon klonk Lorna bezorgd. Er was iets wat ze hem moest laten zien en dat kon niet telefonisch worden afgehandeld.

De jas die om zijn nek was vastgemaakt begon zijn zachte, gevoelige huid te irriteren, en hij popelde om hem uit te trekken. Het was lang geleden dat hij er voor het laatst een had gedragen, en nog langer geleden dat hij dat had gewild. Maar het moest nu eenmaal. Hij kon niet klagen. Het was beter dan het alternatief - degene zijn die op de tafel lag, met zijn borstkas in tweeën gespleten en zijn huid over zijn ribben-kast gevouwen.

'Hoe gaat het tot nu toe?' vroeg Lorna hem terwijl ze de laatste voor-bereidingen trof.

'Druk, maar totaal niet productief,' antwoordde Tomek.

Na zijn gesprek met Gabby Longhouse had Tomek een onaangekondigd bezoek gebracht aan het huis van Henry Swallow in Benfleet. De tiener was op dat moment thuis, met zijn ouders en jongere zus. Daar had hij Tomek zijn versie van de gebeurtenissen uitgelegd, die overeenkwam met wat Gabby hem had verteld. Inclusief de wiet en de vriendschap met voordelen. Tomek had hun zijn gegevens gegeven, gezegd dat ze contact met hem moesten opnemen als ze nog iets konden bedenken dat belangrijk was, en had hen vervolgens achtergelaten met hun zaterdagmiddag; een zaterdagmiddag die voor altijd herinnerd zou worden als een van hun slechtste.

'Hopelijk zal wat ik je nu ga vertellen de dynamiek veranderen,' antwoordde Lorna.

Tomek was een en al oor. Hij vouwde zijn armen over zijn borst en liep voorzichtig naar de tafel waar Lily Monteith op haar rug lag, glanzend onder het fluorescerende licht.

Zonder iets te zeggen draaide Lorna zich van hem weg en reikte naar een klein metalen dienblad aan de andere kant van de tafel. Daarop lagen, glinsterend onder het felle licht, twee voorwerpen. Beide leken op varkensvlees dat was verschrompeld en opgedroogd. Alleen waren ze van verschillende kleuren: een zwart, een wit. Lorna pakte ze in elke hand op alsof het vuile was was, en Tomek herkende ze onmiddellijk voor wat ze waren.

'In het begin vond ik niets mis met haar,' begon Lorna. 'Ja, ze had gedronken, de resten daarvan zaten nog in haar maag, samen met haar pizza van de avond ervoor. Er waren geen tekenen van steekwonden, niets dat erop wees dat ze was gewurgd... niets. Totdat ik bij haar slokdarm kwam.'

Lorna legde de items terug op het blad en gaf het aan Tomek. Hij keek ernaar, met grote ogen.

'Totdat ik deze vond...' zei ze.

'Zijn dat wat ik denk dat het is?'

'Ik zou verbaasd zijn als je het juist zou raden.'

Tomek keek haar niet onder de indruk aan.

Glimlachend, in een poging hem te ontwapenen, wees ze naar het voorwerp aan de linkerkant. 'Het condoom was het eerste dat in haar keel ging, helemaal naar beneden, tot helemaal onderaan. Toen de latex handschoen.'

'En waarom zou ik niet weten wat een van die dingen zijn?'

Lorna werd verlegen, schaapachtig. Bang om te zeggen wat ze echt bedoelde. 'Niets. Sorry. Ik wilde je niet beledigen.'

'Je hebt me nog niet beledigd omdat je nog niets hebt gezegd.'

'Nou, het is gewoon... je weet wel. Het condoom... vanwege Kasia. Tenzij degene die je dertien jaar geleden gebruikte gescheurd is. En de handschoenen omdat... nou, ik had je nooit ingeschat als een fanatieke schoonmaker.'

Tomek duwde het dienblad terug naar haar. Ze nam het aan en zette het op de tafel.

'Oké, nu ben ik beledigd,' zei hij.

'Echt waar?'

'Kun je het me kwalijk nemen?'

'Denk het niet.'

'Goed. Nou, je bent me er een schuldig voor dat. Ik weet niet waarvoor, of wanneer ik het ga innen, maar je bent me er een schuldig. Deal?'

Lorna's gezicht leek wat op te klaren bij het vooruitzicht dat hun relatie niet volledig ten onder was gegaan dankzij haar domme en beledigende opmerkingen.

'Deal,' zei ze.

'Goed. Vertel me nu meer over dit condoom en deze handschoen.'

'Nou,' begon ze, 'een ervan is om de overdracht van geslachtsziekten en ongewenste zwangerschappen te voorkomen.'

Deze keer deed Tomek alsof hij boos was, maar hij kon de glimlach op zijn gezicht niet onderdrukken.

'Hoe dan ook,' begon Lorna opnieuw. 'Zoals ik al zei. Het condoom werd eerst in haar keel geduwd. Een hele lange weg naar beneden. En ik vermoed dat onze moordenaar een of ander hulpmiddel moet hebben gebruikt om het daar te krijgen.'

'Zoals wat? Een stok?'

Lorna schudde haar hoofd. 'Een stok zou scherp zijn geweest en, als hij het had gedaan terwijl ze bij bewustzijn was, dan zou ik wat krassen of schaafwonden aan de binnenkant van haar keel hebben gezien, maar er was niets. In plaats daarvan was het zacht.'

Zeg alsjeblieft niet als een babybilletje.

'Als een babybilletje.'

Tomek grimaste bij de uitdrukking en wenste dat hij het niet had gehoord. Het was niet alleen tenenkrommend, het was ook niet de beste tijd of plaats om het te gebruiken. Hoewel, dat gezegd hebbende, hij zich geen enkele gelegenheid kon bedenken waar het gepast zou zijn.

'Dus de moordenaar gebruikte iets zachts om het condoom in haar keel te stoppen?' vroeg Tomek.

Lorna knikte. 'Mogelijk zijn vuist.'

'Maar zou dat haar kaak niet hebben gebroken?'

'Niet als hij een kleine hand had.'

Tomek dacht even na. Probeerde zich een voorstelling te maken van de scène zoals die zich had afgespeeld, hoe de aanvaller haar van de straat had gegrepen, haar terug het park in had gesleept en vervolgens de latex in haar keel had geduwd. Iemand die groot genoeg was om Lily Monteith te overmeesteren, maar klein genoeg om een hand in haar keel te duwen.

Of erger.

Iets zachters.

Hij huiverde bij de gedachte.

'Wat met de handschoen?' vroeg Tomek. 'Is die gebruikt om het condoom daar in de eerste plaats naar binnen te krijgen?'

Lorna haalde haar schouders op en hield de handschoen dichter bij het licht. 'Moeilijk te zeggen. Dat weten we pas als de laboratoriumresultaten binnen zijn.'

Tomek knikte en deed een stap achteruit, terwijl hij het lichaam van het jonge meisje voor hem bekeek. Het was slank en soepel voor haar leeftijd. Haar huid was glad en bedekt met een dunne lijn sproeten langs haar linkerdij die naar haar middel liep.

Terwijl hij de sproeten bekeek, vroeg hij: 'Had het condoom nog iets anders te maken met haar dood?'

'In welke zin?' vroeg Lorna.

'Ik heb het over seksueel misbruik.'

'Nee. Zoals ik eerder al zei, helemaal geen tekenen daarvan. En, nog interessanter, ze is nog steeds maagd.'

Nog steeds maagd? Tomek overwoog wat dat betekende. Dat iemand, ergens tijdens het verhaal, loog over de relatie. Iemand had de werkelijkheid van wat ze deden opgeblazen. Of het nu Henry was, die loog om zich groter en volwassener voor te doen tegenover zijn vrienden; of het was Lily zelf die aan Gabby vertelde dat ze seks hadden gehad vanwege groepsdruk of om ouder, volwassener te lijken dan ze was.

'Dus ze werd aangevallen, mogelijk tegen de grond gedrukt en toen werd dat in haar keel geduwd?'

Lorna knikte somber. 'Dat is mijn professionele mening,' antwoordde ze. 'Hoewel ik denk dat het vermeldenswaard is dat ze niet is gestorven door de vreemde voorwerpen in haar keel.'

'Het was de anafylaxie?' zei Tomek, alsof hij er niet zeker van was.

Hij had dat woord altijd bewonderd. De manier waarop het klonk. Ana-fy-lax-ie. Grappig om te zeggen, grappig om te horen. Behalve niet in deze omstandigheden. Om eerlijk te zijn, in weinig omstandigheden, hoe je het ook bekeek.

'Ja. Ze was ernstig allergisch. Zelfs dodelijk.' Lorna liep naar het uiteinde van de tafel en stopte naast Lily's hoofd. Ze legde een delicate hand op de zijkanten van de wangen van het meisje en opende eerst haar kaak.

'Ik vond wat volgens mij sporen van latex kunnen zijn op haar huid en in haar haar, hoewel we dat niet zeker zullen weten tot de resultaten binnen zijn, wat voor mij suggereert dat er iets over haar hoofd werd geplaatst. Iets gemaakt van latex. Daardoor kreeg ze een allergische reactie. In het begin zou ze moeite hebben gehad met ademhalen, haar keel zou zijn dichtgeklapt, en dan zou haar hart langzamer zijn gaan kloppen terwijl ze in anafylactische shock raakte. Ze zou dringend medische hulp nodig hebben gehad, en als die niet zou komen, dan zou het niet lang hebben geduurd voordat haar organen en hart het begaven.'

'En het zou niet zijn geholpen door de vreemde voorwerpen in haar keel.'

'Natuurlijk niet.'

Tomek wendde zich van haar af en zijn ogen vielen weer op de sproeten. Zes op een rij. Als sterren in een sterrenbeeld. Hij probeerde zich nogmaals voor te stellen wat er met haar was gebeurd. *Hoe* het was gebeurd. En elk scenario dat in zijn hoofd afspeelde was net zo gruwelijk als het vorige.

Het werd hem toen duidelijk dat wie Lily Monteith had vermoord, haar om een reden had uitgekozen. Ze hadden geweten van haar allergieën. Ze hadden geweten dat ze vatbaar was voor anafylaxie.

En dat betekende dat het iemand was die haar intiem kende.

HOOFDSTUK
ACHT

Minder dan een uur later bevond Tomek zich in het kantoor van Victoria Orange. Vandaag droeg de nieuwe detective-inspecteur haar plateauschoenen die bij elke stap klonken als trommelslagen, en een nette blouse die in haar chinobroek was gestopt. Ze had haar haar naar achteren gebonden en een dunne laag make-up op haar gezicht aangebracht. Ongeacht de gelegenheid vond Tomek altijd dat ze er representatief uitzag en in dat opzicht het goede voorbeeld gaf. Uiterlijk was iets waar hij zelf nooit bij stilstond - een broek aantrekken, een wit overhemd als hij zich studieus voelde, of een geruit als hij zich ontspannen voelde, en klaar - maar haar komst in het team had hem het belang van een professionele uitstraling doen inzien. Vooral als hij ooit als inspecteur onderzoeken wilde leiden. Als je respect wilde, kwam het neer op twee dingen: de indruk die je op mensen maakte en je vermogen om je werk te doen. Er waren geen politici, advocaten of artsen die gekleed gingen in truien met *Star Wars*-logo's en spijkerbroeken die in weken niet waren gewassen. En daar was een reden voor.

'Ik heb met Nick gesproken, en hij heeft me uitgelegd wat uw ambities zijn voor een promotie tot inspecteur,' zei ze. 'Als gevolg van dat gesprek hebben we besloten u de leiding te geven over deze operatie.'

'Echt waar?'

'Echt-echt waar.'

Tomek straalde. Voor het eerst in lange tijd kreeg hij weer de kans om zichzelf te bewijzen. Vooral sinds zijn terugkeer na zijn schorsing. Zelfs daarvoor had hij moeite gehad om zich in te zetten, moeite om zijn waarde te bewijzen, moeite om motivatie te vinden. Lange tijd had hij het gevoel gehad dat zijn carrière stagneerde, doelloos in de vijver dreef.

Nu, met Lily Monteith en de verdachte omstandigheden rond haar dood, zou dat misschien kunnen veranderen.

'Dank u, mevrouw,' zei Tomek, die de grijns niet van zijn gezicht kon krijgen. 'Ik waardeer deze kans echt.'

Maar de glimlach was van korte duur.

'Ik wil wel toezicht houden op de operatie,' zei ze, waardoor zijn glimlach vrijwel meteen verdween. 'Je rapporteert wekelijks aan mij, misschien vaker als de situatie daarom vraagt, en van daaruit stellen we doelen en prioriteiten vast.'

'Dus het wordt zoiets als u die mij vertelt wat ik moet doen, en ik die het doe, en dan doen we allemaal alsof ik degene ben die de leiding heeft?'

Victoria's rug verstijfde licht en ze keek naar haar aantekeningen. 'Nee, Tomek,' zei ze, streng maar rechtvaardig. 'Ik denk dat u mij verkeerd hebt begrepen. U krijgt de operationele leiding over deze zaak, en ik zal waar nodig mijn begeleiding aanbieden. Ik wil niemand voor de voeten lopen, maar als het nodig is, heb ik het laatste woord.'

Tomek sloeg zijn armen over zijn borst en kalmeerde zijn ademhaling. Hij gaf toe dat het logisch was; hij vond het gewoon niet leuk. Sinds Victoria's komst bij Southend CID had hij zich niet kunnen ontdoen van zijn beeld van haar, dat ze het op hem gemunt had, degene die was besmeurd door haar voorganger, Tony Hunt. Of Hunt de Lul, zoals Tomek hem had genoemd. De twee van hen konden het niet altijd met elkaar vinden, botsten regelmatig en veroorzaakten ruzies midden in briefings, en hij wilde niet hetzelfde soort relatie met haar hebben. Niet als hij het kon helpen.

'Ik begrijp het,' zei hij kalm tegen haar. 'Bedankt voor de verduidelijking. Ik kijk ernaar uit om te zien wat we samen kunnen bereiken.'

'Ik ook. En ik denk dat een goed beginpunt zou zijn om te horen wat je tot nu toe weet.'

En dus vertelde Tomek haar. Over de vermoedelijke gebeurtenissen die aan de dood van Lily Monteith voorafgingen. Over het park, het drinken, de wiet, Henry en de leugens over hun relatie, de thuisreis die abrupt was gestopt. Tot slot legde hij haar uit hoe de tiener was gedood.

'Latex?'

'Ze was allergisch. Ana-fy-lax-ie,' zei hij, waarbij hij elke lettergreep met elk deel van zijn mond articuleerde. 'Het condoom zat eerst in haar mond, daarna de handschoen. Hoewel Lorna vermoedt dat er misschien nog een handschoen is gebruikt om haar gezicht en haar te bedekken. Maar dat weten we pas als we de laboratoriumresultaten hebben.'

Victoria knikte bedachtzaam en leunde iets achterover in haar stoel. Een afwezige uitdrukking speelde over haar gezicht terwijl ze heen en weer schommelde.

'Wat denk je?' vroeg ze hem.

'In het algemeen, of...?'

'Over de zaak, sufferd,' antwoordde ze. 'Wat betekent dat ik weet dat je niet nadenkt over het bevechten van koeien.'

Tomek werd rood. 'U hebt daarover gehoord, nietwaar?'

'Iedereen heeft het gehoord, Tomek. Ik denk dat het in onze nieuwsbrief komt te staan. Of misschien ga ik het vragen bij mijn leesclub.'

'U zit bij een leesclub?'

'Gek genoeg heb ik *wel* een leven buiten deze vier muren.'

Geïntrigeerd sloeg Tomek het ene been over het andere en begon zijn kin te masseren.

'Wat leest u momenteel? *Vijftig tinten*?'

Victoria rolde met haar ogen. 'Nee. In godsnaam. We zijn niet allemaal seksueel gefrustreerde vrouwen van in de veertig. Hoewel er *veel* van die vrouwen in de groep zitten. Je zou sommigen van hen eens moeten horen praten, Jezus! Maar-'

'Wanneer komen jullie samen? Ik kom misschien wel eens langs om mezelf voor te stellen aan een paar van die-'

'Hou je mond,' zei ze tegen hem. 'Wees niet zo'n smeerlap. Trouwens, wanneer heb jij voor het laatst een boek opgepakt?'

'Eigenlijk vanochtend nog,' zei hij, trots op zichzelf. 'Eentje van Kasia. *Een Midzomernachtsdroom*. Shakespeare.'

'Ja, ik weet wel wie het geschreven heeft, bedankt. Maar dat telt niet. Je hebt het niet gelezen, toch?'

Hij wiebelde met zijn vinger in de lucht. 'Dat was de vraag niet. Als je had gevraagd wanneer ik voor het laatst een boek had *gelezen*, dan zouden we een paar maanden, misschien zelfs een jaar terug moeten.'

'Je zou het vaker moeten doen. Het is goed voor de ziel.'

'Dat geldt ook voor groene thee drinken en meer tijd doorbrengen in het bos of op het platteland, maar je ziet me dat ook niet doen. Trouwens, vind je het concept van lezen niet volkomen gestoord?'

Aan haar gezicht te zien, koos ze ervoor de vraag niet te beantwoorden.

'Ik bedoel, denk er eens over na. Je staart gewoon naar dode stukjes boom, met kleine zwarte tekentjes erop, en je hallucineert. Is dat niet gewoon...?' Tomek maakte een explosiegebaar dat aan weerszijden van zijn hoofd kwam.

Als reactie staarde Victoria hem simpelweg aan, verbijsterd door zijn domheid.

'Ik ben echt in de verleiding om je nu mee te nemen. Eerst het koeiengevecht, nu dit. Ze zouden je compleet afmaken.'

'Zoals vrouwen doen met strippers op vrijgezellenfeestjes? Of bij Magic Mike-concerten? Wilden, sommigen van hen.'

De scheve grijns op zijn gezicht was te veel voor haar, en ze bracht het gesprek terug op het onderwerp Lily Monteith.

'Vertel me wat je denkt,' besloot ze.

'Afgezien van een groep seksueel onbevredigde vrouwen van in de veertig, denk ik dat het vreemd is, heel vreemd inderdaad. Ik heb nog nooit zoiets op mijn bureau gekregen. Dood door ana-fy-lax-ie. Vooral wanneer het gericht lijkt te zijn.'

'Denk je dat wie haar heeft vermoord haar kende?'

Tomek haalde zijn schouders op. 'Dat kan niet anders. Hoe zouden ze anders van haar allergie hebben geweten?'

'Ze hadden het in haar ziekenhuisdossiers kunnen vinden.'

En als dat het geval was, dan zou dat kunnen betekenen dat er meer zouden volgen.

'Mogelijk,' antwoordde Tomek. 'Maar ik moet naar de verschillende invalshoeken kijken. Of iemand een wrok tegen haar koesterde, eventuele ex-vriendjes die zich op haar wilden wreken, al betwijfel ik dat die vijftienjarige er iets mee te maken had. Misschien was het iemand die ze had geïrriteerd op het schoolplein. Iemand die sterk genoeg was om haar te overmeesteren, maar klein genoeg om zijn hand in haar keel te krijgen. En ik denk niet dat Henry of een van de andere jongens in de groep verantwoordelijk is, omdat ze allemaal naar huis zijn gegaan. Het team heeft met hen gesproken en ze hebben allemaal een solide alibi voor het tijdstip waarop ze stierf. Mijn intuïtie zegt me dat iemand wist dat ze buiten was en op een kans wachtte, en gisteravond hadden ze geluk.'

Terwijl ze luisterde, knikte Victoria bedachtzaam. 'Heb je rekening gehouden met de mogelijkheid dat ze misschien iemand anders zou ontmoeten gisteravond, iemand die ouder was dan zij, iemand met wie ze misschien online had gesproken?'

Tomek had daar tot op dat moment niet aan gedacht. En als ze het zo wilde spelen, een competitieve telling van geldige argumenten en onderzoekslijnen, dan was hij klaar om zijn troefkaart uit te spelen.

'Als je het goedvindt,' begon hij, 'wilde ik wat tijd besteden aan het onderzoeken van eerdere zaken.'

'Wat voor zaken? Dode tienermeisjes?'

'Gevallen van dood door ana-fy-lax-ie.'

Elk excuus om dat woord te gebruiken.

Hij ging verder. 'Het lijkt me gewoon zo bizar, zo uniek, dat een deel van me zich afvraagt of het *te* uniek is, te bizar. Iets dat eerder misschien onder de radar is gebleven op een bepaald moment.'

Victoria dacht na. Liet haar vinger over haar lippen gaan.

'Ik wil niet dat je er te veel tijd aan besteedt. Het is gewoon-'

Voordat ze haar zin kon afmaken, klonk er een klop op de deur die hen beiden deed schrikken. Victoria riep de persoon aan de andere kant binnen, en een moment later stapte DC Martin Brown de kamer in.

'Sorry voor de onderbreking,' zei de man, zijn ademhaling zwaar. 'Maar, Tomek, ik heb die lijst voor je.'

'Precies op tijd,' zei Tomek terwijl hij zich in zijn stoel omdraaide om naar Martin op te kijken. 'We hebben dit niet gepland. Echt niet.' Hij stak zijn hand uit en nam het document van de agent aan voordat hij zich weer omdraaide naar Victoria.

'Wat is dat?' vroeg ze, haar ogen werden groter, wenkbrauwen omhoog.

'Een lijst van alle sterfgevallen in de gemeente Southend en Castle Point, voor meisjes van tien tot vierentwintig jaar, in de afgelopen zes maanden, waarbij de doodsoorzaak ofwel is toegeschreven aan ana-fy-lax-ie of het slachtoffer heeft geleden aan ana-fy-lax-ie.'

'Dus je hebt het toch gedaan?'

'Zo te zien wel.'

'Waarom vraag je dan om mijn goedkeuring?'

Tomek haalde zijn schouders op. 'Ik waagde een gokje. Je mist honderd procent van de kansen die je niet neemt.'

En dit was een kans waarvan hij absoluut zeker wilde zijn dat hij hem niet zou missen.

HOOFDSTUK
NEGEN

Tomek liep die avond met opvallend veerkrachtige tred van zijn auto naar de voordeur. En dat had absoluut niets te maken met de kerstsfeer. Eerder ondanks de kerstsfeer. Er was geen ontkomen aan de constante herinnering aan wat nog maar een paar weken verwijderd was: de radio speelde dezelfde gerecyclede klassiekers in herhaling; kerstverlichting en decoraties hingen aan de lantaarnpalen langs de Southend-weg; in zijn straat hadden verschillende huizen en appartementen veelkleurige feestverlichting voor de ramen gehangen, waardoor ze eruitzagen alsof ze deelnamen aan een discofeest uit de jaren tachtig. En als dat nog niet erg genoeg was, had één buurman, een van de velen die hij nog niet had begroet met een korte knik, zijn voortuin uitgerust met een gigantische opblaasbare sneeuwpop die rook in je gezicht blies elke keer als je erlangs liep. Afgezien van het feit dat het een enorme geldverspilling was om dat rotding in de eerste plaats te kopen, was Tomek sterk geneigd om er meerdere keren langs te lopen om ervoor te zorgen dat de eigenaars a) zonder rook kwamen te zitten en de extra kosten hadden voor vervangende patronen, en b) de elektriciteitskosten moesten dragen voor het laten draaien van zo'n buitensporig en overdreven stuk tuinmeubilair op alle uren van de dag.

Maar hij was vanavond in een goede bui. Zijn *bah, humbug!*-gedrag moest maar wachten tot een andere dag.

Toen hij door de voordeur naar binnen stapte, hoorde hij twee stemmen vanuit de woonkamer boven aan de korte trap. Stemmen die Pools spraken.

'*Latem lubię... podróżować z rodzicami... do Anglii.*'

'Heel goed,' kwam het antwoord van Phillip Balham, Kasia's Poolse leraar. Omdat ze voor een kwart Pools was, vond ze het belangrijk om de taal van haar erfgoed te leren (met een paar behulpzame en dringende hints van Tomek), en dus had hij met plezier de beste Poolse leraar in de omgeving gevonden om haar minstens twee keer per week les te geven, met de optie voor een derde dag als ze allebei niet druk waren. Ze zaten nu bij hun derde les, maar het was duidelijk te zien dat ze al grote stappen in de goede richting maakte. Pools staat bekend als een bijzonder moeilijke taal om te leren, en zelfs hij was de eerste om toe te geven dat als hij er niet geboren was, en als hij niet was opgegroeid met het spreken, schrijven en luisteren ervan vanaf zijn geboorte, hij er niet eens in de buurt was gekomen. Daardoor was hij enorm trots op haar dat ze de sprong had gewaagd. Nu was het aan hen beiden om ervoor te zorgen dat ze het volhield.

'Je bent nu al een professional,' merkte Tomek op toen hij de woonkamer binnenkwam. Hij trof hen beiden aan, zittend aan de eettafel, gebogen over een reeks boeken en leermiddelen.

'Ik zal binnenkort beter zijn dan jij,' zei Kasia terwijl ze uit haar stoel klom en naar hem toe rende om hem een knuffel te geven.

'Daar twijfel ik niet aan,' antwoordde hij, terwijl hij over haar rug wreef. Toen liep hij naar Phillip en schudde de man de hand.

'Hoe gaat het met haar?'

'Veel beter dan vorige week,' vertelde hij Tomek. 'Ik vermoed zelfs dat ze tussendoor heeft geoefend.'

'Dat mag ik verdomme wel hopen,' zei Tomek. 'Met wat het kost.'

'Ik, eh-' begon Phillip, maar Tomek legde een hand op zijn schouder.

'Ik maak een grapje, maat. Je moet toch ergens je brood mee verdienen, je huur betalen. Ik laat haar bijna elke dag oefenen. In de weekenden krijgt ze vrij. Hoewel, als ze hier zo goed doorheen gaat, kan ik haar net zo goed nog iets anders laten leren. Hoeveel talen zei je ook alweer dat je kon spreken?'

Een trotse blik verscheen op Phillips gezicht en bleef daar. Tomek kon het hem nauwelijks kwalijk nemen toen hij het aantal hoorde.

'Zeven,' zei hij met alle kenmerken van iemand die wist dat hij intelligent was en niet bang was om dat toe te geven. 'Ik ben wat je zou kunnen noemen een polyglot.'

'Een poly-wat?'

'Polyglot.'

'Alleen het woord herhalen zal me niet beter doen begrijpen wat het betekent, ben ik bang. Wat is een polyglot?'

'Een polyglot is iemand die verschillende talen kan spreken. Meestal meer dan drie.'

'Maar jij kunt er zeven spreken, dus dat maakt jou een super-polyglot-'

'Een hyperpolyglot,' corrigeerde Kasia.

Tomek draaide zich naar haar en zag haar mobiele telefoon in haar hand, met de Google-zoekopdracht die ze in een oogwenk had uitgevoerd al op het scherm.

'Een hyperpolyglot,' zei ze, lezend van haar apparaat, 'is iemand die minstens zes talen kan spreken, volgens de Vereniging van Hyperpolyglotten.'

'Wauw. Er is zelfs een *vereniging*,' merkte Tomek op. 'Dus jij moet wel veel gevraagd worden?'

'Dat zou je denken, maar helaas niet. Ik moet ook 's nachts werken als croupier in het casino in Southend.' Hij pauzeerde. 'Bovendien moet je voor veel van die vertaaljobs geaccrediteerd zijn en kwalificaties hebben.'

'Is verschillende talen spreken voor je sollicitatie niet genoeg?'

'Was het maar zo. En, begrijp me niet verkeerd, het is geweldig dat ze een vereniging hebben, maar het is allemaal een beetje incestueus.'

'Zoals Mensa. Of de Vrijmetselaars?'

'Bijna. Maar lang niet zo spannend of geheimzinnig.' Phillip haalde zijn bril van zijn gezicht en maakte ze schoon met zijn overhemd. 'Bovendien lijken veel van de talen die ik spreek grotendeels op elkaar. Dus ik denk niet dat het echt telt.'

'O, ja?'

'Nou, Engels is de voor de hand liggende. Maar als je Engels kunt spreken, dan kun je ook Duits oppikken omdat ze niet zo verschillend zijn. En als je Duits kunt spreken, dan kun je ook Pools en veel van de andere Oost-Europese talen, omdat hun dialecten allemaal hetzelfde klinken. En als je Spaans kunt spreken, dan zijn Portugees en Italiaans praktisch identiek. De enige vreemde eend in de bijt is Frans, wat grappig genoeg de laatste taal is die ik heb geleerd.'

'Heeft dat je afgeschrikt om er nog meer te leren?'

Phillip lachte en legde zijn hand op zijn borst terwijl hij dat deed. 'Ik begrijp waarom je dat zou zeggen,' antwoordde hij. 'Ik had gewoon zin om even te pauzeren. Maar ik had wel eens een kind dat ik bijles gaf me vragen waarom hij Frans leerde, omdat hij dacht dat de Fransen niet bestonden.'

'Pas op bij wie je dat zegt,' zei Kasia, die zich in het gesprek mengde. 'Als ze dat aan de overkant van het water horen, beginnen ze misschien te rellen.'

Tomek keek haar een moment aan in stomme verbazing, verbaasd dat ze op haar leeftijd met zo'n grap kwam. Hij was onder de indruk. Toen richtte hij zijn aandacht weer op Phillip en begon de talen op zijn vingers te tellen. 'Dus we hebben Engels, Spaans, Portugees, Italiaans, Frans, Duits, Pools.'

'Vloeiend, ja. Van de rest kan ik zinnen en woorden oppikken, maar zou ik niet echt met een moedertaalspreker kunnen converseren. Hoewel ik onlangs terug ben gekomen van een reis naar Recife waar ze een dialect van het Portugees spraken dat ik nog nooit eerder was tegengekomen, dus dat was interessant!'

Het klonk interessant, maar toen Tomek op zijn horloge keek, besefte hij dat hij geen tijd had om in de woonkamer te staan praten over vreemde talen. Hij had een moord op te lossen, en dat ging hij niet doen in het gezelschap van Phillip of Kasia. Dus verontschuldigde hij zich, bedankte Phillip voor het langskomen (waarbij Phillip hem er fijntjes aan herinnerde dat hij dat alleen deed omdat hij ervoor betaald werd), en ging toen zijn slaapkamer binnen.

Ze waren pas een paar weken geleden in hun nieuwe woning getrokken, en de bewijzen van de verhuizing waren nog overal te zien. Kartonnen dozen opgestapeld in de hoek, gevuld met oude kleren die hij naar de plaatselijke kringloopwinkel moest brengen. Meubelstukken die uit hun kartonnen beschermers waren gehaald maar nog niet op hun definitieve plek stonden. En ten slotte waren er de outfits die gedragen waren, gebruikt, en op verschillende verstopplekken waren neergelegd. De kamer was een puinhoop, maar het deerde hem niet. Hij was eraan gewend.

De enige opgeruimde delen van de kamer waren echter de vensterbank en zijn bureau. Een klein eiland van helderheid, netheid, en het enige deel van de kamer dat er niet uitzag alsof er een veertienjarige jongen woonde die net magnetronmaaltijden en videogames had ontdekt.

Op de vensterbank stonden enkele van zijn meest gekoesterde bezittingen. Degene die hij, in geval van een woningbrand, zou redden vóór al het andere, vóór zijn laptop, vóór zijn telefoon, vóór alles (de enige uitzondering was de jas die zijn broer had gedragen op de avond dat hij was overleden; die zou hij nooit achterlaten). Hij aanbad zijn bonsaiboompjes en planten bijna evenveel als Kasia, al was het een nek-aannekrace, en Kasia had ze pas recentelijk op de finishlijn verslagen. Hij had ze al tientallen jaren in zijn bezit, verzorgde ze bijna elke dag, en snoeide, knipte en koesterde ze langer dan hij wilde toegeven. Hij had ze ook namen gegeven, maar dat gaf hij ook niet graag toe en was alleen bereid die informatie, dat goed bewaarde geheim, te delen met mensen die hij echt vertrouwde. Wanneer hij met ze bezig was, hun vorm perfectioneerde en hun takken in de juiste positie boog, bevond hij zich altijd in een staat van zen, een plek van kalmte, van reflectie. Alleen hij en zijn boompjes, hij en zijn planten. De buitenwereld - de buitenwereld waar hij nu naar keek; de straat beneden, met de auto's en de straatlantaarns - was allemaal een waas voor hem.

Alleen hij en zijn boompjes. Hij en zijn gedachten.

'Goedenavond, heren,' zei hij terwijl hij aan zijn bureau ging zitten.

Grote Ken de Ficus Benjamina.

Dudley de Dracaena.

Gandhi de Vredeslelie.

De Jongens.

'En Dame,' voegde hij toe, knikkend naar Freya de Gatenplant.

Vanwege de grootte van degene die voorheen in de woonkamer van hun oude flat had gestaan, was Tomek gedwongen geweest een kleinere te kopen zodat die in zijn slaapkamer zou passen, en hij betreurde die beslissing elke dag. Er was erg weinig ruimte voor hem om uit te spreiden over het oppervlak en vaak zat hij met gekruiste benen op het bed naar zijn aantekeningen te kijken, kauwend op zijn pen, net zoals hij Kasia betrapte.

Ze waren niet veelvuldig, maar hij vond het fijn om te denken dat er tekenen waren dat ze zeker zijn dochter was (afgezien van de overduidelijke DNA-test), en dat was er een van.

Vanavond had hij zijn laptop en een kleine map mee naar huis genomen. De basis van de zaak. De feiten waarvan ze wisten dat ze waar waren. De rest stond in een notitie-app op zijn bureaublad. Maar het belangrijkste bewijsstuk dat hij mee naar huis had genomen, was de informatie die DC Martin Brown hem had gegeven.

De man had hem verrast. Hij was op hetzelfde moment bij het team gekomen als Victoria, maar in tegenstelling tot haar had hij zich veel sneller in het team gevestigd. Tomek vermoedde dat het gemakkelijk was om dat te doen als je een van de laagst geplaatsten was: je kwam binnen, deed wat je moest doen, verdiende respect, en ging dan naar huis. Martin had niet dezelfde soort operationele en logistieke druk als de detective-inspecteur. In feite had niemand van hen dat. Behalve Tomek. Het was nog maar een paar uur geleden, maar hij begon nu een alomtegenwoordige aanwezigheid over zijn schouders te voelen. Die hem in de gaten hield. Die elk van zijn gedachten, elke beslissing beoordeelde. Zoals de stem in zijn hoofd die alles wat hij deed bekritiseerde.

Die gedachte naar de achtergrond van zijn geest duwend, richtte Tomek zijn aandacht op het document dat bevestigde dat er in de afgelopen zes maanden geen anafylaxie-gerelateerde sterfgevallen waren geweest in de gemeenten Southend of Castle Point. Toen Tomek echter had gevraagd om het net wijder uit te gooien voor sterfgevallen in de afgelopen twee jaar, had Martin, in de stijl van *Blue Peter*, een ander document uit zijn stapel getrokken en het aan Tomek overhandigd.

'Hier is er een die ik eerder heb voorbereid, sarge,' had Martin hem verteld, terwijl hij zelfvoldaan in de deuropening stond.

'Goed werk, Martin. Ga zo door. We maken nog een jonge Tomek Bowen van je.'

'Dat is het laatste wat de wereld nodig heeft,' had Victoria onderbroken.

Waarop Tomek Martin had opgedragen haar te negeren, zei dat er niets mis was met Tomek Bowen zijn, en hem toen had weggestuurd.

Terwijl hij nu naar het document voor hem keek, werd hij herinnerd aan de gevoelens die hij had gevoeld toen hij de woorden had uitgesproken: Twee jaar geleden stierf een jonge scholiere van zeventien in de concertzaal van het Cliffs Pavilion. Zij en haar vriendin waren samen naar het concert gegaan. Een combinatie van ecstasy, ibuprofen en paracetamol werd in haar systeem gevonden. Doodsoorzaak werd verklaard als een overdosis drugs, maar anafylaxie zou een significante impact hebben gehad. Ze was extreem allergisch voor ibuprofen.

Trots, optimisme, en een hernieuwd gevoel van vastberadenheid; dat zijn voorgevoel juist was geweest, dat zijn intuïtie hem naar iets mogelijk veel groters dan de dood van Lily Monteith had geleid, stroomde door hem heen.

Het enige probleem nu was echter dat zijn ontdekking op iets anders wees. Iets groters. Een potentiële seriemoordenaar, die slachtoffers via hun allergieën uitkoos. Eerst het concert, nu Lily Monteith. Twee jaar uit elkaar.

En als er één ding was dat hij wist over seriemoordenaars, dan was het dat de tijd tussen hun moorden, de tijd die ze nodig hadden om hun verlangens te bevredigen, korter werd met elke moord.

Als dat het geval was, dan vreesde hij dat er meer lichamen zouden volgen.

Eerder vroeger dan later.

HOOFDSTUK
TIEN

Tomek had nauwelijks geslapen. Hij had het grootste deel van de avond besteed aan het doornemen van de getuigenverklaringen en de rapporten over de dood van Mandy Butler. En naarmate de nacht vorderde, raakte hij er steeds meer van overtuigd dat er een patroon in zat, een methode in zijn waanzin. Of liever gezegd, de waanzin van de moordenaar.

Mandy Butler was zeventien toen ze stierf, op de drempel van volwassenheid. Ze was met haar vriendin naar een concert van Example gegaan en nooit meer thuisgekomen. Ze had een mix van drugs genomen en haar lichaam was daardoor bezweken. Voor de argeloze agent die de zaak onderzocht, zou het hebben geleken op een normaal geval van een overdosis drugs, een ongelukkig en verwoestend geval van een overdosis drugs, volgens alle berichten. Maar nu Tomek het verband tussen hen had ontdekt - ana-fy-lax-ie - groeide er een dieper wantrouwen in hem. Ja, het verband was zwak. Voor zover hij had kunnen nagaan, kenden de meisjes elkaar niet, ze waren niet naar dezelfde school gegaan, en toch waren ze gestorven als gevolg van hun allergie. Anafylactische sterfgevallen zijn uiterst zeldzaam in het Verenigd Koninkrijk, met slechts enkele sterfgevallen die jaarlijks worden toegeschreven aan de fatale allergische reactie. Maar dat twee meisjes van ongeveer dezelfde leeftijd onder vergelijkbare omstandigheden in korte tijd in hetzelfde gebied waren gestorven, dat was meer dan toeval.

En het was een gedachte die de alarmbellen had doen rinkelen.

Zo erg zelfs dat Tomek, voordat hij die ochtend naar kantoor was gegaan, vooraf had gebeld om met Mandy Butlers ouders te spreken. Maar zoals hij al snel ontdekte, was er nog maar één over.

'Mandy's vader is zes maanden na Mandy overleden,' legde Jennifer Butler uit terwijl ze hem haar kantoor binnenleidde. Ze werkte voor een plaatselijk architectenbureau in Leigh, wat betekende dat de rit kort was geweest.

'Het spijt me dat te horen,' antwoordde Tomek terwijl hij ging zitten.

'Het is zwaar geweest, maar ik begin er eindelijk overheen te komen.'

Tomek kon het zich alleen maar voorstellen. Een dochter en een echtgenoot verliezen, als een long en een hart, binnen zes maanden na elkaar. Verschrikkelijk.

'Ik houd mezelf graag bezig hier,' zei ze. 'Het helpt me om niet aan dingen te denken. En het is beter dan elke avond naar een leeg huis gaan.'

Tomek glimlachte bedachtzaam en knikte. Het kantoor was eenvoudig, met alle gebruikelijke meubels en benodigdheden van een architectenbureau: een bureau, computer en foto's van recente ontwerpen aan de muur. Alles was minimalistisch, rechtlijnig en schreeuwde design.

'Heeft u iets ontworpen dat ik misschien heb gezien?' vroeg Tomek terwijl hij naar een van de foto's aan de muur wees.

Ze draaide zich om om ernaar te kijken. 'Waarschijnlijk niet. We doen veel interieurontwerpen voor kantoorruimtes, evenals af en toe het structurele ontwerp van gebouwen. Tenzij u in het bedrijvenpark in Colchester bent geweest, kan ik me niet voorstellen dat u iets van ons werk hebt gezien.'

Tomek gaf toe dat hij daar niet was geweest. Maar als hij in de buurt zou zijn, zou hij langskomen om een kijkje te nemen. Nadat ze de beleefdheden hadden afgehandeld en de introducties achter de rug waren, was Tomek er op gebrand om zoveel mogelijk te weten te komen over Mandy's dood. Er was maar zoveel dat hij kon leren uit een politierapport.

'Neem zoveel tijd als u nodig heeft.'

'Mag ik vragen waarom u dit wilt weten?'

Tomek bewonderde de vraag en had groot respect voor haar. Het had geen zin voor haar om de ergste ervaring van haar leven opnieuw te beleven zonder reden.

'U bent zich hier nog niet van bewust, maar gisterochtend is er een jong meisje vermoord gevonden in een veld, onder vergelijkbare omstandigheden als uw dochter.'

'Vergelijkbaar hoe?'

'Ik vermoed dat ze is gedood door haar allergie.'

'Hmm.'

En toen verloor hij haar aandacht. Ze wendde haar blik van hem af en staarde naar het toetsenbord voor haar alsof ze wilde dat de toetsen het verhaal in haar hoofd zouden typen.

'Ze ging met haar vriendin naar een concert. Ze was zeventien. Het was haar eerste concert ooit. Example. Ze was al fan van hem sinds ze een kind was. Ik dacht erover om met haar mee te gaan, dat haar vader en ik gewoon achter in de zaal zouden staan, maar dat was niet cool, dat was niet het juiste om te doen. Ze wilde alleen zijn, zonder dat een van ons haar stijl verpestte. Vrijheid, noemde ze het. Dus besloten we de ketenen los te maken en haar te laten gaan.'

Er vormde zich een brok in haar keel en ze slikte hem weg. Het duurde even voordat ze verder ging.

'We kregen het telefoontje kort voordat het concert afgelopen was. Mijn man zou hen ophalen, dus hij was er al. Ik kwam apart en tegen de tijd dat ik aankwam, hadden ze de concertzaal ontruimd en de muziek gestopt. Ze was midden in het publiek in elkaar gezakt, maar het was te laat voor de ambulancebroeders om nog iets te doen. Volgens het rapport van de lijkschouwer was ze overleden aan een overdosis drugs. Maar, maar ik geloofde het niet. Kon het niet. Wilde het niet. Er zat ibuprofen in de drugs die ze in haar systeem hadden gevonden. Waarom? Misschien wilde ik niet denken dat mijn dochter zo dwaas zou zijn om drugs te nemen nadat we haar allebei zo vaak de gevaren en gevolgen ervan hadden uitgelegd.'

Terwijl ze sprak, boorde Jennifers blik zich dieper en dieper in het toetsenbord.

'Lange tijd wilde ik denken dat ze gedrogeerd was. Dat iemand opzettelijk iets in haar drankje had gedaan. Maar na Elsie's getuigenverklaring waarin stond dat iemand naar hen toe was gekomen en de drugs had aangeboden, wist ik dat het niet mogelijk was. Mijn dochter had drugs gekocht. Ze had ze gezien, ervoor betaald en ze genomen. Nog langer worstelde ik met de vraag waarom of hoe, wilde ik weten wat haar had bezield, maar ik zou nooit antwoorden krijgen. Dat veranderde allemaal toen ik van Nisha hoorde.'

Bingo. De echte reden waarom hij haar was komen opzoeken. Een klein stukje informatie zoals dit.

Tijdens zijn onderzoek van gisteravond had Tomek verschillende nieuwsartikelen in de lokale krant ontdekt met interviews van Jennifer Butler, waarin ze tekeer ging tegen de politie vanwege hun aanpak van de zaak, hoe snel ze het hadden afgedaan als een overdosis. Ze had openlijk verklaard dat de politie niet had gegeven om Mandy's dood, net zoals ze niet hadden gegeven om alle andere keren dat het was gebeurd. Toen hij dat las, had Tomek moeite gehad om uit te vinden wat ze daarmee bedoelde. En nu hoopte hij dat ze het hem zou vertellen.

'Wie is Nisha?'

'Iemand die ik online heb ontmoet.'

Tomek pakte zijn pen en notitieblok en maakte een aantekening. 'Kunt u wat specifieker zijn?'

Terwijl ze haar blik gericht hield op het computertoetsenbord, ging Jennifer verder: 'Ze heeft contact met me opgenomen via Facebook, een paar dagen nadat alles was gebeurd. Ik had geen tijd om haar te antwoorden tot na de begrafenis. Het ging allemaal zo snel, het was allemaal zo druk...' Ze pauzeerde terwijl ze zichzelf uit haar gedachten trok. 'Ze had contact met me opgenomen omdat haar dochter iets soortgelijks had meegemaakt. Net als Mandy was ze naar een concert geweest en was haar iets aangeboden, en net als Mandy had ze het aangenomen. En, net als bij Mandy, had ze een sterke reactie gekregen en was ze in elkaar gezakt. Alleen waren deze keer de ambulancebroeders op tijd aangekomen om de injectie toe te dienen die haar leven zou redden.' Jennifer hief haar hoofd en keek Tomek voor het eerst aan. Haar onverbiddelijke blik maakte hem licht ongemakkelijk. 'Het vreemde is dat het niet de eerste keer was dat het was gebeurd.'

Tomek bleef stil terwijl hij wachtte tot ze klaar was.

'Nisha had gesproken met verschillende andere moeders, die allemaal samenkwamen op Facebook om te bespreken wat er met hun dochters was gebeurd. In totaal vijf van ons. Allemaal met dochters van vergelijkbare leeftijd. Vijftien tot zeventien. Sommigen gingen naar dezelfde school, terwijl anderen nog nooit van elkaar hadden gehoord. Maar er was iets dat hen allemaal verbond. Ze hadden allemaal drugs gekregen die waren versneden met ibuprofen en paracetamol, en elk van hen was bijna overleden tijdens een concert in het Cliffs Pavilion. Het was allemaal te vergelijkbaar om te negeren.'

'Bent u met die informatie naar de politie gestapt?'

Tomek probeerde zich te herinneren of hij ooit iets had gezien of gehoord over Mandy Butler en de vijf andere meisjes die twee jaar geleden waren gedrogeerd in het Cliffs Pavilion, maar hij kon niets bedenken.

'We hebben het naar het hoogste niveau gebracht dat we konden vinden, maar hij wilde er niets van horen.'

'Wie?'

'We hebben het naar de hoofdinspecteur gebracht.'

Nick.

Vies van naam, vies van aard.

'En toen hij nergens mee kwam, hebben we het naar de *Southend Echo* gebracht.'

Deze keer probeerde Tomek zich te herinneren of hij het nieuwsartikel waar ze naar verwees was tegengekomen, of het in zijn onderzoek van gisteren was verschenen, maar niets. Hij moest het gemist hebben.

'Ik heb thuis nog steeds een exemplaar ervan,' zei Jennifer, haar aandacht nu volledig op Tomek gericht.

'Is er ook een online versie?'

'Natuurlijk.'

Het kostte haar minder dan een minuut om het artikel te vinden waarnaar ze verwees. Tomek schoof naar de andere kant van het bureau om beter zicht te hebben. Er zaten maar een paar centimeter tussen hen. Bovenaan het scherm stond de rode banner van het *Essex Live*-logo. Daaronder stond de titel van het artikel met een afbeelding van het Cliffs Pavilion aan de zijkant.

Daaronder stond de naam van de journalist die over de zaak had bericht.

Sinds Jennifer het voor het eerst had genoemd, was er onmiddellijk een naam in zijn gedachten verschenen. En nu was het zojuist bevestigd.

HOOFDSTUK
ELF

E r was geen perfect moment om in Morgana's Café aan de
Hadleigh High Street te zitten. Hun all-you-can-eat Engels ontbijtbuffet liep van zeven tot elf uur, en daarna gingen ze verder met hun
mindere versie die bestond uit alles wat er in een volledig Engels ontbijt
zat, minus de dingen die niemand wilde: tomaten, bloedworst en champignons. Het was een decadent feestmaal voor alle leeftijden, en het
waren ook alle leeftijden die door de deuren stapten. In het uur dat
Tomek daar had zitten wachten, pijnlijk langzaam drinkend van zijn
kop thee, in een poging die zo lang mogelijk te laten duren voordat hij
voor de beslissing stond om eten te bestellen bij zijn volgende ronde,
had hij niet minder dan zeventig mensen geteld die het restaurant
binnenstapten, gretig en blij om de tien pond neer te tellen die het buffet
kostte. Mannen en vrouwen van alle leeftijden en alle maten. Sommigen
waren vaste klanten, die de eigenaar Morgana bij naam kenden (al had
je geen genie hoeven te zijn om uit te vogelen wie zij was), terwijl
anderen hadden gezegd dat ze over de plek hadden gehoord van vrienden. De tweede groep waren het soort mensen dat Google Reviews
achterliet over elke plek waar ze kwamen: sommige goed, sommige
slecht, sommige ronduit onplezierig, en die daadwerkelijk dachten dat
mensen ze lazen en er aandacht aan besteedden.

De geur van vet, smeer en olie hing dik en muf in de lucht, en was
doorgedrongen in het meubilair; elke keer als hij bewoog, ving hij een
extra vleugje op van het penetrante aroma. Maar hij vond het niet erg.

Dit was hoe een typisch Brits café was. De geur, de geluiden van sizzlend vet en geschreeuw in de open keuken aan de achterkant, de goedkope ingrediënten, het nog goedkopere diamanté meubilair en de spiegels die aan de muur hingen, allemaal verslonden door klanten die niets gaven om het effect van het eten op hun gezondheid. Vreemd genoeg voelde hij zich hier thuis. Op een veilige plek. Iedereen hier was een vriend, een bondgenoot, verenigd in hun liefde voor goed eten. Het maakte niet uit welke achtergrond ze hadden, waar ze vandaan kwamen of wat ze voor de kost deden; hier werden alle labels en vooroordelen vergeten.

Naast hem zat een familie van drie generaties. De oudste was niet ouder dan vijftig, en de jongste was niet jonger dan tien. Terwijl Tomek probeerde de berekening in zijn hoofd te maken, werd hij afgeleid doordat Morgana zich voor de vierde keer voorstelde.

'Kan ik je nog een thee brengen, schat?'

'Graag,' zei hij, terwijl hij op zijn horloge keek.

Ze was laat. Meer dan een uur. Maar hij was nog niet klaar om het op te geven.

'En wat dacht je van eten?'

Tomek dacht even na. Zijn maag knorde. Hij had zo lang gewacht. En hij was niet te kostbaar om zichzelf voor haar als een idioot te laten zien terwijl hij zich tegoed deed aan zijn spek en eieren.

'Ja, graag.'

Ze pakte het notitieblokje uit haar schort en klikte haar pen in actie. 'Wat kan ik voor je halen?'

Tomek keek om zich heen naar de rest van het café. Naar de blije gezichten, naar de messen en vorken die overuren maakten om hun worstjes open te snijden en het spek uit elkaar te scheuren, naar de staat van hun servetten terwijl ze het vet van hun mond veegden.

'Ik neem hetzelfde als wat iedereen heeft, alsjeblieft,' zei hij. 'De hartaanval-special.'

Morgana zag de humor ervan in en lachte. 'Misschien moeten we het zo noemen.'

'Als je dat doet, wil ik minstens tien procent commissie op alle verkopen.'

Ze grijnsde naar hem, waarbij ze een set tanden liet zien die bijna net zo fel waren als de reflectie in de diamanté spiegel. 'Ik weet zeker dat we tot een overeenkomst kunnen komen,' zei ze.

In eerste instantie had Tomek het casual flirten niet opgepikt, maar toen ze het notitieblokje terug in haar zak stopte en nog een moment langer bleef staan, begon hij het te merken.

'Waar kom je vandaan?' vroeg hij. 'Ik hoor een accent.'

'Je hebt goede oren,' antwoordde ze. 'Estland, maar ik woon hier bijna mijn hele leven.'

'Hetzelfde geldt voor mij.'

Geïntrigeerd klikte ze haar pen voor een tweede keer en stopte hem in haar schortzak naast het notitieblokje. 'En jij?'

'Geboren in Polen, hierheen verhuisd toen ik vijf was.'

'Heel mooi,' antwoordde ze. 'Ik zou het niet hebben geweten als je het me niet had verteld.'

Dat hoorde hij vaak. En terecht, dacht hij; na meer dan vijfendertig jaar in het land zou hij inmiddels toch moeten hopen dat hij de taal goed kon spreken. Hoewel, dat gezegd hebbende, had hij meegeluisterd met enkele gesprekken aan de tafels om hem heen en was hij er zeker van dat hij beter Engels kon spreken dan ten minste de helft van hen.

'Ga je ooit terug naar Estland?' vroeg hij haar.

Maar voordat ze kon antwoorden, ging de deur open en stapte de persoon binnen op wie hij had gewacht. Ze had haar haar een donkerdere tint blond geverfd sinds hij haar voor het laatst had gezien. Of anders had de deprimerende en naderende duisternis van de winter het een diepere tint gegeven. Ze was gekleed in een broek met patroon en een zwarte katoenen trui, met haar haar vastgemaakt in een knot. Achter haar aan rolde een kleine koffer op wieltjes, uitpuilend van documenten.

'Sorry, ik ben laat,' zei ze, opgewonden.

'Net op tijd,' antwoordde Tomek. 'Wil je eten?'

Dat wilde ze. Hetzelfde als hij en iedereen. Terwijl ze Abigails bestelling opnam, vervaagde de glimlach op Morgana's gezicht, en toen ze zich van hen afdraaide, waren die, en haar interesse in hem, zo goed als verdwenen.

'Hoop dat je niet lang hebt gewacht,' zei Abigail, haar stem nu kalmer nu ze was gaan zitten.

'Je weet dat dat wel zo is. Jij was degene die me vertelde hier een uur geleden te ontmoeten.'

'Sorry. Hectische ochtend.'

Tomek was er zeker van dat dat zo was, maar hij was niet geïnteresseerd om het te horen. Minder dan vijf minuten later landden twee borden, compleet met twee eieren, twee worstjes, twee plakken spek, twee sneetjes toast, twee tomaten, twee champignons, twee plakjes bloedworst, en een spat baked beans, voor hen.

'Als je meer wilt van wat dan ook, vraag het maar,' zei Morgana terwijl ze de borden neerzette.

Tomek bedankte haar en ving de vage omtrek van een glimlach op haar lippen.

'Hou op met flirten,' zei Abigail tegen hem.

'Dat deed ik niet.'

'Dat deed je wel. Je flirt met alles wat ademt.'

'Ik flirt niet met jou.'

'Omdat je dat al hebt gedaan, die weg al bent ingeslagen.'

Tomek rolde met zijn ogen. Hij vroeg zich af hoe lang het zou duren voordat ze de dronken kus ter sprake zou brengen die op een avond tussen hen was voorgevallen. Het was een vergissing geweest, vooral van zijn kant, maar niet voor haar. Ze hield nog steeds vast aan de emotionele pijn over hoe hij haar daarna had behandeld.

'Ik heb je hier gevraagd om over zaken te praten, vrees ik,' antwoordde hij.

'Dat weet ik. Ik heb geen foto's van je aan mijn muren thuis hangen, Tomek. Ik heb geen kleine hartjes naast je naam in mijn telefoon. Ik heb niet-'

'Bewijs het.'

Dat zou ze niet doen. In plaats daarvan negeerde ze zijn verzoek en stortte ze zich op haar onbeperkte ontbijtbuffet. Tomek voegde zich bij haar, en al snel werd hij een van die slordige klanten die hij de hele ochtend had bekeken. Vet aan zijn vingers, een streepje ketchup dat langs de voorkant van zijn shirt droop, het vuile en bevlekte servet dat weinig deed om de rommel weg te vegen. Maar het was het allemaal waard. Het eten, het wachten en de naderende hartaanval waren het allemaal waard. Een van de lekkerste maaltijden die hij in lange tijd had gehad.

'Ik heb wat hulp nodig,' zei Tomek nadat hun borden waren weggehaald en er een nieuwe ronde spek en eieren voor hem onderweg was.

'Klinkt belangrijk.'

'Dat is het,' antwoordde hij.

'En wat krijg ik ervoor terug?'

'Dat moet nog bepaald worden.'

Abigail vouwde haar vingers ineen en trok haar lippen samen. 'Niet erg bedreven in de kunst van het onderhandelen, hè?'

Tomek zuchtte. 'Wat zou *jij* willen hebben in ruil?'

'De hoofdverslaggever zijn over wat het ook is waarmee je hulp nodig hebt.'

Dat was niet volledig onredelijk, vooral als ze al ervaring had met de zaak.

'Prima. Maar je krijgt alleen een voorsprong op wat we iedereen anders ook gaan vertellen,' antwoordde Tomek.

'Dat zullen we nog wel zien.'

Tomeks relaties met de pers leken veel op zijn relaties met vrouwen. Geen ervan was ooit erg goed verlopen. En ze waren altijd in liefdesverdriet geëindigd. Hij verwachtte altijd te veel en hij gaf zelden iets terug. Maar misschien stond dat op het punt te veranderen.

Om hen heen bleven klanten komen en gaan, en naarmate de tijd voorbij het middaguur rolde, werd het café serieus druk, en begon er zich een kleine rij te vormen buiten. Tomeks tweede bord eten arriveerde kort daarna, gevolgd door nog een ronde thee voor hen beiden.

'Een paar jaar geleden,' begon Tomek, terwijl hij de ketchup van zijn mond veegde, 'toen je nog een beginnend verslaggever was, die waarschijnlijk moest leven van de kruimels die je baas je gaf, werkte je aan een stuk over jonge schoolmeisjes in de omgeving die gedrogeerd waren op een reeks concerten bij de Cliffs.'

De zaak deed geen belletje rinkelen.

'Ze kregen allemaal allergische reacties op chemicaliën in de drugs,' vervolgde hij, in een poging haar geheugen op te frissen. 'En een van hen stierf.'

Nog steeds niets.

'Haar naam was Mandy Butler.'

Om haar geheugen op te frissen, pakte ze haar kleine koffer en haalde er haar laptop uit. Na het inloggen vond ze snel het artikel dat ze had geschreven.

'Ik herinner het me nu,' zei ze. 'Zeventienjarige. Stierf tijdens een Example-concert.'

'Dat is de juiste.'

'Maar er is nooit iets mee gedaan.'

'Klopt.'

Tomek reikte naar de computer en nam die van haar over. Op het scherm had ze de map op haar bureaublad geopend die getuigenverklaringen bevatte, het artikel zelf, een map met de titel "Foto's" en een andere met de naam "Master". Maar Tomek was in geen van deze geïnteresseerd. In plaats daarvan wilde hij haar screensaver zien. Hij minimaliseerde de vensters tot hij vond wat hij zocht. Het was een foto van de prijsuitreiking die ze samen hadden bijgewoond. Een selfie van haar en haar collega's. Met Tomek op de achtergrond, in gesprek met iemand anders.

Er verscheen een glimlach op zijn gezicht voor hij het besefte, en Abigail griste de laptop van hem weg voordat hij kon reageren.

'Zeg geen woord,' zei ze. 'Het is een oude foto. Ik was van plan die te veranderen.'

'Ja, ja.'

'Hou je mond. Wil je nu mijn hulp of niet?'

'Alsjeblieft,' zei Tomek, met een blik als van een puppy. Hij masseerde zijn armen en legde ze op tafel, verlaagde toen zijn stem en gebaarde dat ze wat dichterbij moest komen. 'Gisteren werd het lichaam van een jong meisje gevonden. Ze stierf aan een allergische reactie op latex. Een condoom en handschoen werden diep in haar keel aangetroffen.'

'Dat is verschrikkelijk,' antwoordde Abigail, hoewel de emotie haar gezichtsuitdrukking niet bereikte. Net als hij was ze ongevoelig geworden voor de extremiteiten van het werk. 'Maar wat heeft dat met Mandy Butler te maken?'

'Ik denk dat ze gerelateerd zijn. Op dezelfde manier waarop jij moet hebben gedacht dat al die meisjes die op concerten werden gedrogeerd, met elkaar te maken hadden. Ik denk dat er een verband is tussen de twee sterfgevallen.'

Abigail trok de knot in haar haar strakker. 'Wat heb je van mij nodig?'

Haar houding was veranderd. Geen grappige, flirterige Abigail meer. In plaats daarvan zat hij nu tegenover de serieuze, vastberaden Abigail.

'Ik moet spreken met de personen in je rapport. Ik moet weten wat zij weten, wat ze hebben gezien, met wie ze hebben gesproken, en of ze ooit een connectie hebben gehad met Mandy Butler en Lily Monteith.'

'Lily Monteith,' herhaalde Abigail langzaam. 'Dat is haar naam?'

Tomek knikte. Een naam toekennen aan een lichaam maakte het meteen veel echter.

'Ik ben bang dat er weer iets zou kunnen gebeuren,' vervolgde hij. 'En als ik gelijk heb, heb ik bewijs nodig om naar het National Crime Agency te brengen.'

Abigails ogen vielen op de mok thee op tafel, en ze begon die langzaam te draaien, centimeter voor centimeter met haar vingers verschuivend. 'Laat me kijken wat ik kan doen,' zei ze. 'Ik geef je de namen niet. Nog niet. Laat me contact met ze opnemen, met ze praten, kijken of ze bereid zijn om geïnterviewd te worden. Sommigen van hen waren erg jong toen ze doormaakten wat ze doormaakten, dus het is misschien wel het laatste waarover ze willen praten. Maar geef me wat tijd. Ik zal kijken wat ik kan doen.'

HOOFDSTUK
TWAALF

A bigail had niet kunnen aangeven wanneer ze contact met hem zou opnemen. Het kon variëren van het einde van de dag tot het einde van de week. Maar ze had beloofd dat ze individueel contact zou opnemen met de slachtoffers. Ze zou er een prioriteit van maken.

In de tussentijd was Tomek op weg terug naar het bureau langs de hoofdstraat gegaan op zoek naar een vervangend overhemd bij M&S. De ketchupvlek van Morgana's Café was groter dan hij aanvankelijk had gedacht, gênant genoeg, en hij had dringend behoefte aan een manier om zijn schaamte te verbergen wanneer hij terugkeerde naar kantoor. Terwijl hij, al in zijn nieuwe outfit, rustig over de hoofdstraat naar het bureau liep, bekeek hij de eindeloze reeks winkels. HMV, Waterstones, JD Sports, Sports Direct, River Island. Geen van de winkels waar hij Kasia ooit had zien komen of waarover hij haar had horen praten. Geen van deze zaken waar hij even binnen kon lopen om iets voor haar te vinden voor Kerstmis. De enige uitzondering was Boots, en zelfs wanneer hij met haar in de winkels was geweest, raakte hij altijd zo verward en misselijk van de duizelingwekkende hoeveelheid make-up en reinigingsproducten dat hij vergat op te letten. Nee, als hij haar iets wilde geven, dan zou het van de lijst moeten komen, de lijst die ze hem nog steeds niet had gestuurd. En als ze die niet snel zou sturen, was er geen garantie dat ze zou krijgen wat ze wilde. Dit was hun eerste Kerstmis samen, de eerste van vele, totdat ze achttien zou worden en naar de universiteit zou verdwijnen, of bij hem zou blijven tot ze dertig was en besefte dat de huizenmarkt een complete grap was, en hij wilde het memorabel maken.

Toen Tomek langs het treinstation liep, zag hij een man in een felgekleurd hesje die aan de kant van de hoofdstraat stond met een emmer in zijn handen. Penny Picker Pete. Een lokale legende van de hoofdstraat van Southend. Pete bracht zijn dagen en avonden door met rondhangen buiten de nachtclubs en winkels, waar hij losse muntjes opraapte van mensen die onoplettend genoeg waren om ze te laten vallen. Hij was een lokale beroemdheid, en 's avonds, wanneer de clubs opengingen, gingen feestvierders en clubbezoekers met hem op de foto. Tomek was ervan overtuigd dat hij ook ooit een foto met de man had gemaakt. Hoewel hij op dat moment nuchter was geweest en een politievest droeg.

Bij zijn terugkeer op kantoor bracht Tomek de rest van de middag door in vergaderingen. Het was 18.00 uur tegen de tijd dat hij klaar was voor de dag en hij had weinig om te laten zien. Geen grote doorbraken, geen bericht van Abigail, en geen teken dat de moordenaar zich zou melden. Al met al een verschrikkelijke dag. En het werd nog erger door het feit dat hij thee had gemorst op zijn gloednieuwe overhemd van M&S tijdens het avondeten.

'Verdomd kloteding,' schreeuwde hij, samen met nog wat andere goed gekozen woorden, terwijl de vloeistof langs zijn borst naar beneden liep.

'Let op je taal!' zei Kasia. 'Weet je, je zou sowieso na het middaguur geen cafeïne meer moeten drinken.'

'Echt? Wie zegt dat?'

'De wetenschap.'

Tomek rolde met zijn ogen en veegde tevergeefs de voorkant van zijn overhemd af met een natte doek. 'Nou, als de wetenschap ergens goed voor was, dan had ze wel een manier bedacht om deze vlek volledig te verwijderen en mijn witte kleding wit te houden.'

'Je hebt toch wel gehoord van afwasmiddel en Vanish, hè?'

Tomek keek haar boos aan en trok toen zijn overhemd uit. Hij gooide het in de wasmand en trok een T-shirt aan. Terwijl hij het shirt over zijn hoofd trok, riep Kasia zijn naam langzaam, zachtjes.

'Papa...' Haar stem was vol aarzeling.

'Je gaat me toch niet weer over Billy Turpin vragen, hè? Want ik heb erover nagedacht en ik zou liever niet hebben dat je hem hier uitnodigt, of dat je naar hem toegaat, trouwens.'

Toen hij zijn ogen opende, zag hij haar zitten met haar benen en armen over elkaar, met een afkeurende blik op haar gezicht. 'Waarom denk je automatisch dat dat is wat ik ga zeggen? Waarom laat je me niet uitpraten voordat je begint te praten?'

'Omdat ik de ouder ben. Dat doen we nu eenmaal. Dat zul je zelf nog wel leren op een dag.'

'Mag ik verdergaan?'

Hij aarzelde langer dan normaal om zijn punt te benadrukken. 'Ja...'

'Goed.' Ze trok een haarlok van haar pony weg en stopte die in haar haarband. 'Ik vroeg me af of ik een keer uit zou mogen gaan met Lucy en haar vrienden.'

Lucy...

Lucy...

Hij ging mentaal door zijn adresboek, maar kwam niet verder.

'Wie is Lucy?'

'Cleaves.'

Lucy Cleaves. Nog steeds niets.

'Nicks dochter.'

'Nicks dochter?' herhaalde Tomek, terwijl zijn gedachten een paar seconden achterliepen. 'Je bedoelt, Nare Nick? Je bedoelt, Detective Chief Inspector Nick Cleaves? Je bedoelt, mijn baas? Jij wilt uitgaan met zijn dochter?'

'Ja.'

Nou, Tomek kon daar moeilijk tegenin gaan. Als Lucy Cleaves ook maar iets op haar vader leek, dan wist hij dat Kasia in veilige handen was. In ieder geval in veiligere handen dan bij een joch dat een ton aan rundvlees wilde afranselen.

'Wat ben je van plan om met haar te doen?'

Kasia haalde haar schouders op. En als hij dacht dat het gebaar weinigzeggend was, dan was haar antwoord dat nog meer. 'Gewoon wat rondhangen...'

'Gewoon rondhangen als een stel straatschoffies.'

'Niemand zegt meer *straatschoffies*, pap. Ik weet niet eens wat het betekent.'

'Dan kun je maar beter niet "rondhangen" met Lucy en haar vrienden, anders leer je de betekenis al snel kennen.'

'Het was alleen ik,' antwoordde Kasia verdedigend. 'Ik was niet van plan om Sylvia mee te vragen.'

Tomek trok een wenkbrauw op. Hij voelde een belangrijke levensles aankomen. 'Waarom niet? Je laat Sylvia toch niet vallen voor Lucy en haar vrienden alleen omdat ze een jaar of twee ouder zijn?'

'Nou...'

Tomek schudde zijn hoofd en bewoog zijn vinger heen en weer. 'Nee. Dat gaat niet door, jongedame. Dat maak je mij niet wijs. Je kunt niet zomaar de enige vriendin laten vallen die er voor je is geweest sinds je op die school begon. Geloof me, je hebt haar meer nodig dan je beseft, en je zult spijt krijgen van de beslissing om haar achter te laten. Ofwel je betrekt haar er ook bij, of je gaat niet.'

Het kon hem niet schelen of dit misschien een les was die ze zelf moest leren, hij kon het risico niet nemen dat ze Sylvia als vriendin zou verliezen. Het jonge meisje was de enige geweest die contact had gezocht met Kasia op school, en dat vertelde hem dat ze een goed hart had, een vriendelijk hart. Lucy Cleaves was misschien het aardigste meisje van de school, maar ze zou nooit zo aardig zijn als Sylvia. Hetzelfde gold voor alle andere meisjes op school en in Lucy's vriendengroep. Anders waren zij wel degenen geweest die met haar hadden gepraat op het schoolplein op haar eerste dag.

'Is dat wat je met Saskia hebt gedaan?' kaatste ze terug.

Saskia, Tomeks oudste en beste vriendin.

Saskia, op wie hij al zo lang verliefd was.

Saskia, met wie hij pas recent weer contact had na dertien jaar zonder elkaar.

'Ja,' zei hij. 'Ik heb haar hetzelfde aangedaan, en ik heb er jarenlang spijt van gehad.'

'Is dat waarom je zo lang niet met haar hebt gesproken toen ze in Schotland was?'

'Oké. Genoeg. Ga naar je kamer.'

'Wat! Je bent totaal oneerlijk.'

'Nee, dat ben ik niet. Het zou oneerlijk zijn als ik zou zeggen dat je huisarrest hebt. Wil je dat ik zeg dat je huisarrest hebt? Zeg nog één woord en ik kan dat regelen.'

Hij had haar nog nooit huisarrest gegeven. Nooit de moed gehad om het te doen. Maar nu stond ze op het punt hem uit te testen. En hij hoopte dat ze zijn bluf niet zou doorprikken. Hij wilde niet een van die ouders zijn, zoals *zijn* ouders, die haar alles verboden. Maar soms maakte ze het zo onmogelijk.

Om zichzelf te kalmeren, zocht hij Saskia's mobiele nummer in zijn telefoon en vroeg of ze beschikbaar was voor een drankje.

'Nog een laat avonddrankje in een bar?' zei ze koeltjes. 'Mensen zullen zich dingen gaan afvragen, Tomek.'

Het kon hem niet schelen wat mensen dachten.

Het enige waar hij nu om gaf was afleiding. Iets dat hem weg zou halen bij Lily Monteith en Mandy Butler. Iemand die hem kon afleiden van Kasia en de overeenkomsten tussen haar en de moordslachtoffers. Iemand die hem kon afleiden van de gedachte aan haar en Billy de Koeienvechter.

Ze ontmoetten elkaar in wat snel hun vaste schuilplaats werd. Een bar in het centrum van Leigh Broadway genaamd Moo-Moos, een naam waarvan de ironie hem niet ontging.

'Het gebruikelijke?' vroeg de barman toen ze naar de bar liepen.

'Zijn we al in dat stadium beland?' antwoordde Tomek, kijkend tussen de barman en Saskia.

'Ik denk het wel,' antwoordde ze. 'We zijn hier pas twee keer geweest.'

'Moeten wel de enigen zijn die de zaak draaiende houden,' fluisterde Tomek tegen haar terwijl de barman hun drankjes klaarmaakte.

Nadat ze hun drankjes hadden ontvangen, vonden ze een plekje in de hoek bij de ingang. Tomek zat met zijn rug naar het raam, terwijl zij alles in de gaten hield wat achter hem gebeurde.

'Hoop dat ik je avond niet heb verpest,' zei hij tegen haar terwijl hij een slokje van zijn mojito nam. Het was een van de lekkerste die hij ooit had geproefd. Hij wist niet waarom hij er een had besteld, en dan ook nog op een doordeweekse avond; hij voelde zich avontuurlijk.

'Gewoon het gebruikelijke. Alleen zitten met een glas witte wijn en onleesbaar huiswerk van kinderen voor me.'

'Ik zal je niet te lang ophouden,' antwoordde hij. 'Klinkt alsof je daar zo snel mogelijk naar terug moet.'

Ze lachte, en terwijl ze dat deed lichtte het wit van haar ogen op. Ze brachten de volgende vijf minuten door met bijpraten. De gaten vullen van de afgelopen weken sinds ze elkaar voor het laatst hadden gezien.

'Wat zijn je plannen voor Kerstmis?' vroeg hij haar nadat ze had uitgelegd dat haar schoolhoofd op het punt stond te vertrekken voor een nieuwe functie op een beter presterende school.

'Niets bijzonders. Ik ga voor een week terug naar huis. Mijn ouders bezoeken.'

'Leuk.'

'En jij?'

'Kasia en ik vieren het samen. Alleen wij. Ze heeft een hele planning gemaakt. Ook heel strikt. Cadeautjes in de ochtend. Dan ontbijt - roerei op toast, haar keuze. Dan wil ze Disney's *Moana* kijken. Dan diner, dat aan de eettafel genuttigd wordt zonder televisie op de achtergrond. Dan moeten we wat spelletjes spelen. Daarna sluiten we de avond af met het kijken van een romantische komediefilm op Netflix of zoiets, waarbij ik waarschijnlijk in slaap val op de bank.'

'Klinkt eerlijk gezegd als een heerlijke dag. Dus waarom klink je alsof je er niet naar uitkijkt?'

'Omdat ik haar niet heb verteld dat wij Polen Kerstmis op de vierentwintigste vieren. Ik weet niet wat dat met haar plannen gaat doen. Zou alles uit balans kunnen brengen en alles kunnen verpesten.'

Saskia nam langzaam een slokje van haar glas wijn en bekeek hem aandachtig. 'Hoe dan ook, het klinkt als mijn idee van een goed kerstfeest.'

'Het mijne ook. Ik denk dat we het bezoek aan mijn ouders bewaren voor volgend jaar. Ze hoeft daar nog niet aan blootgesteld te worden. Het is chaos van de hoogste orde.'

Althans, dat was het geweest de laatste keer dat hij was gegaan.

Kort daarna ging het gesprek over op school. En het gesprek tussen Billy de Koeienknokker en Kasia.

'Wat een stom iets om te zeggen,' zei Saskia. 'Er is absoluut geen manier waarop iemand een koe knock-out kan slaan.'

Tomek rolde met zijn ogen. Dat was niet het antwoord dat hij had verwacht te horen. Hij had gehoopt dat ze hem zou vertellen dat hij gelijk had door zijn dochter te verbieden Billy de Koeienknokker te zien, dat ze zijn ouderschapsbeslissing zou bevestigen.

'De echte vraag is of je een koe zou kunnen *ontlopen*.'

Tomek liet zijn hoofd in zijn handen zakken. Dit liep uit de hand. Maar terwijl hij daar zat, starend in de ruimte tussen de tafel en zijn benen, kon hij niet anders dan zichzelf voorstellen op de renbaan, tegenover een stier van een ton.

'Ik hoef alleen maar sneller te zijn dan de langzaamste persoon,' zei hij.

'Dat is een cliché. En slecht. Verpest de lol niet.' Ze pauzeerde om nog een slokje te nemen. 'In een één-op-één. Wie wint er? Jij of de koe?'

'Waar hebben we het over, een Shetlandpony of een echte koe?'

'Wat is een echte koe?'

'Eentje die *boe* zegt.'

Ze schudde afkeurend haar hoofd. 'Het maakt niet uit. Kies maar. Beantwoord gewoon de vraag. Denk je dat je sneller kunt rennen dan een koe?'

Hij dacht er nog wat langer over na. Stelde zich het scenario voor: hijzelf, op een goede dag, volledig uitgerust met de nieuwste high-tech aerodynamische sportkleding, sprintend voor zijn leven in een race die even fictief als belachelijk was.

'Ja,' antwoordde hij zonder schaamte.

'Fout,' klonk de stem van de barman achter de bar.

Ze hadden het niet gemerkt, maar in het vuur van hun discussie hadden ze hun stemmen verheven en schreeuwden ze bijna tegen elkaar.

Over iets wat verzonnen en belachelijk was.

'Een gemiddelde koe kan, *gemiddeld,* ongeveer veertig kilometer per uur rennen,' vervolgde de barman. 'Usain Bolt haalde net zo'n drieënveertig kilometer per uur toen hij het wereldrecord verbrak. Tenzij we allemaal net zo snel zijn als de snelste man ter wereld, denk ik niet dat iemand van ons een kans maakt.'

Ze bedankten de man voor zijn inbreng en toen glipte hij stilletjes weg om zijn taken te hervatten. Toen Saskia zich omdraaide naar Tomek, had ze een zelfingenomen, betweterige blik op haar gezicht.

'Ach, kom op,' antwoordde hij. 'Alsof jij het antwoord daarop wist.'

'Natuurlijk wist ik dat. Ik ben lerares. Het is het eerste wat ze je leren op de lerarenopleiding.' Ze pauzeerde. 'Bovendien hebben we dezelfde discussie al een paar keer in mijn klas gehad, hoewel ik het onderwerp *vechten* met een koe in mijn volgende les eens moet aansnijden.'

'Wat is het toch met kinderen en hun fascinatie voor koeien? In onze tijd duwden we ze gewoon voor de lol omver. We dachten nooit dat we groter waren dan koeien. Wanneer is die hele mentaliteit veranderd?'

Ze haalde haar schouders op. 'Het zijn kinderen, Tomek. Ze zeggen de stomste dingen. Laatst vertelde iemand me dat kale mensen een samenzwering zijn. Iemand schreef "duiven hebben Bin Laden vermoord" op het whiteboard terwijl ik even weg was. En iemand vertelde me dat ze me een Cameo voor mijn verjaardag zouden kopen, en ik weet niet eens wat een Cameo is!'

'Helaas weet ik dat wel. Kasia zei dat het iets is waarmee beroemdheden woekerprijzen vragen voor een kort filmpje waarin ze je gelukkige verjaardag wensen, of een andere nietszeggende boodschap.'

'Wat ik bedoel is dat ze op die leeftijd gewoon domme dertienjarigen zijn die proberen grappig te zijn. Ze zitten vol hormonen en ze denken dat de beste manier om indruk op elkaar te maken is door zichzelf dagelijks te injecteren met een krachtige combinatie van brutaal en idioot in gelijke delen. Jij bent daar geweest, ik ben daar geweest, en ik weet vrij zeker dat jij precies hetzelfde was.'

'Dus wat je *eigenlijk* zegt, is dat ik die Billy Turpin wat ruimte moet geven?'

'Nee. Ik zeg dat je moet ophouden zo gespannen te zijn. Het staat je niet goed. En voordat je eenenveertig bent, zie je er al uit alsof je in de vijftig bent.'

Tomek vond dat niet leuk klinken. Hij was er trots op dat hij er tien jaar jonger uitzag dan hij werkelijk was. Het streelde zijn narcistische ego wanneer vrouwen die hij ontmoette zeiden dat hij te jong was om een dertienjarige dochter te hebben. Hij had hard gewerkt om er zo jeugdig uit te zien als hij deed. Een weloverwogen en delicate dagelijkse routine van moisturizers, crèmes en anti-verouderingschemicaliën, met af en toe wat haarverf voor zijn baard en haar.

'Ik denk dat je misschien gelijk hebt,' zei hij kalm. 'Ik dacht vroeger waarschijnlijk dat ik het wel tegen vijf koeien tegelijk kon opnemen.'

'Verdubbel dat, en dat klinkt als de Tomek die naast me zat bij scheikunde.'

Tomek grinnikte en dronk zijn glas leeg. Hij had dit nodig gehad. Een klankbord. Iemand om mee te praten over dingen waar hij niets van wist. Hoewel Saskia zelf geen kinderen had, was ze genoeg met ze omgegaan om te weten hoe ze waren, en ze was in het algemeen zoveel wijzer dan hij, dat was ze altijd al geweest, dat hij het gevoel had dat hij haar alles kon vragen en zij met een slim, logisch en weloverwogen antwoord zou komen.

Toen het onderwerp van nog een drankje bestellen ter sprake kwam, bedankte Saskia hem maar weigerde. Werk. Vroege ochtenden. Niets waar Tomek tegenin kon gaan, want hij had hetzelfde in het verschiet. Toen ze aanstalten maakten om te vertrekken, bedankten ze de barman en vertelden hem gekscherend dat ze hem over een paar weken weer zouden zien, in het nieuwe jaar.

Terwijl ze terugliepen naar hun auto's die aan de kant van de weg geparkeerd stonden, hoorde Tomek zijn naam geroepen worden. Een schril, hoog gepiep.

Hij draaide zich om en zag Abigail Winters van verre naderen. Ze droeg een strakke zwarte jurk met hoge hakken en een mini-tasje onder haar arm.

'Wat doe jij hier?' vroeg ze.

Hij had haar hetzelfde kunnen vragen.

'Een drankje doen met een oude vriend,' antwoordde hij.

'Hetzelfde. Ik was ook uit voor een paar drankjes met wat oude vrienden. Uit mijn vroege journalistieke dagen.'

Hij kon het merken. De alcoholgeur in haar adem en haar onduidelijke spraak suggereerden dat ze meer dan een paar drankjes had gehad.

'Ga je naar huis?' vroeg ze, met hoop in haar stem.

'Ziet ernaar uit,' antwoordde hij.

'Geen zin om te blijven voor nog eentje? Mijn vrienden hebben het voor gezien gehouden, maar ik denk dat ik nog wel een glas of twee aankan.'

Tomek aarzelde. Toen werd hij zich plotseling bewust van Saskia die hun interactie gadesloeg.

'Vanavond niet,' vertelde hij haar.

Toen kwam ze dichterbij, haar hoge hakken klakkend op de stoep. 'Jammer,' zei ze. 'Ik *wilde* je eigenlijk onder vier ogen vertellen dat ik met de meisjes heb gesproken, maar ik denk dat ik het *nu* maar moet doen.'

Tomek grijnsde ongemakkelijk, de situatie enigszins oncomfortabel vindend. 'Als je het niet erg vindt,' antwoordde hij. 'Wat zeiden ze?'

'Het spijt me, maar ze zeiden dat ze niet door jou benaderd willen worden. Ze willen niet met je praten.'

'Heb je gevraagd waarom?'

Ze boerde en bedekte haar mond met haar hand. 'Ze willen het verleden niet opnieuw beleven. Het is te pijnlijk voor hen allemaal.'

'Heb je hun verteld dat ik een politieagent ben?'

'Ja.'

'En dat maakte geen verschil?'

'Nee.'

Fuck.

'Prima,' zei hij tegen haar. 'We regelen dit morgenochtend wel. Goedenacht, Abigail.'

Als ze beledigd was door zijn kortafheid, liet ze het niet merken. Toen ze vertrok, liep ze zelfverzekerd weg op haar hoge hakken, ervoor zorgend dat Tomek haar nakeek terwijl ze wegliep. Wat hij plichtmatig deed. Terwijl haar lichaam bewoog onder haar outfit, werd hij teruggebracht naar de avond van hun kus.

En toen werd hij teruggebracht naar het heden door Saskia die haar autodeur opende. Tegen de tijd dat hij zich omdraaide om naar haar te kijken, glipte ze al in haar auto en wierp ze hem een van die woedende blikken toe die ze gaf wanneer ze niet onder de indruk was van hem.

'Wat?' riep hij naar haar. 'Het is niet wat het lijkt.'

'Welk deel, de meisjes die niet met je willen praten of degene die je toevallig midden in de hoofdstraat om elf uur op maandagavond vond en je vroeg om nog een drankje te blijven drinken?'

HOOFDSTUK
DERTIEN

Tomek kon de geeuw niet onderdrukken voordat hij zijn mond verliet.

'Verveel ik je?' vroeg DCI Cleaves.

Tomek schudde zijn hoofd.

'Mooi. Zoals ik al zei, ben je zeker dat je alle mogelijkheden hebt onderzocht?'

'Ja. Het enige probleem is dat de slachtoffers niet met ons willen praten.'

'Kan er nog meer druk worden uitgeoefend?'

'Ik ben het aan het onderzoeken,' antwoordde Tomek. 'Maar ik vraag me meer af waarom we nu zo lang wachten met het uitoefenen van die druk.'

Nicks gezicht vertrok. 'Pardon?'

'Ik heb laatst de aantekeningen over de dood van Mandy Butler doorgenomen en stuitte op een e-mail van Tony aan u, waarin hij om meer middelen vroeg voor het onderzoek naar de aanvallen op de meisjes. Zijn e-mail kreeg geen antwoord. En er werden geen extra middelen vrijgemaakt.'

Nick schudde zijn hoofd en sloeg met zijn handpalm op het bureau. 'Wat is dit in godsnaam? Is dit een soort verhoor? Werk je nu voor de IOPC ofzo? Hebben ze je opdracht gegeven om mijn fouten te onderzoeken?'

'Nee, sir,' zei Tomek zo kalm mogelijk.

'Ik heb een fout gemaakt, oké? Het was twee jaar geleden. Ongeveer toen Robbie naar het leger ging. Ik zat niet goed in mijn vel. We zaten als familie niet goed in ons vel. Zo simpel is het. Ik steek mijn handen op en geef toe dat het een nalatigheid was.' Nick liet zijn hoofd zakken, de agressie en vechtlust vloeiden uit hem weg. 'Maar... maar ik ga het goedmaken voor die meisjes, geloof me. Daarom wilde ik dat jij hieraan zou werken. Je bijt je soms vast als een hond in een bot, en nu je Kasia in je leven hebt, denk ik dat je met hernieuwde vastberadenheid zult zoeken naar wie hiervoor verantwoordelijk is. Ik bedoel, *jij* was degene die het verband heeft gevonden.'

Tomek wist niet of dat bedoeld was om zijn ego te strelen of om hem op de een of andere manier te beledigen, maar hij besloot stil te blijven en Nick te laten doorgaan.

'Ik... ik...' Hij stokte, schudde toen zijn hoofd. 'Je hebt over een uur de vergadering met de NCA. Je moet je daarop voorbereiden.'

Tomek schoof onder het bureau vandaan en stopte halverwege. 'Waarschijnlijk niet het beste moment om het te noemen,' begon hij, 'maar het lijkt erop dat onze dochters nu met elkaar communiceren. Waar ze dat idee vandaan hebben, geen idee, maar Lucy heeft Kasia en haar vriendin uitgenodigd om een keer af te spreken.'

Verbazing verscheen op Nicks gezicht. 'Vind je dat goed?' vroeg hij. 'Ze is een paar jaar ouder dan Kasia.'

'Vertrouw je je dochter?'

'Wat?'

'Als jij haar vertrouwt, dan vertrouw ik haar ook.'

'Natuurlijk vertrouw ik haar.'

'Dan is het prima. Geregeld. Helemaal oké voor mij. Jouw dochter en mijn dochter worden vrienden.'

'Denk maar niet dat wij hetzelfde moeten doen.'

Tomek stond op uit de stoel. 'Je weet dat je eigenlijk dol op me bent,' zei hij met een knipoog. 'Kun je je voorstellen als mijn dochter een zoon zou zijn en ze *dan* vrienden zouden willen worden? *Dat* zou pas interessant zijn.'

'Ik zou nog liever met schuurpapier de kont van een tijger schuren in een telefooncel dan aan dat specifieke vooruitzicht te denken,' antwoordde Nick. 'Ga nu weg en doe je werk.'

Zijn relatie met Nick was ingewikkeld. Vader-zoon op een goede dag, vader-zoon op een slechte dag, alleen dan aan tegenovergestelde uiteinden van het spectrum. Tomek werkte al bijna vijftien jaar samen met de hoofdinspecteur. Hij had het gezin bezocht, avonden daar doorgebracht, gesmuld van de heerlijke zelfgemaakte maaltijden van Nicks vrouw. Hij was zelfs uitgenodigd voor enkele schoolbijeenkomsten toen ze jonger waren. Nick had er in totaal drie. Twee meisjes en een jongen. De meisjes zaten op school, met vier jaar verschil, terwijl Robbie, de oudste, de school had verlaten op zijn zestiende om bij het leger te gaan. Die beslissing had het gezin verscheurd en was het resultaat van een langlopende vete tussen de biologische vader en zoon. Als gevolg daarvan kwam Nick vaak woedend naar de ochtendbriefings, boos over iets wat hij niet aan het team wilde uitleggen. Behalve aan Tomek. Tomek was de enige die mocht zien en horen wat er achter gesloten deuren gebeurde.

Terwijl Tomek de deur achter zich sloot, besefte hij dat de man destijds veel pijn had gehad. Dat hij Robbies beslissing om het gezin te verlaten harder had opgevat dan hij had laten blijken. Zo erg zelfs dat hij nalatig was geweest in zijn werk.

Maar dat had hem er niet van weerhouden om Tomek te verdedigen wanneer dat nodig was, wanneer hij een misstap had begaan, een fout had gemaakt, dingen te ver had doorgedreven. Nick was altijd de eerste geweest die voor hem in de bres sprong. En nu was het Tomeks beurt; terwijl hij de deurklink losliet, besloot hij dat als iemand van het National Crime Agency wilde weten waarom de incidenten met de vermoedelijke drugsoverdoses niet verder waren onderzocht dan een eenvoudig rapport en enkele getuigenverklaringen, Tomek zou verdedigen, verdedigen, verdedigen.

Ontkennen.

Ontkennen.

Ontkennen.

HOOFDSTUK
VEERTIEN

De ontmoeting met de National Crime Agency was niet verlopen zoals Tomek had gehoopt. De mensen wier taak het was om de aanwijzingen van een seriemoordenaar op te merken en te onderzoeken, hadden het verband dat Tomek hun had uitgelegd niet begrepen. Ze hadden het bewijs genegeerd dat een moordenaar tienermeisjes als doelwit had op basis van hun allergieën.

'Het is gewoon een te grote sprong,' had Naomi Mackenzie hem uitgelegd, met alleen haar bovenlichaam zichtbaar op het scherm. 'Zelfs als er een derde slachtoffer zou zijn, denk ik nog steeds niet dat het aan de criteria zou voldoen.'

Tomek was geschrokken van die uitdrukking.

De criteria.

De criteria waaraan moest worden voldaan zodat de moord op een onschuldig persoon op een andere manier kon worden onderzocht. De criteria waaraan moest worden voldaan om de extra middelen en kosten te rechtvaardigen.

Tomek stond op het punt om haar een paar criteria van zichzelf te geven, maar besloot ervan af te zien en herinnerde zichzelf eraan dat ze allemaal aan dezelfde kant stonden. Ook al voelde dat niet altijd zo.

Om zichzelf te kalmeren en om zijn punt verder te bewijzen, verliet Tomek het kantoor en ging op weg om met Elsie Rawcliffe te spreken. Vriendin van Mandy Butler. Degene die bij haar was geweest op de avond dat ze stierf, degene die had gezien hoe Mandy betaalde voor de drugs die haar hadden gedood, die had gezien hoe haar vriendin leed en stierf, recht voor haar ogen. Tomek was naar haar school gegaan en had gevraagd om rustig en zonder ophef met haar te spreken. Het hoofd van de bovenbouw was maar al te graag bereid geweest om mee te werken en had ervoor gezorgd dat ze zou blijven terwijl Tomek met haar sprak, maar niet voordat de ouders waren gebeld om uit te leggen wat er aan de hand was. Op dat moment was Tomek gedwongen geweest te wachten tot Elsie's ouders hun werk hadden verlaten en naar school waren gekomen. Ze arriveerden bijna dertig minuten later, en in die tijd had Tomek het gesprek kort en algemeen gehouden - vragen over haar examens, school in het algemeen, het leven zonder Mandy Butler. Het meisje was zichtbaar nerveus, begrijpelijkerwijs, en hij kon zien hoe ze de gebeurtenissen van die avond in haar hoofd herbeleefde, hoe ze haar vriendin steeds opnieuw zag sterven voordat ze het gesprek zelfs maar waren begonnen.

'Neem je tijd voor alles,' zei hij tegen haar. 'Je bent niet gearresteerd of zoiets, ik moet je alleen wat vragen stellen over wat er met Mandy is gebeurd op de avond dat ze stierf.'

'Waar gaat dit over?' vroeg Elsie's moeder, een vrouw die zich had voorgesteld als dokter Rawcliffe. Ze zat op een paar centimeter afstand van haar dochter, klaar en wachtend om haar arm om haar heen te slaan wanneer het te moeilijk zou worden. Of ze was klaar om haar weg te trekken zodra ze besloot dat het gesprek te moeilijk was geworden.

'Een paar dagen geleden werd een jong meisje van ongeveer dezelfde leeftijd als Mandy toen ze stierf, gevonden in John Burrows Park. Ze was overleden aan anafylaxie. We onderzoeken momenteel de twee sterfgevallen om te zien of er een verband tussen bestaat,' vertelde Tomek haar. Dat was meer dan ze hoefde te weten. Meer dan hij had willen vertellen, maar hij kreeg de indruk dat dokter Rawcliffe hem niet zou laten doorgaan totdat ze tevreden was met zijn antwoord.

'Goed dan,' antwoordde de dokter, en wendde zich tot haar dochter. 'Als je dit op enig moment wilt stoppen, kan dat. Begrijp je dat?'

Elsie knikte krachtig, terwijl ze Tomeks blik vasthield.

'Wat wilt u weten?' vroeg ze hem koel, de regelmaat van haar ademhaling was duidelijk zichtbaar terwijl ze beheerst in- en uitademde.

'Ten eerste zou ik willen weten of je het gezicht herinnert van de man van wie Mandy de drugs kocht. Was het überhaupt een man?'

'Ja,' antwoordde Elsie.

Tomek had geweten dat het een man was, maar het was beter om zich dom voor te doen; op die manier zou ze meer praten, en hoe meer ze sprak, hoe meer ze misschien de lagen zou afpellen en zich een klein detail zou herinneren.

'Herinner je je zijn gezicht nog?'

'Een... een beetje.'

'Zou je hem misschien voor me kunnen beschrijven?'

'Hij... ik bedoel, het was donker, er waren zo veel mensen. En het was allemaal zo snel voorbij. Hij bleef niet bepaald rondhangen.' Ze haalde diep adem, hield die vast en liet haar lichaam toen langzaam leeglopen. 'Hij was gemiddeld van lengte, denk ik. Kleiner dan u. Dik zwart haar. Misschien een baard.'

Tomek knikte, en vormde een beeld van de man in zijn gedachten. 'Zou je bereid zijn om die beschrijving, en misschien wat meer details, aan een tekenaar te geven zodat we een compositietekening kunnen maken? Soms merken we dat dat helpt om je geheugen wat op te frissen.'

Elsie pauzeerde en wendde zich tot haar moeder, die op haar beurt knikte ter goedkeuring. 'Oké,' zei ze zachtjes. 'Ik denk dat dat prima is.'

'Uitstekend. Ik zal een van mijn teamleden dat voor je laten regelen. Ze zullen contact met je opnemen. Herkende je de man destijds of leek hij een volslagen vreemde?' ging hij verder.

Elsie schudde haar hoofd. 'Mandy kende hem. Toen hij naar ons toe kwam, gaf ze hem een knuffel en toen betaalde ze hem voor de drugs. Ik... ik... ik probeerde haar tegen te houden, maar ze wilde niet luisteren. Ik weet niet waarom ze dacht dat het een goed idee was. Ze had ze eerder geprobeerd en ik... ik zei dat ik er niets mee te maken wilde hebben, maar ze wilde niet luisteren.'

Tomek bestudeerde Elsie's gezicht. De lijnen in haar voorhoofd, de verwijding van haar pupillen, het trillen in haar stem, en stelde vast dat ze de waarheid sprak. Dat ze niet in de verleiding was gekomen om de drugs te proberen, dat ze niet gewoon alle schuld op Mandy Butler schoof om aan de woede van haar medisch geschoolde moeder te ontsnappen.

'Na de ontmoeting,' begon Tomek opnieuw. 'Heb je aan Mandy gevraagd wie de man was?'

'Ik heb het geprobeerd, maar ze wilde het me niet vertellen. Ze zei alleen dat het iemand was die ze kende van school.'

'*Deze* school?'

Tomek wendde zich tot het hoofd van de bovenbouw die achterin de kamer zat, alsof hij verwachtte dat zij het antwoord zou weten. Het vooruitzicht dat de moordenaar iemand was van dezelfde school waar hij nu zat, wond Tomek op.

'Nee, niet deze school,' antwoordde Elsie, en een blik van opluchting verspreidde zich over het gezicht van de schooldirecteur. 'Mandy woonde vroeger in Manchester. Ze is hierheen verhuisd toen ze net aan het vierde jaar begon, volgens mij.'

'Ja. Dat klopt,' voegde het hoofd bovenbouw toe, hoewel de aarzeling in haar stem duidelijk maakte dat ze geen idee had waarover ze sprak.

Tomek maakte een notitie. Manchester. Iemand van een school in Manchester waar ze naartoe was gegaan.

'Weet je de naam van de school?' vroeg Tomek.

Elsie schudde opnieuw haar hoofd. 'Ze praatte er niet over. Ze zijn alleen teruggekomen omdat haar moeder heimwee had. Haar vader kwam oorspronkelijk van hier.'

'En je noemde dat het niet de eerste keer was dat Mandy drugs had gekocht,' begon Tomek. 'Weet je hoe vaak ze die gebruikt had?'

'Ik denk maar een of twee keer. Alleen wiet... denk ik. Zij en een paar andere mensen van onze school gingen soms na schooltijd het bos in aan de overkant om te roken, maar ik ben er nooit bij in de buurt gekomen. Ik was te bang.'

Dus ze was overgegaan van wiet naar xtc. Een sprong die haar het leven had gekost. En zo was ze een postermeisje geworden voor de gevaren van drugs.

Wiet, de opstapdruk die leidt tot de dood.

Terwijl hij daar zat en de informatie verwerkte, werden verschillende dingen hem duidelijk. En hij schaamde zich om toe te geven dat het helemaal niet over Mandy Butler of Lily Monteith ging. Het ging eerder over zijn eigen dochter.

Dat Mandy's en Lily's vrienden meer over hun vrienden wisten dan de ouders over hun eigen kinderen. En als dat een universele waarheid was, werd het hoog tijd dat hij vriendelijker werd tegen Sylvia en haar moeder, Louise. Want het laatste wat hij wilde was dat de geschiedenis zich zou herhalen. En dat Kasia haar vriendin zou laten vallen voor iemand die cooler was, de regels zou overtreden, betrokken zou raken bij drugs, en dan nog een postermeisje zou worden.

Het maakte niet uit dat ze pas dertien jaar oud was. De risico's waren net zo aanwezig als voor ieder ander.

Toen hij de kamer verliet, bedankte Tomek Elsie voor haar tijd en nam hij de gegevens van de familie mee zodat de politietekenaar contact kon opnemen voor de compositietekening. Daarna bedankte hij het hoofd bovenbouw, herinnerde haar eraan dat hij contact zou opnemen, en liep terug naar zijn auto. Net toen hij de deur achter zich wilde sluiten, ging zijn mobiele telefoon.

Abigail.

Hopelijk met goed nieuws.

'Drie keer in twee dagen? Dit is meer dan ik met mijn buurman praat, en we zien elkaar bijna elke dag.'

'Zou je er vanavond een vierde keer van willen maken?'

'Alleen als je iets voor me hebt.'

'Waarom moet het altijd voor wat hoort wat zijn? Kunnen twee vrienden niet gewoon wat gaan drinken zonder dat er iets van elkaar verwacht wordt? Je leek er gisteravond geen probleem mee te hebben toen ik je vond.'

'Ik dacht dat je te dronken was om je dat te herinneren.'

'Doe normaal. Ik was aangeschoten. Niets meer. Nou, wat zeg je ervan? Een drankje vanavond?'

Tomek pauzeerde even om zijn denkbeeldige agenda te controleren.

'Ik moet het eerst even met mijn dochter overleggen, maar ik denk niet dat het een probleem zou moeten zijn.'

HOOFDSTUK
VIJFTIEN

K asia's afscheidswoorden voordat hij naar Moo-Moos vertrok, echoden in zijn hoofd toen hij door de deur stapte.

'Het lijkt erop dat je helemaal geen relatieadvies nodig hebt,' had ze gezegd. 'Twee vrouwen in twee nachten. Je bent een drukbezet man. Alleen graag geen broertjes of zusjes erbij, alsjeblieft.'

Die gedachte had Tomeks maag doen samentrekken. Het was niet alleen het idee van een pasgeboren baby krijgen in zijn veertiger jaren, maar ook het feit dat ze slechts een dag of twee eerder nog het gesprek over de bloemetjes en de bijtjes had ontweken. En nu begon zij erover. Dus wat was er veranderd? Wat had haar aangemoedigd om er zo bot over te doen?

Hij wist het niet, maar hij was zowel geschokt als bemoedigd door haar woordkeuze. Toen ze voor het eerst zijn huis binnenkwam en in zijn leven werd geworpen, was ze begrijpelijkerwijs gereserveerd en stil, verlegen, schuchter. Maar nu, nu ze zich gesetteld voelde in haar huis en haar schoolleven (en ook nu het pesten was gestopt), werd ze opener, werd de band van hun relatie sterker. Ze waren niet alleen vader en dochter, maar werden ook steeds meer beste vrienden naarmate de dagen verstreken. Ze bespraken dit soort dingen - volwassenheid, vriendschappen, relaties - veel eerder dan hij had verwacht. En hij wilde dat niet in de weg staan. Als ze hem genoeg vertrouwde om over die dingen te praten, dan zou hij niets doen om dat te verpesten.

Misschien was het toch geen verschrikkelijk idee om Billy de Koevechter een avond te laten langskomen.

Terwijl hij naar de bar liep, begon de man erachter al met zijn bestelling.

'Ook een glas wijn voor je gezelschap vanavond?'

Tomek lachte ongemakkelijk. 'Weet ik eigenlijk niet zeker. Ik denk dat ze van rood houdt.'

'Iemand anders dit keer?'

Tomek wist waar dit naartoe ging. 'Gewoon een vriendin.'

De barman wierp hem een veelbetekenende blik toe, gaf hem zijn drankje en zei dat hij het op de rekening zou zetten.

'Ik betaal het nu wel, bedankt,' zei hij. 'Ze kan zelf bestellen als ze er is.'

'Wauw,' antwoordde de barman. 'Ze is *echt* alleen maar een vriendin.'

Voorlopig in ieder geval.

Tomek kon de geschiedenis niet ontkennen, noch kon hij de chemie en seksuele spanning tussen hen ontkennen. Maar op dit moment kon hij daar niet aan denken. Wilde hij niet. Mandy en Lily waren dood omdat een kwaadaardige en gemene moordenaar hen had vermoord, en hij moest uitvinden wie het was voordat hij überhaupt kon nadenken over een romantische relatie met wie dan ook.

Tomek keek de volgende tien minuten herhaaldelijk op zijn horloge tot ze arriveerde. Tegen de tijd dat ze eindelijk opdaagde, had hij zijn bier uit frustratie opgedronken en uiteindelijk besloten om een tweede drankje voor zichzelf en een glas rosé voor Abigail te betalen, waarbij hij het grijns van de barman negeerde toen hij zijn kaart tegen het apparaat tikte.

'Dit is leuk,' zei ze toen ze gingen zitten op dezelfde plekken waar Tomek en Saskia de avond ervoor hadden gezeten. 'We zouden dit vaker moeten doen.'

'Misschien,' antwoordde hij. 'Denk niet dat Sean daar erg blij mee zou zijn.'

'Sean vindt het niet erg,' antwoordde ze, terwijl ze hem meteen afwimpelde. 'En dat weet je best.'

Haar relatie met de sergeant was kort geweest, een vluchtige flirt die slechts een paar weken had geduurd, maar Sean had de breuk niet goed verwerkt. Hij had verschillende keren geprobeerd het te laten werken, maar er was iets tussen hen in gekomen. Iets dat zich in hun relatie had gewrongen en een enorme kloof had veroorzaakt: Tomek. Allemaal dankzij één dronken avond, één dronken kus.

Maar Tomek wilde niet over oude koeien uit de sloot halen.

'Waarvoor heb je me hierheen gehaald, Abigail?' vroeg hij.

'Hoe ging je vergadering met de NCA vandaag?'

Tomek aarzelde. Hoe wist ze daarvan? Had ze kleine opnameapparaatjes op zijn bureau? Had ze er gisteravond eentje bij hem geplant? Of gaf Sean haar nog steeds informatie? Hoe dan ook, het maakte hem ongemakkelijk. En het maakte één ding heel duidelijk voor hem; zij had alle macht in het gesprek, en ze was niet bereid om er doorheen te jagen alleen om hem tegemoet te komen.

'Niet erg goed,' vertelde hij haar. 'Ze stemden er niet mee in om het te onderzoeken.'

'Dat spijt me te horen,' antwoordde ze, haar toon beladen met oprechtheid, wat een van de weinige keren was dat hij de inflectie in haar stem had opgemerkt.

'Ik heb nodig dat die meisjes naar voren komen en op alle mogelijke manieren helpen.'

'Ik weet het,' zei ze, terwijl ze met haar vinger over de rand van haar glas streek. 'Maar ik denk niet dat ze daarin zullen toegeven.'

'Is er niets meer wat we kunnen doen?'

Frustratie was typisch voor zaken met jonge slachtoffers. De herinneringen aan wat hun was overkomen weerhielden hen ervan om iemand te vertrouwen, zelfs de politie niet, en dus hielden ze hun mond, wat hun aanvallers in staat stelde om door te gaan met hun misdaden. Maar hij had nu geaccepteerd dat het deel uitmaakte van het werk en dat het aan hem was om nieuwe en innovatieve manieren te vinden om de obstakels te omzeilen.

'Ik denk dat ik iets heb dat interessant voor je zou kunnen zijn.'

Tomeks ogen werden groot en zijn oren spitsten zich.

'Ik luister.'

'Ik heb gisteren en vandaag wat onderzoek gedaan, met een paar contacten gesproken, oude vrienden ontmoet.' Ze nam een slokje wijn, nam haar tijd, nam de macht van hem weg. 'En ik denk dat ik een vergelijkbare zaak heb gevonden, met een vrouw in Manchester.'

'*Manchester*?'

Tomek voelde zijn handpalmen beginnen te zweten.

'Ja. Die plaats in het noorden. Ik ben er nooit geweest, maar ik hoor dat het er de laatste tijd beter gaat.'

'Wat is er gebeurd in Manchester? Wie was het? Wanneer? Waar?'

Tomek kon zichzelf niet inhouden. Zijn handpalmen waren nu bedekt met een dun laagje zweet, hij zat op het puntje van zijn stoel, en hij leunde zo ver naar voren over de tafel dat het leek alsof hij haar zou gaan kussen.

'Vijf jaar geleden,' begon ze, opzettelijk langzaam sprekend om hem te irriteren, 'werd een vrouw genaamd Diana Greenock dood aangetroffen in haar appartement op de begane grond in Manchester. Toen haar vriendin haar vond, zag ze een kat aan het voeteneinde van haar bed zitten. Diana Greenock was allergisch voor katten. Ze had ook ernstige astma. De kat was een paar dagen vermist geweest, en terwijl Diana op een avond sliep, gaat de theorie dat de kat midden in de nacht door het raam was geklommen en haar had gedood.'

'Ze werd gedood door een kat?' vroeg Tomek verbijsterd.

'Nee. De autopsie zegt dat haar allergie had gereageerd op de aanwezigheid van de kat, en dat had haar astma getriggerd, wat uiteindelijk de doodsoorzaak was.'

'Dus een kat sluipt haar kamer binnen, staat daar gewoon, en dan sterft ze.'

Abigail knikte. 'Dat is niet helemaal hoe ik het zou verwoorden, maar goed, *ik* ben de journalist.'

Tomek nam langzaam een slok van zijn bier. Als hij niet eerder had ontdekt dat Mandy Butler ooit in Manchester had gewoond, zou hij het verband niet hebben gelegd. Maar nu kon hij het niet uit zijn hoofd zetten. Dat, als dit dezelfde moordenaar was, Diana Greenock hun eerste slachtoffer zou kunnen zijn geweest. Dat ze Mandy Butler in een of andere hoedanigheid hadden lesgegeven op een school in Manchester. Dat ze haar en haar familie naar het zuiden hadden gevolgd. Dat hij jaren had gewacht om haar te vermoorden.

De tussenpozen tussen de moorden baarden Tomek zorgen. Drie jaar tussen de dood van Diana Greenock en Mandy Butler, en nu een periode van twee jaar tussen Mandy Butler en Lily Monteith. In totaal vijf jaar. Van het weinige dat hij wist over seriemoordenaars, wat nu de juiste term was om te gebruiken als dit werkelijk het geval was, wist hij dat welke drang hen ook dreef, het binnenkort te veel zou worden om te verdragen en dat de tussenpozen tussen slachtoffers steeds korter zouden worden. Dat hij veel eerder dan verwacht een nieuw slachtoffer op zijn bureau zou kunnen krijgen.

'Hoe oud was Diana Greenock?' vroeg Tomek, nadat hij besefte dat hij een tijdje niets had gezegd.

'Ik geloof dat ze achtentwintig of negenentwintig was. Ik kan het me niet precies herinneren.'

Dat leek niet in het patroon te passen. Tenzij natuurlijk de dingen met het eerste slachtoffer verkeerd waren gegaan. Dat ze niet was gestorven op de manier waarop hij had gewild, en daarom had hij de leeftijd van zijn slachtoffers verlaagd naar iemand over wie hij meer controle kon hebben, meer macht. En met de laatste twee slachtoffers van vijftien jaar oud, had hij de perfecte leeftijd gevonden.

'Weet je wat er met het politieonderzoek is gebeurd?' vroeg Tomek.

'Voor zover ik begrijp, heeft de politie de huisgenoten in haar flat geïnterviewd en het daarbij gelaten. Er waren geen tekenen van inbraak, en de kat was een paar dagen daarvoor vermist, dus men nam aan dat die gewoon naar binnen was geslopen.'

'Of dat is hoe iemand het heeft doen lijken.'

HOOFDSTUK
ZESTIEN

Fern Clements lag daar op de vloer midden in de koude kamer. Naakt, op haar ondergoed na. Zweetdruppels vielen van haar navel op het gladde, harde oppervlak, van haar kin naar haar hals, van haar polsen naar haar vingers, ondanks de kou, ondanks de kilte die zich om het gebouw en de omgeving had gewikkeld. Buiten vroor het, binnen was het nauwelijks warmer, en toch zweette ze heftig, haar lichaam werkte op volle toeren om te overleven.

Hij had de afgelopen twintig minuten over haar heen staan kijken, wachtend tot ze uit haar sluimering zou ontwaken. Toen dat gebeurde, had ze wild met haar armen gezwaaid, de boeien om haar polsen en enkels testend op hun duurzaamheid. Elk had zijn taak volbracht. Nu, enkele minuten later, bleef ze worstelen en kronkelen, maar haar bewegingen waren meer een gewriemel geworden, moeizaam, vermoeid, haar energie uitgeput. De alcohol die ze in de afgelopen uren had gedronken, had niet bepaald geholpen.

Haar ogen waren wild van angst, maar bevatten nog steeds de troebele waas van alcoholisme. En voor iemand van haar leeftijd, iemand wiens lichaam nog niet de tolerantieniveaus had opgebouwd om het te weerstaan, vermoedde hij dat ze de komende uren zo zou blijven. In een gedempte, tranceachtige toestand.

Perfect.

Ze had de helft van het werk voor hem gedaan.

Terwijl hij naar voren stapte, uit de duisternis van de kamer tevoorschijn kwam, grijnsde hij achter het gaasnet voor zijn gezicht en bewoog zich naar haar toe. Zodra ze zijn aanraking op haar voorhoofd voelde, nam het worstelen in intensiteit toe. Haar hele lichaam nu, inclusief haar borsten.

Hij bewonderde ze een moment, daarna ging hij verder.

Dit ging niet om iets seksueels. Dat was het nooit geweest en zou het ook nooit worden. Hij had haar kleren alleen verwijderd omdat het noodzakelijk was. Omdat hij wilde zien hoe *zij* reageerden. Hij zou hetzelfde hebben gedaan met Lily Monteith; haar op de vloer gelegd en de tijd genomen met de latex, de pasta die hij speciaal voor haar had gekocht over haar lichaam smeren. Maar de handschoen had veel sneller gewerkt dan hij had verwacht, dus was hij gedwongen geweest hun avond samen in te korten.

Vanavond zou het anders zijn.

Vanavond zou hij de tijd hebben om ervan te genieten, om de gebeurtenissen voor zijn ogen te zien ontvouwen.

Om het proces te perfectioneren.

'Sst,' zei hij terwijl hij langzaam over haar haar streek. De textuur ervan voelde onsamenhangend, afstandelijk onder zijn vingers.

Hoewel het pak voor zijn eigen bescherming was, moest hij toegeven dat het de ervaring van dit alles bedierf. Vooral het gaasnet voor zijn gezicht dat hem belette haar lichaam in zoveel detail te onderzoeken als hij zou willen.

Het pak zelf was voortreffelijk. Afkomstig van een gerenommeerde leverancier in Brazilië. Elastisch bij de voeten, handen en taille. Gemaakt van het dikste polykatoen op de markt. En het had zelfs zakken op de dijen, voor het geval hij die nodig had.

Hij bleef nog even over haar haar strelen, in de hoop dat het haar zou kalmeren. Maar het had niet het gewenste effect. In plaats daarvan bleef ze haar spieren spannen en verergerde ze de schaafwonden die rond haar polsen en enkels ontstonden. Misschien dacht ze dat haar seksueel iets zou overkomen. Misschien dacht ze dat het pak deel uitmaakte van zijn fetisj. Maar hoe kon hij haar vertellen dat de werkelijkheid veel erger zou zijn zonder de verrassing te verpesten?

'Sst,' ging hij door. Nog steeds met weinig effect.

Hij kon haar niet beloven dat alles in orde zou komen, want dat zou niet zo zijn. En hij had niet de gewoonte om te liegen of valse hoop te geven. Hij zei de dingen graag zoals ze waren.

Met de voor de hand liggende uitzondering dat hij *dit* geheim hield en absoluut niets tegen iemand zei.

Beseffend dat er niets meer was wat hij kon zeggen of doen (hij had al moeite gehad zijn ogen af te wenden van Ferns dunne, slanke, minderjarige lichaam), besloot hij dat het tijd was om te beginnen.

Hij streek nog een laatste keer over haar haar, draaide zich om en liep naar de uitgang. Hij kwam enkele ogenblikken later terug, met een voorwerp in zijn hand.

In eerste instantie leek Fern het niet te herkennen. Maar toen de intensiteit van het geluid toenam, strekte ze haar nek en werden haar ogen wijder, haar pupillen gefocust en was het bijna onmiddellijk alsof ze weer nuchter was, de alcohol plotseling uit haar systeem verdwenen.

Ze wist precies wat er ging komen.

Hij wist precies wat er ging komen.

Wat betekende dat het tijd was om te beginnen aan de volgende fase in het proces om de wereld te ontdoen van diegenen die zwakker waren dan hijzelf, zwakker dan de algemene bevolking.

Eén allergie per keer.

HOOFDSTUK
ZEVENTIEN

Tomek gaapte terwijl hij de gebakken eieren omdraaide. Hij moest ze grondig bakken, had Kasia gezegd. Dat was een voorwaarde geweest de eerste keer dat hij ontbijt voor haar had gemaakt. Geen van die kleverige, ongare stukjes aan de bovenkant die eruit zien als water. Haar eieren moesten bijna tot op het randje van vernietiging gebakken worden. Hetzelfde gold voor haar toast en bacon, zwart aan alle kanten.

'Welke lessen heb je vandaag?' vroeg hij toen ze de keuken binnenkwam, met haar schooluniform dat alle kanten op hing.

'Niets opwindends,' zei ze. 'Wiskunde. Geschiedenis. Gym. Engels. En dubbel natuurkunde.'

'*Dubbel* natuurkunde?' vroeg Tomek. Hij kon zich niets ergers voorstellen.

'Ja,' antwoordde ze. 'Dubbele les. Dubbele verveling. Maar genoeg over mij. Ik wil weten hoe het gisteravond ging.'

Tomek draaide de eieren nog een keer om en kromp ineen bij het zien van de gele dooier die nu op een sponsachtige rubberbal leek.

'Hoe het "ging"?'

'Ja. Heb je gescoord?'

Tomek lachte. Besloot de komedie voort te zetten.

'Dat gaat je niets aan.'

'Dat is dus een ja.'

'Nee, dat is het niet. Het is een "het heeft niets met jou te maken, dus bemoei je er niet mee" gaat je niets aan.'

'Zag ze er leuk uit?'

Tomek had er niet over nagedacht. Hij kon zich eigenlijk niet herinneren wat ze aan had gehad.

'Ehm, ja. Ze zag er leuk uit.'

'Wat had ze aan?'

En toen herinnerde hij het zich. Een witte spijkerbroek, vers gewassen en mogelijk gestreken. Een paar witte bootschoenen die enigszins vervaagd waren van kleur. Een zwarte blazer over een grijs gebreid shirt. Ze had duidelijk moeite gedaan en hij was er volledig blind voor geweest.

'Klinkt alsof ze zich helemaal had opgedoft.'

'Ja. Bedankt, koppelaar.'

'Wanneer ga je haar weer zien?'

'In professioneel verband?'

'Dat vroeg ik niet,' antwoordde Kasia, hem streng aankijkend. 'En dat weet je best.'

'Jou ontgaat ook niets.'

Tomek was klaar met de eieren en zette haar ontbijt op tafel. Kasia ging opgewonden op de stoel zitten.

'Heb ik haar ontmoet?'

'Nee.'

'Mag dat?'

'Nee.'

'Waarom niet?'

'Omdat ze een collega is. En er niets tussen ons speelt.'

'En Saskia?' vroeg Kasia. 'Weet Saskia over Abigail?'

'Hoe de f-' begon hij maar herstelde zich toen. Hij trok een wenkbrauw op. 'Hoe weet jij haar naam?'

Kasia leek in haar stoel te krimpen en hield zich bezig met haar ontbijt, snel etend zodat ze de vraag niet hoefde te beantwoorden.

'Ik heb zo mijn manieren,' zei ze voorzichtig.

'Nou, stop daarmee. Er speelt niets tussen Saskia of Abigail en mij. En dat wil ik ook niet.'

'Waarom niet?' De toon in haar stem veranderde van gretig en irritant naar peinzend en toonde oprechte bezorgdheid.

'Nou...'

Voorzichtig hier, Tomek.

'Omdat ik voor jou moet zorgen, toch? En ik heb werk. Beide nemen-
'

'Laat *mij* je liefdesleven niet in de weg staan,' vertelde ze hem terwijl ze de laatste restjes van haar ontbijt opat. 'Niet als dat je ervan weerhoudt om gelukkig te zijn.'

'Dat zal niet gebeuren. Jij niet. Ik...'

'Ik wil dat je gelukkig bent,' zei ze oprecht.

'En ik wil ook dat jij gelukkig bent,' antwoordde hij gemeend.

'Geweldig. Is het dan goed als Billy na school een avond langskomt?'

En daar was het. Het achterliggende motief. De reden waarom ze had willen snuffelen en zich had willen bemoeien met zijn privéleven. De reden waarom ze hem had willen opbouwen en hem in een positie had willen brengen waarin hij niet terug kon komen op zijn eigen woorden.

Ze had hem misleid.

Of dat dacht ze tenminste.

'Ik heb daarover nagedacht,' begon hij. 'Ik zou Billy graag ontmoeten. Misschien kunnen we met z'n drieën uit eten gaan zodat ik hem wat beter kan leren kennen.'

'Ik... eh...' De kleur trok weg uit haar gezicht. 'Ik bedoel... ik kan het vragen. Maar ik denk niet dat hij zich daar prettig bij zou voelen.'

Natuurlijk niet. De jongen was een grappenmaker in de klas, maar een muis daarbuiten.

'Dus mag hij na school een avond langskomen?' drong ze aan toen hij niets zei.

Hij aarzelde voordat hij antwoordde. Het woord dat hem met angst vervulde schoot hem te binnen.

Situationship.

Alle vijf lettergrepen ervan.

'Wat gaan jullie twee doen als hij langskomt?' vroeg Tomek. Hij plaatste zijn handen op de rugleuning van de eetkamerstoel terwijl hij op een antwoord wachtte.

Kasia had haar bord van zich af geschoven en was bezig haar schooltas klaar te maken voor de dag. Een lunchtrommel, haar dagplanner, schriften en een waterfles verdwenen allemaal in het middelste vak.

'Gaat je niets aan,' antwoordde ze uiteindelijk.

Tomek wist dat ze slim probeerde te zijn, dat ze hem met zijn eigen spel probeerde te verslaan, maar helaas voor haar had ze net het slechtst mogelijke geantwoord, zonder dat te beseffen.

Si-tu-a-tion-ship.

'Je bent soms te slim voor je eigen bestwil,' zei hij, 'maar nu je dat hebt gezegd, kan ik hem onmogelijk laten komen. Tenminste niet zonder toezicht van een volwassene.'

Kasia's gezicht vertrok in een woedende grimas, alsof hij net haar telefoon had afgepakt - of iets anders dat even levensbedreigend was voor een dertienjarige. Maar voordat ze kon antwoorden, ging zijn telefoon, trillend tegen zijn been.

Vreemd genoeg, en toch ook triest, wist hij wat het telefoontje zou inhouden.

De intuïtie, de alarmbellen, rinkelden al in zijn hoofd.

Terwijl hij luisterde naar rechercheur Oscar Perez die hem uitlegde dat er nog een lichaam van een tienermeisje was gevonden, wist hij dat zijn volgende gesprek met de Nationale Opsporingsdienst veel beter zou verlopen dan het vorige.

HOOFDSTUK
ACHTTIEN

D e plaats delict stond in schril contrast met die van Lily Monteith.
Het lichaam was achtergelaten, halfnaakt, zonder waardigheid en blootgesteld aan de elementen en de onbenijdenswaardige blikken van zijn collega's en de professionals die om haar heen werkten. Omdat ze geen kleding aan had, op haar ondergoed na dat ze voor haar dood had aangetrokken, was er ook geen tas of vorm van identificatie.

De manier waarop ze was gedumpt was ook anders. Deze keer was ze in het midden van Belfairs Park, bij Leigh-on-Sea, op het gras gegooid, in woede, in frustratie. Neergesmeten op de grond als een leeg chipszakje. Haar armen waren verwrongen en misvormd, in ongemakkelijke en onnatuurlijke hoeken liggend; haar benen waren op dezelfde manier achtergelaten.

Maar dat weerhield hen er niet van om haar verwondingen te zien.

O, nee.

Die waren voor de hele wereld zichtbaar achtergelaten.

De speldenprikgaatjes over haar lichaam. De overmatig grote bulten op haar huid, opgetrokken als kleine vulkanen. De massa ervan op haar gezicht en borst. De neteluitslag op haar lippen en wangen. De angels die nog uit de aanvalspunten staken.

'*Jezus Maria*,' zei Tomek toen hij het lichaam naderde. 'Hoeveel zijn het er?'

'Eén zou al genoeg zijn geweest om haar te doden,' antwoordde

Lorna, die daar stond met haar handen in de zakken van haar foren-sisch pak. 'Aangenomen dat dit gerelateerd is aan *uw* moordenaar.'

Alsof ze vrienden waren die regelmatig contact met elkaar hielden.

Tomek werd echter vergezeld door zijn *echte* vrienden. DS Campbell en DC Chey Carter, het jongste lid van het team.

Tomek probeerde het aantal rode stippen op het lichaam van het meisje te tellen. 'Er zijn minstens vijftig steken. En dat is alleen aan één kant.'

'Dus minstens vijftig bijen,' voegde Sean eraan toe.

'Jep. Goede start.' Zijn ogen gleden over het ondergoed van het meisje, naar het stukje huid bij haar binnendij. 'Die zit er volgens mij nog in vast.'

Het kleine bolletje zwart en geel hing scheef, zachtjes wiegend in de wind. Het was een wonder dat het zo lang had overleefd. Tomek boog zich voorover voor een betere kijk.

'Voorzichtig!' schreeuwde Chey, die een hand voor Tomeks gezicht stak. 'Raak het niet aan, anders wordt het misschien een zom-*bij*!'

Even zei Tomek niets. Niet omdat hij niet wist wat hij moest zeggen (hij kende de exacte woorden die uit zijn mond zouden komen lang voordat Chey ze hoorde), maar omdat hij zo verbijsterd was door de opmerking dat zijn hersenen een paar seconden nodig hadden om te bepalen of de agent het echt had gezegd.

Uiteindelijk draaide Tomek zich om naar de jonge detective en keek hem woedend aan, met dreigend gezicht. 'Je bent een verdomde schande, maat. Je zou je moeten schamen. Heb wat verdomde respect.'

Het onvergeeflijke van zijn opmerking was snel op Chey's gezicht te lezen, en hij verontschuldigde zich uitvoerig. Tomek accepteerde het en verwelkomde hem vervolgens bij wat hij het Strafteam noemde: een kleine eenheid die momenteel alleen uit Chey bestond, die nu alle lange uren, het overwerk en de saaie en eentonige taken zou doen die niemand anders wilde doen. Als iemand in het team iemand nodig had om iets op te halen uit de bewijsstukken, was Chey de aangewezen persoon. Als ze iemand nodig hadden om namens hen een lijkschou-wing bij te wonen, zou Chey de eerste naam zijn die bij iedereen opkwam.

Tomek wilde niet met zo'n ijzeren vuist leiden, maar het was nood-zakelijk. Er was een tijd en plaats voor dergelijke opmerkingen en terwijl je naar een lichaam staarde dat pas een paar uur koud was, was zeker niet het juiste moment noch de juiste plek.

'Te ver, man,' zei Sean, schuddend met zijn hoofd terwijl Chey achter hen beiden wegkroop in een poging buiten beeld te blijven. 'Te ver.'

'Alsof jij nooit iets ergers hebt gezegd,' fluisterde Chey binnensmonds.

Tomek hoorde elk laatste woord. Zag het ook. De mist van zijn adem was het grootste verraad. 'O, we zijn daar geweest, dat hebben we gedaan,' antwoordde hij. 'Maar we hebben geleerd wanneer en waar. Hetzelfde geldt voor jou. Overgangsritueel.'

'Hoe dan ook, ik vind wat hij zei nog steeds walgelijk.'

Alle drie de mannen draaiden zich om en zagen de laatste mist uit Lorna's mond verdwijnen.

'Nou, namens jonge meneer Carter hier,' begon Tomek, 'bied ik mijn excuses aan.'

'Het is alleen walgelijk omdat ik er niet zelf als eerste aan dacht.'

O, geweldig, dacht Tomek. *Twee ongepaste komieken in het team.*

Tel daar hemzelf en Sean bij op, en ze zaten al ruim boven zijn gewenste limiet.

Terugkerend naar de zaak in kwestie, wees Tomek naar de bij die uit de dij van het meisje stak. Tegen Chey beval hij: 'Zoek een SOCO. Laat ze het insect *voorzichtig* verwijderen en aan de bewijslijst toevoegen. Nadat je dat hebt gedaan, wil ik dat je uitzoekt wat voor soort bij het is en waar het vandaan kwam.'

Chey opende zijn mond om te spreken, maar Tomek onderbrak hem onmiddellijk.

'Waag het niet om te zeggen dat het uit een bijenkorf kwam, anders schop ik je uit dit team.'

Chey verliet het gesprek met een scheve glimlach op zijn gezicht.

'Jongeren tegenwoordig,' zei Sean, zijn ogen rollend voor een sarcastisch effect.

'Kleine ettertjes, nietwaar? *Gówniaki* noemen we ze thuis. Vertaalt zich ongeveer naar *schijtertjes*. Maar Chey is een van de goede gasten, ook al weet hij nog niet hoe hij zich fatsoenlijk moet gedragen.'

'Hij is een beetje als een ongetrainde hond. Overal pissen en schijten.'

Tomek keek op naar zijn vriend, al één meter drieënnegentig van hem, en gaf hem speels een klap op zijn rug. 'Ik heb thuis al een pissend en schijtend ding. Ze is niet klein, toegegeven, en ze is goed zindelijk, maar ze pist en schijt nog steeds. Neem jij die niet toevallig onder je hoede?' Tomek knikte in de richting van Chey. De jonge man sprak zenuwachtig een gezichtsloos figuur in een wit forensisch pak aan.

Seans gezicht vertrok toen een windvlaag Lorna's woorden met zich meedroeg.

'Wat is er in godsnaam mis met jullie kerels?' vroeg ze. 'Ik dacht dat *ik* de vreemde was. Maar jullie zijn wel heel apart. Het is een verdomd wonder dat jullie überhaupt werk gedaan krijgen.'

'Het is een wonder dat we *überhaupt* iets gedaan krijgen,' antwoordde Sean. De wind was sterker geworden en deed de zijkanten van zijn forensisch pak tegen zijn gezicht klapperen.

Op dat moment sloeg een verdwaaid blad hem tegen zijn wang. Tomek stond op het punt om te lachen toen hij een stapel bladeren zag, doorweekt en roestkleurig, die op hen af stormde. Zijn eerste gedachte was om het lichaam te beschermen. Maar het SOCO-team was bezig de tent uit hun busje te halen en worstelde zelf met de wind. Tomek hurkte naast het meisje en begon de bladeren en ander vuil weg te halen die tijdens de windvlaag over haar heen waren geblazen.

Gelukkig waren het er maar een handvol, en slechts enkele daarvan waren op de talrijke bijensteken op haar lichaam terechtgekomen.

'We moeten haar zo snel mogelijk bedekken,' merkte hij op tegen niemand in het bijzonder.

'Ze zijn ermee bezig,' zei Chey toen hij terugkwam.

Bij hem was een forensisch onderzoeker met een plastic zak in haar hand. Ze boog voorover, haalde een dunne plastic buis uit de zak en drukte deze tegen de dij van het meisje. Vervolgens pakte ze met uiterste precisie de bij uit de wond met een pincet en liet deze in de buis vallen.

Tomek bedankte haar. Ze negeerde hem en vertelde Chey dat iemand van het team contact zou opnemen met de bewijsstukkenofficier over het bewijsnummer. En daarmee vertrok ze.

'Ken je haar?' vroeg Tomek.

'Wie?'

'Haar.'

'Wie?'

'Ben je een verdomde uil ofzo? Die jonge dame die net langskwam en denkt dat jij hoger in rang bent dan ik.'

'Oh, *haar*.' Cheys wangen werden rood. Of het was de kou die plotseling invloed had op de bloedstroom naar zijn gezicht, of hij was net betrapt en wist het. 'Neeeee... nog nooit van mijn leven ontmoet.'

Tomek vouwde zijn armen over zijn borst. 'Natuurlijk niet.'

'Is het een van die situationships?' vroeg Sean aan Chey, terwijl hij direct naar Tomek keek.

'Rot op,' antwoordde hij. 'Laten we dit hele gesprek laten vallen en verdergaan. Eerst wil ik weten wie dit meisje is. Dan wil ik weten wat ze hier deed, waar ze was geweest, met wie ze was, en wat er met haar is gebeurd. Daarna stuur ik Chey naar de lijkschouwing en slachtofferidentificatie. En, Sean, als je graag met hem mee wilt gaan, blijf dan maar domme opmerkingen maken over het sociale leven van mijn dertienjarige dochter.'

HOOFDSTUK
NEGENTIEN

Tegen de tijd dat ze terug op kantoor waren, had Rachel de ruimte voor grote incidenten al ingericht en begonnen de teamleden binnen te druppelen. Vooraan in de ruimte stonden DCI Cleaves en DI Orange naast elkaar, alsof ze twee legergeneraals waren die een laatste boodschap wilden overbrengen voordat ze de troepen naar de oorlog stuurden, met hun armen achter hun rug en rechte ruggen. Tomek liep naar hen toe.

'Waar gaat dit allemaal over?' vroeg hij. 'Jullie zien eruit als Thelma en Louise.'

Nick verlaagde zijn stem en sprak kortaf. 'Ik heb de zaak overgedragen aan Victoria. Zij heeft nu de leiding.'

Die woorden voelden als een klap in het gezicht, een stomp in de maag en een trap tegen zijn ballen. Allemaal tegelijk. Victoria. Aan het roer. Nick was teruggekomen op zijn woord en had Tomek van de zaak gehaald. Het was niet langer zijn zaak om te leiden, om toezicht op te houden, om zichzelf te bewijzen.

'Gezien de complexiteit van de zaak,' vervolgde Nick, 'wilde ik iemand met wat meer ervaring die het vanaf nu overneemt.'

Tomek kon zich nergens anders op concentreren, niet op het geroezemoes achter hem, niet op het geluid van voeten die over het tapijt schuifelden, niet op het geluid van de deur die dichtging. Hij kon zich alleen maar concentreren op Nicks woordkeuze.

Iemand met wat meer ervaring.

Wat was hier het sleutelwoord. Victoria had via een versneld traject de rang van inspecteur bereikt, wat niet altijd betekende dat ze ook de bijbehorende ervaring had. Zoals Nick net had bewezen.

Iemand met wat meer ervaring.

Tomek onderdrukte de woede die in hem begon te branden. Hij had niets te zeggen.

'Het is niets persoonlijks, Tomek. Ik wil gewoon grip krijgen op deze zaak voordat het uit de hand loopt. Ik heb voor vanmiddag een persconferentie aangekondigd. Ik wil tegen die tijd weten waar we staan.'

Dat verklaarde waarom hij een handvol in jassen gehulde figuren onder paraplu's bij de hoofdingang van het bureau had zien rondhangen. Als medewerkers gebruikten ze meestal de achteringang omdat het daar rustiger was en ze minder aandacht trokken. En de kans was kleiner dat ze werden aangesproken door een wanhopige journalist die om commentaar vroeg.

'Tof,' zei Tomek, hopend dat de zure ondertoon in zijn stem duidelijk was.

'Zoals ik al zei. Niets persoonlijks.'

'Hebben jullie me nu voor iets nodig? Ik moet een telefoontje plegen.'

Nick en Victoria keken elkaar aan. Nick zuchtte terwijl hij antwoordde. 'We hebben je eigenlijk hier nodig.'

'Waarom?'

'Nou, omdat jij degene bent die dit onderzoek tot nu toe heeft geleid. Jij bent degene die alles weet wat er te weten valt.'

'Interessant.'

Nick zuchtte opnieuw. Deze keer dieper, langer. 'Maak dit niet moeilijker dan het is. En maak er niet iets persoonlijks van.'

'Dat doe ik niet.'

'Dat doe je wel. Van waar ik sta, gedraag je je nu als een verwend kind. Met wie moet je spreken?'

'Het National Crime Agency. Ik dacht dat ze misschien wel willen horen over onze Jane Doe.'

'Kun je ze niet na afloop bellen?'

Hij haalde zijn schouders op. 'Misschien.'

'Nou, hoe lang gaat het duren?'

Een stuk minder als je ophoudt met praten en me nu laat gaan.

Nog een schouderophalen. 'Zo lang als het duurt.'

'Prima. Bel ze. Maar kom terug.'

Alsof hij ergens anders heen zou gaan.

Het telefoontje met de NCA was beter verlopen dan hij had verwacht. Hij had aan zijn contactpersoon, Naomi Mackenzie, uitgelegd dat er een vierde lichaam was gevonden. En toen ze had gevraagd waar het derde lichaam vandaan kwam, had Tomek haar verteld over de gebeurtenissen rond de dood van Diana Greenock in Manchester en het verband tussen haar en Mandy Butler; het kleine maar significante verband dat steeds duidelijker werd naarmate de dagen verstreken. Na het horen hiervan adviseerde Naomi hem dat zij en haar team de details van de zaak zouden onderzoeken. Het enige wat hij hoefde te doen was de informatie doorsturen en wachten op hun telefoontje.

Het was geen regelrechte afwijzing. Het was een overweging. Een welkome verbetering.

Helaas kon hetzelfde niet gezegd worden van zijn humeur. Hij was nog steeds woedend toen hij terugkeerde naar de incidentenkamer. Wat hem het meest irriteerde was niet het feit dat hij was vervangen door iemand die slechts marginaal hoger in rang stond met een marginaal grotere hoeveelheid ervaring; het was het feit dat Nick hem niet genoeg vertrouwde om de klus zelf te klaren. Tomek dacht graag dat hij zichzelf tot dat moment had bewezen, dat hij twee verdere potentiële slachtoffers had ontdekt, dat hij de eerste connectie had gelegd, met hulp van Martins grondigheid en analyse, tussen Lily Monteith en Mandy Butler. Zonder zijn intuïtie zou er geen persconferentie zijn, zou er geen seriemoordenaar zijn, en zou er geen gerechtigheid zijn voor Diana Greenock en Mandy Butler.

Dus waarom de plotselinge verandering in leiderschap?

Hij wist dat hij zichzelf gek zou maken door erover na te denken, dus hij besloot aan iets anders te denken. Om zijn agressie in een andere richting te kanaliseren. In plaats daarvan koos hij ervoor om na te denken over de volgende stappen, de volgende stappen die *hij* zou nemen om de moordenaar te vinden.

Maar voordat hij er goed over kon nadenken, werd hij door Nick en Victoria naar voren geroepen om alles wat hij wist uit te leggen. Terwijl hij daar stond, neerblikkend op de gretige gezichten van zijn collega's, duwde hij Victoria en Nick naar de achtergrond van zijn gedachten, deed alsof ze er niet waren, en nam een mentale foto van zijn team op het moment dat ze er nog fris uitzagen. Hij wist dat binnen een paar weken die wilde en opgewonden ogen moe en uitgeput zouden zijn, uitgeblust door alle late avonden en overwerk, tijd die ze tijdens de feestdagen niet met hun families zouden doorbrengen. Dit zou de laatste keer zijn dat ze er zo uitzagen, en hij wilde ervoor zorgen dat dit moment zo lang mogelijk zou duren.

'Vijf jaar geleden,' begon Tomek, terwijl hij zich richtte op het white-board. Hij veegde het schoon met zijn mouw en verdeelde het bord in vier secties. Bovenaan elke sectie stonden de namen van de vier slacht-offers in chronologische volgorde. Diana Greenock, Mandy Butler, Lily Monteith, en nu hun laatste nog niet-geïdentificeerde slachtoffer, hun Jane Doe. 'Vijf jaar geleden,' begon Tomek opnieuw, terwijl hij krabbelde tijdens het spreken, 'werd de achtentwintigjarige Diana Greenock dood aangetroffen in haar appartement op de begane grond in Manchester. Ze was ernstig allergisch voor katten en kattenhaar en had daarbovenop ook nog astma. Ze werd ontdekt door een vriendin die langskwam omdat ze niet op haar werk was verschenen. De vriendin belde meteen de hulpdiensten, maar tegen de tijd dat ze probeerde haar te reanime-ren, was ze al overleden. Uit de resultaten van de autopsie bleek dat ze was gestorven aan een astma-aanval *veroorzaakt* door de kat die in haar kamer werd aangetroffen.'

Tomek wees naar de naam van Mandy Butler en begon de details van haar dood eronder te schrijven.

'Twee jaar geleden, dus een gat van drie jaar tussen Diana's en Mandy's overlijden, werd de zeventienjarige Mandy Butler gedood tijdens een concert in het Cliffs Pavilion. Vermoedelijke drugsoverdosis. Tijdens het concert benaderde een man die Mandy zogenaamd kende haar en haar vriendin en bood hen drugs aan. Mandy ging op zijn aanbod in, nam vervolgens de drugs, en stierf als gevolg daarvan. De drugs in kwestie waren xtc, maar ze bleken vermengd te zijn met grote hoeveelheden ibuprofen en paracetamol, chemicaliën waarvoor Mandy allergisch was. Ze stierf op de dansvloer, omringd door honderden mensen, en werd vertrapt. Bij de lijkschouwing werd de doodsoorzaak vastgesteld als de xtc, maar haar ouders dachten er anders over. En ik ook.'

Tomek liet zijn vingers glijden naar de derde naam op de lijst.

'Lily Monteith. Stierf slechts enkele dagen geleden. Gevonden in John Burrows Park in de vroege ochtend, volledig gekleed en zonder enige aanwijzing over wat er met haar was gebeurd. Uit de autopsie bleek dat er een condoom en een latex handschoen in haar keel waren geduwd. Latex, een stof waarvoor ze dodelijk allergisch was.

'Dan hebben we hier onze Jane Doe, ons laatste slachtoffer. Half naakt gevonden in Belfairs Park, bedekt met bijna honderd bijensteken. We hebben geen naam voor dit arme meisje, aangezien er geen identificatie op de plaats delict is achtergelaten.'

Tomek stopte met schrijven op het whiteboard en draaide zich om naar het team: *zijn* team.

'Wat we lijken te hebben zijn vier ogenschijnlijk willekeurige en ongerelateerde sterfgevallen. Behalve één ding, één ding dat ze allemaal gemeen hadden. Een zwakte die is uitgebuit en misbruikt door een kwaadaardige en gemene moordenaar. Hun allergieën.' Tomek pauzeerde even om de informatie te laten bezinken en zelf op adem te komen. Hij keek naar de muur van aandachtige gezichten. Het was duidelijk te zien dat ze allemaal geboeid en geïntrigeerd waren, dat ze allemaal leken te denken dat dit zijn onderzoek was. 'Voor zover ik heb kunnen nagaan, kenden de slachtoffers elkaar niet. Dat kan echter veranderen tijdens ons gezamenlijke onderzoek. Er is echter iets dat onze eerste twee slachtoffers met elkaar verbindt.' Tomek wiebelde met de whiteboard-marker tussen Diana Greenock en Mandy Butler. 'Manchester... Diana Greenock woonde en stierf in Manchester, en op een bepaald moment woonde Mandy Butler daar ook, voordat ze ruim drie jaar geleden met haar familie naar Essex verhuisde. Dat betekent dat ze al meer dan een jaar in de omgeving woonde voordat ze werd vermoord. En het is mijn vermoeden dat onze moordenaar haar hierheen lijkt te hebben gevolgd. Ik sprak gisteren met haar vriendin, en zij bevestigde dat de man die haar drugs verkocht Mandy kende uit haar tijd in Manchester.

'Het is ook mijn vermoeden dat we op zoek zijn naar iemand die hen allemaal kende. Iemand die de tijd zou hebben genomen om de meisjes te leren kennen voordat hij ze vermoordde en om erachter te komen wat hun *zwaktes* waren voordat hij een manier vond om die uit te buiten. Hij zou tijd nodig hebben gehad om voor te bereiden en te plannen wat er met hen gebeurde. De eerste moord vond vijf jaar geleden plaats, en de tijd tussen de moord op Diana Greenock en die op Mandy Butler is drie jaar. De tijd tussen Mandy Butler en Lily Monteith is twee jaar. En nu is de tijd tussen Lily Monteith en onze Jane Doe een kwestie van dagen. Jullie kunnen zien waar ik naartoe wil. De tijd tussen de moorden wordt steeds korter, wat mij zorgen baart omdat er mogelijk meer zullen volgen. En we moeten ervoor zorgen dat we hem kunnen vinden voordat we ons volgende lichaam vinden.'

Tomek pauzeerde opnieuw om ruimte te geven voor vragen. Ze kwamen in groten getale - 'Hoe oud waren de andere meisjes?', 'Was er bewijs van seksueel misbruik?', 'Waarom was er één half naakt en de anderen niet?' - maar voordat hij kon antwoorden, stapte Victoria naar voren en gebaarde hem opzij te gaan.

'Bedankt daarvoor, Tomek,' zei ze, met een geforceerde glimlach. 'Ik neem het vanaf hier over.'

'Pardon?'

De vragen stopten en er viel stilte in de ruimte.

'Bedankt voor die uitleg, maar ik neem het vanaf hier over.' Ze richtte haar aandacht op het publiek voordat ze hem een kans gaf om te reageren. 'Dit zijn allemaal vragen waarop we de antwoorden moeten vinden. Zoals Tomek zei, zoeken we naar iemand die mogelijk dicht bij de meisjes staat, of iemand die toegang tot hen heeft. Iemand in hun leven die ze allemaal gemeen hebben. We moeten die persoon vinden.'

Onbewust stapte Tomek naar de zijkant van de ruimte, alsof hij werd verplaatst door een onstuitbare kracht. Totdat hij uiteindelijk een vrije stoel vond aan de rand van de groep. Hij zakte in de stoel en luisterde naar de woorden die uit Victoria's mond vielen. Hij had weinig intentie om te doen wat ze hem vroeg. In zijn hoofd was dit zijn onderzoek, zijn plan, en de strategie in zijn hoofd was de juiste.

Vooraan in de ruimte draaide Victoria zich naar het whiteboard en trok een horizontale lijn door alle vier de namen, waardoor de tabel in tweeën werd gesplitst. Toen schreef ze in grote letters "Volgende Stappen" zonder rekening te houden met de verticale lijnen. Binnen elke kolom begon ze de volgende stappen voor elk slachtoffer te schrijven en begon taken en rollen toe te wijzen aan elk teamlid.

'De beste manier om hiermee om te gaan is als we verdelen en heersen,' begon ze, terwijl ze notities maakte. 'Nadia en Sean, ik wil dat jullie beiden uitzoeken wie er in het flatgebouw woonde bij Diana Greenock. Werk nauw samen met Chey en Martin, die de dood van Mandy Butler zullen onderzoeken. Ik moet een verband vinden tussen die twee. Anna en Oscar zullen de gebeurtenissen rond de dood van Lily Monteith onderzoeken, terwijl Tomek en Rachel de identiteit van onze Jane Doe zullen achterhalen.'

Tomek voelde Rachel's hoofd naar hem toe draaien in een gebaar van eenheid, maar hij negeerde het en bleef staren naar Victoria die op het bord schreef, nog steeds woedend dat hij niet degene was die daar stond.

'In de komende uren staat er een persconferentie gepland,' zei Nick, terwijl hij naar voren stapte. In de afgelopen minuten was zijn lichaam gespannen geraakt; zijn schouders waren naar achteren geduwd, zijn polsen gebogen en zijn vuisten gebald. 'Ik zal alleen aanwezig zijn, maar als iemand informatie vindt, zou ik het op prijs stellen als diegene bij me is om me iets in het oor te fluisteren. Diezelfde persoon zal me ook vóór de persconferentie op de hoogte moeten brengen van de feiten.'

Nicks hoofd draaide automatisch naar DC Anna Kaczmarek, of Triple Word Score, zoals ze liefkozend werd genoemd. Als mediaverbindingsofficier (naast haar rol als familieverbindingsofficier) was het haar taak om de informatie voor te bereiden die aan de journalisten werd verstrekt. Een deel van Tomek had verwacht dat Nick naar hem zou kijken, maar toen dat niet gebeurde, slaakte hij een zucht van opluchting.

De opluchting was echter van korte duur.

'Tomek zou het kunnen doen.'

De suggestie kwam van Victoria. Zodra hij het hoorde, klemde hij zijn kaak op elkaar en knarste met zijn tanden.

'Ik...' aarzelde Nick.

'Ik heb het druk,' antwoordde Tomek. 'Dit is niet meer mijn onderzoek. Ik heb mijn eigen taken te doen.'

'Niet tenzij ik je dat opdraag,' antwoordde Nick, nu assertiever.

Tomek koos ervoor niets meer te zeggen. Hij zag het kleine gat dat hij al voor zichzelf had gegraven en besloot dat hij niet verder wilde zinken. Hij was er eerder geweest en had dat al meegemaakt, en Nick boven hem te zien staan terwijl hij in het gat piste, was niet iets wat hij opnieuw wilde meemaken.

'Ik denk dat dat voorlopig alles is,' zei Nick. 'Jullie kunnen allemaal gaan.'

Meteen stond iedereen op uit hun stoelen en liep naar de uitgang. Iedereen behalve Tomek. Zodra de deur achter de laatste persoon dichtviel, legde Nick zijn handen op de rugleuning van een stoel en zuchtte diep. Zijn handelsmerk.

'Wil je deze kinderachtige onzin stoppen?'

'Welke kinderachtige onzin?'

'*Dat*. Die onvolwassen shit waarin je doet alsof je boos bent.'

'Maar ik *ben* boos.'

Nick zuchtte opnieuw. Met elke zucht werden ze progressief luider en langer.

'Je begrijpt toch waarom ik de leiding moest veranderen, hè?'

'Om je gezicht te redden.'

'Wat zeg je?'

'Omdat je je schuldig voelt over de manier waarop je het onderzoek naar Mandy Butler hebt aangepakt en je niet wilt dat het lijkt alsof je dezelfde fout maakt door een sergeant als SIO aan te stellen.'

Deze keer was er geen zucht. Slechts één lange, ononderbroken inademing die hij lang vasthield. Even vroeg Tomek zich af of hij nog wel ademhaalde.

'Je kunt beter op je toon letten, Tomek. Anders haal ik je van dit team en van dit verdomde onderzoek af.'

Tomek glimlachte zelfvoldaan en legde zijn hand op de deur. 'U hebt al eerder een belofte gedaan die u niet kon nakomen, chef. Dus ik denk dat ik het risico maar neem.'

HOOFDSTUK
TWINTIG

Het mooie aan zijn bijna vader-zoon relatie met Nasty Nick was dat ze zo veel konden vechten en ruziën als ze wilden, maar kort daarna altijd weer vrede sloten. Na elke onenigheid was er meestal weinig liefde verloren - meestal. Tomek drukte al zo lang als hij zich kon herinneren op Nicks spreekwoordelijke knoppen, en niets was tussen hen in gekomen dat daar verandering in leek te brengen. Behalve nu. Toen Tomek de meldkamer verliet, had hij het gevoel dat hun relatie na deze ruzie enige tijd nodig zou hebben om te herstellen. Dat Tomeks opmerkingen ongepast waren geweest. Dat het een persoonlijke aanval was geweest op Nick en zijn vermogen om leiding te geven en zijn taken als hoofdinspecteur te vervullen. Dat klopte natuurlijk, maar Tomek was net zo'n koppige klootzak als Nick, en dus zou het nog wel even duren voordat hij zijn excuses zou aanbieden voor zijn opmerkingen. Evenzo verwachtte hij een verontschuldiging voor het feit dat hem de rol van senior onderzoeksofficier was beloofd en dat die rol onder hem vandaan was getrokken. En als dat niet gebeurde, dan wist hij niet waar hun relatie vanaf daar naartoe zou gaan.

'Gaat het wel, brigadier?' vroeg Rachel.

'Nooit beter,' loog hij.

'Wil je misschien de auto starten? Alleen, ik heb het koud en zou graag de verwarming aan hebben.'

Tomek had het niet beseft, maar hij zat al minstens een minuut in de auto zonder iets te doen.

Het duurde een paar minuten voordat de auto was opgewarmd en ze stopten met rillen. De rit naar het huis van Fern Clements was iets meer dan twintig minuten rijden, in Hockley.

Kort nadat Nick de vergadering had beëindigd, was er een telefoontje binnengekomen van de telefooncentrale die hen informeerde over een vermist persoon die overeenkwam met de beschrijving van hun onbekende vrouw. Nu waren ze op weg naar het huis van de familie Clements om de identiteit van het meisje te bevestigen.

'Wat als zij het is?' vroeg Rachel terwijl Tomek over de hoofdweg reed.

'Dan is het betreurenswaardig, maar het zal ons veel speurwerk besparen,' antwoordde hij. 'Maar hoe dan ook, een familie staat op het punt gebroken te worden.'

'Heb je de foto?'

Die had hij. Maar hij wenste van niet. De foto die was gemaakt van het gezicht van de onbekende vrouw. De kant met het kleinste aantal bulten erop. De kant die de minste emotionele schade zou veroorzaken bij haar familie.

De kant die, zo bleek, hun vermoedens bevestigde.

Kelly Clements had maar een paar seconden naar de foto kunnen kijken voordat ze met betraande ogen knikte. Daarna was ze naar de badkamer verdwenen, waardoor haar man Ralph alleen achterbleef om de informatie te verwerken dat hun dochter dood was. De twee woonden in een mooi vrijstaand huis met vier slaapkamers, hoge plafonds en ruime kamers. Het uitzicht vanaf de terrasdeuren aan de achterkant van de woonkamer keek uit op een perfect verzorgde tuin die leek te gloeien ondanks het sombere winterweer buiten. Een huis dat zojuist een stuk stiller, een stuk leger was geworden.

Tomek wachtte geduldig tot Kelly terugkwam. Ze deed dat een minuut later, gewapend met een handvol tissues in haar armen, waarvan sommige onder haar oksels uit vielen.

'En... en je bent er zeker van dat ze weg is?' vroeg Kelly terwijl ze ging zitten. 'Je bent zeker dat zij het is?'

Tomek bewonderde Kelly's vurige verlangen om vast te houden aan onmogelijkheden. Dat het meisje op de foto niet haar dochter was, onmogelijk kon zijn. Dat het meisje op de foto gewoon met hen speelde, dat de bijensteken het leven niet uit haar hadden gezogen. Christus, hij wist dat hij zich hetzelfde zou hebben gedragen als hij in haar plaats was geweest.

'Uw dochter is vanochtend gevonden in Belfairs Park. Deze foto toont alleen haar hoofd, maar de rest van haar lichaam vertoont dezelfde wonden,' legde Tomek uit.

'We vermoeden dat het bijensteken zijn,' vervolgde Rachel. Haar stem was veel zachter en vriendelijker dan de zijne en ontlokte een kalmere reactie van Fern Clements' ouders. 'Is uw dochter toevallig allergisch voor bijensteken?'

Met wilde ogen knikten Kelly en Ralph Clements langzaam.

'Maar,' begon Ralph, maar hij stokte door de brok in zijn keel. 'Waarom zou iemand dit haar aandoen? *Wie* zou dit haar aandoen?'

'Dat zijn we van plan uit te zoeken,' vervolgde Rachel. Tomek was meer dan blij dat zij de leiding nam in dit gesprek, en dat hij zelf alleen zou ingrijpen wanneer dat nodig was. *Als* dat nodig was. 'Voordat we verder gaan met vragen over de gebeurtenissen rond de dood van uw dochter, vinden we het belangrijk om u te informeren dat onze chef, Hoofdinspecteur Nick Cleaves, binnen een paar uur op televisie zal verschijnen in verband met de dood van uw dochter. Op dit moment zal ze niet bij naam worden genoemd, aangezien we niet hadden verwacht haar identiteit zo snel te achterhalen, maar we kunnen dat veranderen als u dat wenst. De enige reden waarom we informatie gaan vrijgeven en getuigen oproepen, is omdat we geloven dat de moord op Fern verband houdt met drie andere moorden. Nu kunnen we niet te veel in detail treden, maar we kunnen wel alles delen wat in de persconferentie zal worden gezegd. Heeft u vragen over wat ik zojuist heb gezegd? Ik begrijp dat het veel is om te verwerken, en het is veel informatie om te verwerken, dus neem uw tijd.'

Ze hadden geen vragen. Maar Tomek wel: leer me, Rachel. In al zijn jaren was dat misschien wel de meest eloquente en troostrijke manier waarop hij ooit een overlijdensbericht had zien brengen. De zijne waren gewoonlijk recht voor zijn raap, zakelijk, bijna emotieloos. Die van Rachel was het tegenovergestelde geweest. Het was natuurlijk geen hogere wiskunde, maar Tomek dacht dat hij wel wat van haar kon leren, iets wat hij had nagelaten te doen in de vier maanden dat ze deel uitmaakte van het team sinds haar overplaatsing van de Metropolitan Police.

'We hebben een familieverbindingsofficier die jullie belangrijkste contactpersoon zal zijn,' begon Rachel, en toen legde ze Anna's rol aan de familie uit, en hoe ze als een soort derde familielid zou worden. (Hoewel ze naliet te vermelden dat ze misschien een soort verre nicht zou worden, dankzij alle families die ze aan haar lijst moest toevoegen.)

'Ik wil ook graag, voordat we verdergaan, zeggen dat het me oprecht spijt voor jullie verlies, en dat we alles zullen doen wat we kunnen om uit te vinden wie dit jullie dochter heeft aangedaan,' besloot ze.

Een mooie toevoeging. En het leek ook te werken.

'We... we waarderen dat, dank u,' zei Ralph, deze keer moediger. 'Ik denk... ik voel... ik voel me zekerder en meer op mijn gemak nu ik weet dat u op de zaak zit, dank u.'

Rachel gaf beiden een bemoedigende handdruk en richtte toen haar aandacht op de details van het leven van hun dochter.

'Hoe oud is jullie dochter?'

'Vijftien.'

'Waar was ze gisteravond?'

'Uit drinken met wat vrienden,' antwoordde Kelly Clements.

'Ze hadden een klein huisfeestje. Alleen een paar meiden, werd ons verteld.'

'Kan ik de naam krijgen van het meisje dat het feestje gaf en de namen van de anderen die erbij waren?'

Kelly vertelde het haar voor zover ze zich kon herinneren.

'Weet u wat haar plannen waren voor na het huisfeestje? Zou ze bij een vriendin blijven logeren, hier terugkomen, of daar overnachten?'

Kelly en Ralph keken elkaar aan, alsof ze bij de ander om bevestiging vroegen. 'Ze zou daar blijven overnachten. Ze zouden dat allemaal doen. Maar als ze buiten is gevonden, dan moet ze om de een of andere reden het huis hebben verlaten. Misschien probeerde ze naar huis te lopen of zoiets. Misschien had ze ruzie gekregen met een van de andere meiden. Ik mocht dat meisje Kirsty nooit echt. Maar waarom zou ze ons niet bellen als ze onderweg naar huis was? Waarom heeft ze niemand om hulp gevraagd?'

Tomek zag wat er gebeurde. Kelly stond aan het begin van een neerwaartse spiraal van hypothetische en weinig behulpzame gedachten, maar voordat hij er een eind aan kon maken, was Rachel hem voor.

'We zullen alles doen wat we kunnen om die vragen te beantwoorden,' zei ze, terwijl ze een hand opstak en weer liet zakken om Kelly onbewust te kalmeren. 'We zullen dit allemaal meenemen in ons onderzoek, maak je geen zorgen. Nu moet ik vragen over Ferns allergieën. Wie wist daar nog meer van?'

'Nou, haar school. Alle leraren moesten ervan op de hoogte zijn, en het pastorale zorgteam heeft een paar keer voor haar gezorgd. Dan zijn er haar vrienden, die weten er allemaal van. Het is... het is grappig. Ze vertelde ons altijd hoe ze op haar afsprongen om haar te beschermen wanneer ze een bij zagen op het schoolplein of in het veld in de buurt.'

De glimlach verdween van Kelly's gezicht terwijl haar hoofd in haar schoot viel. Haar man legde troostend een hand op haar rug, maar het was te laat. Ze was al weer in de spiraal beland, alleen uitte ze het deze keer niet hardop.

Tomek nam het over. 'Waren er, voor zover jullie weten, jongens of meisjes in Ferns leven waar ze romantisch bij betrokken was? Had ze een... situationship met een van hen?'

Kelly hief haar gezicht op, met een blik van verwarring in elke porie van haar huid gegrift.

'Situationship?' herhaalde ze.

'Laat maar. Was ze met iemand betrokken, romantisch gezien?'

Beide ouders keken elkaar weer aan, om te peilen aan wie Fern zich misschien had toevertrouwd. Daarna wendden ze zich weer tot hem en schudden hun hoofd. Voor zover zij wisten had Fern geen vriendje of vriendinnetje. Maar zoals hij al verschillende keren had geleerd tijdens dit onderzoek, waren het soms de vrienden die meer over de slachtoffers wisten dan hun ouders.

Wat hem eraan herinnerde. Hij moest nog contact opnemen met Sylvia en haar moeder. Later. Op een ander, minder ongelegen moment.

Tomek bedankte hen beiden voor hun tijd, informeerde hen dat ze contact zouden opnemen als ze iets nodig hadden, maar dat Anna hun belangrijkste contactpersoon zou zijn, en vertrok toen, hun excuses aanbiedend en nogmaals hun medeleven betuigend. Terwijl ze terug naar de auto liepen, kreeg Tomek een e-mailnotificatie op zijn telefoon. Geïntrigeerd door het voorproefje op het scherm, opende hij de app en las de rest van het bericht.

'Laat ze die glimlach op je gezicht niet zien,' zei Rachel toen hij aan de andere kant van de auto kwam. 'Anders denken ze dat je blij bent dat hun dochter dood is.'

'Wat een vreemde opmerking.'

'Waarom glimlach je dan?'

'Omdat ik net een e-mail heb gekregen van de NCA. Ze gaan ons vanaf nu begeleiden bij onze vriend de seriemoordenaar.'

HOOFDSTUK
EENENTWINTIG

Tomek zat in de kamer met zijn minst favoriete persoon en zijn nieuwe favoriete persoon.

De minst favoriete persoon was degene die dacht dat ze overal de baas over was, inclusief deze discussie. Terwijl zijn nieuwe favoriete persoon degene was die daadwerkelijk de leiding had en die het gesprek telkens weer overnam wanneer zijn minst favoriete persoon het kaapte.

'Ik ben de expert,' beet Tracy Pickard terug. 'Wil je horen wat ik te zeggen heb of niet?'

Tomek mocht haar vanaf het moment dat ze door de deur kwam, en nog meer na die opmerking. Ze had Victoria al snel door en het was duidelijk te zien dat ze niet het type vrouw was dat zich de kaas van het brood liet eten. Ze was zelfverzekerd, rechtdoorzee, en ze had een taak te volbrengen. En die zou ze uitvoeren, ongeacht wat anderen daarvan vonden.

Tracy was een van de meest vertrouwde en ervaren forensisch psychologen van het National Crime Agency. Ze had uitgebreid de dossiers bestudeerd die Martin eerder had doorgestuurd, en het was haar oordeel geweest dat Naomi Mackenzie had overtuigd om groen licht te geven.

'Nee. Natuurlijk. Ga alsjeblieft door,' zei Victoria, wankelend.

'Mooi, dank je.' Tracy streek zichzelf glad voordat ze begon te spreken. Voor haar op tafel stond haar laptop met daarnaast een notitieblok.

Ze krabbelde terwijl ze sprak. 'Op basis van wat ik heb kunnen bestuderen, lijkt het erop dat de moordenaar vrijwel zeker bekend is bij alle slachtoffers. Dit betekent dat hij comfortabel en zelfverzekerd is rond vrouwen, jonge vrouwen in het bijzonder. Maar het is ook belangrijk om te onthouden dat zij zich op hun gemak voelen bij hem. Ik denk dat deze mensen vrijwillig met hem meegaan naar deze locaties, in plaats van dat er dwang aan te pas komt. Dit betekent dat het iemand is die de slachtoffers vertrouwen, die de meisjes kennen en respecteren. Als gevolg hiervan komt de moordenaar over als vriendelijk en benaderbaar voor hen. Ik zou ook zeggen dat hij misschien enigszins verwijfd overkomt, of in ieder geval tekenen daarvan vertoont. De meeste meisjes van die leeftijd leren voorzichtig te zijn met oudere mannen, ongeacht hun beroep of rol in de samenleving. Nu is het mogelijk dat deze meisjes anders zijn en ze de oudere man wel mogen, wat zeker zou passen bij de theorie dat hij graag macht over hen heeft, maar daarover later meer.

'Ik denk dat hij enigszins verwijfd zal zijn, benaderbaar, betrouwbaar en misschien iemand die hen een beetje doet denken aan hun vader, of andere mannelijke rolmodellen in hun leven, qua uiterlijk, kledingstijl en maniertjes. Echter, met vier verschillende slachtoffers stel ik me voor dat het moeilijk is om een man te vinden die op alle vier de vaders lijkt, vooral wanneer een van hen helaas is overleden.

'Aan de andere kant zou het individu iemand kunnen zijn in een gezagspositie. Iemand die ook grotendeels aantrekkelijk is. Iemand die in staat is om de barrières van zijn slachtoffers af te breken en iemand die niet bang is om met hen te praten binnen of buiten school. Iemand waar ze misschien tegen hun vrienden over vertellen als ze ooit een toevallige ontmoeting met hem hebben gehad. Hij vleit hen mogelijk, maar niet op een gênante manier. En hij zou zelfs iemand kunnen zijn waarover zijn slachtoffers hun ouders of vrienden niets vertellen. Als dat het geval is, dan is hij behoorlijk manipulatief en dwingend, maar zijn slachtoffers zijn jong en beïnvloedbaar, dus het zou niet veel kosten om hen alles te laten geloven wat hij zegt.'

Tracy reikte over het bureau naar haar plastic waterfles. Erop stonden markeringen voor verschillende tijdstippen gedurende de dag om aan te geven wanneer ze moest drinken; ze had net haar 14.00 uur wateralarm bereikt.

'Vervolgens moeten we de motivaties van de moordenaar overwegen. *Waarom* doodt hij deze slachtoffers via hun allergieën, en waarom deze leeftijdsgroep? En dan gaan we over naar het hoe.' Ze draaide de dop stevig vast en zette de fles weer naast haar laptop. 'Ten eerste zou ik stellen dat de leeftijdsgroep van de slachtoffers voornamelijk te maken heeft met toegankelijkheid en macht. Hij kan veel gemakkelijker controle hebben over een tiener dan over een volwassen vrouw. Uiteraard zijn er gevallen waarin dat misschien niet zo is, maar onze moordenaar is intelligent genoeg om te weten welke strijd hij moet kiezen. Ik geloof niet dat het geslacht van de slachtoffers er iets mee te maken heeft, omdat er geen bewijs is van seksueel misbruik. Er zit geen seksuele motivatie achter zijn acties, achter zijn moorden, en ik verwacht niet dat dat in de toekomst zal veranderen. Dit zijn bijna zijn testpersonen.' Terwijl ze het zei, lichtten haar ogen op, alsof ze op dat specifieke moment net op het idee was gekomen. 'Hij speelt met hen, test verschillende allergieën uit en hun reacties daarop. Eerst de kat, dan de medicijnen, dan de latex en nu de bijensteken. Hij perfectioneert de moordmethode per allergie en gaat dan verder naar de volgende. Bij Diana Greenock, als zij werkelijk zijn eerste slachtoffer was, stierf ze aan haar kattenallergie. Dat was klaar en afgerond, dus ging hij door naar de volgende. Ibuprofen. Nu, zoals jullie weten, was dit niet erg succesvol omdat hij het een handvol keren probeerde bij de andere slachtoffers.'

'Deed hij dat?' vroeg Victoria, die er net zo verrast uitzag als ze klonk.

Tracy draaide zich naar Tomek, en toen weer terug naar Victoria. 'Tomek heeft me het krantenartikel gestuurd,' legde ze uit. En daarmee was de kwestie afgedaan. Victoria zou in haar eigen tempo moeten bijbenen. Toen vervolgde Tracy, gretig om verder te gaan en alle gedachten uit haar hoofd te krijgen terwijl ze nog helder waren. 'Nadat Mandy Butler met succes was gedood dankzij haar reactie op de ibuprofen in haar systeem, ging hij door naar Lily Monteith. Latex. Dat was een onmiddellijk succes en dus ging hij door naar Fern Clements, ons laatste slachtoffer. Met elke succesvolle moord, met elk succesvol *experiment*, vindt hij een nieuw slachtoffer.'

'Wat denk je over de tijden tussen de moorden?' vroeg Tomek. Tot nu toe was hij gefascineerd door wat ze zei. Hij was het niet per se met alles eens, en had soms moeite te begrijpen waarom ze zo geroemd werd als ze was, maar hij was niettemin geboeid door wat ze vertelde.

'Ik heb dat overwogen, en ik denk dat nu hij een werkwijze heeft ontwikkeld, hij de moorden veel sneller zal gaan uitvoeren. Hij heeft mogelijk al een lijst van potentiële slachtoffers die hij kan aanvallen, een lijst waar hij misschien de afgelopen vijf jaar aan heeft gewerkt, en nu is hij klaar om die te gebruiken. Dit kunnen meisjes zijn die hij kent sinds ze jonger waren, en hij heeft gewacht tot ze een bepaalde leeftijd bereikten voordat hij het wilde proberen.'

'Waarom?' vroeg Tomek. 'Waarom wacht hij? Waarom probeert hij het niet als ze veel jonger zijn?'

En toen werd het antwoord hem duidelijk. De laatste drie slachtoffers - Mandy Butler, Lily Monteith en Fern Clements - waren allemaal uit geweest om te socialiseren in een of andere vorm. Ze waren weg van hun ouders, alleen, en de aanvallen waren gebeurd in afzondering en in het donker (met uitzondering van Mandy Butler).

'Hij heeft die leeftijd gekozen omdat ze meer beginnen uit te gaan. Minder ogen die op ze letten. Ze zijn kwetsbaarder.'

'Precies,' zei Tracy nadrukkelijk. 'Hij is intelligent, berekenend. Hij is trots op zijn plannen en besteedt veel aandacht aan details.'

'Wat zijn andere motivaties?' vroeg Victoria. 'Vergeet de meisjes even. Waarom doet hij dit in de eerste plaats?'

Dat was nu de miljoen-dollar vraag. En Tomek was benieuwd of Tracy daar een antwoord op had.

Ze dacht een moment zorgvuldig na, zich blijkbaar bewust dat dit haar moment was om haar waarde te bewijzen.

'Ik zou het niet met zekerheid durven zeggen of mijn carrière erop durven te zetten, maar ik vermoed dat het komt omdat hij allergieën als een soort zwakte ziet. Hij is iemand die typisch een goede gezondheid heeft en hij lacht om het feit dat iets zo kleins of onbeduidends als kattenhaar en latex iemand kan doden. Hij zal plezier halen uit die gedachte. Hij heeft misschien een soort God-complex waarbij hij denkt dat hij beter is dan alle anderen, en dus de wereld bevrijdt van degenen die zwakker zijn dan hij. Hij beschouwt het als zijn plicht.'

Tomek knikte en was het volledig eens met dat punt. Een gevaarlijk en kwaadaardig ego bepaalde het spel. Eentje die moeilijk te stoppen zou zijn.

'Heb je de mogelijkheid overwogen dat dit meer dan één moordenaar zou kunnen zijn? Een duo gelijkgestemde individuen of een *folie à deux*,' vroeg Victoria. Ze verwees natuurlijk naar de eerdere zaak waaraan ze samen hadden gewerkt, de verdwijning en moord op twee jonge meisjes op Canvey Island, die waren ontvoerd en vermoord door een vervreemd koppel op zoek naar wraak.

'Als dat is wat je vermoedt, dan heeft het geen zin dat ik hier ben.'

'Ik dek gewoon alle hoeken,' antwoordde Victoria met een niet onder de indruk zijnde grijns.

Het gesprek werd afgesloten en ze bedankten Tracy beiden voor haar tijd. Daarna leidde Tomek haar uit de kamer en naar de kleine ruimte die voor haar was ingericht naast Anna op kantoor. Toen ze om een eigen ruimte had gevraagd, had Tomek gelachen en haar eraan herinnerd dat ze niet meer in Londen was. Kort daarna ging hij met tegenzin terug naar de kamer waar Victoria zat te wachten. Alleen zij tweeën. Alleen. Om te bespreken. Waarbij hij al het praten zou doen en zij alle eer zou opstrijken.

'Wat vond je ervan?' vroeg Tomek, er vroeg bij.

'Ik denk dat het een goed beginpunt is. Ik denk dat het ons veel stof tot nadenken heeft gegeven en veel onzekerheden die ik had heeft verduidelijkt. Ik denk dat het goed zal zijn om haar in het team te hebben.'

Dat klonk voor Tomek als sollicitatie-taal. Hem vertellen wat hij wilde horen.

Helaas voelde hij niet hetzelfde.

'Beantwoord me dit. Zoeken we naar een verwijfde man die hen aan hun vader doet denken, of een zelfverzekerde, aantrekkelijke gezaghebbende figuur?'

Daarop had ze geen antwoord.

Zoals Tomek al verwachtte.

Tracy's psychologische profiel van de moordenaar was soms tegenstrijdig, zoals Tomek net had aangetoond, maar er zaten nog steeds goede stukjes informatie bij die hij relevant vond. Dingen die hij zich niet comfortabel voelde om met Victoria te delen. Voor die zou hij rechtstreeks naar Nick gaan.

'Wil je nog iets toevoegen?' vroeg Victoria.

Tomek aarzelde. 'Ja,' begon hij terwijl hij aanstalten maakte om te vertrekken. 'Denk je dat je een koe zou kunnen *ontlopen*?'

HOOFDSTUK
TWEEËNTWINTIG

K asia wachtte de hele lunchpauze om met hem te kunnen praten. Tot de bel ging en het schoolplein leegliep. Terwijl iedereen zich zorgen maakte over het krijgen van nablijven, greep ze hem vanaf de andere kant van het schoolplein.

Maar het kon haar niet schelen. Ze had hem iets te vragen. Iets belangrijks.

'Wil je vanavond langskomen?'

Billy's mond ging meerdere keren open en dicht als een vis.

'Heb je... eh, heb je gecheckt... is het oké met je vader?'

Ze zuchtte en sloeg haar armen over elkaar. 'Waarom ben je zo geobsedeerd door hem?'

Billy boog zich naar voren en fluisterde uit zijn mondhoek. 'Omdat hij een smeris is.'

'Ja. En? Hij zei dat het oké is.'

Billy leek twijfelachtig. Hij beantwoordde de vraag nog steeds niet.

'Hij is niet eens thuis. Kijk.'

Ze greep naar de binnenzak van haar blazer en liet hem haar telefoon zien. Op het scherm stond het sms-bericht van haar vader dat ze slechts enkele minuten eerder had ontvangen, waarin hij haar liet weten dat hij laat zou zijn en haar succes wenste met haar Poolse les vanavond.

'Zie je! Hij zal er niet eens zijn.'

Billy las het bericht meerdere keren door.

'Hoe weet ik dat je dat niet gewoon vanaf een andere telefoon hebt verstuurd?'

'Waarom zou ik dat doen? Vertrouw je me niet? Hou je niet van me?'

Hij legde zijn handen op haar armen. 'Natuurlijk wel. Ik... ik weet het niet. Wat als hij ons betrapt?'

'Ik heb je al verteld dat hij het prima vindt. En ik heb je gezegd, ik wil niet *dat* doen.'

De uitdrukking op Billy's gezicht zakte volledig in. Had ze hem nu nog een reden gegeven om niet te komen?

'Ik zou na school naar het park gaan,' zei hij.

In het pikkedonker? dacht ze, maar ze koos ervoor niets te zeggen.

'Geeft niet,' antwoordde ze. 'Mijn bijlesleraar komt vanavond langs, dus je kunt daarna komen. Zeg, zeven uur?'

Billy aarzelde even, diep in gedachten verzonken terwijl hij de beslissing in zijn hoofd afwoog. Het was een simpel ja of nee antwoord, maar hij maakte het veel moeilijker dan nodig was. Ze begreep zijn aarzeling. Haar vader *was* een politieagent. Ze kon zien hoe dat intimiderend kon zijn, maar waarom vertrouwde hij haar niet, waarom luisterde hij niet naar haar? Zelfs als Tomek niet expliciet had gezegd dat Billy langs mocht komen, hoe zou hij weten of hij laat zou zijn? Uit ervaring wist ze dat "laat" ergens tussen negen en tien betekende, en dat was op een goede dag. Sommige avonden was het zo laat als elf of middernacht, en dan vond Tomek haar nog steeds wakker in haar slaapkamer, Netflix kijkend op haar laptop. Op een schoolavond. Maar wat hij niet wist, was dat ze soms tot nog later wakker bleef om gewoon door haar telefoon te scrollen, video's te kijken op TikTok en Instagram. Daarom voelde ze zich altijd moe, maar ze zou er nooit over klagen omdat ze wist wat hij zou zeggen.

Ga vroeger naar bed.

Stop met scrollen op die telefoon van je, anders moet ik hem afpakken.

Al die saaie vaderdingen die ze al zo vaak had gehoord.

Nou, vanavond zou het anders zijn. Vanavond zou Billy al geweest en vertrokken zijn tegen de tijd dat Tomek thuiskwam, en zou zij diep in slaap zijn.

Het enige probleem was eten. Iets regelen voor het avondeten.

'Heb je geld bij je?' vroeg ze hem.

'Ja, tuurlijk,' antwoordde hij met een trotse knik.

'Kun je een pizza of zoiets kopen en dan kunnen we die eten als je bij mij bent?'

Voordat Billy kon antwoorden, kwam meneer Healy, het hoofd van de derde klas, het schoolplein op. Zijn buik puilde uit zijn overhemd en zijn stropdas zat scheef.

'Naar de les!' Zijn diepe Schotse stem rolde over het schoolplein. 'Dit is jullie laatste waarschuwing. Anders nablijven voor jullie beiden!'

Zonder iets te zeggen ging Billy de ene kant op, terwijl Kasia de andere kant op ging. Toen ze het kleine gebouw binnenging waar haar geschiedenislessen werden gegeven, stopte ze in de deuropening en keek hoe Billy over het schoolplein sprintte.

'Zeven uur,' riep hij, zijn stem brak halverwege de zin. 'En ik neem de pizza mee!'

HOOFDSTUK
DRIEËNTWINTIG

Tomek was dankbaar dat hij niet gedwongen was om samen met Nick de persconferentie bij te wonen. Van wat hij had kunnen horen, wat dankzij de *Live* videofunctie op de website van de *Southend Echo* alles was, was het een regelrechte ramp geweest.

Nick was vloeiend begonnen, welbespraakt, alles prima. Hij legde de situatie uit, dat twee meisjes van vergelijkbare leeftijd van verschillende scholen dood waren gevonden in twee afzonderlijke velden, en dat hun dood als verdacht werd beschouwd en met elkaar in verband werd gebracht. Maar toen hij vragen begon te beantwoorden van de hongerige wolvenroedel voor hem, begon hij in te storten, te brabbelen.

Het was meedogenloos geweest. Het woord had zich verspreid, ongetwijfeld dankzij Abigail Winters, dat de dood van Mandy Butler onlosmakelijk verbonden was en dat er een hele groep meisjes van vergelijkbare leeftijd was die iets soortgelijks had meegemaakt. Dat er een verzoek voor verder onderzoek was ingediend en dat er niets mee was gedaan. Natuurlijk was de pers op dit punt Nicks geloofwaardigheid en professionaliteit gaan bevragen. Maar alles was in elkaar gestort zodra Diana Greenock werd genoemd, ook door Abigail Winters. (Tomek moest het haar nageven, ze was een vasthoudend kreng, en ze was niet bang voor wie ze aanpakte in het proces).

Twee moorden waren al erg genoeg.

Drie moorden met een reeks gerelateerde slachtoffers was ernstig.

Maar vier moorden, allemaal gerelateerd, was een stap te ver.

Twee levens hadden gered kunnen worden als Nick grondiger onderzoek had gedaan naar de dood van Mandy Butler.

'Wat ga je anders doen?' vroeg een stem buiten beeld, hoewel hij deze herkende als die van Abigail.

Opnieuw.

Meedogenloos. Een eigenschap waarvan hij dacht dat hij die altijd zou bewonderen, zolang ze hem maar niet lastigviel om informatie.

'Nou,' begon Nick, diep zuchtend. Hij zag er versleten en gebroken uit, klaar voor het einde van de conferentie. 'Deze keer hebben we een team van enkele van onze... van onze beste mannen en vrouwen die aan de zaak werken. We zullen ook de steun hebben van het National Crime Agency om ons te helpen het profiel van onze moordenaar te bepalen.' Toen wendde hij zich tot de camera en sprak de kijker rechtstreeks aan, zijn ogen doordringend, zijn blik betoverend. 'Als iemand informatie heeft met betrekking tot de dood van deze vier personen, kom alstublieft naar voren. We doen een beroep op u om zoveel mogelijk informatie te geven. Dank u.'

'Waarom is dit niet eerder gedaan?'

'Hoeveel weet u eigenlijk?'

'Waarom bent u nog steeds verantwoordelijk?'

'Waarom denkt u dat u geschikt bent om dit onderzoek te leiden?'

De stortvloed aan vragen die hem de kamer uit volgde was meedogenloos, en een deel van Tomek voelde zich enigszins schuldig voor de man. Maar slechts enigszins.

'Dat klonk intens,' zei Rachel naast hem terwijl hij de telefoon in zijn zak stak.

'Hij eindigde tenminste op een positieve noot. Misschien. Of hij vertrok tenminste met *enige* waardigheid.'

'Voor wat het waard is, ik denk dat jij de SIO op deze zaak had moeten blijven, maar ik weet dat mijn mening niet veel telt.'

'Bedankt,' zei Tomek. Dat betekende veel voor hem en hij waardeerde het, maar zoals een typische man zei hij niets daarvan, maar liet het in zijn hoofd afspelen. 'Een deel van mij wil haar zien crashen en branden. Terwijl het andere deel van mij erkent dat er nu vier vrouwen dood zijn, nog meer voor het leven getekend, en de moordenaar nog vrij rondloopt.'

'Ah, de klassieke Catch-22 situatie: je zorgen maken over je ego of een moordenaar meer slachtoffers laten maken. Moeilijke keuze.'

Ze maakte het sarcasme in haar stem duidelijk terwijl ze met haar ogen rolde en door het passagiersraam keek.

Haar woorden gaven hem iets om over na te denken. Misschien liet hij zijn ego in de weg staan. Het bepaalde tot nu toe het onderzoek voor hem, en als hij het uit de hand liet lopen, zouden er misschien meer jonge meisjes sterven. En dan zou hij zich over tien jaar misschien aan de andere kant van een microfoon bevinden, terwijl er beschuldigingen naar zijn hoofd werden geslingerd.

Geen van dat alles klonk aanlokkelijk.

Volgende op de agenda stond een afspraak met de enige geregistreerde bijenhouder in de omgeving van Southend.

Timothy Warren bezat en woonde op zijn boerderij in het midden van Great Wakering, een klein dorp ingeklemd tussen de Essex Marshes in het oosten en landbouwgrond in het westen. Hij was een man die al in de late dertig was, een paar jaar jonger dan Tomek, met grijzend haar en een dikke rossige baard. Zijn gezicht was zoals je zou verwachten van een boer: vermoeid, door weer en wind getekend, en met een irritant goede bruine kleur ondanks dat het seizoen al zes maanden voorbij was. En zijn lichaam was in betere vorm. Maar Tomek hield zichzelf voor dat het zijne net zo goed of beter zou zijn geweest als hij de hele dag hooi en landbouwgereedschap had rondgesjouwd.

'We houden de schapen aan die kant van de boerderij daar,' legde de boer uit terwijl hij wees naar een groot stuk vlakke groene aarde. 'De kippen in dat hok daar. Koeien aan de andere kant van die rij heggen. En een paar paarden in de stallen achter het huis.'

'Het gaat je dus wel voor de wind,' merkte Tomek op.

'Het is niet meer wat het was. Brexit is een grote klootzak voor ons. We worden overal uit de markt geprijsd en verkocht. Maar wat kunnen we doen? Ik was een van degenen die ervoor stemde, dus ik heb alleen mezelf te verwijten.'

Ja, dacht Tomek. *Ja, dat heb je.*

'En dit is waar we de bijen houden.'

Timothy had hen door een kleine opening in een rij heggen geleid en naar een ander uitgestrekt stuk vlak, groen land gebracht. Ruim honderd meter verderop stonden rijen kleine, witte dozen. Rondom de dozen lag een veld vol bloemen die allang afgestorven waren in de winter. Een smal pad, gemaakt van ingenieus geplaatste houten planken, was aangelegd en leidde helemaal naar de bijenkasten. Een laag, monotoon gezoem dat klonk als een elektrische tandenborstel trilde in de lucht. Aan Tomeks rechterhand, op korte afstand, stond een kleine productiehal.

Timothy gebaarde hen erheen, en Tomek voelde zichzelf ontspannen naarmate hij verder weg kwam van het elektrische gezoem.

De productiefabriek was van binnen verrassend groot en was verdeeld in twee compartimenten. Aan de linkerkant bevond zich de productielijn, waar de honingraat en producten werden verwerkt tot honingproducten. Het gedeelte aan de rechterkant was voor het eindproduct. Rijen potten honing met verschillende smaken stonden trots op schappen langs de achterwand. Pompoenkruiden, kurkuma, citroenschil, kaneel. Daarnaast, op aparte schappen, stonden rijen honingmosterd, bijenwaskaarsen en propolis lippenbalsem, allemaal voorzien van het merk van Timothy's bijenboerderij.

Aan de muren hing een reeks bijenpakken in verschillende productiefasen. Eén was simpelweg een hoed met een net. Een andere was een hoed en het bovenste deel van het pak dat stopte bij de taille. De laatste was het pak in zijn geheel, compleet met hoed, net en volledig lichaamspak. De hoogste beschermingslaag die beschikbaar was.

'Zoals je kunt zien, bewaar ik hier al het heerlijke lekkers,' zei Timothy.

Tomek was niet zeker of iemand sinds de jaren tachtig nog 'heerlijke lekkers' had gezegd, maar hij besloot er niets over te zeggen. In plaats daarvan liet hij Rachel het voortouw nemen.

'Hoeveel bijen heb je?' vroeg ze.

'We werken niet met zulke aantallen. Het is moeilijk om dat soort cijfers bij te houden. Ik kan je wel vertellen hoeveel kolonies ik heb, als je wilt?'

'Ja. Natuurlijk.'

'Honderdtweeënzeventig.'

'En hoeveel bijen in elke kolonie?'

'Tussen de honderd en tweehonderd.'

'Dus je had ons wel een schatting kunnen geven?'

'Als ik er een getal aan moest hangen.'

Jezus, deze vent was vermoeiend.

'Hoe lang kweek je ze al?'

'Bijna tien jaar.'

'En je bent de enige?'

'Voor zover de Bijenboeren Vereniging weet, ja. Er zijn andere mensen die proberen ze te kweken, maar zij hebben niet veel succes, en de meerderheid van de mensen die bijen houden zijn gewoon imkers en hobbyisten. Ze doen het uit liefde of voor wat extra geld.'

'Maar jij doet het om miljoenen te verdienen?'

Timothy haalde zijn schouders op. 'Als je het plat wilt slaan. Bent u hier om in mijn financiën te graven? Want ik betaal al mijn belastingen en ik doneer een groot deel van mijn winst aan de goede doelen waar ik bij betrokken ben.'

'Nee,' zei Rachel bot. 'Daar zijn we niet voor hier.'

'Mag ik dan vragen waarom u vragen stelt over mijn bijen?'

Rachel aarzelde, slikte. 'Over een minuutje. Er zijn nog een paar vragen die we graag willen stellen, als u het goed vindt.'

'Wilt u proeven?'

Voordat een van hen kon reageren, haastte Timothy zich naar de andere kant van de productiefabriek. Hij pakte een pot honing en gaf die aan Tomek, die hem beleefd aannam.

'Dat is een van de beste honing die je ooit zult proeven.'

Is dat wat je tegen Fern Clements zei voordat je haar vermoordde?

Tomek opende de pot en doopte zijn vinger erin. Timothy had gelijk, het was heerlijk lekkers. En hij maakte het geluid om dat te bewijzen.

'Ik wist dat je het lekker zou vinden,' vervolgde Timothy. 'En ook wat voor u, juffrouw?'

Voordat ze kon reageren, pakte Timothy de pot van Tomek en hield hem voor Rachel, die aarzelend haar pink tot aan haar nagel doopte en hem schoonlikte.

'Mmm. Heerlijk.' Haar gezichtsuitdrukking sprak haar woorden tegen.

'Het is een van onze bestsellers.'

'Naast vlees?' vroeg Tomek.

'Ja. En vergeet de melk niet. Willen jullie de bijen komen bekijken?'

Tomek en Rachel wierpen elkaar een snelle blik toe. Ze hadden het beiden zien aankomen, maar geen van beiden was bijzonder enthousiast over de mogelijkheid.

'Alleen als je ons meer kunt vertellen over dit,' zei Rachel, terwijl ze in de borstzak van haar blazer reikte. Een moment later haalde ze het bewijsstuk tevoorschijn dat Tomek uit de opslag had gehaald. Een kleine glazen beker, verzegeld in een plastic zak, met een bewijsnummer en logblad eraan bevestigd. In de beker zat de kleine bij die ze uit het lichaam van Fern Clements hadden gehaald.

Rachel hoefde de beker niet erg hoog te houden om Timothy's interesse te wekken. Hij stond in een flits bij haar, en vroeg toestemming om het zelf vast te houden.

'Ik ken dit!' zei hij opgewonden. 'Maar waar hebben *jullie* het vandaan? En waarom hebben jullie het?'

Rachel ontweek de vraag met een ontwapende glimlach. 'We zouden het op prijs stellen als u het voor ons zou kunnen identificeren, Timothy.'

Bij het noemen van zijn naam werden Timothy's wangen rood. 'Natuurlijk. Ja. Absoluut. Het is... Nou, het is van een Afrikaanse honingbij. Ze behoren tot de meest agressieve bijen ter wereld. Ze komen het meest voor in Brazilië, en de meeste steken zijn erg pijnlijk, maar sommige kunnen dodelijk zijn, vooral als je allergisch bent.'

Tomeks oren spitsten zich.

'Je kunt ze niet in dit land krijgen,' vervolgde Timothy. 'Nou ja, je *kunt* het wel. Je kunt alles kopen als je weet waar je moet zoeken, maar je moet zo voorzichtig met ze zijn. Het is bekend dat ze hun slachtoffers tot anderhalve kilometer achtervolgen als ze geïrriteerd zijn. Anderhalve kilometer! Stel je dat eens voor.'

Tomek deed dat liever niet.

'Waar kun je zulke insecten krijgen?' vroeg hij.

'Je zou moeite hebben om iemand in het VK te vinden die ze heeft. Meestal brengen mensen ze per ongeluk mee uit het buitenland of komen ze hier terecht met zendingen.'

'Hoeveel zou je nodig hebben om iemand te doden?' vroeg Tomek.

De kinderlijke opwinding op Timothy's gezicht verdween. '*Doden?*'

'Nou, ze worden toch killerbijen genoemd, nietwaar?'

'Ja, maar...'

'Hoeveel zou je nodig hebben om een jong meisje van vijftien te doden?'

'Jong m-? Vijftien j-?'

'Hoeveel steken voordat de Afrikaanse honingbij sterft? Eén? Of honderden?'

'Hon-?' Timothy's mond ging open en dicht terwijl hij moeite had de woorden uit te brengen.

Tomek deed een stap dichter naar de man toe. 'Zegt de naam Fern Clements u iets?'

De hoorbare zucht van Timothy was hoorbaar. Zijn ogen schoten heen en weer tussen die van Rachel en Tomek. 'Wat *is* dit?' vroeg hij beschuldigend. 'Waarom zijn jullie hier? Waarom vragen jullie me hierover? Ik heb de naam Fern Clements nog nooit van mijn leven gehoord.'

'Waar was u gisteravond in de vroege uurtjes?'

Timothy keek rond in de schuur alsof die het antwoord zou geven. 'Ik was hier. Thuis. Ik had een zware dag op de boerderij gehad en moest slapen.' Hij knipte met zijn vingers, alsof hij zich iets herinnerde. 'Ja. Ik was vroeg naar bed gegaan. Ik was uitgeput. Ik had net *Holby City* gekeken.'

Tomek pauzeerde voordat hij iets anders zei. Om de man te laten zweten, om hem erover na te laten denken. Hij had geen verdere vragen, dus gaf hij Rachel het teken en liet haar de ontmoeting afronden.

'Hoeveel van deze kunnen een persoon doden?' herhaalde ze.

'Dat hangt ervan af,' zei hij, terwijl zijn ademhaling geleidelijk rustiger werd. 'Een paar zou voldoende zijn.'

'En sterven ze na elke steek?'

'Net als normale bijen, ja.'

Dus wat Fern Clements had gedood, moest in de honderden zijn geweest.

'En wie zou grote hoeveelheden van deze bijen kunnen hebben?'

'Ik... ik... ik kan me niet voorstellen dat bijenhouders die zouden hebben. Tenminste niemand in de vereniging. Ze nemen kolonies over als er genoeg van zijn, en dat is slecht voor de zaken. Maar misschien zou een hobbyist zich daar niet zoveel van aantrekken. Misschien heeft iemand in de Bijenhoudersvereniging ze.'

'Is er nog een andere vereniging?'

'Voor hobbyisten, ja.'

'Waar kunnen we die vinden?'

'Op dezelfde plek waar u mij vond,' legde Timothy uit. 'Online. Er zijn er meer dan honderdveertig in Essex alleen al, en dat zijn alleen degenen die geregistreerd zijn. U zou kunnen zoeken naar iemand die ze gewoon in zijn achtertuin heeft gehouden zonder lid te zijn.'

'Is het mogelijk dat ze zelf een kolonie hebben gekweekt?'

Timothy krabde aan een rode schaafplek in zijn nek. 'Ik denk het wel. Maar ze zouden er een paar nodig hebben om mee te beginnen. Inclusief een koningin.'

Tomek nam alles in zich op wat hij had gehoord.

Hij besefte dat ze op zoek konden zijn naar een speld in een hooiberg van honderdveertig andere geregistreerde bijenhouders, of ze konden zoeken naar een speld midden in de oceanen van de wereld, iemand die helemaal niet geregistreerd was en de bijen toevallig had ontdekt.

Maar ze hadden tenminste een beginpunt.

'Bedankt voor alles wat u ons heeft verteld,' begon Rachel, die aanvoelde dat het gesprek ten einde liep. 'U bent een grote hulp geweest. Hier zijn mijn gegevens als u iets nodig heeft of als u nog iets wilt toevoegen. Wij nemen ook contact met u op als we nog vragen voor u hebben.'

Tomek stopte en draaide zich om in de deuropening. 'Misschien kunnen we de bijen een andere keer zien, Timothy. Geniet nog van de rest van uw middag.'

HOOFDSTUK
VIERENTWINTIG

Ze had voortdurend op de klok gekeken, haar ogen schoten telkens naar de kleine cijfers onderaan Phillips scherm, terwijl ze de drang onderdrukte om op haar telefoon te tikken en naar de grotere, zichtbare cijfers te kijken, alleen om er zeker van te zijn dat het klopte - 19:01.

Ze liepen uit. Wat voor een groot deel te danken was aan het feit dat haar aandacht afdwaalde naar gedachten over Billy en de aanstaande indringer, haar vader. Ze hadden bijna een halfuur geleden klaar moeten zijn. Dat zou haar genoeg tijd hebben gegeven om het appartement voor te bereiden op zijn bezoek, haar slaapkamer op te ruimen, haar lavendelspray op de kussens te spuiten, de kussens op te schudden en de kaarsen klaar te zetten. Maar nu zou ze daar geen tijd voor hebben. Geen tijd voor wat dan ook.

'Herhaal na mij,' begon Phillip.

Kasia rolde innerlijk met haar ogen en schoof ongemakkelijk heen en weer op haar stoel.

'*W weekend idę do parku z przyjaciółmi.*'

'In het weekend ga ik met mijn vrienden naar het park,' zei Kasia langzaam, terwijl ze haar best deed om zo ongeïnteresseerd en afstandelijk mogelijk te klinken.

'Heel goed begrepen. Maar probeer het misschien in het Pools te zeggen, zoals ik vroeg.'

Kasia deed het maar verpestte opzettelijk haar uitspraak.

'Nee. Je mist het *prz*-geluid aan het begin van *przyjaciółmi.*'

'Nee hoor. Ik zei het perfect.'

'Als dat zo was, zou ik hier niet dertig minuten na mijn eindtijd nog zitten.' Hij controleerde zijn horloge na naar de tijd op het scherm te hebben gekeken. 'Eigenlijk moet ik vertrekken voor mijn werk.'

Net toen ze wilde antwoorden, rommelde haar buik. Luid. En voor een fractie van een seconde raakte ze in paniek en dacht bijna dat ze een wind had gelaten. Na het horen van het geluid raakte Phillip echter niet in de war. In plaats daarvan nam hij het als sein om te vertrekken.

'Het is etenstijd. Ik laat je koken wat je ook van plan bent. Ik moet waarschijnlijk ook iets voor mezelf halen.'

'Wat ga je nemen?'

Hij haalde zijn schouders op. 'Waarschijnlijk iets heel ongezonds dat slecht voor me is. *Jedzenie na wynos.*'

'Hè?'

'Afhaalmaaltijd.'

Nu begreep ze het.

Kort daarna pakte Phillip zijn spullen en maakte aanstalten om te vertrekken. Hij stopte de documenten en afdrukken die hij voor haar had meegebracht in zijn gecompartimenteerde aktetas en stak zijn laptop voorzichtig in het gepolsterde gedeelte. Terwijl hij zijn jas aantrok, keek Kasia snel op haar telefoon.

Nog steeds niets van Billy.

Geen bericht dat hij onderweg was. Geen bericht dat hij te laat zou zijn. Ze begon te denken dat hij helemaal niet zou komen. Dat hij tegen haar had gelogen. Waarschijnlijk had hij al zijn vrienden verteld dat hij naar haar toe zou gaan en wilde hij haar voor de grap laten zitten. Omdat ze dachten dat het grappig was.

Phillip zwaaide met zijn hand voor haar gezicht. Het duurde even voordat ze het opmerkte.

'Tot over twee dagen?'

'Ja,' antwoordde ze, proberend niet al te ontmoedigd te klinken.

Ze volgde hem naar de onderkant van de trap.

'Geen huiswerk vanavond,' zei hij terwijl hij zijn hand op de voordeur legde. 'Maar in het weekend zal ik niet zo toegeeflijk zijn.'

'Ha ha. Oké.'

Hij trok de deur open. '*Do widzenia.*'

'*Do wid-*'

Ze zag hem voordat ze haar zin kon afmaken. Haar hart schoot in haar keel en ze verstijfde, starend naar beneden. In de deuropening stond Billy Turpin, met twee middelgrote pizzadozen in zijn hand. Opkijkend naar Phillip. Met een onaangenaam verraste blik op zijn gezicht.

'Een vriend van je?' vroeg Phillip aan Kasia.

'Eh. Soort van. Ja. Maar, alsjeblieft niet-'

'Mag ik een stuk?'

Een moment van spanning ging tussen Billy en Kasia voorbij, geen van beiden wist wat te doen. Kasia wilde niets liever dan van Phillip af komen. En als een stuk pizza de manier was om dat te doen, dan-

Hij nam er zelf een stuk voordat ze kon antwoorden en kauwde er luidruchtig op terwijl hij het deksel liet zakken.

'Jullie hebben me geïnspireerd om zelf ook pizza te halen voor het avondeten,' zei hij, zijn lippen aflikkend. 'Bedankt, allebei. *Do widzenia*, Kasia.'

'*Do widzenia*!'

Zonder nog iets te zeggen wandelde Phillip terug naar de auto. Zodra hij van de voortrede stapte, greep Kasia Billy bij de arm en trok hem het gebouw binnen, de voordeur achter hem sluitend.

Hij was weg! En hij had niets gezegd over Billy of haar vader!

Nog voordat de deur goed en wel dicht was, sprong ze op Billy af en kuste hem. Ze was zo opgewonden dat ze niet wist wat haar bezielde. Zijn lippen waren droog, en ze was er zeker van dat ze ook wat tanden had geraakt. En wat betreft eerste kussen ging, had het niet aan haar verwachtingen voldaan; haar toegegeven redelijk lage verwachtingen.

'Wat... waar ging dat allemaal over?' De glimlach op Billy's gezicht vertelde haar dat hij net zo blij was met de kus als zij.

Ze haalde haar schouders op. Maar voordat ze kon antwoorden, zwol haar tong op in haar mond. Ze kauwde erop, maar binnen enkele seconden was het al opgeblazen tot de grootte van een chocoladereep. En toen begon haar keel op te zwellen en samen te trekken als een slang die zich rond haar slokdarm wikkelde, haar adem benauwend.

'Kasia? Kasia!'

Billy legde zijn handen op haar voor steun, maar dat was niet wat ze nu nodig had.

Nu had ze haar EpiPen nodig. Haar levensondersteuning.

Bij gebrek daaraan, Phillip.

Ze fluisterde de naam van de man en gelukkig begreep Billy wat ze bedoelde. Een seconde later was hij de deur uit en schreeuwde haar Poolse leraar achterna. In de tijd dat hij weg was, was ze op de grond ingestort, hijgend en klampend aan elke beetje lucht die ze kon krijgen.

Net voordat ze de omhullende omhelzing van bewusteloosheid haar tentakels over haar voelde slaan, hoorde ze het geluid van twee stemmen die naar haar toe kwamen.

HOOFDSTUK
VIJFENTWINTIG

Toen Tomek het telefoontje kreeg, zat hij achter zijn bureau. Hij typte zijn rapport over Timothy Warren, de bijenhouder.

'Ze is wáár?' schreeuwde hij in de telefoon, waarna hij zonder iets tegen iemand te zeggen haastig het kantoor uit rende.

Gelukkig was de rit van het politiebureau naar Southend Hospital maar kort. Twee mijl. Tien minuten. Normaal gesproken. En in zijn haast legde hij de reis in zeven minuten af. Hij reed door een paar rode stoplichten, haalde in op een enkelbaansweg, drong voor bij kruispunten en sneed mensen af bij rotondes. Het geluid van claxons die achter hem toeterden bleef in zijn oren naklinken terwijl hij door de ziekenhuisgangen rende op zoek naar Kasia's kamer.

Hij vond haar op de derde verdieping.

Maar niet voordat hij Phillip en een mager jongetje naast hem in de gang tegenkwam.

'Wat is er in godsnaam aan de hand?' vroeg Tomek aan Phillip.

De hyperpolyglot stapte naar voren om Tomek tegemoet te komen, terwijl hij de jongen een beetje beschermde.

'De ambulancebroeders zeiden dat ze een allergische reactie had,' zei Phillip kalm en langzaam. 'Gelukkig was ik er om haar te helpen.'

Allergische reactie.

Hoe?

Na alle opofferingen die hij had gemaakt om pinda's en alle andere soorten noten volledig uit zijn dieet te schrappen, was ze alsnog slacht-offer geworden van een allergische reactie. In zijn eigen huis.

'Hoe?' vroeg Tomek, terwijl hij de moed vond om die gedachte uit te spreken.

Phillip draaide zich naar de jonge jongen. 'Billy hier had wat pizza meegebracht, en-'

'Billy?' herhaalde Tomek, terwijl zijn lichaam begon te trillen van woede. 'Billy? Als in, Billy het jochie dat denkt dat hij tegen een verdomde koe kan vechten? Dezelfde Billy waar mijn dochter me steeds over vraagt of hij een keer langs mag komen, en nadat ik herhaaldelijk nee heb gezegd, toch besluit om langs te komen? Ben jij dat, Billy?'

Daarvoor, toen hij nog achter Phillip verscholen stond, had Billy rechtop gestaan met zijn kin omhoog. Brutaal, dapper. Maar nu, na het begin van Tomeks tirade, liet hij zijn hoofd zakken en kromp hij in elkaar, waardoor hij er minstens vijf jaar jonger uitzag.

'Antwoord me, Billy!'

Tomeks stem echode door de gang. Phillip stapte naar voren en plaatste een arm over Tomeks borst om hem tegen te houden.

'Wat deed je in mijn huis, Billy? Waarom heb je mijn dochter pinda's gegeven?'

Billy antwoordde niet. Sterker nog, hij deed helemaal niets. Bevro-ren, genageld aan de grond van angst voor een man die twee keer zo groot was en meer dan drie keer zo oud, die in zijn gezicht schreeuwde. Tomek was zich er terdege van bewust dat hij een dertienjarig jochie niet kon slaan, ook al verdiende hij het (en hoe graag hij het ook wilde), maar dat zou hem er niet van weerhouden om het kleine joch in zijn broek te laten schijten.

Het kleine *gówniacki*.

Kasia had kunnen sterven door zijn onbekwaamheid; het was het minste wat hij verdiende.

'Wat deed je met pinda's in de buurt van Kasia, Billy?' ging Tomek verder. 'Wat maakte je denken dat dat een verdomd goed idee was, hè? Hebben je moeder en vader je als kind op je hoofd laten vallen? Hebben ze je een beetje geslagen?'

'Hé, hé, hé!' Deze keer was Phillip volledig tegenover Tomek gaan staan, en het kleine, slanke, magere postuur van de man was het enige wat hij kon zien. '*Przestań*, Tomek! *Ja pierdolę*! Let op je woorden. Het is verdomme gewoon een dertienjarige jongen.'

Tomek staarde de man even kort in de ogen. 'Ik weet hoe oud hij verdomme is. Hij probeert in bed te komen met mijn dochter. En nu heeft hij verdomme bijna geprobeerd om haar te vermoorden. Als jij er niet was geweest, zou ze voor altijd dertien zijn gebleven en had hij de rest van zijn kloterige stomme leven kunnen leiden!'

Tomeks borst ging in razend tempo op en neer. Zijn lichaam bleef trillen door een heftige combinatie van adrenaline, angst en schuld. Een mengsel waar hij maar al te vertrouwd mee was.

'Ik begrijp dat allemaal,' vervolgde Phillip, met een zachtere stem dan voorheen. 'Echt waar. En ik kan me alleen maar voorstellen wat voor emoties je nu voelt, maar je afreageren op een klein kind gaat geen verschil maken. Wat gebeurd is, is gebeurd. Het was een simpele vergissing. Hij kwam langs met wat pizza, en een moment nadat ik weg was, kwam hij me zoeken. Hij vertelde me dat hij eerder met zijn vrienden pinda's had gegeten in het park.'

'Wist hij van haar allergieën? Ik wed dat hij verdomme-'

'Nou, als hij het daarvoor niet wist, weet hij het nu zeker.'

Phillip deed een stap terug van Tomek en gaf hem wat ademruimte. Of het nu in zijn hoofd was of dat Phillps aanwezigheid zo drukkend was geweest, Tomek merkte het verschil niet. Hij haalde diep adem en slikte voordat hij zich naar de zijkant draaide, in de richting van de ziekenhuisdeur.

'Kan ik haar zien?' vroeg hij.

'Denk het wel. De verpleegkundigen zeiden iets over nog wat testresultaten over een half uur, maar dat was bijna twintig minuten geleden.'

Dan ga ik nu, dacht Tomek, en hij liep naar de deuren.

Hij verloor zijn adem toen hij de kamer binnenkwam. Kasia lag daar op het bed, ingestopt tot aan haar borst, ogen gesloten, vredig rustend, haar borst zachtjes op en neer gaand.

Langzaam, aarzelend, liep hij naar het bed en nam haar hand in de zijne. Zodra hij haar aanraking voelde, werd zijn lichaam warm. Het was de eerste keer in hun drie maanden durende vader-dochterrelatie dat ze zo'n fysiek contact hadden. Om de een of andere reden werd hij dertien jaar terug in de tijd verplaatst, naar diezelfde kamer. De kamer, het meubilair, het uitzicht buiten het raam, alles bleef hetzelfde. Het enige verschil was dat het jonge meisje dat voor hem lag niet zo groot en volwassen was. In plaats daarvan stelde hij zich voor dat ze een baby was, een pasgeborene, een gloednieuwe aanwinst voor de wereld, en dat hij haar kleine handjes vastpakte en zij haar hele handje om zijn vinger wikkelde. Het tafereel was natuurlijk volledig verzonnen, hij wist niets van haar geboorte of haar bestaan tot slechts enkele maanden geleden, maar hij stelde zich graag voor dat het zo zou zijn geweest om bij haar geboorte te zijn, om haar hand vast te houden vanaf zo'n jonge leeftijd. Om iets vast te houden dat zo zwak was en van hem afhankelijk. Om iets vast te houden dat voor alles op hem vertrouwde: voedsel, kleding, onderdak, bescherming. Zo was het nu ook. Dezelfde gevoelens en dezelfde vereisten als vader. Alleen nu met een dertienjarige in plaats van een pasgeborene.

En hij had gefaald. Hij was er niet geweest om haar te beschermen, was er niet geweest om haar te redden van haar allergieën.

Terwijl hij zich dichter naar haar toe schoof op de stoel, begon hij te begrijpen hoe de ouders van Diana Greenock zich hadden gevoeld, hoe die van Mandy Butler zich hadden gevoeld, hoe die van Lily Monteith zich hadden gevoeld, hoe die van Fern Clements zich hadden gevoeld.

Nu voegde hij zichzelf toe aan die lijst. Hij beschouwde zichzelf, *hen beiden*, alleen als gelukkig dat het niet in een ramp was geëindigd.

Het was tien uur de volgende ochtend toen Kasia uit het ziekenhuis werd ontslagen. De verpleegkundigen en artsen hadden haar een nacht willen houden ter observatie, maar dat was niet nodig geweest. Ze had de hele nacht geslapen, rustend en herstellend van haar beproeving. En toen ze eindelijk thuiskwamen, na vast te hebben gezeten in de late ochtendspits, voelde Kasia zich voor negentig procent beter.

'Het spijt me,' zei ze terwijl Tomek zijn huissleutels in de pot op de eettafel gooide.

Vergeet dat maar. Misschien was ze toch maar vijftig procent, nog steeds onder invloed van de pijnstillers en medicatie die ze haar hadden gegeven; Tomek had haar in lange tijd niet haar excuses horen aanbieden voor iets.

'Zolang je maar in orde bent,' zei hij. 'Dat is het belangrijkste.'

Hij glipte de keuken in en zette de waterkoker aan. Hij had dringend behoefte aan wat cafeïne. Hij had de hele nacht naast haar bed gelegen en de slaap was verschrikkelijk geweest, oncomfortabel.

'We moeten het wel nog hebben over het feit dat je tegen me hebt gelogen en Billy hebt uitgenodigd, terwijl ik juist gezegd had dat dat niet mocht.'

'Ik weet het. Ik... ik dacht dat het wel oké zou zijn.'

Je dacht verkeerd.

Tomek maakte een koffie voor zichzelf en een thee voor Kasia, en ze brachten het volgende uur of zo in stilte door, televisie kijkend.

'Moet je niet naar je werk?' vroeg Kasia. Ze lag op haar rug, scrollend op haar telefoon, toen de gedachte bij haar opkwam.

'Nee,' antwoordde Tomek. 'Nick heeft me de dag vrijgegeven.'

Tot zijn verbazing.

'Dus het is vandaag alleen jij en ik, meid.' Hij klopte speels een paar keer op haar knie. 'Ik heb de school ingelicht en ze vinden het prima. Dus je hoeft je alleen maar te concentreren op uitrusten. En voor één dag geldt: wat je ook wilt, je vraagt het aan mij.'

Tomek had later spijt van die beslissing. Het was een stortvloed van veeleisende verzoeken geweest. Een overvloed aan snacks - chocolade, chips, alle lekkere dingen - gevolgd door drankjes zoals cola en bijvullingen van thee en glazen water. Hij had haar zelfs de volledige controle gegeven over de afstandsbediening van de televisie en was gedwongen om herhalingen van de realityshow *Made in Chelsea* te kijken. Een programma dat hem zijn ogen had willen doen uitsteken.

Toch, tenminste was het niet *The Only Way Is Essex* geweest; dan zou hij nog een stap verder zijn gegaan en de bewaarplaats voor bewijsstukken op zijn werk hebben overvallen op zoek naar een vuurwapen.

Later die avond, terwijl hij voor hen beiden het avondeten bereidde - zijn favoriet, paella - dacht hij na over wat haar was overkomen. En hoe dankbaar hij was dat Phillip er was geweest om haar te helpen. Een verstandige volwassene die wist wat te doen in zo'n situatie. En hoe hij volledig was vergeten de man te bedanken voordat hij naar zijn dienst was vertrokken.

Tomek was bezig met het strooien van paprikapoeder over het gerecht toen Kasia de keuken binnenkwam. Ze gooide haar blikje cola in de vuilnisbak en ging naar de koelkast voor een nieuw. Op de achtergrond speelde Moby op de kleine speaker die hij de andere week had gekocht.

'Wil je erover praten?' vroeg Tomek. Nu hij de hele dag had gehad om het te verwerken, hoopte hij dat zij dat ook had gedaan.

'Niet echt.'

'Ik denk dat we dat wel moeten doen.'

Kasia bleef bij de koelkast staan, hield de deur open met één hand en een blikje cola in de andere.

'Dus je hebt hem gekust, hè?' begon Tomek.

'Pap... alsjeblieft...'

'Hoe ben je anders in contact gekomen met de pinda's?'

Kasia zuchtte zwaar totdat het bijna een kreun werd. 'Oké dan. Ja, ik heb hem gekust. Blij nu?'

'Was dat je eerste kus?'

'Ja.'

'Ooit?'

'Ja. Zijn we nu klaar?'

'Misschien.'

'Waar wil je nog meer over praten?'

'Hoe vaak is hij hier geweest zonder dat ik het wist?'

'Maar één keer. Dat was de enige keer.'

'Beloof je dat?'

Kasia stak haar pink uit. Tomek legde de houten lepel op het aanrecht en haakte zijn pink in de hare.

'Pinky promise,' zei ze.

'Pinky promise,' antwoordde hij.

Een heilige band tussen hen beiden.

'Heb je al met Sylvia gesproken over uitgaan met Nicks dochter?'

Terwijl het nummer veranderde naar de Red Hot Chili Peppers, vertrok Kasia's gezicht in verwarring.

'Bedoel je dat ik nog steeds mag gaan?' Haar stem was vol hoop.

'Ja. Ik ga je niet voor de rest van je leven binnenshuis opsluiten.'

Hoe graag ik dat ook zou willen.

En hoezeer je het waarschijnlijk ook verdient.

'Maar ik ga je Billy voorlopig niet laten zien. En, om eerlijk te zijn, ik denk niet dat hij ook maar enige behoefte heeft om jou te zien. Ik denk dat ik hem misschien heb afgeschrikt in het ziekenhuis.' Toen, onder zijn adem, voegde hij toe: 'Hopelijk heb ik die kleine donder de stuipen op het lijf gejaagd.'

HOOFDSTUK
ZESENTWINTIG

Tomek had geprobeerd zijn gedachten uit te schakelen terwijl hij de dag doorbracht met de zorg voor Kasia. Niet omdat hij volledig aanwezig wilde zijn voor haar tijdens haar herstel, maar omdat de overeenkomsten tussen de dood van de slachtoffers en Kasia's incident te opvallend waren. Hoe meer hij nadacht over de verwondingen die Mandy Butler, Lily Monteith en Fern Clements hadden opgelopen, hoe meer hij vreesde dat Kasia hetzelfde lot zou ondergaan.

Voor het grootste deel was het gelukt. Hij had kunnen afschakelen en grotendeels denken aan de slechte televisie die ze keken, en Kasia hield hem zeker bezig met haar constante verzoeken en eisen.

Maar er was één gedachte die hij niet kon afschudden. Eén gedachte die hem meer zorgen baarde dan alle andere.

Billy.

Billy de Koevechter.

Billy de Koevecht-idioot die zijn dochter bijna had gedood.

Hij vroeg zich af of het een opzettelijke aanval op haar was geweest, of dat het zijn poging was geweest om haar te doden.

Ja, het klonk belachelijk. Maar het waren soms de belachelijke ideeën, de ver-gezochte ideeën, die altijd bleven hangen.

Na een kort gesprek met haar had hij geleerd dat Billy inderdaad wist van haar allergieën. Dat het zelfs een van de eerste dingen was die ze hem had verteld toen ze voor het eerst samen hadden geluncht in de schoolkantine.

Wat de voor de hand liggende vraag opriep: als Billy wist van haar notenallergie, waarom was hij dan in hemelsnaam naar haar huis gegaan vlak nadat hij een zak pinda's had gegeten met zijn vrienden? Had hij het met opzet gedaan? Was hij daar bewust naartoe gegaan, in een poging haar aan te vallen of haar leven in gevaar te brengen?

Was een dertienjarige daartoe in staat?

Toen, terwijl hij 's nachts in bed lag, begonnen de gedachten volledig uit de hand te lopen.

Van het weinige dat hij over de jongen wist, gebaseerd op het weinige dat Kasia hem had verteld en het kleine beetje onderzoek dat hij had gedaan naar de sociale media van de jongen, wist hij dat Billy een fanatieke voetbalfan was en ook geen slechte speler. Als lid van de Dagenham & Redbridge FC U14 jeugdacademie was zijn Instagram-feed een caleidoscoop van techniekfilmpjes en lat-uitdagingen. En, Tomek moest toegeven, de jongen was in staat om dingen met de bal te doen waarvan Tomek op die leeftijd alleen had kunnen dromen. Hij was zeker getalenteerd, maar hij was ook lid van een grote groep jongens. Dezelfde jongens waarmee hij de avond ervoor in het park had gespeeld. Tomek herkende de gezichten op verschillende Instagram-foto's van Billy. En hij vroeg zich af: hadden de jongens hem verteld om pinda's te eten? Hadden ze het allemaal afgesproken, dat het grappig zou zijn? En toen vroeg hij zich af of ze connecties hadden met Fern Clements of Mandy Butler. Of het mogelijk was dat een groep tieners, een groep jongens en mannen van de Dagenham & Redbridge voetbal-club, jonge vrouwen met allergieën zou kunnen viseren.

Belachelijk, ja. Maar niet buiten het rijk der mogelijkheden.

Iets om over na te denken, iets om misschien in zijn eigen tijd te onderzoeken.

Helaas realiseerde hij zich, zodra hij de ochtend na zijn tijd met Kasia het kantoor binnenstapte, dat er voor niets tijd was. Het kantoor zat vol, en iedereen in het team zat aan zijn bureau, praatte luid en typte woest op zijn toetsenbord. Alle systemen draaiden op volle toeren. En hij voelde zich al achteroplopen.

'Ah, Tomek, je bent er!'

De uitroep kwam van Victoria, die al uit haar stoel was en naar hem toe liep toen hij binnenkwam. Tegen de tijd dat hij zich omdraaide, stond ze in de deuropening van haar kantoor en gebaarde hem binnen te komen.

'Ik neem aan dat alles goed gaat met Kasia,' begon ze, en gebaarde hem te gaan zitten.

Tomek trok de stoel onder het bureau vandaan en deed wat hem gezegd werd.

'Het gaat veel beter met haar, bedankt. De school zorgt voor haar.'

'Uitstekend. Terwijl u gisteren vrij was, hadden we een vergadering op senior niveau. Ikzelf, Nick en Sean waren aanwezig, en we hebben onze strategie voor de toekomst besproken.'

'Pardon?'

Dat gevoel alsof hij tegelijkertijd in zijn gezicht werd geslagen, in zijn maag werd gestompt en in zijn ballen werd geschopt, kwam weer terug. Opnieuw.

'We vonden het belangrijk om onze hypotheses op elkaar af te stemmen voordat we verdere voortgang boekten.'

'En was het een bewuste beslissing om mij niet bij die discussie te betrekken?'

Victoria verschoof ongemakkelijk in haar stoel. 'We wilden u niet storen op uw vrije dag.'

'Het was geen vrije dag. Ik zorgde voor mijn dochter nadat ze in het ziekenhuis had gelegen. Dat zijn twee compleet verschillende dingen.'

'Natuurlijk. Sorry.'

'Ik heb nog steeds een telefoon. Ik heb nog steeds een laptop. Ik had via een van die dingen kunnen deelnemen.'

Tomek drukte zijn nagels in zijn handpalm.

'Zoals ik al zei, Nick wilde u niet storen.'

Dus het was Nicks beslissing. Of ze schoof de schuld op hem af. Geen van beide maakte hem zich beter voelen over de situatie.

'U hebt het niet eens gevraagd,' zei hij, terwijl hij probeerde kalm te blijven. 'Ik zou graag hebben geholpen.'

'Ik begrijp het. Nou, misschien de volgende keer, als die er ooit-'

'Ik hoop dat mijn dochter nooit meer bijna doodgaat, dank u wel,' onderbrak hij haar. 'Dus hopelijk hoeven we dit gesprek niet nog eens te voeren.'

Wat een fucking stomme opmerking.

'Natuurlijk.'

'Nou, ga dan door.' Tomek gebaarde met zijn handen dat ze door moest gaan. 'Wat hebben jullie besloten?'

Meer ongemakkelijk verschuiven. Meer van het gevreesde gevoel dat hij niet blij zou zijn met de woorden die uit haar mond zouden komen.

'Nou, *gezamenlijk,*' begon ze. Hij merkte de nadruk op het woord op; weer een kans om de verantwoordelijkheid af te schuiven als iemand anders' idee. 'Gezamenlijk hebben we besloten dat we ons net wijd gaan uitwerpen. We gaan een lijst opstellen van alle mannelijke leraren die les hebben gegeven aan onze slachtoffers. Als er gemeenschappelijke factoren zijn, zullen we die vinden. We gaan ook spreken met alle kaarthouders die het concert bijwoonden tijdens de dood van Mandy Butler. Tenslotte gaan Chey en Martin de sociale media profielen van de slachtoffers onderzoeken, kijken of ze berichten hebben uitgewisseld met een oudere heer, of dat ze ongepaste, bedreigende of verdachte berichten van onze moordenaar hebben ontvangen, alles wat ons inzicht kan geven in wie deze persoon is.'

Of personen, dacht hij. Maar hij hield zijn mond. Het idee dat in zijn hoofd broeide was nog slechts een jonge dier, een gewonde nog wel. Een die de juiste hoeveelheid voeding en zorg nodig had voordat het aan de wereld kon worden voorgesteld. Voorlopig zou hij het binnen de grenzen van zijn geest houden totdat het klaar was om aangekondigd te worden.

'Dat klinkt niet alsof u afwijkt van wat we al hebben besproken,' begon Tomek.

En toen drong het tot hem door.

Een lijst van alle mannelijke leraren die les hebben gegeven aan onze slachtoffers.

Leraren.

Een lijst die slechts betrekking had op drie van de vier moordslachtoffers.

'Wat met Diana Greenock?' vroeg Tomek, met toenemende bezorgdheid in zijn stem.

'We nemen afstand van Diana,' antwoordde Victoria, haar stem trillend ondanks de duidelijke moeite om zich te beheersen.

'Waarom?'

'Omdat we na verschillende gesprekken en met de hulp van Tracy hebben besloten dat het verband zwak is. En dat de omstandigheden rond haar dood dat nog meer zijn. Er was nooit bewijs van inbraak, en de plausibiliteit dat iemand haar kamer in klom en daar een kat achterliet is ook moeilijk te geloven. Zowel Nick als Sean waren het daarmee eens.' Tomek opende zijn mond om te spreken maar zij ging door, vastbesloten om te eindigen voordat ze gedwongen werd zijn vragen te beantwoorden. 'Bovendien hebben we niet veel middelen en het is een lange weg voor ons om enige invloed te hebben op die kant van het onderzoek...' Ze aarzelde, alsof er nog iets was dat ze wilde zeggen. Tomek wachtte af. Uiteindelijk vervolgde ze: 'Je moet ook weten dat we de moord op Mandy Butler ook geleidelijk uit ons onderzoek zullen halen.'

'Wat betekent dat?'

'Gezien de beperkte middelen en budgetten die ik zojuist heb genoemd, iets waarvan ik pas gisteren op de hoogte werd gesteld, zullen we ongeveer tien procent besteden aan de zaak van Mandy Butler, terwijl de rest gelijkmatig wordt verdeeld tussen Lily Monteith en Fern Clements.'

Tomek was verbijsterd. Volledig en totaal verbijsterd. Hij kon niet geloven wat hij hoorde. Zijn harde werk, zijn toewijding, zijn intuïtie. Het was allemaal ondergescheten door zijn superieuren. Degenen die zogenaamd meer ervaring hadden dan hij (hoewel hij moeite had te begrijpen hoe Sean in die groep terecht was gekomen).

'Vindt u niet dat elk slachtoffer voldoende tijd verdient om te onderzoeken? En dat we niet eens tien procent aan zowel Diana Greenock als Mandy Butler besteden is *op zijn minst* walgelijk.'

'Tomek, ik begrijp-'

'Mijn focus, vóór deze aankondiging, lag op Fern Clements. Verandert dat?'

'Nou, natuurlijk niet, maar-'

'En hoe denkt u-?'

Voordat hij zijn vraag kon afmaken, werd er op de deur geklopt. Onmiddellijk viel er stilte in de kamer. Tomek hield zijn blik gericht op Victoria, terwijl ze snel haar antwoord overwoog.

'Ja, kom binnen,' riep ze.

Het was Nick, die er verrassend genoeg vrolijk uitzag voor een keer.

'Goedemorgen, jullie beiden,' zei hij, terwijl hij de deur achter zich sloot. Hij legde een stevige hand op Tomeks schouder en gaf er een kneepje in. 'Sorry om te horen over Kasia. Hoe gaat het met haar?'

'Goed. Bedankt.'

Nick liep om het bureau heen en ging tussen hen in staan als de scheidsrechter bij een tenniswedstrijd. Nick wist niet dat Tomek hem in het spel ging betrekken.

'Wat is er aan de hand?'

'Dat zou ik u ook kunnen vragen, sir. Wat de fuck?'

Het gezicht van de hoofdinspecteur verstrakte, net als zijn greep op de rand van Victoria's bureau.

'Wil je me dat nog eens vragen, Tomek?'

'Goed,' antwoordde hij met een schouderophalen. 'Wat de fuck is er aan de hand met deze nieuwe strategie, *sir*? Wat met Diana Greenock? Mandy Butler? Na wat er de vorige keer is gebeurd, sir, zou ik denken dat u allemaal-'

'Let op wat je nu gaat zeggen, maat,' siste Nick. Er was niets vriendschappelijks aan de manier waarop hij het zei. 'Ik denk echt niet dat je die toon tegen mij wilt aanslaan.'

'Gaat u de vraag beantwoorden of er gewoon voor blijven wegrennen?'

'Ik hoef hier niet te staan en hiernaar te luisteren.' Nick gebaarde met zijn duim naar de uitgang. 'Ga terug aan het werk en doe je werk. Of ik kan HR laten komen om je nog een dag vrij te geven als je wat meer tijd wilt om af te koelen? Want je gedraagt je als een verdomde klootzak en dat pik ik niet.'

Tomek verliet snel de vergaderkamer zonder nog een woord te zeggen. De dreiging van nog een gesprek met iemand van HR was genoeg om hem zo snel mogelijk weg te krijgen. Hij wilde echter nog steeds een antwoord. En hij kende de persoon die het hem kon geven.

Sean.

Maar net toen hij naar hem toe wilde lopen, trilde zijn telefoon.

Abigail Winters belde.

HOOFDSTUK
ZEVENENTWINTIG

Dertien minuten later bevond Tomek zich in Morgana's Café. Met dezelfde dikke, vette, klammige lucht, dezelfde heerlijke, aromatische geur van spek en eieren, dezelfde vaste klanten die eruitzagen alsof ze nooit waren vertrokken of bijna dezelfde plaatsen hadden gereserveerd.

Abigail had hem gevraagd om op dezelfde plek af te spreken als de vorige keer. En net als de vorige keer was ze te laat.

Dertig minuten in plaats van zestig, maar te laat was te laat.

En in zijn huidige stemming hielp haar gebrek aan stiptheid niet bepaald.

Toen dertig minuten in eenendertig veranderden, reikte Morgana over zijn gezicht heen en zette een kop thee voor hem neer. Hij keek naar haar op en bedankte haar hartelijk. Ze zag er mooier uit dan de laatste keer dat hij haar had gezien, al kon hij niet precies zeggen waarom. Misschien was het haar haar dat gekruld en in een bob geknipt was, of misschien was het de dunne laag make-up die wat dikker was geworden, vooral onder de ogen en wimpers, waardoor het blauw erachter werd geaccentueerd, of misschien was het haar outfit - netter, ingetogen, bijna presidentieel.

Even overwoog hij om weer met haar te flirten, maar toen herinnerde hij zich wat er de vorige keer was gebeurd. Zodra hij was begonnen, was Abigail binnengekomen, alsof ze hem van buiten had staan observeren en het expres had gedaan. Tomek dacht nog een moment langer na over zijn beslissing: flirten met Morgana en onmiddellijk Abigail oproepen, of het flirten uitstellen en elkaar blijven aankijken terwijl hij wachtte.

Helaas werd de beslissing deze keer voor hem genomen.

De volgende persoon die door de deur kwam was Abigail. Alleen droeg ze deze keer niet de koffer achter zich aan die haar op een basisschoollerares deed lijken.

'Hallo, jij,' zei ze. 'Je ziet er goed uit vandaag.'

Tomek keek naar de blazer die hij bijna drie weken achter elkaar had gedragen zonder hem te wassen en naar het witte overhemd dat hij al een jaar had en dat langzaam in een titaniumkleur was vervaagd.

'Bedankt,' antwoordde hij ongemakkelijk. 'Weet je, als mijn dochter ons hier ziet, gaat ze me vragen stellen, boven op degene die ze me nu al stelt.'

'Goede vragen, hoop ik?'

Tomek nam een slokje water bij wijze van antwoord. 'Wat was er zo belangrijk dat je het me niet over de telefoon kon vertellen?'

Bij het vooruitzicht haar nieuws aan hem te onthullen, lichtte Abigails gezicht op en leek haar haar een lichtere tint blond te krijgen onder de lampen.

'Ten eerste wilde ik je een eerlijke waarschuwing geven over een artikel dat ik aan het voorbereiden ben.'

'Oké. Gaat het artikel over mij?'

'Nee.'

'Dan heb je mijn zegen.'

'Het gaat over je hoofdinspecteur.'

Dat gaf Tomek even stof tot nadenken.

'Nick? Wat is er met hem?'

'Ik doe onderzoek naar zijn mislukkingen in de zaak-Mandy Butler.'

Je gaat geweldig vinden wat ik net heb ontdekt dan.

Maar misschien was het beter om het haar over twee jaar te vertellen, dan kon ze ook Victoria's carrière afkraken.

'Ik denk niet... ik denk niet dat dat een probleem gaat worden. Ik bedoel, hoe beneden de gordel is het?'

Abigail liet haar vinger op en neer gaan over een groef in de tafel. 'Dat heb ik nog niet helemaal uitgedacht. Het is niet buitensporig, maar sommigen zouden kunnen zeggen dat het er dicht genoeg bij komt.'

'Maar net genoeg om gepubliceerd te worden, toch?'

Ze grijnsde. 'Precies.'

Op dit moment behoorden noch Nick noch Victoria tot zijn favoriete mensen op aarde, dus het kon hem niet veel schelen wat Abigail van plan was te publiceren. Als ze hem als SIO van het onderzoek hadden gehouden, waren zijn gedachten misschien niet zo destructief geweest, maar zoals het nu was, vroeg hij zich af of er nog iemand anders was die hij in het vuur kon gooien.

'De andere reden waarom ik je hier heb gevraagd,' begon Abigail, waardoor hij werd afgeleid van zijn gedachten, 'is dat ik een bezoeker voor je heb.'

'Niet nog een dochter waarvan ik niets wist,' zei hij langzaam met een schudden van zijn hoofd. 'Eén is genoeg voor mij. Ik denk niet dat ik de stress van nog een-'

'Hou je mond, dwaas. Het is niet *dat*...'

Terwijl ze uitsprak, draaide Abigail zich om in haar stoel en gebaarde naar een tweetal in de tegenovergestelde hoek van het restaurant. Een moeder en dochter, die naast elkaar zaten en naar hen staarden. Tomek had ze niet binnen zien komen, en te oordelen naar de lege borden eten voor hen, zaten ze er al veel langer dan hij.

Abigail zwaaide naar hen. Ze schuifelden dichterbij. Aarzelend, voorzichtig. Alsof hij een man was met een ongeneeslijke ziekte. De dochter, met jonge gelaatstrekken die hem aan Kasia deden denken, was langer dan haar moeder. Ze droeg een dunne hoodie die over één schouder hing, en ze sloeg één arm over de voorkant van haar lichaam, en ankerde deze vast door de binnenkant van haar elleboog aan de andere kant vast te houden. Naast haar stond haar moeder die, als het niet was voor het grijs dat het bruin van haar haar verdunde, hij voor een zus zou hebben aangezien.

Ze gingen zwijgend tegenover hem zitten. Drie tegen één.

'Tomek, dit zijn Nisha en Avena Kumar. Avena was een van de-'

'Ik herken de naam,' zei hij, enthousiast knikkend. 'Uit het artikel.'

Hij stak zijn hand uit over de tafel. Avena pakte hem met het zelfvertrouwen van een zeventienjarige, zwak en wanhopig om het snel achter de rug te hebben.

'Bedankt dat jullie hier zijn gekomen,' begon hij. 'Ik denk dat het belang hiervan niet genoeg benadrukt kan worden. Alles wat jullie me vandaag willen vertellen, zal uiteraard met de grootste vertrouwelijkheid worden behandeld, dat verzeker ik jullie. Hoewel...' Hij keek om zich heen. Naar de drukke gesprekken. Naar de constante draaimolen van klanten die de deur in en uit gingen. 'Zouden jullie niet liever naar een wat meer privéplek gaan?'

Abigail schudde haar hoofd. 'Dit was grappig genoeg hun keuze. En ik zei dat de lunch voor jouw rekening was.'

Tomek wierp haar een sarcastische maar glimlachende blik toe die zei: "Natuurlijk deed je dat. Hartelijk bedankt."

En toen, alsof het was ingestudeerd, kwam Morgana naar de tafel met een rekening in haar hand. Tomek nam hem instinctief aan, hij was zo gewend dit te doen tijdens dates en etentjes met Kasia dat het inmiddels in zijn spiergeheugen zat, en haalde zijn betaalpas tevoorschijn.

'Ik neem aan dat de rekening voor deze tafel nog moet komen?' vroeg hij terwijl hij zijn pincode invoerde.

'Jep.'

'Horen jullie dat, meiden? Bestel maar raak!' Abigail reikte over de tafel en trok een menukaart uit de houder. 'Het is tenslotte Kerstmis. Iemand moet in de feestelijke stemming komen, zelfs als *hij* dat niet wil.'

De Kumars hadden geen idee waar ze op doelde, maar het leek hen niet te deren; ze bestudeerden de menukaart en kozen een Cola Light voor Nisha en een bananenmilkshake voor Avena. Morgana haastte zich weg voordat Tomek nog een thee voor zichzelf kon bestellen.

Ze zaten met z'n vieren in bijna volledige stilte terwijl ze op hun drankjes wachtten. Tomek had besloten dat het beter was om hun gesprek te beginnen zonder de dreiging van onderbrekingen om de twee minuten met de vraag of ze nog iets wilden drinken. En zodra de drankjes waren gearriveerd, en Tomek kort daarna de rekening had betaald, konden ze beginnen.

'Wat wil je weten?' vroeg Avena. Ze sprak met de zachtheid en het charisma van een cabinemedewerker.

'Alles wat je me kunt vertellen. Alles wat je je kunt herinneren van die avond. Alles wat je je sindsdien hebt herinnerd.'

Avena keek naar haar moeder voor steun, die haar die bood met een zachte hand op haar onderarm. Tomek smeekte zachtjes met zijn ogen dat ze sterk en standvastig zou blijven. Hij wilde niet dat het voor hen allemaal een verspilde reis zou zijn. En vooral niet voor zijn bankrekening.

'Nou, we waren met z'n zessen. Ik, Nala, Dein, Harrison, Priti en Prav. We gingen naar Catfish and the Bottlemen bij de Cliffs. Het was een uitverkochte show en we stonden vooraan. We probeerden zoveel mogelijk bij elkaar te blijven maar mensen moesten naar de wc en bleven maar drankjes halen en zo. Dus uiteindelijk raakten we uit elkaar. Ik bleef achter met Harrison en Priti, terwijl de anderen ergens alleen waren, ik heb nooit ontdekt waar.'

Ze nam een slokje van haar milkshake en zette het met extreme voorzichtigheid op tafel, alsof harder neerzetten het glas zou laten breken.

'We waren aan het dansen, genoten van onszelf, schreeuwden de songteksten in elkaars gezicht, toen er plotseling een vent voor ons verscheen. Hij was ongeveer jouw lengte, misschien iets kleiner. Dik zwart haar. Hij droeg een zonnebril. Eerst dacht ik dat hij zijn vrienden zocht. Maar toen hij niet bewoog en daar gewoon bleef staan, dacht ik dat hij ruzie zocht. Ik weet niet waarom, maar het voelde alsof hij me recht in de ogen keek. Alsof hij met *mij* wilde vechten.'

Helaas lag de waarheid niet veel verder weg.

'Net toen ik hem wilde vragen of alles in orde was, porde Harrison hem in zijn arm en omhelsde hem. Ze kenden elkaar ergens van.'

'Weet je waarvan?' vroeg Tomek, terwijl hij hard op het uiteinde van zijn pen drukte totdat de inkt door de pagina sijpelde.

'Ik denk dat hij iets zei over voetbal. Iets over samen spelen bij Dagenham.'

Tomeks interesse was gewekt.

'Speelden ze samen?' vroeg hij.

Avena schudde haar hoofd. 'Deze man was minstens een paar jaar ouder, dus ik denk dat hij een paar teams hoger moet hebben gespeeld, of misschien in het eerste elftal.'

'En dit is de man van wie je de xtc-pillen kocht?' vroeg Tomek.

Het duurde even voordat ze antwoordde. Terwijl ze dat deed, met een lichte knik van haar hoofd en haar ogen gesloten, ging de deur open en kwam een andere groep klanten binnen. Het was lunchtijd en het werd steeds drukker in de zaak. Tomek deed zijn colbert uit en hing het over de rugleuning van zijn stoel, over zijn jas.

'Harrison was degene die ervoor betaalde. Hij deed alsof hij het eerder had gedaan, de manier waarop hij het geld overhandigde. Ik zag het bijna niet. En toen deelde hij ze gewoon uit, alsof het snoepjes waren. Tegen de tijd dat ik opkeek, was de man weg.'

'Maar je herinnert je hoe hij eruitzag?'

Ze knikte. En toen zei Tomek dat hij een afspraak voor haar zou maken met hun tekenaar om een compositietekening van de man samen te stellen.

'Hebben Harrison of Priti je gedwongen om de pillen te nemen?'

Avena's blik daalde naar haar drankje en ze begon het afwezig op tafel te draaien.

'Harrison zei dat hij het eerder had gedaan, dat het een van de beste ervaringen van zijn leven was, maar hij *dwong* me niet.'

Omdat zijn woorden genoeg waren. Ze was in het gezelschap van iemand die ze vertrouwde, iemand die ze misschien al lang kende en respecteerde. Dus waarom zou het niet veilig zijn om ze te proberen?

'Ik nam wel maar een halve,' zei ze achteraf.

'Een halve xtc-pil?'

'Ja. Het was mijn eerste keer en ik was bang.'

'Dus daarom...' begon hij, maar hield zichzelf in.

'Waarom wat?' vroeg Nisha, haar moeder.

'Dat...' Hij pauzeerde. 'Neem me mijn directheid niet kwalijk, maar dat is de reden waarom u nog leeft. Het meisje dat helaas is overleden na een vergelijkbare ervaring als de uwe, is dood omdat ze de hele pil nam.'

'En omdat Priti Avena's EpiPen bij zich had, en ze *wist* wat ze ermee moest doen.'

Tomeks gezicht verstarde. 'Nou. Ja. Natuurlijk. Dat ook.'

'Had dat arme meisje haar EpiPen niet bij zich?'

Tomek wist het niet zeker. Hij had er niet aan gedacht om het aan Elsie Rawcliffe te vragen toen hij met haar had gesproken. En als iemand met een anafylactische dochter wist hij dat het niet zo'n voor de hand liggend en gemakkelijk toe te dienen middel was. Als je in eerste instantie niet wist hoe je het moest gebruiken, kon je weinig meer doen.

Tomek kon de rest van het verhaal zelf invullen. Anafylactische reactie midden op de dansvloer, gevolgd door bewusteloosheid, omringd door honderden mensen, gevolgd door een spoedrit naar het ziekenhuis.

Geen avond om te herinneren voor wie dan ook.

Na het afronden van de bijeenkomst en hen meerdere keren te hebben bedankt voor hun vertrouwen en moed om het verhaal met hem te delen, droeg Tomek over aan Abigail, die uitlegde dat zij alle communicatie zou afhandelen en dat Avena's naam buiten beeld kon blijven als dat was wat ze wilden.

Ze vertrokken alle vier tegelijk. Buiten zwaaiden Tomek en Abigail gedag en keken hen na.

'Heb je gekregen wat je wilde?' vroeg ze.

Tomek knikte.

Dat had hij.

Want nu was het voetbalnet zojuist kleiner geworden, de ruimte tussen de doelpalen smaller. Hij hoopte alleen dat hij binnenkort het winnende doelpunt zou kunnen scoren.

HOOFDSTUK
ACHTENTWINTIG

Tijdens zijn "vrije dag" - waar hij zich steeds meer aan begon te ergeren dat iedereen het een "vrije dag" noemde - had rechercheur Rachel Hamilton een groot deel van hun gezamenlijke to-do lijst afgewerkt met betrekking tot het onderzoek naar de dood van Fern Clements.

Iets wat ze hem zonder moeite bleef herinneren.

'Het was geen verdomde vrije dag, oké? Mijn dochter lag in het ziekenhuis.'

Ze stak haar handen op in overgave. 'Dat wist ik niet, maat. Sorry. De boodschap was dat je een vrije dag had. Geen echte uitleg.'

'Wie gaf je die indruk?'

'Eenderde Jaffa Cake,' antwoordde Rachel. 'Ze vertelde ons dat je vrij was. Ik ga niet liegen, ik was een beetje pissig, maar ik denk dat ik daar nu geen recht op heb.'

'Nee. Dat heb je niet.'

En nu zou hij ook geen recht hebben om Sean de les te lezen omdat die geen informatie met hem had gedeeld over de strategievergadering van de dag ervoor. Als Sean onder dezelfde misvatting had geleefd als de rest van het kantoor, dan had hij geen reden om boos te zijn op zijn vriend.

'Wat heb je gisteren bereikt?' vroeg Tomek, zonder te proberen te neerbuigend te klinken. Hij realiseerde zich dat het waarschijnlijk niet zo goed was gelukt als hij had gehoopt.

'Meer dan je me waarschijnlijk daarboven toeschrijft.' Ze tikte tegen haar hoofd.

'Dat is niet waar. Je weet dat ik je hoog inschat.'

'Ja hoor. Vertel dat maar aan mijn functioneringsgesprek.'

Tomek grinnikte. Ondanks het verschil in senioriteit, respecteerde Tomek Rachel en zag hij haar als een gelijke. Ze was ervaren, zat een paar jaar minder in het vak dan hij, en had alle kenmerken van iemand die verder kon klimmen in de rangen als ze alleen maar geloofde dat ze het kon. In de tijd dat hij de rechercheurs 'aanstuurde' (ook al haatte hij die term), was zij misschien degene die de meeste drive en toewijding toonde, een gretigheid om te leren, te groeien en zich te ontwikkelen; in wezen alle dingen die je op een cv zet en hoopt dat niemand je erop aanspreekt. Om nog maar te zwijgen van het feit dat ze een vriendelijk en geweldig persoon was. Ze was pas net zo lang in zijn leven als Kasia, maar ze had zich na een paar dagen gesetteld binnen het team en, nu ze dichter bij het bureau was gaan wonen, was ze meer beschikbaar voor drankjes en sociale avonden na een lange dag.

Als antwoord op zijn vraag opende ze een Excel-document op haar scherm. Op het eerste tabblad stond een serie van vier tabellen, gevuld met namen en adressen. Boven elke tabel stond de naam van elk van de vier slachtoffers, vetgedrukt en gecentreerd. En in de uiterst rechtse kolom van elke tabel stond een reeks J's en N's.

Tomek keek naar de eerste tabel. Fern Clements. Hun werksectie. De lijst bevatte de namen van iedereen die aanwezig was geweest bij de bijeenkomst op de avond dat ze stierf. Alle cellen in die kolom waren gemarkeerd met een J - behalve één.

'Je hebt gisteren met vier verschillende mensen van het feest gesproken?'

'Vijf, technisch gezien.' Ze wees naar twee namen op het blad. 'Deze twee zijn een tweeling. Dus dat tel ik als één. En ik ben blij dat ze dat waren, anders had ik tot middernacht moeten werken.'

Tomek kende haar goed genoeg om te weten dat ze letterlijk sprak, niet figuurlijk.

'Nou,' begon hij. 'Bedankt voor je harde werk en inzet. Ik waardeer het echt. Als dank neem ik de laatste van je over zodat jij je voeten omhoog kunt doen. Hoe klinkt dat?'

Ze keek hem woedend aan. En niet op de gebruikelijke flirterige manier waar hij zo aan gewend was geraakt bij andere vrouwen. Dit was een harde, doordringende blik die hem, toegegeven, een beetje bang maakte.

'En wie zei dat ridderlijkheid dood was?' zei ze sarcastisch.

'Dat is geen ridderlijkheid. Ridderlijkheid zou zijn als ik vraag of je veilig thuis bent gekomen gisteravond. *Ben* je veilig thuisgekomen?'

'Nou. Ja.'

'Mooi. Dat is ridderlijkheid. Terwijl mijn aanbod om met een tiener-meisje te praten zodat jij dat niet hoeft te doen, mijn manier is om een heer te zijn.'

Rachel keek hem een lange tijd uitdrukkingsloos aan. 'Ik denk dat je het concept van beide woorden niet begrijpt.'

'En ik denk dat jij niet begrijpt dat je niet begrijpt wat ik zeg.'

'Wat?'

'Precies. Jij vertelt het mij maar.'

'Waar de fuck heb je het over, Tomek?'

'Ik weet het niet. Sorry. Eerlijk gezegd was ik even de draad kwijt.'

'Klinkt alsof je issues hebt.'

Hij tikte op het scherm. 'Voeg me dan maar toe aan de lijst.'

HOOFDSTUK
NEGENENTWINTIG

C laudia Lowther was de laatste op de lijst van gasten die aanwezig waren geweest op het huisfeest op de avond van Fern Clements' dood, en voor zover Tomek en Rachel begrepen, was zij Ferns beste vriendin. Rachel had, volkomen terecht, besloten om eerst met de andere aanwezigen te spreken voordat ze met Claudia zou praten. Ze wilde eerst alle wilde beschuldigingen en onwaarheden horen voordat ze haar blikveld zou vernauwen en zou luisteren naar de ene versie van de gebeurtenissen, de ene versie van Fern Clements' leven die waarschijnlijk het meest accuraat was.

Ze zaten allemaal in een klein kamertje in een van de gangen van het wetenschapsgebouw. Het was rustig, afgezonderd en vermomd als een opbergruimte voor chemische apparatuur, dus er was geen kans op onderbrekingen, tenzij een leraar die op zoek was naar een plek om te huilen – waarvoor hij vermoedde dat de kamer speciaal was gebouwd – zou binnenvallen en hen zou afleiden. Bij hen in de kamer was het hoofd leerlingenzorg voor het vierde jaar, Linda Vickers, een kleine vrouw met een bobkapsel, een bril die de volledige breedte van haar gezicht besloeg, en een nog bredere glimlach die tot aan haar oren leek te reiken. Ze sprak zacht, beleefd en vriendelijk. En die glimlach; ontwapend, verwarmend en geruststellend. Het was duidelijk te zien waarom ze, zoals ze had uitgelegd, al bijna vijftien jaar deze functie had.

'Ik heb zelf kinderen, en ik vind het belangrijk dat ze elke dag een glimlach zien, al is het maar van hun eigen moeder,' had ze gezegd. 'De wereld kan wel wat meer geluk gebruiken.'

Dat was te diepzinnig voor Tomek als wijsheid na de lunch, maar dat was gewoon de cynicus in hem. Ze had natuurlijk gelijk. De wereld kon inderdaad veel meer geluk gebruiken. Het enige probleem was dat in zijn wereld, in zijn leven waarin hij dagelijks te maken had met dood, misdaad en de verwoesting van talloze levens, het zeker niet de plek was om geluk te vinden.

Toen Claudia was bekomen van de eerste schok dat ze door een politieagent uit de klas was geroepen, legde Tomek uit wie hij was en waarvoor hij daar was.

'Ik begrijp dat je wat vrije tijd van school werd aangeboden om het gebeurde te verwerken,' begon Tomek. 'Hoe komt het dat al je vrienden dat hebben gedaan, maar jij niet?'

'Kan niet,' zei ze met een hoofdschudden. 'Moet mezelf bezig houden. Anders word ik gek als ik er steeds aan blijf denken.'

'Dat is heel plichtsgetrouw van je,' zei hij, meer als een aantekening voor zichzelf over haar karakter dan voor haar.

En toen begon hij het interview in alle ernst. Eerst stelde hij eenvoudige vragen, waarbij hij lichtjes inging op Fern en hun relatie, en het onderwerp op een beheerste en bedachtzame manier aansneed. Hij vroeg naar school, haar cijfers, eindexamens, welke vakken ze volgde en welke haar favorieten waren (Spaans en Frans, net als bij Fern). Allemaal dingen die bedoeld waren om haar op haar gemak te stellen. En ze had op dezelfde manier gereageerd: zorgvuldig en bedachtzaam, zachtjes en vriendelijk.

Totdat hij de duimschroeven een beetje begon aan te draaien.

'Wat gebeurde er op de avond dat Fern stierf?' vroeg Tomek.

'Wat bedoel je?'

'Nou, wat is er met haar gebeurd?'

'Ik weet niet wie haar heeft vermoord.'

'Dat is niet wat ik vraag.'

'Maar het klinkt wel zo.'

Linda, die voelde dat de spanning opliep, reikte tussen hen in en legde een hand op die van Claudia.

'De rechercheur neemt niets aan. Hij wil alleen weten wat er is gebeurd. Dat is alles.'

Onmiddellijk kalmeerde het meisje.

En Tomek voelde dat hij ook rustiger werd.

'Er was,' begon ze, maar hield toen in. Het kostte haar een paar momenten om haar zelfbeheersing terug te krijgen, en na een paar diepe slikbewegingen en nog diepere ademhalingen, ging ze verder. 'Er was onenigheid. We zouden allemaal overnachten bij Bianca, maar Fern was een beetje aangeschoten, en ze had de hele avond berichten gestuurd naar haar vriendje.'

'Vriendje?'

'Nou, niet echt haar *vriendje*. Meer een...'

'Situationship?'

'Ja. Een situationship. Maar ze noemde het altijd een shituationship omdat hij haar altijd na-'

Claudia realiseerde zich plotseling wat ze zei en stopte toen, haar ogen smeekten om vergeving van Linda.

'Alsjeblieft,' zei Tomek, 'ga door.'

'Goed. Nou. We hadden allemaal gedronken, gewoon een paar slokjes WKD en wat glazen wijn, niks bijzonders. Maar Fern kon er niet goed tegen, en ze begon luid te praten en door iedereen heen te praten. Dus we hadden allemaal commentaar op haar. En dat vond ze niet leuk en ze werd een beetje agressief. Toen zei ze dat ze Darren ging ontmoeten.'

'En Darren is degene met wie ze die situationship heeft?'

Claudia keek naar Linda voor goedkeuring. Het hoofd leerlingenzorg knikte naar Claudia, die vervolgens naar Tomek knikte, alsof de boodschap telepathisch door de keten werd doorgegeven.

'Weet je of ze Darren ooit heeft ontmoet?'

Deze keer schudde Claudia haar hoofd, een boodschap die niet door alle drie hoefde te gaan.

'Zit Darren op deze school?'

'Nee. Hij is ouder. Hij is ongeveer zeventien.'

'Maar hij gaat niet naar school?'

Meer hoofdschudden. 'Nee. Ze vertelde iets over een voetbalbeurs die hij had gekregen voor een team in Dagenham, geloof ik. Snap niet waarom iemand daar zou willen spelen - ze zijn shit.'

'Taalgebruik,' herinnerde Linda haar. 'Die was een beetje onnodig, nietwaar?'

'Sorry, mevrouw.'

Terwijl ze zich verontschuldigde, dwaalden Tomeks gedachten af.

Naar Darren en de shituationship. Darren de voetballer. Darren de zeventienjarige die voor een team in Dagenham speelde. Darren de jongeman die Fern Clements was gaan ontmoeten op de avond dat ze stierf.

Het kon toch niet allemaal met elkaar verbonden zijn?'

'Heb ik iets gezegd wat ik niet had moeten zeggen?'

Claudia's scherpe stem bracht hem terug naar de kamer. Hij schudde zijn hoofd. 'Nee,' antwoordde hij. 'Je bent een grote hulp geweest. Dank je wel.'

HOOFDSTUK
DERTIG

Tomek vertrouwde maar een paar mensen op kantoor volledig genoeg om naar zijn gedachten te luisteren. Vooral als het ging om iets zo vergezocht en onverwacht als dit.

'Je houdt me nu echt in spanning,' zei Sean tegen hem terwijl Tomek de tafel verliet en naar de bar in de Fork and Spoon liep.

Achter de bar stond Jim, die de zaak al bezat zolang zij er kwamen.

'Het gebruikelijke?'

'Graag, maat.'

Terwijl Jim naar de andere kant van de bar schuifelde, dwaalden Tomeks ogen naar de automaat in de hoek van het café die bijna zo fel scheen als de schijnwerpers op een cruiseschip. Jim had deze extra inkomstenbron geïmplementeerd als onderdeel van zijn diversificatie-strategie. Hij rekende de eigenaar van de automaat een vast maandelijks bedrag voor de ruimte in de hoek, en streek dan tien procent van de maandelijkse opbrengst op. Het klonk allemaal te mooi om waar te zijn. Maar dat was alleen als de automaat werd gebruikt, en voor zover Tomek wist, gebeurde dat niet; elke keer dat hij er was, zat het ding nog vol en leek het alsof niemand er in de buurt was geweest.

'Hoe bevalt het je?' vroeg Tomek toen de man terugkwam met twee tot de rand gevulde glazen.

'Fucking waardeloos!' merkte Jim op. 'Ik wil ervan af. Die kleine nietsnut heeft me een droom verkocht. Me voor duizend pond opge-licht, dat heeft-ie.'

'Duizend pond?!' Tomeks stem bereikte een toonhoogte die hij al bijna dertig jaar niet meer had gehaald.

'Nou, ik moest een borg betalen, toch?'

'Waarvoor?'

'De automaat. Voor het geval dat-ie kapot gaat.'

'Maar ik dacht dat hij jou betaalde voor de ruimte?'

'Nou, als dat zo is, heb ik er nog niks van gezien.'

Tomek greep naar zijn portemonnee. 'Hij heeft je echt flink te grazen genomen.'

Jim gromde bij het zien van Tomeks portemonnee en hield zijn hand uit, klaar voor het geld dat er zo mooi in zou vallen.

'Dat wordt vijftien pond alsjeblieft, maat.'

Tomek schrok en verslikte zich bijna in zijn speeksel.

'Vijftien pond. Voor twee pintjes? Sinds wanneer ligt deze plek midden in Shoreditch?'

Jim haalde zijn schouders op. 'Nou, ik moet die kosten toch ergens doorberekenen, niet dan?' legde hij uit terwijl hij met zijn duim in de richting van de automaat wees.

'Waarom heb ik nu het gevoel dat ík degene ben die wordt afgezet?'

'Stront rolt nou eenmaal naar beneden, ben ik bang, maat.'

'Ja. En wij arbeiders zijn altijd degenen die de klappen moeten opvangen.'

Jim had daar niets op te zeggen. En dus overhandigde Tomek het geld, *met tegenzin*, en liep terug naar de hoek waar Sean zat.

'Kun je dat geloven?' begon Tomek, woedend.

'Wat geloven?'

'Vijftien pond voor twee pintjes. Allemaal omdat hij heeft ontdekt dat zijn slimme zakelijke beslissing toch niet zo slim was.'

Sean pakte het biertje van het midden van de tafel en nam een slokje. Toen hij het glas weer op het bierviltje zette, had hij een dun schuim-snorretje achtergelaten. 'Ik ben de vorige keer uitgevlogen.'

'De vorige keer?' Tomek probeerde de gekwetstheid in zijn stem te verbergen, maar zonder succes.

'Ja. Ik ben een paar weken geleden met Chey geweest.'

Tomek knikte, niet in staat om zijn vriend aan te kijken, dit keer proberend de pijn in zijn gezicht te verbergen.

'We hadden je gevraagd of je mee wilde, maar we dachten dat je het druk zou hebben met Kasia. En ik ben vrij zeker dat het dezelfde avond was dat je zei dat ze aan haar Poolse lessen begon en dat je op tijd thuis wilde zijn daarvoor.'

Een stilte hing tussen hen in. Ongemakkelijk en tastbaar. Tomek vulde het door een slok te nemen en geleidelijk zijn vriends blik te ontmoeten. Sean vulde het door het gesprek zo snel mogelijk verder te laten gaan.

'Hoe gaat het met haar lessen?'

'Ja, goed.'

'Al veel verbetering gezien?'

'Ja, denk het. Ze zal nog niet snel *dos cervezas* in het Pools bestellen, maar ze komt er wel.'

'Wat zei je dat haar leraar was?'

'Nou, hij is een leraar.'

'Nee, ik weet zeker dat er een specifieke naam voor was.'

'Oh, een polyglot.'

Sean knipte met zijn dikke vingers. 'Dat is het!'

'Technisch gezien is hij een *hyper*polyglot, maar aangezien hij hier niet is, denk ik niet dat hij het erg vindt als we die extra lettergrepen achterwege laten.'

Sean lachte ongemakkelijk, en het gesprek werd plotseling vreemd. De sfeer was gezakt, en het was alsof ze niets meer te zeggen hadden, niets meer hadden om over te praten met elkaar. Iets wat ze nog nooit hadden hoeven doorstaan. Niet zoals dit.

Ze waren al bijna vijftien jaar vrienden en hadden het grootste deel van die tijd gepraat over alles en nog wat, elkaar leren kennen op bijna elk niveau, dus nu was het een vreemde situatie voor hen. Ongemakkelijk en onbekend. De dingen waren niet meer hetzelfde sinds Kasia in zijn leven was gekomen, hij was de eerste die dat toegaf. Zij was de prioriteit geworden, en zonder dat het haar schuld was, had ze hem weggetrokken van zijn oude leven dat gevuld was met drinken, socialiseren, plezier maken, wekelijks vrouwen leren kennen, en hem in een leven geduwd dat aanzienlijk saaier was. Misschien was het wel beter zo en besefte hij het alleen nog niet. Hij was *tenslotte* veertig. Misschien was hij te oud om met willekeurige vrouwen te slapen en de angst voor verbintenis zo lang mogelijk uit te stellen. Misschien was het tijd dat hij zich settelde en iemand vond met wie hij een toekomst kon hebben.

Wat hem eraan herinnerde...

'Ik heb Abigail recentelijk gezien...' begon hij, maar stopte toen.

'Je hebt haar *gezien?*'

Tomek zwaaide met zijn handen in de lucht. 'Nee, nee, nee. Niet op die manier. Niet in een soort situationship. In *professionele* zin. Ze heeft me informatie gegeven over de meisjes die gedrogeerd zijn bij de Cliffs. Zij is degene die me heeft geholpen met het verband tussen de moorden, inclusief die van Diana Greenock in Manchester.'

'Leuk.'

Nu was het Seans beurt om zonder succes de pijn en het verdriet te verbergen in zowel zijn gezichtsuitdrukking als zijn stem. De pijn en het verdriet van zijn en Abigails prille relatie die slechts enkele weken geleden was geëindigd.

'Ik heb vanmiddag nog met haar afgesproken,' vervolgde Tomek. 'Ze had een meisje meegenomen, Avena Kumar, een van de slachtoffers van de moordenaar. Zij en een paar vriendinnen waren samen bij het concert, ze keken naar Catfish and the Bottlemen. Maar wat ze me vertelde maakte me nieuwsgierig.'

'Abigail of het meisje?'

'Het meisje.'

'Juist.'

Toen vertelde Tomek hem over zijn theorie. Dat ze het allemaal verkeerd hadden. Dat ze niet naar één moordenaar zochten. Ze zochten naar een groep, allemaal verenigd door één gemeenschappelijk element in hun leven: voetbal. En in het bijzonder, één voetbalclub. Dagenham & Redbridge FC. Dat ze allemaal samenwerkten, als vrienden en handlangers, en samenzwoeren om een groep meisjes te vermoorden via hun allergieën.

De woorden klonken vreemd voor Tomek om te horen, maar zodra hij ze had uitgesproken, voelde hij een last van zijn schouders vallen. Sean was de enige man die hij met dit soort dingen kon vertrouwen, maar hij begon al snel te voelen dat hij dat misschien niet had moeten doen.

'Dus, je denkt dat een groep vijftien- en zeventienjarige jongens, die allemaal vijftien waren op dat moment, slim en intelligent genoeg waren om ofwel vriendschap te sluiten met meisjes met allergieën of relaties met hen aan te gaan, en vervolgens manieren te vinden om hen te doden op basis van hun allergieën? Jij denkt dat een groep vijftien- en zeventienjarige jongens de technische handigheid heeft om zoiets voor elkaar te krijgen?'

Tomek werd stil. 'Nou, als je het zo stelt.'

'Ik vind het gewoon hoogst onwaarschijnlijk.'

'Maar niet *onmogelijk*,' zei Tomek, terwijl hij een kleine lichtstraal door het zwarte doek voelde breken dat Sean met zijn negativiteit had gecreëerd. 'Ik had het ook niet waarschijnlijk geacht dat de eerste vrouw van wie ik in lange tijd hield, mijn hart zou breken en een seriemoordenaar zou blijken te zijn. Ik had het niet waarschijnlijk geacht dat een vader zijn dood zou veinzen en zijn dochter zou vermoorden omdat hij niet dacht dat ze van hem was... Maar dat is allemaal gebeurd.'

En dat allemaal in de afgelopen paar maanden.

Sean krabde aan de zijkant van zijn hoofd, terwijl hij de zichtbare aderen op zijn slapen masseerde.

'Ik begrijp wat je zegt, maar kom op.' Er klonk een oprecht pleidooi in zijn stem. 'Drie moordslachtoffers-'

'Waarvan er twee vriendjes hebben of mensen in hun leven die voetballen.'

Billy de Koevechter niet meegerekend, die op geen enkele manier met de moorden te maken had.

'En wat met Diana Greenock?' vroeg Sean.

'Ik dacht dat je haar niet als relevant beschouwde in dit onderzoek?' beet Tomek terug op een manier die Sean liet weten dat hij pissig was.

'Luister, daarover,' begon hij. 'Ik wilde je bellen. Ik wilde je erbij hebben, maar Victoria zei dat ik het maar moest laten.'

'Hmm.'

'We hebben Diana Greenock alleen voorlopig geparkeerd. We zijn haar niet helemaal vergeten.'

'Dat had net zo goed gekund, gezien de hoeveelheid middelen die je besteedt aan haar moord, en die van Mandy Butler.'

Sean rolde met zijn ogen en haalde diep adem. Zijn gigantische borstkas zwol op tot bijna twee keer de normale grootte. Toen liet hij alles langzaam weer ontsnappen.

'Je theorie past niet bij het profiel van de forensisch psycholoog.'

'Je bedoelt hetzelfde profiel waarvan ik moest aanhoren hoe ze het ter plekke verzon, niet zo lang geleden? Kom op. Je hebt het toch gehoord, toch? Het is ingewikkelder dan de instructies van een wafelijzer, veel verwarrender dan nodig is. Tracy gaf beschrijvingen van twee compleet verschillende mannen zodat ze alle bases kon afdekken. Denk je dat dat een solide profiel is om op af te gaan?'

'Het is alles wat we hebben.'

'Dan is het als de blinde die de fucking blinde leidt daarbuiten.'

Tomek had behoefte aan nog een slok. Maar toen hij naar zijn glas keek, besefte hij dat het leeg was.

'De volgende ronde is voor *jou*,' zei hij tegen Sean.

'Hetzelfde nog een keer?'

'Graag.'

En toen schoof Sean uit de zijkant van zijn stoel en liep naar de bar. Terwijl hij wachtte, controleerde Tomek zijn telefoon. Geen gemiste oproepen, alleen een bericht om te zeggen dat Kasia veilig was aangekomen. Een moment later keerde Sean terug met drank in zijn handen.

'Kostte deze keer twintig pond.'

'Wat zeg je me nou?'

Terwijl Sean terugkeerde naar zijn stoel, wapperde hij met twee zakjes chips voor Tomeks gezicht. Walkers naturel en kaas-ui. Uit de automaat.

'Je had Jim moeten vragen om het bedrag van het totaal af te trekken,' antwoordde Tomek.

'Misschien de volgende keer.'

Weer verstreek een ongemakkelijk moment. Een tweede in zo'n korte opeenvolging. Het verontrustte Tomek.

'Laten we ophouden met praten over werk,' begon Sean. 'Het is saai en niet iets waar ik de hele dag over wil nadenken.'

'Oké. Prima.'

'Wat doe je met Kerstmis?'

'Het is alleen ons tweeën. Ik wilde dat onze eerste kerst gewoon met z'n tweeën zou zijn, alleen, zonder de chaos van bij mijn moeder zijn. Dat kunnen we bewaren voor volgend jaar. Jij?'

'Het tegenovergestelde,' antwoordde Sean. 'Mijn zus en ik gaan naar mijn moeder.'

Hetzelfde als elk jaar. Hetzelfde verhaal zolang Tomek hem kende. Sean was, in zijn eigen woorden, een moederskindje. Toen Sean jong was, was zijn vader op jonge leeftijd overleden, een hartaanval tijdens een confrontatie met de vader van Seans pestkoppen op school, en dus had Sean vroeg die rol moeten overnemen. Hij had geholpen om voor zijn moeder en jongere zus te zorgen door snoep en drank te verkopen op school en zo een reputatie op te bouwen als de persoon die later in zijn leven waarschijnlijk ondernemer zou worden. En toen was hij bij de politie gegaan terwijl hij nog thuis woonde en bleef hij eten op tafel zetten terwijl hij zijn familie beschermde tegen hun ruige buurt met zijn nog indrukwekkender en intimiderende reputatie.

En elk jaar was er de gebruikelijke uitnodiging voor Tomek om mee te gaan. Bij enkele gelegenheden had hij hen vergezeld en de avond doorgebracht genietend van de jollof rijst van Seans moeder en malva pudding als dessert, voordat hij naar zijn lege flat ging voor een avond van slechte televisie en in slaap vallen op de bank. Vaak ging hij naar zijn werk en bracht de dag door met mensen met wie hij dagelijks werkte. Maar het was anders. Voor één dag in het jaar voelde het alsof de stress van het werk was verdwenen en alle lasten die ermee gepaard gingen.

'Eerste kerst samen,' mompelde Sean. 'Moet spannend zijn.'

'Zij kijkt ernaar uit. Ik, aan de andere kant, geef er niet zo veel om, zoals je weet. Hoewel ik blij ben te kunnen zeggen dat ze wat van die feestelijkheid in me terugbrengt. De meters klatergoud en kerstversiering die we in huis hebben, doen dat met iedereen.'

'Waar is ze vanavond?'

'Wie?'

'Kasia. Natuurlijk.'

Tomeks ogen werden groot. 'Luister eens. Ze is uit voor een kerstdiner met meiden samen met de dochter van Nick.'

'De beruchte Nick Cleaves die zijn dochter niets laat doen tenzij het door verschillende rondes van goedkeuring is gegaan en minstens zes maanden van tevoren wordt aangevraagd?'

'Precies die. Dus ik heb de avond vrij.'

Sean wees naar het drankje. 'Vandaar het drankje.'

'Vandaar het drankje.'

Er ging weer een moment tussen hen voorbij. Maar dit keer was het niet ongemakkelijk. Nou ja, het *was* ongemakkelijk, maar slechts een beetje. Een vier op de schaal van tien qua ongemakkelijkheid, terwijl beide mannen beseften dat dit vanaf nu de manier zou zijn waarop ze zouden bijpraten in een sociale omgeving wanneer Tomek een avond vrijaf had gekregen van zijn ouderlijke plichten. Een feit dat ze allebei zouden moeten accepteren.

'Zorg er gewoon voor dat je als ouder niet zoals Nick wordt,' zei Sean.

'Wat bedoel je?'

'Ik stel me zo voor dat hij zijn interviewvragen al heeft voorbereid voor als ze terugkomt. En hij heeft waarschijnlijk een tabblad op zijn iPad open met haar huidige positie in de wereld.'

'Hoort dat niet bij de baan?'

'Hangt ervan af hoe ver je het doorvoert.'

'Cool. Nog meer wijze woorden?'

'Ja. Koop deze chips nooit meer - ze zijn verdomd oudbakken. Eigenlijk moet je niets uit die automaat kopen, het is waarschijnlijk allemaal over de datum.' Tomek gooide het halfopgegeten zakje kaas-uienchips op tafel en trok een grimas, waarbij hij de stukjes eten in zijn mond liet zien. Beide mannen lachten.

'Oh, en voor wat het waard is, maat,' begon Sean, terwijl hij zich gemakkelijk achterover liet zakken in zijn stoel. 'Als je je zorgen maakte over mijn zegen voordat er iets tussen jou en Abigail zou gebeuren, en doe niet zo, ik weet hoe zij is, en ik weet wat ze wil, dan hoef je niet te wachten. Je kunt doen wat je wilt. Zij en ik zijn al lang voorbij.'

HOOFDSTUK
EENENDERTIG

Het gevoel van zand aan haar voeten, smeltend tussen haar tenen. Het geluid van de beukende golven in de verte en het geroezemoes van hun stemmen dat er snel door overspoeld werd. De sensatie van de bijtende kou die door de stof van haar Zara-jeans en top heen drong. En die andere sensatie in haar lichaam die haar een beetje verdoofde voor het gevoel van dit alles.

Slechts een slokje. Een slokje van de wodka in Lucy's tas. Dat was alles wat ze had genomen. De meiden lieten haar niet meer nemen, omdat ze zeiden dat ze verantwoordelijk waren en het hun taak was om op haar en Sylvia te letten en ervoor te zorgen dat er niets gebeurde. Om nog maar te zwijgen van het feit dat het niet goed voor haar was. Maar dat ene slokje was genoeg geweest om naar haar hoofd te stijgen en haar reactievermogen te beïnvloeden.

Dus toen ze haar naam riepen, hoorde ze het niet. Ze was te druk bezig met staren naar het water, naar de glinsterende duisternis van het Thames-estuarium voor haar.

'Kash, kom je nog of blijf je daar staan als een zoutzak?' vroeg Lucy Cleaves, de dochter van Nick, vanaf de andere kant van het strand.

Kasia hield niet van zoutzakken, maar ze vond ook niet dat er iets mis mee was om er een te zijn.

Ze drukte die bizarre, en mogelijk door wodka veroorzaakte gedachte naar de achtergrond van haar hoofd, bukte zich om haar schoenen op te pakken en haastte zich toen naar de anderen. De rest van de groep, Sylvia inbegrepen, bevond zich een paar meter van de water- kant. De geur van zout en gedroogd zeewier hing zwaar op dit deel van het strand, zo dik dat het achter in haar keel bleef hangen. Het strand was een kleine strook zand in Old Leigh, Bell Wharf genaamd, nu volledig verlaten, maar in de zomer of zodra de zon verscheen, typisch overvol met hordes strandbezoekers die zich in elke beschikbare ruimte proppen. Aan de andere kant van het Thames-estuarium waren de gedempte, fonkelende lichten van Kent, slechts een paar kilometer verderop. Daarboven, schijnend door een dunne laag wolken, was de maan, helder en vol pracht, de gloed fel genoeg om de gezichten van haar nieuwe vriendinnen te verlichten.

Kathy, Vicky, Fiona, Yasmin en Lucy. En natuurlijk Sylvia.

Ze waren allemaal ouder dan zij (met uitzondering van Sylvia, die slechts een paar maanden jonger was) en ze vond hen geweldig. Ze waren grappig, ze hadden meer ervaring in het leven, op school en met jongens, ze waren moediger, ze waren niet bang om te zeggen wat ze dachten, ze waren intelligent, ze waren mooi. Allemaal. Van top tot teen. Elk op hun eigen manier.

En ze waren ook meer verfijnd. Sommige meisjes die ze kende uit haar eigen jaargroep waren gefascineerd door jongens en TikTok en de nieuwste trends, maar daar was zij niet zo in geïnteresseerd. Hoewel ze, ja, abnormaal veel tijd doorbracht op TikTok en alle andere sociale mediaplatforms, deed ze dat alleen omdat het hielp de tijd te vullen en de angst tot zwijgen te brengen. Maar ze maakte zelf nooit video's, dacht er nooit aan zichzelf te filmen terwijl ze een of andere stomme dansmove uitvoerde voor een camera met maar de helft van haar kleren aan. Sommige meisjes in de klas hadden het er zelfs over om TikTok- beroemd te worden. Kasia kon dat niet geloven. Het klonk stom.

Maar het was het gebrek aan jongenspraat waar Kasia echt van genoot en dankbaar voor was. Ze had genoeg gehad van Billy en wilde niet meer met hem praten. Vooral niet na wat hij haar had aangedaan. Hij had geweten van haar pinda-allergie maar had toch sporen ervan bij haar gebracht. Hij had geweten dat ze nergens in de buurt van pinda's kon zijn, maar had toch geprobeerd haar ermee te besmetten. Daardoor had hij al haar vertrouwen en respect verloren.

En te bedenken dat ze hem had gekust!

Wat een enorme spijt had ze daarvan. Nooit meer. Nee, ze zou wachten tot het iemand was die ze echt kon vertrouwen, iemand die haar respecteerde en niet probeerde haar te doden, of dat nu per ongeluk of opzettelijk was. Iemand op wie ze verliefd werd.

Of misschien zou ze nooit meer iemand kussen.

Dat leek voorlopig de juiste manier.

'Hebben jullie gehoord wat er laatst bij wiskunde is gebeurd met meneer Higham?' vroeg Yasmin. Het wit van haar ogen fonkelde in het maanlicht, en de schaduwen van haar gezicht en borsten leken haar mooie figuur alleen maar te accentueren.

De meisjes antwoordden dat ze het niet hadden gehoord. Kasia en Sylvia zaten in stilte te wachten tot het verhaal verder ging.

'Nou, het was echt het grappigste, toch? Dexter Walker kwam te laat binnen, toch, en zodra meneer hem opmerkte, vroeg hij hem wat het antwoord was op de vraag op het bord. En Dexter had het zomaar!' Ze knipte met haar vingers en het geluid punctueerde de lucht en echode door de straat daarachter. 'Maar het grappigste was ieders reactie daarna. Het gezicht van meneer viel gewoon, alsof iemand hem had geflasht. En daarna hebben we allemaal twintig minuten niks gedaan. Hij kon ons daarna niet meer in bedwang houden. Hij is zo slim.'

'Ik mag Dexter niet,' antwoordde Vicky. 'Hij is een beetje een klootzak. Vind je niet dat hij een beetje arrogant is? Denkt dat hij de knapste van het jaar is.'

'Ik zei dat hij slim was,' antwoordde Yasmin. 'Dat betekent niet dat ik hem knap vind.'

Kasia was dankbaar dat dat soort gesprek abrupt tot een einde werd gebracht. Ze hoopte dat er vanavond helemaal niet over jongens en vriendjes en relaties en situationships gepraat zou worden, omdat ze wist dat als het onderwerp ter sprake kwam, ze geneigd zouden zijn naar haar ziekenhuisbezoek te vragen en ze wilde niet omgaan met de schaamte om het uit te leggen. Sylvia was de enige die het wist, en op dit moment wilde ze dat zo houden.

Behalve misschien Yasmin.

Yasmin leek het type meisje dat zoiets geheim kon houden, op dezelfde manier als Sylvia had gedaan. Ze kreeg een wantrouwend gevoel bij de rest. Dat betekende niet dat ze slecht waren of dat ze uit hun weg zouden gaan om haar pijn te doen, het was gewoon dat ze hen niet volledig vertrouwde. Dat was alles.

Ze had genoeg *Mean Girls* en tienerdramafilms gezien om te weten hoe dit soort meisjes waren.

Vooral Lucy. Zij was de leidster van de groep, de Regina George. Zij was degene die de wodka had meegebracht, gestolen uit de keukenkast van haar moeder en vader, en de ontbrekende vloeistof had vervangen door water in de hoop dat ze het nooit zouden ontdekken. Zij was degene die het ronddeelde aan de rest.

'Nee, het gaat wel, dank je,' antwoordde Yasmin vrij streng, krachtig genoeg om haar punt duidelijk te maken maar niet zo hard dat ze iemand zou beledigen. 'Ik denk dat het me al naar mijn hoofd is gestegen.'

'Watje,' zei Lucy terwijl ze het doorgaf aan de andere meiden.

Kasia keek toe hoe ze allemaal de glazen fles van Nicks dochter aannamen, hem naar hun lippen brachten, even aarzelden, en daarna hun gezicht vertrokken alsof ze net op een citroen hadden gezogen.

'Fucking smerig,' zei Vicky terwijl ze het doorgaf aan de volgende.

'Bah.'

'Waarom drinken mensen dit voor hun plezier?'

'Ik snap niet hoe mijn vader er zoveel van kan drinken.'

Het was unaniem. De wodka was slecht, smaakte naar stront, maar toch bleven ze het drinken. Tot er niets meer over was, niets dan een klein druppeltje dat geen van hen uit de fles kon krijgen.

'Geef maar hier,' zei Lucy, terwijl ze naar Fiona reikte aan de andere kant van de cirkel die ze in het zand hadden gevormd.

'Waarom? Je gaat 'm toch niet aan je vader teruggeven, hè?'

'Natuurlijk niet. Ik wil... ik wil 'm gewoon in de prullenbak gooien. Dat is alles.'

'Zijn we nu opeens milieubewust? Maar toen ik die barbecue die we laatst in het bos hebben aangestoken wilde opruimen, zei je dat die vanzelf zou afbreken.'

'Omdat dat op de doos stond!'

'Ja, ja.'

Kasia begreep niet wat er aan de hand was, en te oordelen naar de ongemakkelijke en lege blikken op de gezichten van de rest van de meiden, wist niemand anders het ook, maar ze voelde een ruzie aankomen. Een ruzie over verdomd zwerfafval, nota bene.

Tomek zou trots zijn.

Niet over het drinken van alcohol door minderjarigen of het rondhangen op een strand laat in de avond, maar over het zwerfafval; hij herinnerde haar er altijd aan om haar afval in de prullenbak te gooien als ze ergens klaar mee was, anders dreigde hij haar een boete te geven.

Om een of andere reden dacht ze echter niet dat haar keuze voor milieubewuste vrienden zou afleiden van het feit dat ze vanavond alcohol had gedronken.

Maar met een beetje geluk zou hij er nooit achter komen.

'Mag ik hem dan hebben?' vroeg Nicks dochter voor de tweede keer.

'Vooruit dan maar. Als het moet.'

Lucy griste de fles van Fiona af en krabbelde overeind, waarbij ze hoeven zand de lucht in schopte als een paard dat over de vieze grond danst. Even zag Kasia haar verdwijnen in de richting van de prullenbak op de boulevard, maar ze verloor snel haar aandacht toen ze Yasmin weer hoorde praten.

'Hebben jullie gezien-?'

Voor ze kon afmaken, doorboorde een oorverdovende gil de stilte en spleet de lucht in tweeën. Het geluid was zo luid dat Kasia fysiek opsprong van angst. Haar lichaam werd ijskoud en ze hield haar adem in voor een fractie voordat ze zich uiteindelijk in de richting van het geluid draaide. Hoewel de alcohol haar echolocatie-vaardigheden had verstoord, wist ze dat het Lucy was die schreeuwde.

Iedereen wist dat het Lucy was die schreeuwde.

Het enige probleem was, wie was dapper genoeg om uit te zoeken waarom?

Tot haar eigen verbazing was ze al een paar stappen in haar sprint over het strand voordat ze besefte wat ze aan het doen was. Precies dat. Sprinten. Naar het gevaar toe. Naar de duisternis. Maar ook naar haar vriendin die hulp nodig had.

De schreeuw was een enkelvoudig, eenzaam, doordringend geluid geweest, gevolgd door een doffe *klap*. En toen stilte.

Kasia wist niet wat dat betekende. Had zich niet voorbereid op wat ze zou kunnen aantreffen.

Aan het einde van het strand, aan de voet van de trap, kwam ze erachter. Daar, ineengezakt op de betonnen promenade als een lappenpop, lag Nicks dochter, en over haar heen gebogen stond een kleine, gezette man in een gescheurde en versleten jas. Bloed sijpelde over het cement, belemmerd in zijn weg door het zand en aangespoeld zeewier.

In eerste instantie merkte de man haar niet op - de alcohollucht die van hem afkwam bereikte haar al op een paar meter afstand - maar zodra ze Lucy's naam schreeuwde, draaide hij zich dronken om, zijn bewegingen traag en moeizaam. En toen sprong ze op hem af.

Ze wist niet wat haar bezielde - woede, boosheid, domheid - maar het werkte. Na haar eerste poging gooide ze de man tegen de grond, en tegen de tijd dat ze op hem sprong, waren de rest van de meiden gearriveerd. Gegil vulde de lucht bij het zien van het bloed en Lucy's lichaam dat op de grond lag.

'Help me!' schreeuwde Kasia. 'Spring op hem zodat hij niet kan bewegen!'

Het duurde niet lang voordat de meiden uit hun verlamming schoten en haar hielpen. Al snel zaten alle vijf op de man, en hielden hem tegen de grond gedrukt. Nu de rest van haar vriendinnen bezig waren, nam Kasia de gelegenheid om van hem af te klauteren en naar Nicks dochter te haasten. Ze vond haar ineengezakt op de grond, volledig stil. Even vreesde Kasia het ergste, dat ze was bezweken aan een fatale klap tegen haar hoofd, dat ze was vermoord. Maar zodra ze het zachte op en neer gaan van Lucy's borstkas opmerkte, kwam ze in actie. Het eerste wat ze dacht te doen, voor wat dan ook, was haar vader bellen.

Hij zou weten wat te doen.

En niet alleen omdat hij een politieagent was. Maar omdat hij dapper was, intelligent, en logisch en helder kon denken in tijden zoals deze. Hij zou de held zijn die ze nodig had, die ze allemaal nodig hadden, om hen uit deze nachtmerrie te redden.

HOOFDSTUK
TWEEËNDERTIG

Weinige minuten nadat Tomek op het strand was aangekomen, was het hele gebied afgezet. Terwijl hij de aanvaller tegen de grond gedrukt hield, vastgebonden aan een metalen hek met een stel kabelbinders die Tomek achter in zijn auto bewaarde, hadden hij en Sean de meiden opgedragen het gebied te beveiligen. Kasia en Sylvia, de enige twee die hij kende en daarom vertrouwde, waren geïnstrueerd om bij Lucy te blijven, samen met Sean, die haar voorzichtig in de stabiele zijligging plaatste terwijl hij probeerde haar lichaam zo recht mogelijk te houden. Het bloed dat uit haar hoofd lekte als een lek in een fles water ging onheilspellend door, en een dikke rode stroom druppelde geleidelijk naar de rand van de promenade en op het zand, waar het beneden een dichte plas vormde. Ondertussen stonden twee van de vriendinnen - hij zou hun namen later te weten komen - bovenaan de brug die naar het strand leidde. De laatste twee vriendinnen - ook hier waren namen nu niet belangrijk - waren naar de andere kant van Old Leigh gerend, de enige toegang die bereikbaar was voor de hulpdiensten over de weg.

Tomek had binnen enkele seconden na zijn aankomst een ambulance en politieondersteuning gebeld. Gelukkig waren ze twee minuten eerder gearriveerd dan ze hadden geschat. Briljante blauw-witte lichten flitsten ritmisch op de restaurants en zeewal om hen heen, bijna verblindend in de duisternis. Eén ambulance, twee ambulancebroeders. En drie politieagenten.

En toen had Tomek Nick gebeld.

'Waar heb je het over?' had hij wanhopig gevraagd. 'Wat is er gebeurd? Waar? Waar is ze? Wat is er met haar gebeurd?'

Tomek had moeite gehad om zijn vragen te beantwoorden door het volume van Nicks stem, maar zodra de hoofdinspecteur pauzeerde om op adem te komen, legde Tomek uit dat hij naar het Southend Hospital moest gaan. Dat hij daar moest wachten tot ze zou arriveren. Maar het zag er niet goed uit. Een van de ambulancebroeders had hem uitgelegd dat de wond in haar hoofd aanzienlijk was en dat ze onmiddellijk geopereerd moest worden om de bloedstroom te stelpen en te voorkomen dat de hersenen zouden verdrinken.

Nadat de ambulance was vertrokken en terug was gereden in de richting waar hij vandaan kwam, richtte Tomek zijn aandacht op de man die in de politieauto werd gegooid.

'Sean, kun je met hem meegaan?'

'Ja, natuurlijk. Maar waarom?' Mist vormde zich voor Seans adem terwijl hij snel ademde in de koele nacht.

'Omdat iemand onmiddellijk met die klootzak moet afrekenen. En ik moet ervoor zorgen dat de meiden veilig thuiskomen.'

Hij draaide zich om naar hen allemaal. Hun vermoeide, geschokte en angstige gezichten staarden hem leeg aan, alsof hij naar een groep zombies keek. Nu was het tijd om hun namen te weten te komen, en terwijl ze wachtten tot hun respectievelijke ouders hen zouden ophalen, leidde Tomek hen door de stad naar het station. Terwijl ze langs de jachthaven liepen, raasde een trein hen voorbij, een van de laatste van de avond. Het herhalende *da-dum da-dum* van de wielen over de rails leek de meiden te kalmeren, alsof het hen had gehypnotiseerd.

Tijdens hun wandeling naar het station vroeg Tomek hen om één interessant feit over zichzelf. Ze moesten hun gedachten afleiden van wat er net was gebeurd, en dit was de enige manier waarop hij dat kon bedenken.

Kathy kon redelijk goed viool spelen.

Vicky's grootouders kwamen oorspronkelijk uit Frankrijk, maar ze sprak geen woord van de taal.

Fiona was glutenintolerant.

Yasmins favoriete film was *Die Hard*.

Sylvia begreep niet waar alle ophef over vapen en sigaretten over ging.

En Kasia gaf toe dat ze die avond een paar slokjes alcohol had gedronken.

Zodra de woorden haar lippen hadden verlaten, viel de groep stil, en hij kon hun blikken voelen die gaten in zijn dochter brandden omdat ze hen allemaal had verklikt aan een politieagent.

'Waar...?' begon hij, onzeker hoe hij het onderwerp moest aanpakken. Omgaan met één minderjarige drinker was al genoeg, maar vijf van hen. 'Waar hebben jullie de alcohol vandaan gehaald?'

'Lucy,' antwoordde Kathy zachtjes, alsof ze niet geassocieerd wilde worden met het hardop uitspreken van die woorden. 'Ze heeft wat geleend van haar vader.'

'Geleend? Ben je van plan om het terug te geven?' Hij probeerde te klinken als een van hen, vriendelijk, amicaal, iemand die ze konden vertrouwen door de woede in zijn stem te dempen.

De opmerking ontlokte een lach bij de meiden en stelde hen wat meer op hun gemak.

'U gaat het toch niet aan onze ouders vertellen, hè?'

Dat was nu de vraag van een miljoen. Ze hadden allemaal een aangrijpende ervaring meegemaakt, hun zenuwen waren gespannen, adrenaline door het dak, angst nog hoger, schrik in de stratosfeer. Het laatste wat ze nodig hadden was een uitbrander van elk van hun ouders zodra ze thuis kwamen.

'De artsen zullen de alcohol in haar bloed vinden en ze zullen het aan de politie vertellen wanneer die hun rapport komen halen. Zodra ze dat hebben, zullen ze het waarschijnlijk aan jullie ouders vertellen. Maar dat zal niet voor de ochtend zijn. Dus jullie zijn voorlopig veilig.'

Hij gaf hen allemaal een knipoog en een glimlach. Hij zou in ieder geval niet de boeman zijn, en ze konden nu allemaal wat meer ontspannen.

Bijna twintig minuten later waren alle meiden weg behalve Sylvia, opgehaald door paniekerige ouders die kort met hem spraken, hem bedankten voor het zorgen voor hun dochters, en vervolgens naar huis gingen. Voordat ze allemaal verdwenen, herinnerde Tomek hen eraan dat politieagenten de volgende ochtend langs zouden komen om getuigenverklaringen af te nemen.

'Herinner me aan je adres, Sylvia,' zei Tomek terwijl hij de auto startte.

Sylvia gaf het hem en ze kwamen tien minuten later aan. Toen

Louise, Sylvia's moeder, de deur opende, flitste er onmiddellijk angst over haar gezicht.

'Wat is er aan de hand? Wat is er gebeurd?'

'Ze is in orde,' zei Tomek. 'Alleen een beetje geschrokken. Vind je het goed als we binnenkomen?'

Kasia en Sylvia verdwenen naar boven naar Sylvia's kamer terwijl hij en Louise zich naar de keuken begaven. Dit was niet het soort gebeurtenis om in de woonkamer te bespreken.

'Moet ik hiervoor staan?'

'Zitten is misschien beter, maar ik heb goede reflexen, dus als je besluit flauw te vallen, zou ik je moeten kunnen vangen.'

'Moeten?'

Hij haalde zijn schouders op en grijnsde naar haar. 'Ik zei "goed", niet "geweldig".'

'Je geeft me echt veel vertrouwen, Tomek. Vertel me nu, wat is er gebeurd?'

En zo legde hij haar zijn tweedehands begrip van de gebeurtenissen uit. Dat, terwijl ze allemaal op het strand zaten te kletsen en te praten (hij liet het drinken voorlopig achterwege), ze een schreeuw hadden gehoord, gevolgd door het zien van een figuur die zich over Lucy Cleaves heen boog.

'O mijn God,' antwoordde Louise, terwijl ze haar hand voor haar mond hield. 'Wat verschrikkelijk. Weet je hoe ernstig haar verwondingen zijn?'

'Nee, maar het zag er niet goed uit. Ze bloedde aan haar hoofd.'

'Maar zijn hoofdwonden niet altijd erger dan ze lijken? Ik kreeg eens een klap op mijn hoofd, een piepklein sneetje, maar er was dagenlang bloed.'

'Letterlijk?' vroeg Tomek sarcastisch.

'Letterlijk dagenlang, ja. Een wonder dat ik het overleefd heb, eerlijk gezegd.'

'Gelukkig wel, anders zou ik niets weten over de gevaren van kleine sneetjes.'

Louise zag de humor ervan in en bood hem thee aan. Hij weigerde. 'Bier en thee mengen niet echt goed.'

'Wil je zeggen dat je gedronken hebt en daarna met mijn dochter naar huis bent gereden?'

Tomek keek naar de grond en aarzelde.

'Wat is er?' vroeg ze, haar moederinstinct vermoedde meteen dat er iets mis was.

'Je moet het waarschijnlijk weten, maar blijkbaar hebben de meiden vanavond gedronken. Lucy heeft wat wodka uit de kast van haar vader gestolen.'

'Wodka!' Louise's wangen werden rood van woede. 'Fucking wodka drinken op dertienjarige leeftijd!'

'Ik weet het.'

'Je lijkt opvallend kalm over dit alles,' zei ze.

Tomek lachte zachtjes. 'Geloof me, dat ben ik niet. Maar ik heb in mijn leven met veel van dit soort dingen te maken gehad, dus ik ben er inmiddels aan gewend geraakt. Ik vind het idee dat Kasia op welke leeftijd dan ook drinkt niet fijn, laat staan op dertienjarige leeftijd, dus ik zal in ieder geval serieus met haar praten. Maar ze zijn geschrokken, ze zijn bang om Lucy, dus het uitschreeuwen van mijn woede zal niets bereiken. Als het al iets doet, zal het haar waarschijnlijk juist stimuleren om het weer te doen.'

'Tenzij ze zo geschrokken is van vanavond dat ze nooit meer een druppel alcohol aanraakt.'

Tomek kruiste zijn vingers in beide handen en hief ze op.

Toen het tijd was voor hem om te vertrekken, riep hij Kasia naar beneden en wachtte op haar bij de trap.

'Nogmaals bedankt voor het thuisbrengen,' zei Louise, terwijl ze naast hem kwam staan. 'Ik kan me niet herinneren of ik het al eerder heb gezegd.'

'Dat heb je niet. Maar dat is oké. We kunnen niet allemaal helden zijn.'

Ze legde haar hand op zijn arm en omhelsde hem. Haar lichaam was warm, en een aangename onderbreking van de kou die nog aan hem kleefde van buiten. 'Dank je,' zei ze nogmaals. 'Het was maar goed dat jullie zo dichtbij waren.'

Er ontstond een moment tussen hen. Een moment waarop ze pauzeerden, waarop alles leek te bevriezen, en hij in een gevecht met haar blik leek te zijn verwikkeld. Geen van beiden gaf toe. Bonzende hartslag. Bloed dat sneller stroomde.

Louise was een aantrekkelijke, alleenstaande vrouw. Ze was van vergelijkbare leeftijd, een paar jaar jonger, en ze was alles wat hij zocht in een vrouw. Veerkrachtig, vastberaden, moedig, sterk, charismatisch. Alles wat hij-

'Papa?'

Kasia's stem haalde hem uit zijn mijmering, en hij draaide zijn hoofd abrupt naar haar toe op het midden van de trap. Achter haar stond Sylvia.

'Ah. Daar ben je.'

'Wat is er aan de hand?'

Tomek duwde zichzelf zachtjes weg bij Louise, zonder haar te willen beledigen, en streek zijn kleren glad. Betrapt op heterdaad. Als een stel tieners.

'Ben je klaar om te gaan?' vroeg hij, terwijl hij haar vraag zoveel mogelijk probeerde te ontwijken. 'Ik was net afscheid aan het nemen. Alles goed?'

Kasia's en Sylvia's gezichten straalden van plezier, terwijl die van Tomek en Louise rood werden van gêne.

'Je kunt die glimlach van je gezicht vegen, Sylvia,' zei Louise naast hem. 'Jij en ik moeten morgenochtend een gesprek voeren. Maar voor nu, direct naar bed nadat je gedag hebt gezegd.'

En Tomek en Kasia namen dat als hun teken om te vertrekken.

HOOFDSTUK
DRIEËNDERTIG

De dag voor kerstavond. De dag voor de dag ervoor. En er hing een sombere stemming in het appartement. Toen Tomek de volgende ochtend wakker werd en de gordijnen opende naar een grijze, miezerige hemel, voelde het gewicht van wat er de avond ervoor was gebeurd alsof het eindelijk op *hem* was neergedaald. De dochter van Nick lag in het ziekenhuis. De dochter van Nick was aangevallen. De gedachte dat het elk van de meisjes had kunnen zijn, dat het zijn eigen dochter had kunnen zijn, begon eindelijk door zijn hoofd te spelen.

En toen Kasia uit haar slaapkamer strompelde, strak gewikkeld in haar hoodie alsof ze erop vertrouwde dat die haar zou beschermen, was het duidelijk te zien dat dezelfde gedachte haar ook de hele nacht wakker had gehouden.

'Goed geslapen?' vroeg hij terwijl hij een kop thee voor haar maakte.

'Nee. Kon niet slapen.'

'Ik ook niet. Wil je erover praten?'

'Wat valt er te bespreken?'

'Je kunt me vertellen hoe je je voelt.'

'Bang.'

'Oké. Waarvoor in het bijzonder?'

'Bang voor Lucy. Heb je nog iets gehoord?'

Tomek keek op zijn telefoon en schudde zijn hoofd. Hij had geen update ontvangen van Nick of Sean. Hij werd volledig buiten de informatiestroom gehouden.

'Kan ik haar gaan bezoeken?' vroeg Kasia.

Tomek had zich hetzelfde afgevraagd zodra hij wakker werd. Hij wilde hen bezoeken. Niet alleen voor Lucy maar ook voor Nick en zijn vrouw. Hij kon zich niet voorstellen hoe zij zich voelden, hoe doodsbang ze waren. De angst en pijn die ze moeten hebben gevoeld terwijl ze daar in het ziekenhuis zaten, wachtend op een update van de artsen en verpleegkundigen. Tomek had het uit eerste hand meegemaakt bij andere families in zaken waaraan hij had gewerkt. In die gevallen was hij altijd een buitenstaander geweest, toekijkend vanaf de zijlijn. Maar nu het iemand was die hij kende, iemand om wie hij gaf en die hij respecteerde die door diezelfde emotionele achtbaan ging, begon hij echt te begrijpen hoe het was. Ook al stond hij nog steeds één stap verwijderd.

Nadat hij zijn mobiele telefoon weer had ontgrendeld, scrollde Tomek door zijn adresboek tot hij het mobiele nummer van Nick vond. Hij belde zijn baas en wachtte tot hij zou opnemen.

'Hoi.'

'Hoi, Nick. Kun je praten?'

'Ja.'

'Hoe gaat het met haar?'

'Niet goed. Het kan alle kanten op. Haar schedel is verbrijzeld. Een enorme deuk in haar hoofd. Ze ligt in coma. Artsen denken dat het beide kanten op kan gaan. Mogelijk permanente hersenschade. Bloeding in de hersenen. Ze wordt misschien nooit meer wakker. Alles.'

'Jezus, man. Het spijt me zo.'

Als hij dacht dat hij een slechte ochtend had, was het niets vergeleken met wat Nick en zijn vrouw doormaakten.

'Hoe houdt Maggie zich?'

'Slechter. Daniela is oké, ze slaapt, ze weet niet wat er aan de hand is, maar Maggie is buiten zichzelf van bezorgdheid.'

'Ik kan het me alleen maar voorstellen...' Tomek pauzeerde, slikte en draaide zich naar Kasia. 'Wanneer de tijd rijp is, vroegen we ons af of we langs konden komen. Misschien om je wat afleiding te bezorgen.'

'Ja, dat zou fijn zijn, vriend. Maar het zal nog wel even duren. Ik zal met de artsen overleggen en het je laten weten.'

Tomek had zijn baas, zijn vriend, nog nooit zo moedeloos, zo verslagen, zo gebroken horen klinken. Het was alsof zijn ziel (wat er in ieder geval nog van over was) uit hem was gerukt.

Hij legde aan Kasia uit dat Nick hen zou laten weten wanneer het kon.

'Je laat het me meteen weten zodra hij dat doet?' vroeg Kasia, alsof zij degene was die de leiding had.

'Natuurlijk,' zei Tomek met een grijns. Hij keek op zijn horloge - 8:48 uur. 'Ik moet naar mijn werk. Uitzoeken wat er gebeurt met de arrestatie. Ik zal proberen iemand te vinden die je vandaag gezelschap kan houden.'

'Ik ben geen vijf.'

'Nee, maar je wilt wel iemand om mee te praten, en het zal een leuke afwisseling zijn als het voor de verandering eens iemand anders is. Bovendien, het is kerst, ik dacht dat het allemaal ging om-'

'Dit is de ergste kerst ooit,' zei Kasia terwijl ze haar capuchon over haar hoofd trok en op de bank plofte.

Onze kerst is niets vergeleken met wat Nick en zijn familie nu doormaken, dacht Tomek terwijl hij voor hen beiden ontbijt begon klaar te maken. Iets zoutigs. Iets vettigs. Iets dat goed voelt. Toen hij klaar was en alle restjes in de prullenbak waren gegooid, begon hij rond te bellen om te zien wie er langs kon komen om Kasia die dag gezelschap te houden. Zijn eerste keuze was Saskia Albright, zijn langstdurende vriendschap, maar zij was al in Schotland bij haar ouders voor de kerstvakantie. Vervolgens had hij overwogen om Abigail te bellen, maar wist dat dat alleen maar brandstof zou toevoegen aan Kasia's onverzadigbare verlangen om hem te plagen en zich met zijn liefdesleven te bemoeien. Bovendien wilde hij Abigail geen verkeerde indruk geven. Daarna probeerde hij Louise en Sylvia, maar zij gingen die middag familie bezoeken in Colchester. Wat de enige andere mensen overliet die hij kon bedenken om te bellen. De onderste van zijn lijst.

Zijn ouders.

HOOFDSTUK
VIERENDERTIG

Perry en Izabela Bowen vonden het meer dan prima om zo lang als nodig voor Kasia te zorgen. Wat quality time, hadden ze tegen hem gezegd. Hoog tijd daarvoor. Even privé, zonder dat Tomek alles afluisterde en censureerde waarover ze spraken. Hij was er niet helemaal gerust op dat zij haar zouden uithoren over vriendjes, school, *hem* en het leven in het algemeen, allemaal onder het genot van een pakje *paluski* en een extra sterke koffie, maar hij had geen keuze. Misschien was hij te voorzichtig, te paranoïde. Ze waren immers Kasia's grootouders. En hij had hun erg weinig verteld over haar en haar leven, dus het was alleen maar redelijk dat ze nieuwsgierig waren.

'Ze is in goede handen,' had Izabela Bowen met een spottende glimlach tegen hem gezegd voordat hij vertrok.

Tomek was niet overtuigd, maar hij had geprobeerd die gedachten naar de achtergrond te dringen terwijl hij naar het politiebureau was gereden. En al snel merkte hij dat hoe dichter hij bij het bureau kwam, hoe makkelijker dat werd, want in plaats van aan Kasia en Perry en Izabela te denken, werd zijn gedachten overspoeld met beelden van Nicks dochter op het beton, met ingeslagen hoofd, bloedend. En daarna de beelden van haar in het ziekenhuisbed met haar ouders aan haar zijde.

De beelden begonnen eindelijk te vervagen zodra hij zijn collega's zag. En ze verdwenen vrijwel volledig toen hij het gezicht zag van de man die Lucy Cleaves had aangevallen op het televisiescherm. Een live verbinding was naar de achterkant van de eenheid in de incidentkamer geleid, en het team keek naar hem tijdens het verhoor. Tegenover de aanvaller zaten Sean en Chey, die hem aan de tand voelden.

Nu hij zijn gezicht duidelijk kon zien, herkende Tomek de man onmiddellijk. Paddy Battersby. Een paranoïde schizofreen die al jaren bij de politie bekend stond. Eerder gearresteerd voor mishandeling, orde-verstoring, vandalisme en een hele lijst van kleinere vergrijpen. Meestal was hij een gebroken man die wanhopig op zoek was naar een shot; ongevaarlijk, tot gisteravond natuurlijk.

De gezichten die naar Tomek opkeken, waren wazig en opgezwol-len. Ze hadden de hele nacht doorgewerkt, en de verhoren hadden de hele nacht plaatsgevonden. Zonder onderbreking. Juridisch gezien had Paddy recht op acht uur rust binnen de eerste vierentwintig uur van zijn hechtenis, maar het was duidelijk te zien dat het team hem zo lang mogelijk zou laten wachten. Dat was het minste wat hij verdiende.

In de incidentkamer was een skeletonbezetting van vier personen. Victoria, Martin en Oscar. Het was Kerstmis, en een groot deel van de mensen in het team had vrij en vierde de feestdagen met hun dierbaren. Als gevolg daarvan werd van de rest, Tomek inbegrepen, verwacht dat ze langere uren zouden draaien.

Zodra ze hem had opgemerkt, trok inspecteur Orange hem haar kantoor in voor een update.

'We hebben hem aangeklaagd voor zware mishandeling,' zei ze, haar stem zacht houdend. 'Maar nu vragen we of hij iets weet over Fern Clements en Lily Monteith.'

'Serieus?'

'Wat?'

Tomek wees in de richting van de tv in de incidentkamer. 'Hij? Paddy Battersby? Paddy de Panda, de man die geen vlieg kwaad zou doen?'

'Nou, hij kan duidelijk veel meer dan dat.'

Tomek stak zijn handen in zijn zakken en leunde enigszins achter-over. 'Je kent hem niet zoals wij hem kennen. Hij is gestoord. Hij is schi-zofreen.'

'Dat is geen excuus om Nicks dochter in het ziekenhuis te laten belanden.'

'Dat zeg ik ook niet.' Tomek ademde diep in om zichzelf te beheer-sen. 'Wat zegt hij dat er is gebeurd?'

'Zijn versie van de gebeurtenissen is dat hij haar wilde vragen of ze een blikje spam had. Toen ze hem zag, raakte ze in paniek en viel ze uit, waardoor hij ook in paniek raakte. En terwijl hij probeerde weg te komen, botste hij tegen haar op en stootte haar omver, waardoor haar hoofd tegen een paal sloeg.'

Dat moet behoorlijk hard zijn geweest om haar hoofd in te slaan, bedacht Tomek.

'Dus het was een ongeluk?' vroeg hij.

'Ongeluk of niet, ze ligt nog steeds in het ziekenhuis. We zullen zien hoe zijn versie standhoudt tegenover die van de meisjes.'

Tomek wist dat het Paddy's woord zou zijn tegen het hunne. Alle zes. En in dat geval zou het geen verschil maken of het een ongeluk was of niet. Het lot van Paddy Battersby was bezegeld.

'Heeft hij al toegegeven dat hij Lily Monteith en Fern Clements heeft vermoord?'

'Nee,' zei ze kortaf. 'Zijn advocaat en verantwoordelijke volwassene zeggen hem op dat vlak zijn mond te houden.'

'Dus natuurlijk ben je nog wantrouwiger tegenover hem.'

'Ja,' zei ze.

Maar Tomek niet. Wat er met Lucy Cleaves was gebeurd, was een ongelukkig ongeval, een van die één-op-een-miljoen verhalen, maar niets meer. Hoewel tragisch, ja, vond Tomek het niet genoeg om de heksenjacht te ontketenen en Paddy Battersby op de brandstapel te gooien.

'Hoeveel tijd hangt hem boven het hoofd?' vroeg Tomek.

'Nadat hij is aangeklaagd voor hun moorden?'

'Nee. Want je hebt nog geen bewijs tegen hem voor die zaken. Hoeveel tijd hangt hem boven het hoofd voor gisteravond? De zware mishandeling?'

'Vijf jaar,' antwoordde Victoria, met een vlakke uitdrukking en stem.

'Wow.'

Arme kerel. Maar nog armere Lucy. Tomek kon in dat opzicht niet te veel medelijden met hem hebben, niet nu ze voor haar leven vocht.

'Er is nog iets anders dat ik met je wilde bespreken,' begon Victoria.

Tomek legde zijn hand op de rugleuning van een stoel. 'Moet ik hiervoor gaan zitten?'

'Je kunt gaan zitten als je wilt. Dan lijk ik langer en voel ik me langer.'

Tomek dacht dat ze daar nu veel van nodig had. Ze had recentelijk een paar fouten gemaakt, waaronder bij de dubbele moord op twee meisjes die waren ontvoerd en gewurgd bij een schommel op een speelplaats in Canvey. En als gevolg daarvan vond hij het moeilijk om medelijden met haar te hebben.

'Het gaat over je rol in dit team.'

Hij hield zijn adem in.

'Nick zal de komende weken waarschijnlijk worden vrijgesteld terwijl hij voor zijn dochter zorgt. Dus dat zal mij tijdelijk de leiding geven, en ik heb een tweede man nodig.'

'Oké,' zei Tomek, terwijl hij met een scherpe blik naar haar opkeek. 'Moet ik je vertellen waar de toiletten zijn?'

Tot zijn verbazing had Victoria die niet zien aankomen. Gelukkig had ze *wel* de humor ervan ingezien, en plaatste een delicate hand op haar borst terwijl ze lachte, om dat te tonen.

'Je stopt nooit met die kinderachtige humor, hè?'

'Waar is de lol in volwassen worden? Ik heb de afgelopen twee maanden al genoeg moeten groeien, ik wil niet nog meer. Ik heb *enige* onvolwassenheid nodig, op zijn minst.'

'Sommige, maar niet alle. Afgezien daarvan, ga je nog iets zeggen?'

'Waarover?' Tomek realiseerde het zich niet, maar hij keek naar haar op zoals een hond naar zijn baasje kijkt: gehoorzaam en gretig om te ontdekken wat er hierna zou gebeuren.

'*Jij bent mijn rechterhand.* Terwijl Nick met verlof is.'

'Wel, wel, hoe de rollen zijn omgedraaid.'

Dit was goed. Heel goed. Want nu, als tweede in bevel, zou hij meer te zeggen hebben over welke richting het onderzoek opging. Meer controle over de aspecten die hij niet in zijn eentje kon beheersen.

Dit was goed. Heel goed.

HOOFDSTUK
VIJFENDERTIG

De eerste taak op zijn lijst voor vandaag was eenvoudig geweest: Kasia uitnodigen op het bureau voor een getuigenverklaring. Gedurende de dag zouden de meisjes individueel worden geïnterviewd over wat er met Nicks dochter was gebeurd. Hun verhalen zouden dan met elkaar worden vergeleken op waarheidsgehalte en vervolgens worden afgezet tegen de versie van Paddy Battersby. Tomek had het stiekeme vermoeden dat ze niet veel, zo niet helemaal niet, zouden verschillen. Het was hem duidelijk dat Paddy aangeklaagd zou worden voor wat er met Lucy was gebeurd, de kist was al besteld en de uitvaartdienst betaald, maar Tomek was bereid alles te doen wat hij kon om ervoor te zorgen dat hij niet zou worden veroordeeld voor de moorden waar hij niet bij betrokken was. Iemand ten onrechte veroordelen voor moord, verkrachting of een andere ernstige overtreding was gelukkig iets waar hij nooit slachtoffer van was geworden. Maar hij had de verhalen gehoord, de krantenberichten gezien. Twintig jaar gevangenisstraf uitgezeten, alleen om dan te zien hoe technologische en wetenschappelijke vooruitgang als een held in de nacht binnenstormden om de uitkomst van een zaak te veranderen en je vrij te pleiten. Twintig jaar van je leven weg. Twintig jaar gekocht en betaald door de overheid door middel van een schikking. Er was geen bedrag dat zoveel jaren van je leven kon compenseren, dus hij was een sterke voorstander van het krijgen van de juiste veroordeling op het juiste moment. En als dat betekende dat het langer dan nodig duurde of dat alle opties en het budget werden uitgeput, dan moest dat maar zo zijn.

Het was Kasia's eerste bezoek aan zijn werkplek, en hij voelde zich ongelooflijk nerveus. Gemengd met een klein beetje opwinding. En met een vleugje somberheid er ook nog bij. Hij was bezorgd over wat ze van de plaats zou vinden, wat ze over zijn collega's zou zeggen. Hij had haar graag een rondleiding willen geven en haar fatsoenlijk aan hen willen voorstellen (zij hadden immers zoveel over haar gehoord, en zij zo weinig over hen), maar dat was niet mogelijk geweest. Het was gewoon jammer dat de omstandigheden van haar bezoek een getuigen-verklaring betroffen.

Een getuigenverklaring die was afgenomen door Rachel, zo kalm en beleefd als ze kon, de beste in haar vak. De hele beproeving had meer dan een uur geduurd, en aan het einde waren Kasia's ogen rood en was haar make-up uitgelopen. Om Kasia op te vrolijken, had Tomek aange-boden om snel met haar naar de winkels te gaan om wat van haar favo-riete snoepjes te kopen.

'We kunnen nog een lening afsluiten en wat meer Freddos halen als je wilt?'

'Hebben jullie hier geen chocolade?'

Tomek had rondgekeken in het saaie en troosteloze kantoor. Het had geen zweem van feestelijkheid en het leek alsof alle vreugde en opwin-ding voor het vakantieseizoen in een zwart gat vielen zodra je binnenkwam.

'Nadia doet meestal de chocolade,' antwoordde hij. 'Maar sinds haar zwangerschap is ze er behoorlijk afgeknapt.'

'Oh.'

'Ja. Haar nieuwe favoriete ding, als je geïnteresseerd bent, is biltong.'

'Biltong?'

'Het is een soort Zuid-Afrikaans gedroogd vlees. Raar. Niemand vindt het lekker, wat goed is voor haar want, geloof me, je wilt niet in haar buurt komen als ze haar biltong eet, ze beschermt het veel beter dan de dieren die gedood worden om het te maken hun jongen bescher-men. Bovendien wil niemand in de buurt komen omdat het stinkt.'

Kasia keek rond op de kantoorzaal. 'Waar is zij?'

'Thuis. Waarschijnlijk bezig met het maken van haar eigen biltong voor wanneer alle winkels dicht zijn tijdens Kerstmis.'

Kasia grinnikte. Het was maar klein, kort, een kleine gniffel, maar het was een stap in de goede richting. Op dit moment had ze niets meer nodig dan wat gelach en verlichting, een pauze van wat er was gebeurd. Maar net toen Tomek haar mee wilde nemen naar de winkels, kwam er plotseling een einde aan de verlichting. Nick belde om hem te laten weten dat ze op bezoek konden komen. En zonder tijd te verspillen, en na snel toestemming te hebben gekregen van Victoria, gingen ze naar het ziekenhuis.

Ze vonden Nick, zijn vrouw Maggie en hun jongste dochter Daniela die op hen wachtten buiten de ziekenhuiskamer. Hoewel het incident pas veertien uur geleden had plaatsgevonden, zagen beide ouders eruit alsof ze in veertien dagen niet hadden geslapen. Gebroken, verslagen, terneergeslagen. Daniela daarentegen had nog niet volledig verwerkt wat er met haar oudere zus was gebeurd en leek er te zijn om haar ouders te steunen, in plaats van andersom.

'Fijn je te zien,' zei Nick, de kracht uit zijn stem verdwenen. 'Bedankt dat je gekomen bent.'

'Natuurlijk. Alles. Hoe... hoe gaat het met haar?'

Als antwoord daarop leidde Nick hen beiden de kamer in zonder hen voor te bereiden op wat ze zouden zien: een bleke figuur verloren te midden van de witte lakens die haar beschermden. Verschillende buisjes waren als in een horrorfilm aan haar polsen bevestigd. En aan het hoofdeinde van het bed was Lucy's hoofd, gevat in een metalen beugel.

'De dokter zei dat de deuk in haar schedel ongeveer zo groot is als een golfbal,' zei Nick, terwijl hij in de deuropening bleef staan terwijl iedereen naar de patiënt schuifelde, alsof hij het niet kon opbrengen om dichterbij te komen. 'Ze hebben haar in een kunstmatige coma gebracht.'

Kasia trok aan Tomeks arm en fluisterde in zijn oor. 'Wat is dat?'

Tomek legde het haar snel uit voordat Nick verderging.

'Ze weten nog steeds niet wanneer ze wakker zal worden, of dat ze überhaupt wakker wordt.'

'Nick,' antwoordde zijn vrouw. 'De artsen zeiden ook dat we positief moeten blijven.'

'Nee, dat zeiden ze niet. Ze zeiden dat we de moed erin moeten houden, wat net zo goed is als zeggen dat we moeten bidden voor het beste.'

'Ze kan je horen, weet je,' voegde Maggie er verwijtend aan toe, met een blik die daarbij paste.

'Kan ze dat?' vroeg Kasia.

'Ja, liefje,' zei Maggie. Ze liep naar de andere kant van het bed en legde een hand op haar schouder. 'De artsen hebben gezegd dat ze elk woord kan horen dat we zeggen. Wil je tegen haar praten?'

Onmiddellijk verdween de spanning in de kamer.

Voorzichtig, aarzelend, stapte Kasia naar de zijde van haar vriendin, legde een hand op haar schouder zoals haar moeder had gedaan, en fluisterde in haar oor.

'Hé, ik ben het, Kasia, ik... ik weet niet echt wat ik moet... Iedereen maakt zich zorgen om je. We hebben allemaal gepraat in de groepschat en iedereen wil weten hoe het met je gaat... Ik zal... ik zal ze vertellen dat het goed met je gaat... En dat je... je hier in een mum van tijd uit bent, oké? Want we missen je allemaal en we willen je weer op school zien. Jij maakt de lunchpauzes draaglijk, oké? Dus je moet beter worden.'

Kasia beëindigde haar monoloog in een kamer vol verbijsterde stilte. Tomek keek om zich heen en zag tranende ogen, zowel bij hemzelf als bij Nicks familie. Huilende wrakken, niet in staat zichzelf te beheersen. Tomek was ontroerd. Dat een kleine toespraak van een dertienjarig meisje zo'n effect op hen had gehad.

Na vijf minuten stopten de tranen, en Nick trok Tomek de kamer uit naar de beslotenheid van de gang.

'Heb je al met Victoria gesproken?' vroeg hij, terwijl de energie en het werkjargon terugkwamen in zijn stem.

'Ja.'

In plaats van te antwoorden, perste Nick zijn lippen op elkaar om te voorkomen dat ze trilden, maar het had weinig effect. Toen de tranen zich in zijn ogen begonnen te vormen, legde hij een stevige hand op Tomeks schouder en zei: 'Zorg jij dat ze overeind blijft, wil je?'

'Natuurlijk,' antwoordde Tomek terwijl hij een even troostende hand op Nicks rug legde.

Het was mogelijk de tweede keer dat Tomek enige vorm van emotie zag bij zijn manager, bij zijn *vriend*, in de dertien jaar dat hij hem kende. De laatste keer was toen zijn zoon, Robbie, het gezin had verlaten om bij het leger te gaan.

'Ze beschuldigen de vent die dit heeft gedaan van zware mishandeling,' zei Tomek. 'Het was Paddy Battersby.'

'Paddy? Echt?' Nick zuchtte en rolde met zijn ogen. 'Die domme klootzak.'

'Rechercheur Orange denkt ook dat hij iets te maken heeft met onze allergiedoder.'

'Dan is ze nog dommer dan ik dacht,' antwoordde Nick.

'Ik heb geprobeerd haar van het tegendeel te overtuigen, maar ze geeft niet toe.'

'Nou, ik moet het aan jou overlaten om het op te lossen. Met alle respect, het is het laatste waar ik me nu zorgen over wil maken.'

'Begrepen, kapitein,' zei Tomek, terwijl hij een saluut nadeed.

Toen de twee mannen op weg waren terug naar de ziekenhuiskamer, begon Tomeks telefoon te trillen in zijn zak. Hij stak een vinger op naar Nick, om aan te geven dat hij over een minuut binnen zou zijn, en nam toen de oproep aan.

'Is het belangrijk?' vroeg hij in de microfoon.

'Dat is niet erg aardig.'

'Beantwoord gewoon de vraag.'

'Nee, het gaat alleen over mijn artikel.'

Tomek zuchtte en keek naar de deur die naar de ziekenhuiskamer leidde.

'Oké.'

'Ik vroeg me af of je nog iets anders voor me had?'

Tomek tikte met zijn voeten. Worstelde met de beslissing.

'Nee,' antwoordde hij. 'Dat heb ik niet.'

'Kom op, Tomek. Je moet *iets* hebben. Je bent me iets verschuldigd, weet je nog.'

'Ik ben je niets verschuldigd. Laat het nu rusten. En ik denk dat je Nick een tijdje met rust moet laten. En druk dat artikel niet af. Op dit moment zal het alleen maar meer kwaad dan goed doen.'

'Ik kan niet geloven wat ik hoor. Je bent wel erg van gedachten veranderd.'

'Ja, nou, sommige dingen zijn belangrijker dan je woordenaantal halen, Abigail.'

HOOFDSTUK
ZESENDERTIG

Ze bleven niet langer dan een uur, omdat ze niet nóg meer tot last wilden zijn dan Tomek al dacht dat ze waren geweest. De familie had tijd nodig om samen te zijn, te rouwen, alles te verwerken, en ze hadden Tomek en Kasia daar zeker niet bij nodig, die over hun schouders hingen en aandachtig luisterden telkens wanneer de artsen of verpleegkundigen binnenliepen om de familie een update te geven.

In plaats daarvan ruilde Tomek de ene familie in voor de andere. Zijn eigen familie.

Tegen de tijd dat Kasia en Tomek die avond thuiskwamen, na onderweg een McDonald's te hebben meegepakt (om Kasia's humeur wat op te vrolijken), brandden de lichten in het appartement nog steeds en dansten er twee schaduwen voor de ramen. Tomek parkeerde bij het gebouw en leunde naar voren.

'Hebben je oma en opa iets tegen je gezegd over vanavond blijven?' vroeg hij.

'Ze heeft misschien wel iets gezegd over het avondeten,' antwoordde Kasia langzaam, terwijl ze naar het eten op haar schoot keek.

'En dat vertel je me nu pas?'

Ze haalde haar schouders op. 'Ik ging geen nee zeggen tegen McDonald's.'

Natuurlijk niet. Het leek wel alsof haar generatie op dat spul leefde. En met de toegang die zo gemakkelijk beschikbaar was, soms met slechts een paar klikken op een knop, was het geen verrassing. Elke keer als hij langs de McDonald's liep in de buurt van de winkelstraat op weg naar zijn Sainsbury's maaltijddeal of, als hij zichzelf verwende met een Subway, zat de zaak meestal vol met tieners van haar leeftijd met hun fancy sneakers, Adidas- en Nike-trainingspakken en heuptasjes. Hij kon zich niets afstotenders voorstellen. Behalve misschien de gedachte aan de hoeveelheid bewerking die het voedsel onderging. Dat was genoeg om sommige mensen voor het leven af te schrikken.

'Dan mag jij haar teleurstellen,' zei Tomek terwijl ze naar de voordeur liepen. Toen gaf hij Kasia de lege McDonald's-zak.

'Want ze kan tegen jou niet schreeuwen.' Tomek stak de sleutel in de deur. 'En let op, ik wed dat ze toch nog een manier vindt om mij hiervan de schuld te geven.'

'Hoeveel wed je?' Er flitste een vleugje opwinding in Kasia's stem; misschien was dat de manier om haar beter te laten voelen, haar met geld overstelpen.

'Nee,' antwoordde Tomek streng. 'Het is een manier van spreken. Niet iedereen met wie je ooit praat gaat je geld geven omdat je erom vraagt, Kash.'

'Een sugar daddy wel,' fluisterde ze onder haar adem, maar Tomek hoorde elke laatste lettergreep.

Hij stopte op de trap die naar het appartement leidde en keek haar kwaad aan. 'Wat zei je daar? Hoe weet jij van die dingen?'

'Van tv. Er was laatst een programma op Channel 4. Val me er niet over aan.'

Nee. Dat kon hij niet, toch? Niet als het bijna onmogelijk was. Met alles wat nog gemakkelijker beschikbaar was via streaming-apps op mobiel en desktop, werd het steeds moeilijker om in de gaten te houden wat voor soort dingen ze keek. Maar, bedacht hij, in het grotere geheel was het leren over sugar daddies in een documentaire nog tam vergeleken met de andere soorten dingen die ze zou kunnen kijken. Zolang ze maar geen onthoofdingen of mensen die zichzelf in brand staken keek, was het oké.

'Jullie zijn thuis!' waren de woorden waarmee ze werden begroet zodra ze door de deur boven aan de trap stapten. Snel gevolgd door: 'En jullie hebben al gegeten.'

Izabela bleef staan en liet haar armen zakken die ze had opgeheven om hen beiden te omhelzen.

'Wat doe je daarmee?' vroeg ze terwijl ze wees naar de zak McDonald's in Kasia's hand. 'We hebben eten voor jullie gemaakt. Ik dacht dat we samen een lekkere maaltijd konden hebben.'

'Zij wilde het,' zei Tomek, de schuld doorschuivend.

Zijn moeder snelde naar hem toe en prikte hem krachtig in zijn borst. 'Ja, maar jij bent degene die het voor haar gekocht heeft.'

Tomek ving een zelfvoldane blik op van Kasia die zei: "Ik kom dat geld halen of je het nu leuk vindt of niet."

'Wat hebben jullie gemaakt?' vroeg Tomek, die het gesprek graag wilde afwenden van zijn slechte ouderbeslissing.

Hij snoof de lucht op en ontdekte het antwoord zelf. Pierogi. Dumplings. Een Poolse klassieker. Het avondeten waar hij en zijn broers bijna elke dag van leefden toen ze net in het land waren komen wonen.

'Je favoriet,' zei zijn vader.

Tomek stak zijn hoofd om de keukendeur en zag zijn oude heer bij twee grote pannen staan, langzaam de inhoud roerend.

'In ieder geval is het een makkelijke maaltijd voor je om te koken,' antwoordde Tomek.

'Zeg je nu dat ik geen liefde of ziel in die maaltijd heb gestopt? Ik kookte dat avondeten wekenlang voor je toen je jonger was.'

'Ik dacht dat dat alleen was omdat we arm waren.'

'Nee, het is omdat jij en je broers ervan hielden. En ik moest er altijd voor zorgen dat ik jullie drieën dezelfde hoeveelheid dumplings gaf. Iets meer of minder voor een van jullie, en ik liep het risico beschuldigd te worden van favoritisme.'

Als dat zo was geweest, wist Tomek waar hij op de favorietenschaal zou staan: Michał eerst, Dawid tweede, gevolgd door hemzelf helemaal onderaan.

'Om eerlijk te zijn, gaf ik Michał af en toe een extra nadat jij en Dawid van tafel waren gegaan,' vervolgde Izabela.

En als er ooit enige twijfel in Tomeks gedachten was geweest over zijn plaats op de ladder, werd die met die laatste opmerking volledig weggenomen.

Nadat ze zich hadden geïnstalleerd en snel het McDonald's-bewijs hadden weggegooid, namen ze plaats aan tafel en aten wat ze konden van de pierogi. Tomek kon vijf van de met vlees gevulde dumplings verdragen, terwijl Kasia er maar twee aankon. Het gesprek aan tafel vermeed zoveel mogelijk het onderwerp van Nicks dochter en het incident. Het was Kerstmis, zeiden ze. Het was niet de tijd om over zulke zaken te praten.

'Als we het er toch over hebben,' zei Izabela met een stralende glimlach op haar gezicht, 'Dawid en de jongens komen morgen langs voor Kerstmis. Weten jullie zeker dat jullie niet willen komen? Er is nog genoeg plaats aan tafel.'

'En er zal meer dan genoeg eten zijn,' voegde Perry Bowen toe.

'Je bedoelt de overgebleven dumplings van vanavond?' mompelde Tomek, en keek toen naar Kasia, die bezig was met haar eten over haar bord te schuiven. 'Ik denk dat we het hier wel redden, bedankt. Gewoon wij tweeën. Het is onze eerste Kerst samen en ik wil dat zo houden. Misschien volgend jaar. Maar ik hoop dat jullie een fijne tijd hebben, en doe Dawid en de jongens de groeten van ons.'

De hele zaak was een puinhoop geweest, en een complete verspilling van tijd, precies zoals Tomek over elke Kerst dacht. De vreugde en opwinding van wat de mooiste tijd van het jaar zou moeten zijn, was er volledig uitgezogen door de gebeurtenissen van die avond. Kasia bracht de volgende twee dagen door met haar hoofd naar beneden, slapend, in bed liggend, opgerold onder het dekbed, terwijl ze ofwel op haar telefoon speelde of berichten stuurde naar Sylvia. De versieringen waar ze uren aan had besteed eerder die maand, die de afgelopen drie weken hadden geglinsterd en geschitterd, hadden hun glans verloren, en ze had zelfs de kerstlichtjes in haar kamer uitgedaan. De kerstboom zag er kaal uit nadat Kasia alle chocolaatjes eraf had gegeten in de loop van een middag. De kerstslinger was eraf gevallen en hing los of lag op de grond; en dan hebben we het nog niet eens over de schaarse cadeaus onder de boom.

Uiteindelijk had Tomek een handvol make-up en verzorgingsproducten gekocht die hij had gevonden op de schappen van Boots en Superdrug, samen met de belofte van een shoppingtrip in de nabije toekomst.

'Je krijgt honderd pond om uit te geven,' had hij haar verteld.

'Dat is niet nodig,' zei ze somber terwijl ze een doosje poeder op de bank zette. 'Dat hoef je niet te doen.'

'Ik weet dat het niet hoeft, maar ik wil het graag.'

En toen hadden ze het eten gehad. Een traditioneel Brits feestmaal: kalkoen, gebakken aardappelen, Yorkshire pudding en wat groenten, verdronken in een ongezonde hoeveelheid jus. In werkelijkheid was het eten het enige hoogtepunt van de dag geweest, en zelfs dat was een ramp. Omdat het zijn eerste keer was dat hij zo'n grote maaltijd voor zo'n belangrijke gelegenheid kookte, had hij weinig tot geen idee wat hij aan het doen was, en hij bracht verschillende uren in de keuken door als een olifant in een porseleinkast. Hij stootte dingen van het aanrecht, liet eten op de vloer vallen, brak een paar glazen in de gootsteen. Uiteindelijk kwam de kalkoen er verbrand uit, de aardappelen waren bijna rauw, en de groenten leken meer op aardappelpuree dan wat dan ook; een zeer kleurrijke en voedzame hoop aardappelpuree.

'Ik had hoge verwachtingen van dit diner,' gaf hij toe terwijl hij een flinke schep wortelen op zijn bord kwakte. 'Maar ik kan me niet aan de indruk onttrekken dat een McDonald's Happy Meal misschien smakelijker zou zijn.'

'Ja,' zei Kasia. 'Je hebt waarschijnlijk gelijk.'

Gedurende de rest van de middag, en tot in de avond, bleef Kasia's somberheid en moedeloosheid aanhouden. Ondanks zijn oorspronkelijke bedenkingen over Kerstmis, merkte hij dat hij probeerde haar op te vrolijken met bordspellen en kaartspelletjes. Tot zijn verbazing had hij een oude versie van Essex Monopoly gevonden onderin zijn kledingkast; op de een of andere manier was het niet kwijtgeraakt tijdens de verhuizing een paar weken geleden.

'Dit was mijn favoriete spel als kind,' zei hij terwijl hij het uitpakte en de pionnen op het bord begon te plaatsen. 'Al hadden we geen Essexversie toen we opgroeiden.'

'Cool.'

'Heb je het ooit gespeeld?'

Kasia trok haar ogen langzaam los van haar telefoon en keek naar de doos, alsof ze eraan herinnerd moest worden wat het was. 'Nee. Denk het niet.'

'Waaaattt?' zei hij, met zijn beste Amerikaanse accent. 'Je hebt nog nooit Monopoly gespeeld?'

'Ik dacht dat mensen tegenwoordig geen bordspellen meer speelden.'

'Pfft. In de oude tijd deden we dat wel. Voor al die mobieltjes en tablets.'

'Mijn moeder en ik hadden geen van beide. Ik denk dat het enige wat we hadden een pak kaarten was.'

Tomek trok zijn wenkbrauw op. 'Ik dacht dat je zei dat je vroeger met Kerst heel veel kaart- en bordspellen speelde bij je moeder?'

Ze liet haar hoofd een beetje zakken. 'Ik loog,' zei ze. 'We deden al die dingen niet. We hadden het geld er niet voor. En mijn moeder was meestal weg op zoek naar een shot. We hadden geen versieringen, lekker eten, een boom - niets daarvan. Daarom was ik zo opgewonden voor deze, het zou mijn eerste echte, fatsoenlijke Kerst worden.'

'Oh, Kash.'

Tomek voelde zich verschrikkelijk. Hij had geen idee gehad. En nu voelde hij zich ongelooflijk schuldig dat hij zo'n teleurstellende vertoning had neergezet.

'Nou, we gaan genieten van wat er nog over is!'

'Door Monopoly te spelen?'

'Oh, ja. Wacht maar. Je zult verslaafd raken.'

En dus, nadat hij haar de regels verschillende keren had uitgelegd, gingen ze aan de slag op het bord, kochten lokale toeristische attracties en locaties, en bouwden huizen en hotels daarop. Gedurende het spel merkte hij dat Kasia's humeur verbeterde. En nog meer toen hij haar aan het eind liet winnen.

'Ha! Slik dat!' schreeuwde ze, terwijl ze haar geld voor zijn gezicht zwaaide met de eerste glimlach die ze de hele dag had laten zien.

Tomek rolde met zijn ogen en begon de speelstukken op te ruimen. 'Beginnergeluk,' vertelde hij haar.

Toen Tweede Kerstdag eindelijk aanbrak, was Tomek gedwongen om het bordspel in te ruilen voor het spel dat hun kleine seriemoordenaar met hen speelde. Inmiddels waren er weken verstreken sinds Lily Monteith's dood en jaren, als je Diana Greenock meetelde in de lijst (wat hij natuurlijk deed) en ze waren nog steeds geen stap dichter bij het vinden van de moordenaar. Tomek zou eigenlijk vrij zijn, maar had besloten dat hij toch moest gaan werken. In zijn hoofd was de kerstperiode voorbij (Tweede Kerstdag was gewoon een excuus om te gaan winkelen en bij te dragen aan het consumentisme en kapitalisme waar hun bordspel de avond ervoor door was geïnspireerd), en er was maar zoveel nietsdoen dat hij kon verdragen terwijl hij de gedachten in zijn hoofd liet rondmalen, en terwijl Kasia op de bank zat en hetzelfde deed, beiden denkend aan soortgelijke, even deprimerende gedachten. En dus hadden ze beiden opvrolijking nodig. Tomek wist hoe hij dat voor zichzelf kon doen - werken - maar als het op Kasia aankwam, werd het een beetje lastig. Hij speelde met het idee om haar te dwingen Tweede Kerstdag bij zijn ouders door te brengen, maar als hij zelf niet bereid was om hetzelfde te doen, dan was dat niet eerlijk tegenover haar. En toen had hij eraan gedacht om haar naar het ziekenhuis te laten gaan om Lucy Cleaves te bezoeken, maar toen besefte hij al snel dat dat even, zo niet meer, deprimerend was. Uiteindelijk koos hij voor het enige waarvan hij wist dat het haar gelukkig maakte.

Sylvia.

Sylvia en haar moeder, Louise.

Tomek parkeerde voor hun twee-onder-een-kapwoning in Daws Heath en volgde Kasia naar de deur. Het jonge meisje liep met een opvallende vering in haar stap en wipte op haar tenen terwijl ze wachtte tot haar vriendin de deur zou openen. Zodra Sylvia hen begroette, zwaaide Kasia hem gedag en schoot naar boven, waardoor hij in de deuropening bleef staan. Hij voelde zich een beetje voor schut staan.

Uiteindelijk, na verschillende lange momenten, verscheen Louise, gekleed in dezelfde kerstpyjama als haar dochter, groene kerstbomen tegen een rode achtergrond op de onderste helft, en een zuurstokshirt aan de bovenkant. Zodra ze hem herkende, raakte ze in paniek en greep naar een dikke, saaie trui van de nabijgelegen trapleuning.

'Sorry daarvoor,' begon ze, niet in staat hem in de ogen te kijken. 'Het was Sylvia's idee. Ik-'

'Je hoeft je niet te verontschuldigen. Hoewel, als Kasia thuiskomt met het briljante idee dat we voor nieuwjaar bijpassende pyjama's nodig hebben, dan weet ik wie ik de schuld moet geven.'

'Oh, ik denk dat dat je best goed zou staan.'

Tomek keek naar haar broek. 'Ik heb altijd gedacht dat groen mijn kleur was.'

'Accentueert echt je baard.'

Tomek grinnikte. De andere avond had hij voor het eerst haar flirten opgemerkt. Aanvankelijk dacht hij dat het voortkwam uit emotie en de stress van wat er was gebeurd. Nu was hij daar niet meer zo zeker van, maar nadat hij al was afgeschrikt om met Kasia's lerares te flirten om voor de hand liggende redenen, wist hij niet of dezelfde regels ook golden voor de moeder van haar schoolvriendin. Misschien moest hij daar maar eens achter komen.

'Hoe was je kerst?' vroeg ze terwijl ze zichzelf tegen de kou omhelsde.

'Anders,' antwoordde hij. 'Moeilijk. Een eerste keer voor ons beiden.'

Louise was geen vreemde voor hun situatie. In feite was zij een van de weinigen die ervan wist. En dus voelde hij dat hij open en eerlijk kon zijn over zijn relatie met Kasia. Hij kende niet alle details van haar echtscheiding, maar elke keer dat ze met elkaar hadden gesproken, had hij de indruk gekregen dat ze het begreep. Dat ze meer begreep over hun situatie dan hijzelf, en hij zat er middenin. Hij vermoedde dat een deel ervan werd doorgegeven via de voedselketen van Kasia naar Sylvia, en van Sylvia naar Louise, zodat elk snippertje advies en wijsheid eigenlijk indirect van Kasia kwam. Dat haar echte gedachten en gevoelens werden uitgemeten via een spelletje fluisterzinnetje.

'Hoe was die van jou?' vroeg Tomek, omdat hij zich verplicht voelde dezelfde vraag te stellen.

'Oh, je weet wel. Zes uur koken, twintig minuten eten, gevolgd door nog eens zes uur het gevoel hebben dat je niet kunt bewegen. Afgesloten met nog een paar uur afwassen.'

Tomek knikte beleefd. 'Die van ons verliep ongeveer hetzelfde. Uiteindelijk hebben we de afwas ingeruild voor een potje Monopoly.'

'Wie heeft er gewonnen?'

'Kasia. Uiteraard.'

'Omdat ze beter is dan jij of omdat je haar liet winnen?'

'Is dat niet duidelijk?'

'Inderdaad. Omdat ze beter was. Dat is een moeilijke om te accepteren, maar er komt een tijd dat ze al snel beter worden in alles dan jij. Je ego krijgt een flinke deuk.'

'Zegt degene die een bijpassende pyjama draagt.'

Louise sloeg haar hand voor haar mond, alsof ze beledigd was. 'Dit was eigenlijk een kerstcadeau van mijn dochter, moet je weten. Niet zeker hoe ze het heeft gekocht, maar ze heeft iemand anders' geld gebruikt om ervoor te betalen.'

Tomek herinnerde zich de keer dat Kasia vijftig pond had gestolen uit een noodvoorraad die hij in een paperback had verstopt. Hij vroeg zich af of Kasia hem een kerstcadeau had gekocht met meer geld dat ze van hem had gestolen. En als dat zo was, zou hij het graag snel willen zien.

Hij deed een stap dichterbij en verlaagde zijn stem. Terwijl hij sprak, wierp hij een blik op het trappenhuis en bewoog zijn wenkbrauwen. 'Hoe gaat het met haar na alles wat er is gebeurd?'

'Moeilijk. Ze probeert het te verwerken, maar ik denk dat ze het lastig vindt. Ze zijn nog zo jong, en dat ze zoiets hebben gezien, is veel voor hen om door te maken. En alles weer oprakelen op het politiebureau hielp ook niet bepaald.'

'Ik weet het, maar het is allemaal onderdeel van-'

'Nee, nee, nee. Ik wilde niet aanvallend zijn. Ik wil niet dat je denkt dat ik een sneer gaf.' Ze legde een hand op zijn schouder en liet die daar rusten. 'Het zal gewoon tijd kosten voordat ze erover heen zijn.'

Was dit een van Kasia's fluisterzinnetjesboodschappen die langs de boom was gedruppeld? Of was dit wijze raad die rechtstreeks van Louise kwam? Hoe dan ook, als er één ding was dat hij had geleerd van het hebben van een dochter waar hij niets van wist, dan was het dat veel dingen tijd kostten.

Tijd voor haar om te wennen aan haar nieuwe school.

Tijd voor haar om te wennen aan zijn aanwezigheid en naar hem te moeten luisteren.

Tijd voor haar om te wennen aan het leven in een nieuwe omgeving, met nieuwe vrienden, een nieuwe *familie*.

En nu dit. Tijd voor haar om te wennen aan de beelden en nachtmerries van wat er met Lucy was gebeurd.

Op dezelfde manier waarop Tomek gedwongen was gewend te raken aan de nachtmerries die hem kwelden na de dood van zijn broer.

HOOFDSTUK
ZEVENENDERTIG

Het eerste wat Tomek opviel toen hij de ruimte voor grote incidenten binnenstapte was het geluid. Muziek die uit de radio schalde. Discussies die door de gangen filterden en uit de vergaderruimtes kwamen. Het tweede wat Tomek opviel aan de MIR was de helderheid van de ruimte. Alsof iemand of iets de lichten een paar standen hoger had gezet, alles in een meer lichtgevende en welvarende kleur had geschilderd, en het filter had veranderd dat de afgelopen dagen over het gebouw was gevallen.

De hele plek was een wereld van verschil met de toestand waarin hij het had achtergelaten.

En toen ontdekte hij waarom.

DC Nadia Chakrabarti. De ziel van het kantoor. Zonder twijfel een van de vrolijkste en meest energieke mensen die hij ooit had mogen ontmoeten. Ze droeg altijd een glimlach op haar gezicht, zelfs als ze een slechte dag had, en ze was er altijd om het team op te beuren wanneer dat nodig was. En de behoefte daaraan was nu groter dan ooit.

Het team droeg nog steeds de angst en vermoeidheid van de allergiedoder met zich mee. En ze droegen allemaal de vrees om het incident met Lucy Cleaves in hun gezichtsuitdrukkingen. Enter Nadia. Opgewekt, vrolijk. Precies wat het team nodig had. En toen Tomek de kamer binnenkwam, bestormde ze hem met een kop thee die ze onder zijn neus duwde.

'Welkom terug, sarge,' zei ze met een uitbundige glimlach. 'Ik zag je aankomen dus heb dit voor je klaargemaakt voor het geval dat. Je ziet eruit alsof je er wel eentje kunt gebruiken.'

'Juist. Bedankt.' Tomek pakte de mok van haar aan en nam een slok. Perfect. Precies zoals hij het wilde. 'Weet niet of ik beledigd of gevleid moet zijn.'

'Allebei.'

'Bedankt, Nadia,' antwoordde Tomek. 'Je bent een goede meid.'

'Ik doe mijn best.'

Tomek was ervan overtuigd dat dat het geval was. In bijna alle aspecten van haar werk zette ze zich volledig in. Als de agent die verantwoordelijk was voor het regelen van de actiepunten via HOLMES 2, was zij degene die de zweep erover legde en ervoor zorgde dat alle noodzakelijke opvolgingen en relevante criteria werden nageleefd. Als gevolg daarvan werkten zij en Tomek af en toe vrij nauw samen. Behalve de afgelopen weken, toen hij had nagelaten om haar de tijd te geven die ze nodig had en verdiende.

Terwijl Tomek naar zijn bureau liep, bekeek hij de gezichten van de rest van het team. Het zou een leugen zijn om te denken dat ze allemaal goed uitgerust waren, dat was een valse economie in deze baan, maar ze zagen er iets minder gespannen uit, een beetje meer ontspannen. Op de achtergrond speelde de radio een aanstootgevend en smakeloos rapnummer dat hem irriteerde. Om twee redenen. Ten eerste omdat de melodie was gesampled van een klassiek popnummer uit de jaren negentig. En ten tweede, de teksten waren waardeloos. Er waren geen goede liedjes meer op de radio. Niets was origineel. Niets was smaakvol. Niets was plezierig.

Hij herinnerde zich een eenvoudigere tijd toen Blue en Five op het hoogtepunt van hun carrières waren en hij op de pier van Southend naar hen luisterde op zijn Walkman, of Take That en NSYNC liet schallen uit de speaker in het appartement van zijn vriend. Eenvoudigere, gelukkigere tijden. Met veel minder zorgen.

'Is dit *jouw* keuze van muziek, Chey?' vroeg Tomek door het kantoor heen.

'Dat zou je denken, maar nee. Ik ben meer van de jaren negentig,' antwoordde de jonge agent. 'Mijn vader en moeder hebben me daarop gebracht. Oasis, Blur. Al die klassiekers. Al denk ik dat dat waarschijnlijk komt omdat ze destijds helemaal van de wereld waren op raves en concerten.'

'Ja, dat was toen helemaal de rave. Begrijp je? Rave?' Toen niemand om zijn grap lachte, probeerde Tomek het nog eens. 'Ik hoor dat drugs trouwens een comeback maken. Of moet ik zeggen come*down*?'

Doodse stilte.

Tomek was er bijna zeker van dat hij een tumbleweeed over het tapijt zag rollen, en het geluid van krekels hoorde. Zelfs de muziek was gestopt uit protest tegen zijn slechte grappen. Maar toen hij zich omdraaide, ontdekte hij waarom. Victoria, die in de deuropening van de MIR stond.

'Stoor ik?'

'Ik denk dat je een dokter moet bellen,' antwoordde Tomek. 'Iedereen heeft zijn gevoel voor humor verloren.'

'Of misschien ben jij het gewoon. Je wordt een beetje saai op je oude dag.'

Tomek voelde een klap op zijn rug, gevolgd door de aanblik van de persoon die het had gedaan. Sean, met zijn enorme gestalte, slenterde langs hem heen, met een gigantische grijns op zijn gezicht, en begaf zich naar de MIR. Iedereen volgde kort daarna en ging zitten rond het whiteboard aan het hoofd van de ruimte. Voordat ze naar binnen ging, trok Victoria Tomek opzij en vertelde hem dat hij degene zou zijn die de leiding zou nemen terwijl zij de bureaucratie zou onderhouden.

Tomek voelde een lichte tinteling langs zijn ruggengraat afdalen toen hij die woorden hoorde. Het moment waarvoor hij campagne had gevoerd sinds de verantwoordelijkheid van hem was afgenomen en was overgedragen aan Victoria.

Hij was terug, baby!

Maar binnen enkele minuten nadat hij aan het hoofd van de ruimte was gaan staan, wenste hij dat hij er niet was.

Liever gezegd, hij wenste dat hij vanaf het begin de leiding over het onderzoek had gehad.

'Ik wil een update,' zei hij. 'Ik wil alles weten wat jullie weten over alles. Voor de komende paar minuten ben ik een spons, ik ga alles opzuigen wat jullie me vertellen.'

'Klinkt alsof je je hele leven hiervoor hebt getraind,' merkte Rachel sarcastisch op vanaf de voorste rij.

'Absoluut. Mijn hele volwassen leven, geconcentreerd in dit ene moment.'

En alle andere momenten die eraan voorafgingen.

Op de whiteboards en prikborden langs de omtrek van de ruimte stonden de namen en gezichten van hun slachtoffers, met de essentiële informatie eronder gedetailleerd. Tomek liep naar de naam van Fern Clements en vroeg om een update over de dood van het jonge meisje, aangezien die het meest recent was. Omdat Rachel eraan werkte, onder zijn voorzichtige supervisie, zou zij de ins en outs kennen, de dagelijkse ontwikkelingen.

'Nou, het goede nieuws,' begon ze, 'is dat ze nog steeds dood is-'

'Wat?'

'Ik... Eh... Ik probeerde gewoon een grapje te maken. Je weet wel, wat geplaag. Zoals jij net probeerde te doen. Het leek me iets wat jij zou zeggen.'

Tomek legde een hand op zijn borst. 'Ik zou *nooit* blij zijn dat iemand dood is.'

Hoewel hij een paar namen kon bedenken waarbij dat niet het geval was.

'Nee,' begon ze. 'Niet jij. Gewoon in het algemeen. *Iemand*.'

Ze zat te stuntelen, op een genante manier, en Tomek besloot haar uit het gat te trekken dat ze voor zichzelf had gegraven en haar op vaste grond te zetten.

'Ga door. Snel, alsjeblieft.'

'Juist. Ja, sarge. Fern Clements. Zoals je weet, is ze overleden aan bijensteken. Forensisch onderzoek heeft het veld waar ze werd vermoord uitgekamd maar heeft geen DNA of sporen gevonden in de omgeving. Ze hebben echter wel zwarte vezels op haar ondergoed gevonden die niet van haarzelf afkomstig zijn. Aangezien ze in het huis van haar vriendin was, moet ik monsters nemen van iedereen met wie ze die avond in contact is geweest.'

Tomek knikte bedachtzaam.

'En wat is er met Timothy Warren, onze bijenhouder?'

'Schoon.'

'Ik vond dat hij er vrij vies uitzag toen we hem zagen, maar wat jou opwindt is jouw zaak.'

Rachel rolde met haar ogen naar hem en wierp hem een blik toe die zei: Je klootzak, dat was het soort grap waar ik op doelde.

'Ik heb hem nagetrokken en hij is schoon. Niets aan de hand. Hij weet niets over Fern. En hij heeft solide alibi's, hij werkt de hele dag door dus dat is nauwelijks verrassend.'

'Wat is er met onze lijst van de Bijenhouders Vereniging?'

'Ben er nog mee bezig, sarge.'

'En?'

'Ongeveer twintig mensen bekeken. Nog honderdtwintig te gaan.'

'Drukke week voor je dan. En vergeet niet te vragen of iemand van hen recentelijk in Zuid-Amerika is geweest.'

Rachel bevestigde dat ze dat zou doen.

'En, als laatste, wat is er met haar vriend-niet-vriend, Darren?'

Rachel raadpleegde haar aantekeningen. 'Heb op kerstavond met hem gesproken. Heb volgens mij zijn hele jaar en dat van zijn ouders verpest, als ik zie hoe ze reageerden. Maar hij heeft Fern nooit ontmoet. Na het feest hadden ze afgesproken om buiten af te spreken, maar ze was er niet toen hij aankwam, en hij heeft haar tientallen keren geprobeerd te bellen. Hij liet me de berichten en belgeschiedenis zien om het te bewijzen. Ik heb ook zijn en Ferns telemetriegegevens gecontroleerd, en haar telefoon was uitgeschakeld voordat hij in de buurt van het huisfeest kwam. Ze was weg voordat hij opdook. Mogelijk ook al dood tegen die tijd.'

Tomek nam in zich op wat hij had gehoord en knikte, terwijl hij de teleurstelling verborg die hij voelde na de eerste klap tegen zijn voetbaltheorie. Vervolgens wendde hij het gesprek naar Lily Monteith, en Anna en Oscar die haar dood hadden onderzocht.

'Niets nieuws, sarge,' begon Martin, terwijl hij de man bun op zijn hoofd strakker maakte. 'Ik had het geniale idee om alle supermarkten en apotheken te bellen om te zien of iemand condooms of wegwerphandschoenen had gekocht rond de tijd van Lily's dood. Maar toen realiseerde ik me dat het toch niet zo geniaal was. En dat het in het grote geheel behoorlijk fucking dom was.'

'Niet helemaal,' antwoordde Tomek. 'Ik denk dat er iets in zit. Hebben we iets over een mogelijke medische connectie, huisartsen, verpleegkundigen, artsen? Hebben ze bijvoorbeeld allemaal dezelfde?'

'Weet ik niet zeker,' antwoordde Martin. 'Maar we kunnen het zeker onderzoeken.'

'Goed. Laat me weten wat je vindt.'

'Natuurlijk.' Hij kuchte, waarmee hij Tomek liet weten dat er meer zou komen. 'We hebben ook de telemetriegegevens van Lily Monteith op de avond van haar dood gecontroleerd en haar telefoon werd uitgeschakeld vlak buiten het park.'

'Dus hij ontvoert ze en het eerste wat hij doet is hun telefoons uitschakelen?' vroeg Tomek, meer voor zijn eigen begrip dan voor iemand anders.

'Dat moet wel. Niet verrassend eigenlijk, als je bedenkt dat de meisjes waarschijnlijk vergroeid zijn met hun telefoons en het het eerste is wat ze ontgrendelen als ze in zijn auto stappen.'

Tomek knikte en zette in zijn hoofd een vinkje bij Lily's naam voordat hij verderging met Mandy Butler.

'Ik heb gesproken met een contact bij het kaartjesbureau van de Cliffs Pavilion,' zei DC Chey Carter. 'En ik heb alle informatie over de kaarthouders opgevraagd voor degenen die de evenementen hebben bijgewoond die we hebben onderzocht.'

'Weet je wanneer je die zou kunnen krijgen?'

'Heb ze al.' De jonge man grijnsde. Tomek wilde die grijns van zijn gezicht slaan. Sinds Chey bij het team was gekomen, was Tomek expres hard tegen hem geweest. Niet omdat hij een klootzak wilde zijn (wat hij toch al was, maar hij was geen kwaadaardige klootzak), maar omdat hij spikkels van zichzelf in Chey zag. De brutale jongen, vol bravoure en zelfvertrouwen, die dacht overal mee weg te kunnen komen. Toen hij die leeftijd had, had Tomek Nick gehad om hem te begeleiden en toezicht te houden. Nu was het zijn beurt.

'Ik heb de lijsten doorgenomen van alle evenementen waarbij de slachtoffers betrokken waren die in Abigail Winters' rapport staan. Vijf in totaal. En in al die lijsten vond ik vier namen die kaartjes hadden gekocht voor alle vijf evenementen.'

Tomeks oren spitsten zich. Vier namen. Vier personen. Hij hoopte dat ze op een of andere manier verbonden waren met de jongens van de voetbalclub.

'Heb je al met ze gesproken?' vroeg Tomek.

Chey schudde zijn hoofd. 'Het staat op mijn lijst van dingen om te doen. Maar, eerlijk gezegd, sir, heb ik er niet veel hoop op. Ik ben vaak naar de Cliffs geweest, en elke keer staan er een paar klootzakken voor de ingang die proberen last-minute kaartjes te verkopen aan wanhopige fans voor een exorbitante prijs. Het is stom en pure oplichterij.'

'Het is alleen stom als het niet werkt,' antwoordde Tomek. 'Ik weet waar je het over hebt, en je zou verbaasd zijn hoe succesvol ze zijn. Maar ik maak me geen zorgen over hoeveel geld ze ermee hebben verdiend. Ik wil weten of een van hen een connectie heeft met Mandy

Butler en de rest van de slachtoffers. Het is zeer mogelijk dat ze de kaartjes aan onze moordenaar hebben verkocht, of ze het nu wisten of niet, en we moeten dat uitzoeken. En als een van die kaartjesverkopers vijf kaartjes aan dezelfde man heeft verkocht, soms zelfs voor *dezelfde* voorstelling, dan moeten ze zich dat herinneren. Alarmbellen moeten zijn afgegaan.'

'Tenzij ze gewoon een *enorme* fan waren.'

'Ik ben een enorme fan van pizza, maar je ziet mij niet vijf dagen achter elkaar een Domino's eten.'

'Maar dat zou je wel doen als je kon, toch?'

'Waar heb je het over?'

'Vijf dagen achter elkaar pizza eten.'

'Ik bedoel, ik *zou* het kunnen. Iedereen *zou* het kunnen. Betekent niet dat ik het ga doen.'

'Nee, maar wat ik bedoel is als ze gezond waren, als ze niet zo slecht waren als iedereen beweert.'

'Dan zou ik het nog steeds niet willen. Trouwens, we dwalen af.' Tomek klapte in zijn handen om de discussie weer op het juiste spoor te krijgen. 'Ik wil het hebben over Diana Greenock. Hoe ver zijn we met haar?'

Stilte. Niemand antwoordde. En ze keken allemaal van hem weg terwijl ze de verantwoordelijkheid ontliepen.

'Dat is niet echt onze focus geweest, maat,' zei Sean, de enige die ermee weg kon komen omdat hij Tomeks naaste bondgenoot en vriend was.

'Dat weet ik. Maar ik had *iets* verwacht. We moeten op z'n minst de lijst van Diana's huisgenoten hebben? Een lijst van mensen met wie we kunnen praten? We lijken zo goed te zijn in het maken van lijsten met mensen voor al onze andere slachtoffers, maar niet voor deze?'

Nog meer stilte. Inmiddels had iedereen zijn hoofd zo ver gedraaid dat het leek alsof ze hun beste imitatie van *The Exorcist* deden.

'Goed. Als dat zo is, dan wil ik dat iemand me een verdomde lijst bezorgt. Het maakt me niet uit wie. Ik wil gewoon verdomme-'

Tomek onderbrak zichzelf zodra hij besefte dat hij klonk als Nick. De agressie, de vloekwoorden.

'Sorry,' zei hij, deze keer kalmer. 'Weet niet waar dat vandaan kwam. De lijst van haar huisgenoten, haar collega's. Als iemand die aan mij kan geven.'

'Heb ik al,' antwoordde Nadia, tikkend op haar toetsenbord. Ze voegde eraan toe: 'Meneer.'

'Bedankt,' antwoordde Tomek beschaamd. Hij kuchte en streek zijn kleren glad, zonder het gevoel van zich af te kunnen schudden dat hij een vader was die zojuist onnodig tegen zijn kinderen had geschreeuwd en nu staarden ze allemaal bang naar hem op.

En het ging allemaal zo goed.

Nog een paar ongemakkelijke seconden gingen voorbij totdat hij de moed verzamelde om te spreken.

'Ik...' begon hij. 'Ik vroeg me af of ik iets met jullie allemaal mocht bespreken. Ik heb een hypothese die me dwarszit.'

HOOFDSTUK
ACHTENDERTIG

D agenham & Redbridge FC zat al zeven seizoenen vast in de National League, de vijfde divisie van het voetbal. Het hoogste wat ze ooit hadden bereikt op de voetbalpiramide was League One. Het was een verhaal dat niet veel verschilde van hun buren aan de andere kant van de Essex/Londen-grens, Southend FC. Het hoogst geplaatste voetbalteam van Essex was Colchester United, dat al zo'n acht jaar een semi-permanente plek in League Two bezette.

Voor een provincie die zo gek was op voetbal, hadden supporters lokaal maar weinig om enthousiast over te worden. Er was sinds de jaren zeventig geen huldiging meer geweest in Essex en de enige bron van elitebijdrage aan de sport was West Ham, het lokale 'grote' team, degene met het meest recente succes, met name de prestatie van het team in de Europa Conference League waar ze de trofee hadden gewonnen. Daarom was het Tomeks lokale team. Hoewel hij was opgegroeid en dichter bij Roots Hall woonde, thuisbasis van de Mighty Shrimpers, beschouwde hij Upton Park (en later het London Stadium) nog steeds als zijn tweede thuis. Het was iets dat van generatie op generatie werd doorgegeven. Zijn vader voor hem en zijn vader daarvoor hadden allemaal de Hammers gesteund. Tot 1965 werd het team, en het hele gebied, beschouwd als een deel van Essex, dus Tomek had verhalen gehoord over zijn grootvader die in het midden van de jaren zestig wedstrijden bijwoonde met zijn ouders en vrienden, kijkend naar de onnavolgbare Geoff Hurst en Bobby Moore die het uitvochten op het veld in het kastanjebruin-blauwe shirt. Generaties vurige voetbalfans waren elke week naar het London Stadium gestroomd alleen maar om hun hart te zien breken. Het was een vreemde sport.

Maar er was niets grappigs aan zijn hypothese over Dagenham & Redbridge FC.

Tomek was gevraagd om in de receptie te wachten voor wat wel een half uur leek. In die tijd was hij achtergelaten met een klein papieren bekertje en een half functionerende waterfontein waarvan het water bacteriën en nieuwe levensvormen leek te ontwikkelen. Hij had één slokje genomen, proefde de metaalachtige smaak van de fontein, en liet het verder staan. Gelukkig had Lance Hull, de voorzitter en eigenaar van de club, hem zijn kantoor binnengetrokken net toen Tomek het bekertje in de prullenbak had gegooid.

'Sorry voor het wachten.'

Nee, dat bent u niet.

'Geen probleem,' antwoordde Tomek. 'Ik begrijp dat u een drukbezet man bent.'

'Vooral na Boxing Day.'

'Hoe is het gegaan?'

'Gelijkspel, twee-twee.'

Tomek glimlachte beleefd en ging tegenover de man zitten. Lance Hull was alles wat hij had verwacht van een eigenaar van een voetbal-club: een goed gestreken pak, bijna perfect gekapt haar, ware het niet voor de kleine pluk die rechtop stond op zijn hoofd, en de goed onder-houden buik die suggereerde dat hij graag aan de betere kant van de tafel at, maar er elk wakker moment aan werd herinnerd in de sport-school met zijn personal trainer. Volgens Tomeks inschatting was hij ruim in de vijftig, maar deed hij er alles aan om dat getal zo laag moge-lijk te houden.

'Ik wil niet onbeleefd klinken,' begon Lance, 'maar ik heb over twintig minuten een andere afspraak, dus als we dit zo snel mogelijk kunnen afhandelen, zou dat geweldig zijn.'

Het waren opmerkingen als deze die Tomek echt irriteerden. Nu wilde hij niet snel verdergaan. In plaats daarvan wilde hij zoveel moge-lijk tijd van de man verspillen, hem laten betreuren dat hij had besloten hem te haasten.

'Nadat u hoort wat ik te zeggen heb,' antwoordde Tomek, 'wilt u misschien uw afspraak annuleren.'

De adamsappel van Lance bewoog op en neer terwijl hij diep slikte. Toen verschoof hij ongemakkelijk in zijn stoel. Hier zat een man die niet bang was voor moeilijke gesprekken, die waren bijna dagelijkse kost in het voetbal, spelers moeten ontslaan, schorsen en contracten intrekken, maar een politieagent tegenover hem hebben die hem vertelde dat er iets mis was, was duidelijk een moeilijker gesprek dan hij had verwacht voor de dag na Boxing Day.

'U hebt ongetwijfeld het recente nieuws gehoord over de dood van de twee tienermeisjes in Hadleigh en Leigh-on-Sea. Welnu, tijdens ons onderzoek zijn de namen van twee jongens uit uw academie naar voren gekomen.'

'Naar voren gekomen, hoe?'

'Dat kan ik u niet vertellen.'

'Nou, dat moet u wel. Ik moet weten waarvan mijn spelers worden beschuldigd.'

'Ze worden nergens van beschuldigd. Hun namen zijn simpelweg genoemd in een gesprek. Hoe vaak trainen de jongens hier?'

'U moet me eerst hun namen vertellen.'

Tomek was terughoudend om die informatie vrij te geven. Aangezien hij hier alleen was vanwege een vermoeden, een *gevoel*, aarzelde hij om de twee personen bij naam te noemen voor het geval er niets van kwam en hij verantwoordelijk zou zijn voor het door het slijk halen van twee jongens. Maar toen dacht hij aan de slachtoffers, Lily Monteith en Fern Clements, en hoe zij in de *echte* modder waren achtergelaten.

'De eerste jongen heet Harrison Rossiter en de tweede jongen heet Darren Edgerton, een lid van uw onder-zeventien team. U hebt ook een Billy Turpin die voor uw onder-veertien speelt.'

Lance knikte nadenkend terwijl hij de namen van de jongens noteerde. Toen richtte hij zijn aandacht op zijn computerscherm en voerde hun namen in zijn systeem in.

'Ja. Ik heb ze. Wat wilt u weten?'

'Hoe vaak trainen de jongens samen?'

'Nou, dat doen ze niet.'

'Wat bedoelt u?'

'Harrison Rossiter is afgelopen zomer gescout door een Franse Ligue 1-ploeg, Toulouse FC, en speelt nu voor hun academie.'

'In Frankrijk?'

'Daar spelen ze voetbal, ja. Zijn familie is verhuisd naar een ander land om hem te steunen. Ze waren allemaal erg enthousiast over de kans. We hebben hem zelfs geholpen met wennen aan school, de taal, vrienden, het team. Hij was waarschijnlijk een van onze beste spelers, maar het vooruitzicht om in de Franse competitie te spelen was beter dan bij ons spelen. Wie waren wij om nee tegen hem te zeggen?'

Zeer nobel, dacht Tomek.

'En voordat hij vertrok?' vroeg Tomek terwijl hij probeerde de gedachten die door zijn hoofd schoten bij te houden. Hij had dit niet verwacht. Als Harrison Rossiter in Frankrijk woonde, dan zou het interviewen van hem moeilijker blijken. Maar het riep ook de vraag op: was er nog een andere reden, naast de voetbalperspectieven, waarom hij ervoor had gekozen om naar een ander land te verhuizen?

'Wat daarmee?' vroeg Lance.

'Trainden ze samen?'

'Het is mogelijk dat Darren en Harrison samen hebben getraind in de weekenden. Hetzelfde geldt voor Billy Turpin. Van onze onder elf helemaal tot aan de onder zeventien. Niet op hetzelfde veld, want daar zou geen ruimte voor zijn. Maar ja, in de weekenden zouden ze samen hebben getraind.'

'En wat betreft het eerste team?'

Tomek herinnerde zich Avena's woorden: Deze jongen was minstens een paar jaar ouder, dus ik denk dat hij een paar teams hoger moet hebben gespeeld, of misschien in het eerste team.

'Doorgaans niet. Het mannenteam traint doordeweeks en speelt het merendeel van hun wedstrijden in de weekenden.'

'Maar ze zouden wel contact met elkaar hebben gehad?'

'Afhankelijk van hoe sociaal ze zijn, ja. Ze zitten daar niet allemaal in stilte. U hebt toch wel eens een voetbalteam gezien, toch?' Tomek knikte. 'Dan weet u dat ze allemaal kameraadschappelijk zijn, dat er een band tussen hen bestaat. Dat is hier hetzelfde. We proberen een sfeer van inclusiviteit te creëren. We willen niet dat iemand achterblijft.' Lance legde zijn handen in zijn schoot en begon zijn duimen in elkaar te strengelen. Zijn houding was veranderd. Nu was hij stijf geworden, strenger. Minder bereid om Tomek de antwoorden te geven waar hij naar op zoek was. 'Gaat u me vertellen wat deze jongens te maken hebben met de dood van die twee meisjes?'

'Nee,' antwoordde Tomek bot, en sloeg toen het ene been over het andere. 'Zou het mogelijk zijn om een lijst te krijgen met de namen van de spelers van het eerste team tot en met de onder elf? Ik zou ook graag de namen hebben van de managers, de stafleden en alle anderen achter de schermen die u in de afgelopen twee jaar in dienst hebt genomen.'

'Ik... Sommige van die informatie is misschien moeilijk te verkrijgen.'

'Waarom is dat?'

'Omdat dat zo zou kunnen zijn. Het is een schending van onze gegevensbescherming.'

'Niet wanneer de politie erbij betrokken is.'

Nu probeerde Lance gewoon expres moeilijk te doen. Tomek keek op zijn horloge en zag dat er op de een of andere manier vijftien minuten waren verstreken. Dat betekende nog vijf minuten te gaan.

'Ik zou niet graag met een huiszoekingsbevel hierheen terugkomen en de zaak sluiten terwijl we de informatie verzamelen die we nodig hebben. Ziet er niet goed uit vanuit merkperspectief. En dat is het laatste wat u nodig hebt. Hoeveel omzet maakt de club? Niet al te veel, denk ik. In ieder geval niet in vergelijking met sommige andere teams in de hogere divisies. Dus ik zou het vervelend vinden als de financiering zou stoppen, als de fans niet meer zouden komen.'

Hoewel, als Tomeks theorie juist was, dan zou de arrestatie van twee van hun spelers, mogelijk drie, sowieso een nadelige invloed hebben op de bezittingen van de club.

Lance Hull dacht lang en goed na over de beslissing, hoewel zijn gezichtsuitdrukking niets verraadde. In plaats daarvan zat hij daar gewoon, starend naar Tomek, en Tomek staarde terug.

'Ik kan u de informatie bezorgen die u nodig hebt. Wanneer wilt u die hebben?'

'Nu.' Toen herinnerde hij zich om toe te voegen: 'Alstublieft.'

'Prima. Ik zal u doorverwijzen naar Alicia van HR. Zij kan dat allemaal voor u regelen.'

Terwijl Lance zich uit zijn stoel hees en zijn colbert al dichtknoopte om het einde van de vergadering aan te geven en subtiel te zeggen: Rot op uit mijn kantoor, werd er op de deur geklopt. Daar stond een man met grijzend haar in een trainingspak, die zijn hoofd door de opening stak.

'Detective,' begon Lance, 'dit is Alexandre Lefebvre, onze hoofd-trainer.'

Tomek stak zijn hand uit. 'Aangenaam kennis te maken.'

'Alex hier gaat ons helpen om League One te bereiken, nietwaar, Alex?'

'*Oui*. Ja, meneer. Ik zal mijn best doen,' antwoordde Alex vrolijk, met een zwaar accent. Hoewel aan zijn gespannen gezicht te zien was dat hij wist dat het niet zo gemakkelijk zou zijn als Lance verwachtte.

Tomek bestudeerde de Fransman nauwkeurig voordat hij Lance door het gebouw volgde naar de HR-afdeling, die bestond uit een team van twee personen. Beide vrouwen waren in de vijftig en zaten naast elkaar in een klein gedeelte van het gebouw.

'Alicia,' begon Lance. 'Ik heb hier een heer die toegang nodig heeft tot onze gegevens.'

'Waarom?'

'Hij is van de politie. Dus wat hij ook vraagt, zorg ervoor dat hij het krijgt.'

HOOFDSTUK
NEGENENDERTIG

'Absoluut godverdomme niet,' was het antwoord dat hij had verwacht van Victoria nadat hij had uitgelegd dat hij naar Frankrijk moest reizen.

'Waarom niet, mevrouw?'

'Om voor de hand liggende redenen,' antwoordde Victoria.

Tomek tuite zijn lippen en haalde zijn schouders op. 'Die moet u misschien even aan mij uitleggen.'

'Budget, om te beginnen. Met al het DNA-bewijs dat we testen en hertesten, en met alle interviews en overuren die ik heb moeten goedkeuren, is er heel weinig over voor uw vakantie in Zuid-Frankrijk.'

'Niemand heeft iets gezegd over Zuid-Frankrijk, mevrouw. Ik denk dat de eigenlijke regio... ' Tomek keek door de aantekeningen die hij had gemaakt op de personeelsafdeling. 'Toulouse heet. Shit.'

'Zie je wel?'

'Nou ja, het *is* inderdaad in Zuid-Frankrijk, maar het is niet *het* Zuid-Frankrijk waar u aan denkt. Ik ben niet van plan een weekendje aan de Côte d'Azur te verblijven.'

'Hmm.' Victoria vouwde haar armen over haar borst en leunde achterover in haar stoel.

'Weet u, u bent niet echt leuk nu u *la jefa* bent.'

'Noemde je me net een verdomde olifant?'

'Nee, nee, nee!' Tomek zwaaide met zijn handen, wanhopig op zoek naar een uitweg uit het gat dat hij per ongeluk voor zichzelf had gegraven. 'Het is Spaans! Het betekent "baas" in het Spaans.'

'Kijk eens aan, jij kleine taalkundige.'

'De term is eigenlijk polyglot, mevrouw. Maar dat is nu niet belangrijk. Wat belangrijk is, is dat ik met Harrison Rossiter spreek en zijn connecties ontdek met Darren Edgerton en Billy Turpin, en de moorden op Mandy Butler, Diana Greenock, Lily Monteith en Fern Clements.'

Victoria krabde aan de onderkant van haar kin. 'Dus u zegt dat een zeventienjarige voetballer jonge meisjes vermoordt?'

'Nee.'

'Leg het me dan uit. Vertel me *precies* wat u tegen het team hebt gezegd, want ze lijken allemaal achter u te staan.' Terwijl ze dat zei, vernauwde haar ondoordringbare blik zich op hem, en hij voelde dat ze haar innerlijke *jefa* aansprak.

Tomek slikte diep voordat hij antwoordde. Hij wist niet waarom, maar hij voelde plotseling de druk om te presteren. Alsof hij zijn A-game moest laten zien om Victoria te overtuigen van de waarheid van zijn hypothese, iets wat hij nooit had gevoeld wanneer hij onder Nick had gewerkt.

'Zoals ik het zie,' begon Tomek, waarbij hij zich al realiseerde dat hij slecht was begonnen, 'is dat deze twee jongens, Darren Edgerton en Harrison Rossiter, hebben samengewerkt, met de hulp van Billy Turpin, om de moord op deze meisjes te beramen.'

'Juist.'

'Het viel me voor het eerst op toen Kasia in het ziekenhuis werd opgenomen. Haar vriendje, nee, niet vriendje, haar jongens... *vriend*, bracht haar in het ziekenhuis vanwege haar notenallergie. Daarna heb ik zijn sociale media gecheckt, weet u wel, zoals paranoïde en beschermende ouders doen, en ontdekte dat hij voor Dagenham & Redbridge onder veertien speelde. Later, toen ik sprak met Avena Kumar, een van de meisjes die was gedrogeerd bij het Catfish and the Bottlemen-concert in het Cliffs Pavilion, zei ze dat een van de jongens met wie ze was, de man kende die hen de drugs had verkocht, Harrison Rossiter, degene die nu naar Zuid-Frankrijk is verhuisd. Ze zei dat het een volwassene was die bij de club werkte, ofwel als lid van de trainingsstaff, achtergrondstaff of in een van de mannenteams. Drugs verkopen om hun inkomen aan te vullen. Deze clubs in de lagere divisies worden niet de exorbitante bedragen betaald die teams in de Premier League krijgen. Hoe dan ook, dat was twee jaar geleden. En, toevallig, kwam Billy Turpin op dezelfde leeftijd bij de onder elven. Dus de afgelopen twee jaar tot anderhalf jaar hebben beide jongens elkaar leren kennen. Bovendien is Darren Edgerton, die in de onder vijftien speelt, de vriend van Fern Clements.'

'Maar ik dacht dat Rachel met hem had gesproken en dat hij een sluitend alibi had?'

'Ja, dat heeft ze. En ja, dat had hij. Maar ik denk nog steeds dat er iets aan de hand is.'

'Dat ze een geheim genootschap van tienervoetballers zijn die jonge meisjes doden via hun allergieën?'

'Ja. Maar niet zij.'

'Niet zij?'

'De drugsdealer die Harrison kende van het concert.'

'En u denkt dat dit allemaal perfect logisch is?'

'Nou, het is voor mij volkomen logisch. En de rest van het team lijkt er ook achter te staan.'

'Wat zijn de volgende stappen, afgezien van naar Zuid-Frankrijk gaan?'

Tomek haalde de afdruk tevoorschijn die hij van Alicia op HR had gekregen. 'Dit is een lijst van iedereen die de afgelopen twee jaar in enige hoedanigheid in dienst is geweest bij Dagenham & Redbridge FC.' Hij hield het in de lucht en prikte er krachtig met zijn vinger in, waarbij hij er bijna een gat in maakte. 'Ik geloof dat de naam van onze moordenaar ergens in deze lijst staat.'

'Hoeveel namen staan erop?'

'Meer dan honderd.'

'Drukke middag.'

'Of ik zou het kunnen vergelijken met de namen in alle andere verdomde lijsten die we lijken te hebben.'

Victoria schudde haar hoofd. 'Ik denk het niet. Als wat u suggereert waar is, dan verklaart dit alleen de dood van Mandy Butler. Wat er met uw dochter is gebeurd, is irrelevant, vergeef me dat ik het zeg, maar ik zie niet hoe het enige gelijkenis vertoont. Het verklaart nog steeds niet wat er is gebeurd met Fern Clements of Lily Monteith.'

Of Diana Greenock, dacht Tomek, maar besloot die wond niet opnieuw te openen.

'Ik zal Rachel weer laten graven in Darren Edgerton, maar het is nog steeds mogelijk dat ze allemaal samenwerken,' antwoordde Tomek.

'Dus u suggereert dat het *wel* een geheim genootschap van tiener-voetballers is, met de hulp van één volwassene, die deze meisjes vermoordt?'

Hoe vreemd het ook klonk, en als het hem zo werd voorgelegd klonk het inderdaad vreemd, ja, dat was precies wat hij dacht. Hij wist niet waarom, maar hij had het idee niet kunnen loslaten sinds het zaadje was geplant tijdens het scrollen door de Instagram van Billy the Cow Fighter.

'Ik denk eerlijk gezegd dat je het bij het verkeerde eind hebt, Tomek,' voegde Victoria toe.

Eerlijk gezegd dacht hij hetzelfde over haar. Dat haar wanbeleid in deze zaak hen had gebracht in de positie waarin ze zich nu bevonden; dat ze al enkele weken bezig waren met het onderzoek zonder concrete aanwijzingen, slechts een paar honderd namen op een lijst en nog twee lijken erbij.

'Laat mij met Tracy spreken, laat mij het idee aan haar voorleggen en kijken wat zij zegt,' ging Victoria verder. 'Het komt misschien niet overeen met haar forensisch profiel.'

'Ik zou dat liever zelf doen, mevrouw. Aangezien ik degene was die de NCA in eerste instantie hierbij heeft betrokken. Bovendien is het *mijn* hypothese, ik kan het beter uitleggen.'

'Dat is waar ik bang voor ben. Ik vrees dat u haar zult overtuigen om ons achter onze staart aan te laten jagen en verder het konijnenhol in te duiken.'

Tomek krabde aan de zijkant van zijn hoofd. 'Neem me niet kwalijk, mevrouw. Maar u laat het lijken alsof u niet wilt dat we deze moorde-naar – of moordenaars – pakken.'

Victoria klikte met haar tong. 'Natuurlijk wil ik dat verdomme wel. Wat een domme insinuatie. Maar zonder Nick hier om toezicht te houden, voel ik me al behoorlijk verdomd overbelast. Dus we moeten op één lijn zitten in deze zaak. Anders komen we nergens.'

'En daarvoor moet ik *uw* hypothese volgen?'

'Ja. Ik ben de SIO.'

Alsof dat het argument beslechtte. Alsof dat alle argumenten beslechtte voor nu en de eeuwigheid.

'Is dat hoe het werkte in Colchester? Anderen voorschrijven wat ze moeten denken of doen, hen onderdrukken als ze originele ideeën hebben?'

Als reactie verstijfde Victoria bij zijn toon en richtte ze haar aandacht op de open map op haar bureau. Met haar hoofd gebogen, zijn aanwezigheid negerend, zei ze: 'Fijn om met u te praten, Tomek. Ik heb geregeld dat u over ruim een uur een persconferentie bijwoont. Als u met Anna zou kunnen spreken om voor te bereiden wat u gaat zeggen, zou ik dat zeer waarderen. En u kunt de deur achter u dichtdoen als u weggaat.'

HOOFDSTUK
VEERTIG

Een lichte regenbui was begonnen, net licht genoeg voor Tomek om de ruitenwissers op de eerste stand te zetten, maar niet zwaar genoeg voor de tweede. De verwarming in de auto stond aan, maar het maakte weinig verschil. In de korte tijd dat de auto daar had gestaan, terwijl hij de zaak met Victoria had besproken en de persconferentie had gehouden, had de late winterkou zijn vingers om het voertuig geslagen en alles erin verdoofd. Het was zo koud dat er elke keer als hij ademde een dampwolk voor zijn gezicht verscheen. Nog meer toen hij uit de auto stapte en naar de voordeur van Billy de Koevechter liep. Het was iets na vier uur 's middags, en Tomek hoopte dat de jongen thuis was.

Hij bonsde met zijn vuist op de deur, het geluid galmde de straat in Chalkwell op en neer. De kleine jongen deed een paar seconden later open.

'Jezus Christus, maat-' begon hij, maar herstelde zich toen hij oogcontact maakte met Tomek.

'Stoor ik u niet, hoop ik?' vroeg Tomek.

Meteen werd Billy's gezicht rood. En niet vanwege de kou die het huis binnenstroomde.

'Ik... Wat doe je...? Als dit over laatst gaat, het spijt me, oké!'

'Het gaat niet daarover, hoewel ik het er wel graag over zou willen hebben.'

'Je komt er niet in.'

'Waarom niet?'

'Omdat m'n moeder en vader hebben gezegd dat ik niet met vreemden mag praten.'

'Ik ben geen vreemde. Ik ben van de politie.'

'Ja. En m'n vader zegt dat jullie net zo erg zijn als vreemden. Soms erger.'

Vaders. Vaders en hun verdomde meningen. Die hadden ze altijd.

'Het regent,' zei Tomek zachtjes, in de hoop dat het vriendelijke verzoek zou werken bij de jonge man.

Dat deed het niet.

'Niet mijn schuld dat u geen jas hebt meegenomen.'

Tomek nam even de tijd om Billy's outfit te bekijken. Hij was gekleed in zijn volledige Dagenham & Redbridge trainingspak, compleet met rood-blauwe broek en een zwarte regenjas met het clublogo op de borst.

'Dat vind ik mooi,' begon Tomek, wijzend naar het pak. 'Heb je dat bij de merchandisestand in het stadion gehaald?'

Billy blies lucht door zijn getuite lippen. 'Mooi niet. Ik speel voor ze. Onder de veertien. Speel al zo'n twee jaar voor ze.'

'Wow. Indrukwekkend.'

'Ja.' Billy's gezicht zwol op van zelfingenomenheid.

'Op welke positie speel je?'

'Spits.'

'Dus je bent snel?'

De zelfingenomenheid ging door tot zijn gezicht opbolde.

'Een van de snelsten.'

'Heb je ooit prijzen gewonnen?'

'Nee. Maar we zijn een keer dichtbij geweest. Ik heb een tweede-plaatsmedaille aan m'n muur.'

'Mag ik die zien?'

Billy hield even in terwijl hij nadacht. En langzaam groeide zijn ego verder tot een buitensporige omvang.

'Waarom niet,' zei Billy, volledig vergetend wie Tomek was en waarvoor hij was gekomen.

Een paar seconden later was Tomek veilig binnen, met zijn schoenen uit, en werd hij door de gang geleid. Zodra Billy de trap begon op te klimmen, stopte Tomek.

'Je moet naar boven om het te zien,' merkte Billy op.

'Nee, ik laat maar, bedankt. Ik heb me bedacht. Wat ik *echt* wil is dat we jouw relatie met Harrison Rossiter en Darren Edgerton bespreken.'

Bij het horen van de namen van de andere academiespelers verdwenen het ego en de zelfingenomenheid die door elke porie van het gezicht van de jonge man hadden geschenen in een oogwenk.

'Harrison Rossiter?'

'Ja.'

'Darren Edgerton?'

'Dat zei ik. Ik weet dat je ze kent, dus speel niet dom.'

'Wat wil...?' Billy bewoog aarzelend een trede naar beneden, terwijl hij Tomek bij elke beweging in de gaten hield. 'Wat wilt u weten?'

'Waarom gaan we niet naar de woonkamer of keuken?' antwoordde Tomek.

Dat deden ze. Naar Billy Turpins keuken. Het was een van de helderste keukens die hij ooit had gezien. Met onberispelijke marmeren werkbladen, witte vloertegels en schitterende zilveren lampen die van het plafond boven het centrale eiland hingen, waardoor de hele kamer baadde in een ander soort geld. Hij kon zich voorstellen dat hij en Kasia daar zouden koken, bijeenkomsten of feestjes zouden organiseren, misschien zelfs Louise en Sylvia uitnodigen voor een etentje en drankjes op een avond. Jammer dat ze het allemaal in de tussentijd met hun piepkleine appartementje moesten doen.

'Hoeveel contact heb je gehad met Harrison of Darren?' vroeg Tomek terwijl hij een barkruk in het midden van de kamer naderde.

'Niet veel.'

'Heb je ooit met ze gesproken, nummers uitgewisseld?'

'Misschien. Ik heb een hoop nummers van school, dus kan moeilijk zijn om te controleren.'

Natuurlijk zou dat zo zijn. De egocentrische kleine klootzak dacht waarschijnlijk dat hij de populairste gast van de school was.

'Heb je het ooit over een meisje genaamd Mandy Butler gehad?'

Billy pauzeerde even terwijl hij de naam door zijn hoofd liet gaan. 'Kan niet zeggen dat ik die naam ooit eerder heb gehoord. Zegt me niks.'

'Weet je het zeker? Denk nog eens na.'

Billy dacht nog eens na. Maar dit keer veel korter, een fractie van een seconde.

'Nee. Kan me haar niet herinneren. Sorry.'

Bij het laatste woord kromp Tomek ineen. Het in een sms'je of op social media schrijven was al erg genoeg, maar het hardop uitspreken, dat was pas misdadig.

'Wat weet je over Fern Clements?'

Billy trok zijn lippen samen en schudde zijn hoofd. Hij stond rechtop, rug gestrekt, alsof hij tien jaar ouder was.

'Wat weet je over drugs?'

Maar dat leek hem weer terug te brengen naar zijn werkelijke leeftijd.

'Wat is daarmee?'

'Heb je die ooit gezien? Zijn ze je ooit aangeboden?'

'De enige keer dat ik ooit drugs heb gezien was laatst in het ziekenhuis met-'

Billy had het gesprek onbedoeld een richting in gestuurd waaruit geen weg terug was. En Tomek was blij te constateren dat het niet zijn eigen sturing was geweest.

'Vertel me wat er gebeurd is,' zei Tomek.

'Maar ik dacht dat we het over drugs hadden. Ik wil het weer over drugs hebben.'

'Kasia. Vertel me over Kasia. Nu. Wat is er gebeurd?'

En toen vertelde Billy hem alles. Over hoe ze op dezelfde dag op het schoolplein hadden afgesproken dat hij langs zou komen. Over hoe hij was opgedoken nadat hij een potje voetbal in het park had gespeeld met zijn vrienden in het donker. Over hoe ze had gezegd dat hij laat moest komen omdat Tomek aan het werk was en zij nog een Poolse les moest afmaken. En toen had Billy hem verteld dat hij pizza had meegenomen (betaald van zijn zakgeld), en zodra de deur was dichtgegaan en ze hadden gezoend, begon Kasia een allergische reactie te krijgen op het pakje M&M pinda's dat hij met zijn vrienden in het park had gegeten.

Uiteindelijk kwam Billy's verhaal overeen met dat van zijn dochter en de versie van Phillip Balham.

Het was allemaal één verschrikkelijk en bijna tragisch ongeluk geweest. En aan het einde begon Tomek zich af te vragen of hij het allemaal verkeerd had gezien. Dat zijn verlangen naar vergelding en wraak op een dertienjarige jongen overdreven, ongegrond en verkeerd was. Dat hij een heksenjacht had verzonnen op een groep tieners die niets te maken hadden met de dood van de meisjes en dat hun connectie met de meisjes, vooral die van Harrison Rossiter, niets meer was dan toeval.

Maar aan de andere kant was hij lang genoeg in het vak om te weten dat toeval niet bestaat. Dat dingen om een reden gebeuren. Altijd om een reden. Christus, als hij het verband tussen de dood van Mandy Butler en Lily Monteith niet had gelegd, als ze waren afgedaan als 'toeval', dan zou hij hier nu niet zijn, dan zou hij nu niet op jacht zijn naar weer een seriemoordenaar.

'Wat weet je over het personeel bij Dagenham?' vroeg Tomek, besluitend dat het de moeite waard was om door te gaan met de reden van zijn bezoek. Billy zou er niet zo gemakkelijk mee wegkomen.

'Ik spreek eigenlijk alleen met mijn coach en de andere leden van de technische staf. Zie niet veel van anderen. Ze vragen altijd hoe het met me gaat, maar ik blijf niet staan om te kletsen.'

Natuurlijk deed hij dat niet. De egocentrische kleine klootzak dacht waarschijnlijk dat hij belangrijker was dan hen allemaal, terwijl de werkelijkheid het tegenovergestelde was: hij was klein en mager, meer een Wayne Rooney dan een Peter Crouch.

'En heeft niemand je ooit drugs aangeboden, of heb je nooit gezien dat ze ergens op het terrein werden uitgewisseld?'

'Wat? Maat, ik weet niet eens hoe drugs eruitzien. Ik weet niet eens welke soorten er zijn.'

Tomek was er niet zo zeker van dat dat waar was. Hij was er vrij zeker van dat hij op dertienjarige leeftijd alles wist over de verschillende klassen en hoe ze eruitzagen. Vooral wiet. Kinderen rookten het en verkochten het in zijn klassen op die leeftijd. Misschien was het toen een andere tijd, toen de regels veel soepeler waren, of de kinderen gewoon slimmer waren in het verbergen ervan.

'Laat me het je nog eens vragen,' zei hij, langzaam sprekend, elk woord articulerend. 'Heb je ooit drugs zien uitwisselen op het voetbalveld of in de kleedkamers tussen volwassenen, of dat nu bij het eerste team of de staf was, sinds je lid bent van de academie?'

Billy voelde de ernst in Tomeks stem en dacht deze keer harder na over de vraag. Maar voordat hij kon antwoorden, ging de voordeur open.

De vrouw die binnenkwam was, vermoedde Tomek, Billy's moeder. Een vrouw gekleed in een Prada-jas met een Prada-handtas aan haar arm, en tientallen armbanden die om haar pols bengelden. Ze straalde rijkdom en geld uit, maar zoals maar al te vaak het geval was, betekende dat niet noodzakelijk dat ze een van beide had. Dat het allemaal voor de show was.

'Wie ben jij?' vroeg ze, met een zwaar Essex-accent.

'Detective Sergeant Tomek Bowen.' Hij toonde haar zijn legitimatie.
'U moet Billy's moeder zijn.'

'Ja, dat ben ik. Wat heeft hij gedaan? Gaat dit over dat incident met
dat meisje laatst? Hoe heet ze ook alweer?'

Ze keek naar Billy voor het antwoord, maar Tomek was haar voor.

'Kasia... Mijn dochter...'

'Oh. Dus het gaat *wel* daarover. Mag je hier eigenlijk wel zijn voor
persoonlijke zaken?'

'Ik heb nooit gezegd dat ik-'

'Zit hij je lastig?' onderbrak ze hem.

Even dacht Tomek dat de vraag aan hem was gericht. Toen realiseerde hij zich dat de vrouw haar zoon had aangesproken.

'Je weet toch dat dat een ongeluk was, hè?' vervolgde ze, nu haar
aandacht op hem richtend. 'Hij heeft niks verkeerds gedaan. Ik ben blij
dat je dochter oké is en alles, maar er is niet veel meer wat hij hoeft te
doen. Hij heeft al zijn excuses aangeboden, dus ik dacht dat het allemaal
klaar was. Ik dacht dat we verder konden.'

Had kleine Billy de Koeienbestrijder zijn excuses aangeboden? Dat
was de eerste keer dat hij hiervan hoorde. Tenzij hij het aan Kasia had
gedaan via sms of Snapchat of een ander platform waarop ze gewoonlijk communiceerden.

'Zoals ik al zei, mevrouw Turpin. Dit gaat niet over de ziekenhuisop-
name van mijn dochter als gevolg van de onbekwaamheid van uw
zoon. Het gaat over-'

'Wat noemde je hem?'

Tomek zuchtte. Dit ging ongeveer zo goed als een bergbeklimmer
die een berg beklimt op slippers.

'Mijn zoon is niet onbekwaam.'

'Nee.'

'Waarom zei je het dan?'

'Ik-'

'Bied hem je excuses aan. Bied hem je excuses aan zoals hij die aan je
dochter heeft aangeboden.'

'Ik ben er niet zo zeker van dat ik zelf de excuses heb ontvangen,
mevrouw Turpin.'

Ze zaten in een impasse, beiden niet bereid om toe te geven.

Uiteindelijk raakte Billy's moeder haar geduld kwijt en ging verder met het gesprek.

'Waarom ben je hier eigenlijk nog een keer?'

'Hij vraagt me over drugs bij het voetbal,' zei Billy, de schijnheilige kleine klootzak.

'Dat is niet precies-'

'Drugs?' siste ze, waarna ze snel naar Billy liep en een arm om de schouders van haar zoon legde. 'Drugs? Hij is dertien! Wat weet hij nou van drugs?'

Tomek verloor snel zijn grip op het gesprek (als hij die al niet kwijt was) en verloor ook zijn grip op zijn verstand. Als hij daar nog veel langer zou blijven, zou hij misschien gaan denken dat hij een koe kon bevechten.

'Luister,' zei hij, terwijl hij zijn handen ophief in een vergeefse poging het gesprek te redden. 'Uw zoon, en twee andere leden van zijn voetbalteam, zijn naar voren gekomen in ons onderzoek naar een aantal recente moorden. Wij denken dat iemand binnen de club, op welk niveau weten we nog niet, drugs heeft verkocht buiten de club. We willen met deze persoon spreken in verband met het onderzoek.'

Tomek had snel beseft dat de enige manier om haar stil te krijgen en te laten begrijpen was door haar meer te vertellen dan hij waarschijnlijk had moeten doen.

Het leek te werken, want ze draaide zich naar haar zoon. 'Is het Mitchell?'

'Wat?'

'Ik dacht altijd al dat er iets mis was met hem. Was het Mitchell? Moet ik met zijn ouders praten? Of was het Lawrence?'

'Mam, waar heb je het over? Het was niemand.'

'Ik wist het. Ik wist dat we Ipswich Town niet hadden moeten afwijzen. Ik wist het.'

'Mam, je weet niet waar je het over hebt. Het heeft niks te maken met iemand in mijn team. Toch?' vroeg hij aan Tomek.

Tomek schudde zijn hoofd, dankbaar dat hij niets hoefde te zeggen. En terwijl hij daar stond, kijkend naar het beginnende huiselijke conflict, vroeg Tomek zich af of Billy's oorspronkelijke vraag over het vechten met koeien eigenlijk een eufemisme was voor het slaan van zijn moeder.

Hij vermoedde dat het operatieve woord 'koe' wel logisch was.

'Is dat je definitieve antwoord?' vroeg Tomek, terwijl hij zich voorbereidde om te vertrekken. 'Je weet niets over wie er drugs zou kunnen verkopen of wie er wat verkocht zou kunnen hebben bij een concert?'

'Nee. Sorry,' zei Billy met een vleugje wanhoop in zijn stem. Wanhoop omdat hij gered wilde worden van zijn moeder. Grappig, in de loop van een paar minuten was Billy veranderd van een zelfingenomen, opstandige, lachende klootzak in een kleine, wanhopige jongen.

Grappig hoe snel dingen konden veranderen op die leeftijd.

Het ene moment ben je de koning van de wereld, het volgende lig je plat op de grond. Bovendien, als Tomek het mis had over het complot van voetballende tieners, en zijn onderzoek Billy's voetbalcarrière niet in gevaar zou brengen, dan zag het ernaar uit dat deze discussie dat wel zou doen.

En zijn moeder zou het voor hem afmaken.

Hoe dan ook zou Tomek het laatst lachen.

Gerechtigheid voor het in het ziekenhuis belanden van zijn dochter zou worden gediend.

HOOFDSTUK
EENENVEERTIG

Terwijl het onderzoeksteam buiten het bureau bezig was, was de informatiestroom voor het onderzoek opgedroogd. Oscar, met hulp van Martin en Chey, was de individuen aan het interviewen die achter de doorverkoop van tickets zaten. Ondertussen waren Rachel, Anna en Sean de dappere zielen die de lijst met de resterende honderdtwintig imkers in het gebied rond Southend aan het afwerken waren.

Dus terwijl het team al het zware werk deed, kreeg Tomek een voorproefje van het leven als inspecteur. En dat bestond uit één ding en één ding alleen: papierwerk, papierwerk en nog eens papierwerk. Met nog een beetje papierwerk erbij.

Rapporten beoordelen die het team naar hem stuurde. Hun overuren goedkeuren. Budgetten inschatten. Alle informatie verwerken voor de vele zaken waar ze gelijktijdig aan werkten. Hoewel sommige meer tijd vergden dan andere, was de focus van het team helaas verdeeld. Het was op momenten als deze, wanneer ze onderbemand waren en hun leidende figuur Nick misten, dat hij dankbaar was voor de ondersteuning van de politieagenten en andere geüniformeerde functionarissen, evenals het burgerpersoneel dat hielp om de boel draaiende te houden. Zonder hen, en zonder alle anderen die ervoor zorgden dat Tomek en het team hun werk goed konden doen, wist hij niet zeker of hij zou onthouden om in te ademen.

Of uit te ademen.

Hij was ook niet zo zeker of het leven van een inspecteur was wat hij wilde. Niet als de afgelopen dagen een indicatie waren. Een soort vuurdoop, met weinig begeleiding of richting van Victoria, die haar eigen vuurdoop onderging als vervanger van Nick. Misschien was het de bureaucratie die hem niet beviel, of de saaiheid van op het bureau moeten zitten terwijl de rest van het team het veldwerk deed. Want het was juist het veldwerk dat hem beviel, en veel van zijn collega's ook. In de ogen van een moordenaar kijken, hen inschatten. Het was waar hij de afgelopen tien jaar als sergeant voor had geleefd en geademd. Alles wat hij had gekend.

Maar aan de andere kant moest hij nu ook rekening houden met Kasia. Een meer sedentair leven achter een bureau zou misschien het beste zijn. Als hem iets zou overkomen tijdens het werk in het veld, zou zij niemand anders hebben dan haar grootouders. En dat verdiende niemand.

Misschien was dat de belangrijkste drijfveer voor zijn verlangen om inspecteur te worden: zodat als hem iets zou overkomen - als hij zou sterven, een kasplantje zou worden, of zelfs het gebruik van een van zijn benen zou verliezen - hij het Kasia niet kon aandoen om vijf jaar bij zijn ouders te wonen, wachtend tot ze achttien werd en legaal kon doen wat ze wilde. (Hoewel, met zijn recente flatje, tenzij Tomek een coole honderdduizend pond had waarvan hij niet wist, ze nog lang thuis zou wonen.)

Na de lunch, een BLT van Subway, een lekkere kleine traktatie, riep Tomek een impromptu vergadering bijeen met Anna en Rachel terwijl Sean nog in het veld was, in gesprek met een andere bijenliefhebber. Informeel, gewoon met z'n drieën. Ontspannen. Op zijn manier. Iets wat hij hoopte dat overkwam op de rest van het team. Hij wilde niet leiden met ijzeren vuist zoals sommige anderen met wie hij had gewerkt. Hij wilde ook niet te ontspannen zijn. In plaats daarvan wilde hij een gulden middenweg vinden.

Hij wilde de Goudlokje van het management zijn. Precies goed. Zonder het flagrante inbreken, stelen en andere criminele activiteiten.

'Leuk jullie hier te zien,' zei Tomek terwijl hij een stoel van Chey's bureau pakte en deze tussen de twee vrouwen schoof.

'We zijn hier de hele dag al. Waar ben jij geweest?' vroeg Rachel.

'In mijn kantoor verstopt. Jullie soort zie ik niet meer.'

'Vrouwen, bedoel je?' antwoordde Rachel. 'Je doet ons waarschijnlijk allemaal een plezier.'

Tomek merkte de hint van flirten op maar besloot er niet op in te gaan. Niet met Anna die hem vernietigend aankeek. Als de media- en familieverbindingsofficier van het team, en de enige andere Poolse persoon in het team, was zij ook de strengste, de meest gespannen, en hield ze er niet van als gesprekken te ver afdwaalden van het oorspronkelijke onderwerp. Rachel daarentegen was het tegenovergestelde. Overgeplaatst van de Met, was ze gewend aan het geklets op kantoor (hoewel het even had geduurd), en ze was ook goed in haar werk, ongelooflijk goed zelfs. Zo goed dat, als de positie ooit beschikbaar zou komen, Tomek haar zou voordragen voor promotie tot sergeant. Maar dat was een gesprek voor een andere keer. Nu moesten ze zich concentreren op het vinden van een seriemoordenaar.

'Wat hebben jullie voor me?' vroeg Tomek na een moment van stilte.

'Niet veel,' antwoordde Anna bot. 'Sinds gisteren hebben we met nog eens dertig leden van de Bijenvereniging gesproken. Niemand herkende de Afrikaanse honingbij, en ze lijken ze ook niet te hebben. Een van de mensen met wie ik sprak doet het zelfs in een flat, wat het domste is wat ik ooit heb gehoord, maar ieders goed recht-'

'Ieders zijn meug,' verbeterde Rachel.

'Juist. Sorry. *Ieders zijn meug*,' zei ze, met een lichte afkeer in haar stem. 'Ik denk dat we in gedachten moeten houden dat we geen experts zijn. Deze mensen laten ons hun bijen zien, en we hebben geen idee waar we naar zoeken. Ja, ik heb de afbeeldingen van Google, maar die helpen maar tot op zekere hoogte. Het aantal keren dat ik de afgelopen dagen gestoken ben.'

Wees maar dankbaar dat je er niet allergisch voor bent.

'Wat stel je voor?'

'Dat we Timothy Warren met ons mee gaan nemen. Of iemand van de Bijenboeren Vereniging, of zelfs het hoofdkantoor van de Bijenhouders Vereniging. Een expert die weet waar we naar moeten zoeken.'

Tomek vond dat een goed idee. Hij vond dat een heel goed idee. Het enige probleem was dat het meer tijd zou kosten, en een extra week om de hobbyisten die ze al hadden gesproken opnieuw te bezoeken. Maar het was een noodzakelijk onderdeel van het onderzoek.

'Prima. Doe het. Neem contact op met Timothy Warren en de

hoofden van die organisaties. Een van hen kan invallen voor de ander als die niet kan. Dat zou het proces moeten versnellen.'

'Natuurlijk, sergeant. Dank je.'

De glimlach op Anna's gezicht verwarmde hem. Dat ze blij en opgewonden was om gehoord te worden, om naar haar geluisterd te worden.

Het team op de juiste manier leiden.

'Hebben de mensen met wie jullie al gesproken hebben banden met Zuid-Amerika of Brazilië?' vroeg hij.

Beide vrouwen keken elkaar aan, alsof ze in stilte bepaalden wie er zou moeten antwoorden. Uiteindelijk was het Rachel die het voortouw nam.

'Niets. Ze willen allemaal naar Brazilië op vakantie, en een paar zijn er geweest, maar *jaren* geleden, maar verder niets wat verdacht lijkt.'

Dus dat bleek een doodlopende weg te zijn.

Eerlijk gezegd had hij er niet te veel van verwacht; het bezitten van een Afrikaanse honingbij was vrij uniek, en niet iets wat een hobbyist of bijenliefhebber doorgaans lichtvaardig zou ondernemen, dus het was een schot in het duister. Maar toch, dat maakte het niet minder demoraliserend.

Tegenslag na tegenslag na tegenslag.

En Tomek verwachtte meer van hetzelfde voor het volgende deel van zijn ochtend: het gesprek met Martin en Oscar over de doorverkopers van Cliffs Pavilion-kaartjes.

'Laat me raden,' zei Tomek voordat een van beiden de kans had om te reageren. 'Nog een doodlopende weg?'

'Eigenlijk, Tomek, heb ik misschien een verrassing voor je,' zei Oscar, terwijl opwinding zijn gezicht deed oplichten.

'Een naam?'

'Ik zei een verrassing, geen cadeau.'

'Is dat niet hetzelfde?' begon Tomek, maar sloot die gespreksrichting meteen af. Semantiek was nu niet belangrijk; wat wel belangrijk was, waren de woorden die zo uit Oscars mond zouden komen.

'Kijk, er waren in totaal vier van die gasten, toch?' Oscar sprak langzaam, alsof Tomek dom was. Hij had geïrriteerd moeten zijn, maar dat was onderdeel van de persoonlijkheid van de hoofdinspecteur, de misplaatste overtuiging dat hij slimmer was dan alle anderen en dat ook wist, iets wat Tomek langzaam en pijnlijk had leren accepteren.

'Je had hun gezichten moeten zien zodra we hen vertelden waarvoor we kwamen. Ik denk dat ze allemaal dachten dat ze gearresteerd zouden worden. Jammer dat we dat niet konden doen, anders zou dat best een plezierige ervaring zijn geweest, denk ik. De meesten waren eind vijftig, begin zestig. Je kon zien dat ze op de wanhopigen aasden. Blijkbaar verkochten ze altijd al hun kaartjes op grote avonden. Niet elke avond was even succesvol, maar als de grote artiesten in de stad waren, dan verkochten ze alle kaartjes die ze onder hun eigen naam hadden gekocht.'

'En wat over onze moordenaar?'

'Een van hen, Randy McGinn, had kaartjes gekocht voor elk concert en elke voorstelling die die vijf meisjes hadden bijgewoond. En hij verkocht een kaartje aan dezelfde man op elk van die avonden.'

'Je bedoelt dat deze kerel vijf kaartjes aan dezelfde man heeft verkocht?'

'Ja.'

'En hij vond dat niet vreemd?'

'Jawel. Natuurlijk vond hij dat. Maar hij ging het niet in twijfel trekken. De moordenaar betaalde bijna het dubbele van de winkelprijs van de kaartjes om er die avond in te komen. Hij gaat geen winst afslaan.'

Tomek voelde opwinding in zijn voeten borrelen. Binnen een paar minuten, hoopte hij dat het tot aan zijn maag zou komen.

'Herinnert hij zich hoe de man eruitzag?' vroeg Tomek optimistisch.

En toen doofde het uit met een schudden van het hoofd.

'Hij kan zich de man "voor geen meter" herinneren, helaas,' antwoordde Oscar. 'Het is zo lang geleden en hij heeft sindsdien duizenden mensen gezien. Hij zou ons graag willen helpen.'

'Ik wil hem toch binnenhalen om onze tekenaar te zien. Misschien komt er iets naar boven.'

Tijdens de kerstvakantie waren de twee meisjes die de moordenaar hadden gezien binnengebracht om met de tekenaars te spreken, en samen hadden ze de compositietekeningen van hun moordenaar gemaakt. Beide waren totaal verschillende weergaven van dezelfde man, en geen van beide had verder nut.

'Ik zal met hem spreken,' zei Martin, dankbaar dat hij naast Oscar een woord kon krijgen. 'Ik zal proberen hem te overtuigen om langs te komen.'

'Uitstekend. Nog iets anders dat je me moet vertellen?'

Oscar schudde zijn hoofd. En voordat Martin hetzelfde kon doen, vloog de deur van de incidentkamer open.

In de ingang stond Chey, grijnzend als een Cheshire Cat.

'We gaan beste vrienden worden na dit,' vertelde hij Tomek terwijl hij binnenkwam, zwaaiend met een stuk papier.

'Ik heb helaas al mijn beschikbare plekken gevuld, maat.'

'Dan moet je een nieuwe openen. Of iemand schrappen. Anna, weg met haar. Ik mocht haar toch al niet.'

'Ik hoorde dat!' riep Anna vanaf de andere kant van het kantoor.

Maar Tomek kon zich niet concentreren op het gekibbel. In plaats daarvan was hij gepreoccupeerd met de zweetdruppel die zich op Chey's kin vormde. De zweetdruppel die zo misplaatst leek als een olie-tanker op een Greenpeace-conventie.

'Ben je net hiernaartoe gerend vanaf je huis?'

'Nee. Beter. De opslagruimte beneden.'

'Juist.'

'En ik heb dit uitgeprint.'

Chey duwde het document voor Tomeks gezicht.

Het duurde even voordat hij begreep waar hij naar keek, maar toen het eindelijk doordrong, staarde hij de jonge agent verbijsterd aan. Misschien zou dit toch geen slechte dag worden.

'Is dit wat ik denk dat het is?' vroeg hij.

'Jep.' De mondhoeken van Chey gingen omhoog. 'Betekent dat dat er een plek is vrijgekomen?'

'Nee. Je blijft mijn collega en vriend. Maar geen beste vriend. Voor nu zou ik je echter kunnen zoenen!'

HOOFDSTUK
TWEEËNVEERTIG

Het piepkleine stipje op het papiertje dat Chey hem had gegeven, duidde op een klein gebouw in het oosten van Southend. De stip, nabij Great Wakering, bevond zich op de drempel van MOD Shoeburyness, het landgoed dat de afgelopen honderdzeventig jaar was gebruikt voor het testen, onderhouden en evalueren van militaire wapens voor de strijdkrachten. Het besloeg een oppervlakte van meer dan drieduizend zeshonderd hectare, een aantal dat opliep tot meer dan zestienduizend hectare wanneer het eb was, en huisvestte meer dan tweehonderd privéwoningen, zeven werkende boerderijen en ruim tweeduizend achthonderd hectare aan bos en landerijen. De toegang was strikt verboden en gecontroleerd, met een aantal omliggende stranden die afgesloten waren voor burgers. En als de gedachte aan arrestatie en vervolging nog niet afschrikwekkend genoeg was, dan waren de smalle, kronkelende wegen ernaartoe dat zeker wel.

Tegen de tijd dat Chey op de remmen trapte en de auto tot stilstand bracht voor het kleine gebouw, voelde Tomek zich misselijk. Alsof de inhoud van zijn ontbijt en lunch hem elk moment kon komen begroeten. Tijdens de rit had de jonge agent de auto links en rechts door de scherpe bochten en smalle draaien gegooid, alsof hij het ding had gestolen.

'Het is hier uitgestorven,' had hij Tomek verteld, alsof die opmerking hem zou geruststellen en hem ertoe zou brengen zijn handen van de veiligheidsgordel te halen. 'Er rijdt hier niemand rond. Niet tenzij het leger in de buurt is. Maak je geen zorgen. We zullen niet crashen.'

Dat hadden ze inderdaad niet gedaan. Maar dat betekende niet dat Chey het niet had geprobeerd; er was één bocht geweest, net toen ze de drukte van Shoeburyness achter zich hadden gelaten en de vlaktes van Great Wakering inreden, waar Chey oog in oog kwam te staan met een kleine eend en haar familie kuikentjes. Bij het zien van het vier ton wegende voertuig dat op hen afstormde, stopte de moedereend op de berm en trok zich terug naar een veiligere afstand. Helaas had Chey hetzelfde gedaan aan de andere kant van de weg, en daarbij de auto bijna in een spin gebracht, waarmee hij een spelletje 'wie is er het bangst' had verloren van een eendenfamilie.

Toen Tomek uit de auto stapte, legde hij een hand op zijn borst en voelde zijn hart onder zijn ribbenkast bonzen, terwijl de adrenaline van de rit die hem bijna het leven had gekost nog door zijn aderen stroomde.

'Weet je nog dat plekje op mijn vriendenlijst waar je naar vroeg?'

'Ja.'

'Nou, dat kun je nu wel vergeten. Vrienden proberen hun andere vrienden niet te vermoorden tijdens het rijden. Vooral beste vrienden niet.'

Chey's stralende glimlach verdween, maar Tomek besteedde weinig aandacht aan hem terwijl hij wachtte op de rest van het gezelschap: Rachel, Sean, Anna en Martin kwamen in twee verschillende auto's, samen met een ambulance, een politiewagen in vol ornaat, en een forensisch busje. Alle vijf overgebleven voertuigen arriveerden één voor één op verschillende momenten, omdat ook zij moeite hadden gehad om de smalle wegen te nemen, vooral de ambulance.

Toen ze er allemaal waren, en in hun witte forensische pakken gestoken, richtten ze hun aandacht op de stip op de kaart.

De stip was niets meer dan een klein bakstenen gebouw dat eruitzag alsof het vijftig jaar niet bewoond was geweest. Mos, korstmos en klimop hadden de muren voor zichzelf opgeëist, terwijl onkruid en overwoekerd gras de controle hadden overgenomen over het kleine onverharde pad dat erheen leidde.

Behalve twee bandensporen.

Tomek schatte dat het kleine gebouw, gelegen aan de kant van de weg met landbouwgrond erachter, op een bepaald moment tijdens de oorlog was gebruikt. Waarschijnlijk een soort wachttoren, een uitkijkpost voor vroegtijdige waarschuwingen voor luchtaanvallen en indringing misschien. Het was echter niet de plek om tienermeisjes te martelen en te vermoorden.

Terwijl hij bij de ingang van het pad naar het gebouw stond, voelde Tomek een aura. Van kwaad, van boosaardigheid, van zonde. Toen ze naderden, leek de luchttemperatuur een paar graden te dalen, en de adem die aan zijn gezichtsmasker ontsnapte wasemde voor zijn gezicht. Met elke voorzichtige stap spande Tomek zijn lichaam steeds strakker aan. Er was geen weten wat er aan de andere kant van die deur zou zijn.

De moordenaar.

Zijn laatste slachtoffer.

Beiden...

Toch bereidde hij zich voor op het zien van *iets.*

Geleidelijk verkleinen ze de afstand tot het gebouw.

Tien meter.

Vijf.

En toen kwam het in zicht.

De reden voor de zwarte stip in de eerste plaats.

De Volvo X70 die was gebruikt om Fern Clements en Lily Monteith te ontvoeren en te vermoorden. Als onderdeel van hun eerste onderzoek naar de moorden op de meisjes hadden Chey en het team talloze beelden van huisbewaking en beveiligingscamera's rond John Burrows en Belfairs park bekeken. De kwaliteit van de beelden was slecht geweest, dus het merk en model van de auto waren moeilijk te onderscheiden. Maar na het bekijken van beelden van een mogelijke route die de bestuurder zou hebben kunnen nemen op de avond van Fern Clements' dood, had Chey ontdekt wat ze vermoedden dat het voertuig van de moordenaar was.

De exacte locatie was ontdekt door de telemetriegegevens in Fern Clements' telefoon. Chey had de oorspronkelijke gegevens verkeerd gelezen en een klein tijdsbestek gemist waarin Fern's telefoon weer was ingeschakeld, kort nadat ze was ontvoerd. Het had slechts enkele momenten geduurd voordat hij weer was uitgeschakeld, maar het was genoeg geweest.

Tomek was de eerste bij de deur van het gebouw. Hij legde een stevige hand om de hendel en, na nog een laatste blik op het team te hebben geworpen voordat hij het deed, opende hij de deur.

De windvlaag die het gebouw binnenblies, verstoorde en bracht het stof bij zijn voeten in beweging. Hij liet los en de deur zwaaide snel open om een kleine lege ruimte te onthullen. Leegte. Er was niets en niemand daarbinnen. Zonder risico dat iemand op hen af zou springen, stapte Tomek het gebouw binnen. De muren waren van baksteen gemaakt en de vloer van beton. De temperatuur binnen was veel koeler dan buiten, bijna nul graden.

In de hoek van de kamer, direct links van Tomek, was een kleine plek van verstoorde aarde en stof. *De plek waar Fern Clements was ontvoerd en gevangen gehouden.* Er waren echter geen tekenen van een worsteling, geen sporen van bloed op de vloer. En niets wat erop wees dat ze überhaupt vastgebonden was geweest.

Tomek probeerde zich voor te stellen hoe het voor haar moest zijn geweest.

In de auto stappen, bewust of onbewust, willens of onwetend, vervoerd worden naar een godverlaten uithoek waar niemand zou denken om te zoeken, om vervolgens wakker te worden midden in een donkere en ijskoude kist. Misschien werd ze wel helemaal niet wakker. Maar als dat wel zo was, wat zou ze hebben gezien? Wat zou ze hebben gevoeld? Wanneer zouden de bijen zijn losgelaten om haar te doden? Hoe lang had ze geleden, opkrullend tot een bal op de harde betonnen vloer in een vergeefse poging zichzelf te beschermen, schreeuwend, smekend om hulp, terwijl haar woorden en inspanningen aan dovemansoren waren gericht? Totdat uiteindelijk het gif van de steken het gewenste effect had bereikt en ze het bewustzijn had verloren, overgeleverd aan de genade van de bijen.

En wat was er daarna gebeurd?

Had de moordenaar over haar heen gestaan, kijkend, wachtend? Of had hij van een afstand toegekeken? Of, nog gruwelijker, had hij buiten gewacht, luisterend naar de geluiden van Fern Clements' gegil met een gevoel van leedvermaak, aftellend tot ze stopten en hij veilig kon terugkeren?

De gedachte bezorgde Tomek koude rillingen, terwijl zijn gedachten afdwaalden en de beelden van Fern Clements vervingen door die van Kasia.

'Is dat wat ik denk dat het is?' vroeg een stem.

Tomek had het niet beseft; hij had de afgelopen momenten zwijgend in het midden van de kamer gestaan, maar inmiddels had de rest van het team, inclusief de forensisch onderzoekers, zich bij hem gevoegd en waren ze de ruimte aan het inspecteren.

De vraag kwam van Chey, die hurkte in de hoek waar Fern Clements was vastgehouden. Hij zwaaide met zijn hand in de lucht en vroeg een van de SOCO's om snel met een zaklamp te komen.

Het kleine stukje beton werd snel verlicht, wat hen bijna allemaal verblindde.

Daar, tegen een spleet in de bakstenen muur gedrukt, lag een klein geel en zwart voorwerp.

'Tenzij het een vieze citroenzuurtablet is,' zei Tomek, 'denk ik dat het *precies* is wat jij denkt dat het is. En ik denk dat het *precies* is wat het lijkt.'

'Een vieze citroenzuurtablet?' vroeg Rachel speels.

'Ik zou in geen van beide bijten. Kunnen we dat als bewijsmateriaal laten verpakken en verzegelen?' vroeg Tomek, en de dichtstbijzijnde SOCO snelde naar voren en pakte het pluizige insect op met een pincet voordat hij het in een bewijszakje stopte.

'Met een beetje geluk is dit dezelfde als degene die in het been van Fern Clements is gevonden,' zei Rachel.

'Ja, maar waar zijn de rest?' fluisterde hij tegen zichzelf.

Tomek keek rond in de kamer alsof er magisch honderd bijen zouden verschijnen. Toen dat niet gebeurde, wendde hij zich tot de ruimte in de hoek van de kamer. Beelden van Fern Clements, ineengedoken tot een bal, knieën tegen haar borst getrokken, verschenen voor zijn ogen, ogen wijd open terwijl haar hersenen het zicht en geluid registreerden van de bijen die op haar werden losgelaten. Wetend wat er zou komen.

'Hij heeft deze plek schoongemaakt en alle bijen van de vloer verwijderd,' begon hij, zijn monoloog voortzettend. Toen draaide hij op zijn voetzolen en keek naar een afdruk in het stof. Het was een lange, dikke lijn, die links in een rechte hoek afboog. Tomek volgde de lijn met zijn vinger totdat het grotere geheel zichtbaar werd. Het was de omtrek van een bijenkast, vergelijkbaar met de kasten die hij had gezien op de bijenboerderij van Timothy Warren.

Tomek nam een moment om te overdenken wat dit betekende voor het bredere onderzoek. Als de moordenaar een hele kolonie geafrikaniseerde honingbijen bezat, moest hij ze ergens vandaan hebben gehaald. Online, misschien. Het Dark Web. De zwarte markt voor bijenhandel. Of als hij ze niet online had gekocht, dan moest hij een andere methode hebben gevonden om ze te verkrijgen, om ze het land in te smokkelen.

Hij zuchtte lang en diep terwijl hij naar de ruimte om hen heen keek.

Zijn theorie dat een groepje tienerbvoeballers iets te maken had met de moorden op de meisjes brokkelde snel af voor zijn ogen, druppelde weg als een honingraat. Het was bijna onmogelijk dat Billy de Koeien-vreter van deze plek wist, nog minder waarschijnlijk dat hij het op eigen houtje zou hebben gevonden. Hetzelfde gold voor Harrison Rossiter in Frankrijk. Maar dat pleitte de man bij de club die de gedrogeerde drugs aan Mandy Butler en alle andere slachtoffers had verkocht niet vrij; hij stond nog steeds vooraan in hun onderzoek. De enige andere optie was Darren Edgerton, Ferns vriend. Zeventien en oud genoeg om te rijden. Maar zou hij aan de killerbijen hebben kunnen komen? Zou hij hebben geweten hoe?

'De auto,' zei Tomek toen de gedachte plotseling bij hem opkwam. 'Ik wil dat hij wordt uitgeveegd en grondig forensisch onderzocht. Het DNA van onze moordenaar moet overal in die auto zitten. We vinden het misschien niet hier, vooral niet als hij een bijenpak droeg om zichzelf tegen de bijen te beschermen, maar de auto is de sleutel. De auto is het antwoord op dit alles. Goed werk, Chey.'

Vanachter het gezichtsmasker van de jonge man herkende Tomek de aanzet tot een glimlach.

'Nu moeten we alleen nog uitzoeken van wie hij is,' zei Rachel.

'En uitvinden waarom hij hier is achtergelaten.'

Dat punt gaf iedereen reden tot nadenken.

Of de auto was achtergelaten omdat de moordenaar klaar was met zijn moorden.

Of hij bewaarde hem voor later, om terug te keren voor zijn volgende slachtoffer.

Maar voordat iemand kon antwoorden, klonk er een kreet van buiten het gebouw. Tomek en het team renden naar buiten en vonden een SOCO die zich vasthield aan de kofferbak van de Volvo.

'Hij is open, Chef.'

'Heb je hem al geopend?' vroeg Tomek, terwijl hij dichter bij de man kwam met zijn armen in de lucht, alsof hij in een door oorlog verscheurd land een bom probeerde te ontmantelen.

'Nog niet,' antwoordde de SOCO.

'Dan stel ik voor dat je dat voorzichtig doet, en, iedereen, doe een stap terug.'

Het geluid van voeten die over de aarde schuifelden weerklonk boven de wind uit.

En boven het geluid dat uit de auto kwam.

Zodra hij het hoorde, wist Tomek precies wat het was. Maar het was te laat. Voordat hij iets kon zeggen, tilde de SOCO de kofferbak op, en onmiddellijk sprongen een dozijn of zo geafrikaniseerde honingbijen uit de kofferbak en begonnen om de SOCO heen te zwermen, venijnig zoemend.

Bij het zien van de bijen gilde iedereen, inclusief Tomek, en ze renden allemaal terug naar hun respectievelijke voertuigen, op zoek naar bescherming in de beslotenheid van hun auto's.

Maar het was een vergeefse poging. Tegen de tijd dat Tomek in de auto was gesprongen waarmee hij en Chey waren gekomen, was een van die rotzakken hem het voertuig in gevolgd en zoemde agressief voor zijn gezicht, een klein zwart en geelgestreept insect vastbesloten om wraak te nemen.

Tomek schreeuwde op de bestuurdersstoel, terwijl hij wild met zijn armen zwaaide, waarbij zijn knokkels per ongeluk tegen het raam en de stuurkolom sloegen. Hij was dankbaar dat hij alleen was, zodat zijn collega's zijn gejammer en geschreeuw niet konden horen. Maar toen hij het portier opende om te ontsnappen, merkte hij dat de rest van het team net zo verrast was als hij: verschillende lichamen in witte forensische pakken renden over het veld, achtervolgd door de waanzinnige insecten, terwijl Chey, die tijdens zijn aanval op het kleine insect zijn kap en gezichtsmasker had afgeworpen, met zijn armen stond te zwaaien als een bokser die met gesloten ogen tegen de lucht vecht.

Het beeld toverde een dunne glimlach op Tomeks gezicht, maar die verdween zodra de bij die hem als slachtoffer had uitgekozen terugkeerde en op zijn voorhoofd landde.

Voordat hij kon reageren, en voordat de schreeuw voor de vierde keer zijn lippen kon verlaten, voelde hij een enorme klap op zijn voorhoofd. Zo hard dat het hem uit balans bracht en hem de auto in deed tuimelen.

'Hebbes, klein rotbeest!' riep Sean, die daar stond met zijn armen gebogen, grijnzend als een dol dier.

Tomek maalde niet om de groeiende pijn in zijn hoofd, zolang die kleine *gówniaki* maar dood was.

'Heb je hem?'

'Reken maar van wel! Ik heb de reflexen van een kat,' riep Sean triomfantelijk.

Hij was zo succesvol dat hij eigenhandig de resterende bijen doodde (degene die niet al waren gestorven door zijn collega's te steken) met zijn vuisten en zijn zware maat-48 voeten. Toen het gebied bijvrij was verklaard, waagde Tomek zich voorzichtig naar de Volvo.

Voor zover hij kon zien, was iedereen in orde. Behalve een van de forensisch medewerkers en een ambulancemedewerker die waren gestoken. Maar gelukkig was niemand allergisch. Dus iedereen zou het in ieder geval overleven.

Terwijl de gewonde mannen naar de ambulance werden gebracht voor eerste hulp, bewoog Tomek zich dichter naar de Volvo. Daar in de kofferbak stond de doos die in het gebouw was geplaatst, en ernaast lag een stapel dode bijen, degene die waren losgelaten op Fern Clements.

'Gemene kleine rotzakken, hè?' vroeg Chey.

'Ja,' merkte Tomek op, starend naar het bijenkerkhof. 'En nu weet ik dat, als het er ooit op aan zou komen, ik honderd procent liever tegen een koe zou vechten dan nog eens tegen een van hen.'

HOOFDSTUK
DRIEËNVEERTIG

Toen Tomek die avond thuiskwam, schrok hij zich rot door zijn buurvrouw en struikelde hij bijna.

Net toen hij zijn auto had afgesloten en zich naar de deur haastte die naar hun appartement op de eerste verdieping leidde, zag hij haar bleke gezicht tegen het raam gedrukt, terwijl ze hem aanstaarde alsof ze een of andere sinistere geest uit een horrorfilm was.

'*Kurwa mać!*' siste Tomek zachtjes terwijl hij bijna een hartaanval kreeg.

In de korte tijd dat Tomek en Kasia in hun nieuwe woning woonden, had Tomek zijn buurvrouw van de begane grond maar een handvol keren gezien. Eigenlijk nog minder dan dat. Een of twee keer, misschien. En als dit de manier was waarop ze hem voortaan wilde begroeten, zou hij proberen dat aantal zo laag mogelijk te houden.

Tegen de tijd dat hij het trappenhuis bereikte dat hun appartementen scheidde, stond ze al buiten voor haar eigen deur op hem te wachten.

Tijdens hun eerste ontmoeting had Edith hem verteld dat ze gepensioneerd was, haar hele leven hoofdverloskundige was geweest in het Southend Hospital en nu leefde van een pensioen dat haar net rond liet komen. Zodra Tomek had uitgelegd wat zijn functie bij de politie was, voelde ze een band met hem, een soort affiniteit. Een onuitgesproken en onzichtbare verbinding tussen hen. Beiden hadden het nodige meegemaakt in hun leven, iets wat alleen mensen zoals zij konden begrijpen.

'Goedenavond, Edith,' zei Tomek, terwijl hij de angst en schrik in zijn stem probeerde te verbergen. 'Is alles in orde?'

'Sorry dat ik u laat schrikken, Tomek,' zei ze terwijl ze een stap dichterbij kwam. 'Ik was naar buiten aan het kijken.'

'Is alles in orde?'

Tomek draaide zich half om.

'Ik denk het wel. Maar ik hoorde wat geluiden.'

'Wat voor geluiden?'

'Gebonk.'

'Dichtbij, zoals vlak buiten het gebouw? Of buiten, zoals op straat?'

'Beide.'

'Oké.' Tomek slikte en haalde diep adem. 'Wilt u dat ik de omgeving controleer?'

Ze legde een delicate hand op zijn onderarm. 'O nee, het is prima, lieverd. Waarschijnlijk niets. Waarschijnlijk ben ik gewoon een oud dwaas vrouwtje dat paranoïde wordt over van alles.'

Weer. Het was niet de eerste keer dat ze bij hem kwam vanwege geluiden en verstoringen. De tweede keer in evenzoveel weken. Geluiden buiten het huis, gevolgd door het gevoel dat er iemand buiten stond of hun tuin in ging. Tomek kon haar niet verwijten dat ze het huis niet wilde verlaten om uit te zoeken wat het was. En omdat ze op de begane grond woonde, was ze kwetsbaarder voor diefstal, vooral als criminelen wisten dat ze ouder was en zich waarschijnlijk niet zo goed zou kunnen verdedigen als Tomek.

Het probleem was dat hij er weinig aan kon doen. Hij had niet de tijd om buiten het gebouw de wacht te houden of vierentwintig uur per dag de ramen in de gaten te houden. Maar hij had wel genoeg geld om een gemeenschappelijke deurbel met camera te installeren. Dat zou ongewenste indringers of bezoekers kunnen afschrikken. Al zou hij misschien de meldingsgeluiden moeten uitschakelen; er was niets erger dan op kantoor zitten of door de winkelstraat lopen en die irritante melodie horen die de eigenaar waarschuwde dat er iemand voor de deur stond.

Op kantoor was Nadia de ergste hiermee. Online bestellingen werden de hele dag door bezorgd door verschillende bedrijven, bijna elke dag van de week. Ze kocht spullen voor de baby, zei ze, omdat noch zij noch haar man tijd hadden om zoals normale mensen te winkelen. Maar Tomek vermoedde nog steeds dat ze misschien een koopverslaving had.

'Ik zal wat camera's voor ons laten installeren,' legde Tomek uit.

'Weet u het zeker?'

'Absoluut. Het is geen probleem. Ik bestel het online en installeer het zodra ik de kans krijg.'

Door zijn innerlijke Nadia aan te spreken.

Tomek wenste haar een goede avond en ging toen de trap op naar zijn appartement. Terwijl hij dat deed, dacht hij terug aan een paar momenten geleden. Of hij iemand of iets ongewoons had opgemerkt. Of hij de laatste tijd iemand rond het gebouw had zien rondhangen.

Voordat ze naar hun nieuwe appartement waren verhuisd, was er een incident geweest met iemand die door een contact in de gevangenis was gestuurd. Het contact, Charlotte Hanton, een voormalige geliefde van Tomek die een seriemoordenaar bleek te zijn, had die persoon gestuurd om hem te intimideren. En als gevolg daarvan was hij verhuisd. Hij had de man al een tijdje niet gezien, maar dat betekende niet dat hij er vanavond niet was geweest of de afgelopen weken niet in de buurt was.

Hoe hij hun nieuwe adres had gevonden, als hij het was, riep wel wat duidelijke zorgen op. Als ze in de gaten werden gehouden door Charlotte in haar poging om Tomek te monitoren vanuit een verwarde en verwrongen definitie van liefde, dan zou hij er iets aan moeten doen.

'Je bent thuis,' zei een zachte stem toen hij de woonkamer binnenkwam. 'Gaat het wel?'

'Ja.'

'Zeker weten? Je kijkt alsof je een spook hebt gezien.'

Tomek dacht aan Ediths gezichtsuitdrukking, en hoe de vergelijking een beetje hard zou zijn, maar niet helemaal onjuist.

'Niet echt,' antwoordde hij. 'Er speelt gewoon veel in het oude computersysteem.'

Tomek tikte tegen zijn hoofd.

'Waar heb je het over?'

'Mijn hersenen. Mijn computer.'

'Juist.'

'Als we het toch over computers hebben, kun je alsjeblieft een beveiligingscamerasysteem voor ons bestellen? En laat het beneden bezorgen.'

'Waarom?'

'Omdat ik je dat vraag en het mijn taak is om de vragen te stellen, niet de jouwe.'

HOOFDSTUK
VIERENVEERTIG

De Volvo X70 die op de plaats delict van Fern Clements' moord was gevonden, stond geregistreerd op naam van Ray Elliott, een drieëntachtigjarige man die momenteel in een verzorgingshuis in Grays, Greater London verbleef.

'Ik zou zeggen dat hij meer... *bestaat*, op dit moment. Ademhalen, dat is zo ongeveer het minimum wat hij nog doet. De ziekte van Alzheimer is al ver gevorderd. De artsen denken niet dat er nog veel in zijn tank zit.'

Rays enige nog levende familielid was zijn kleinzoon James, de man die nu tegenover Tomek en Sean zat. Voordat ze het kantoor verlieten om met hem te spreken, had Chey de naam van de achtendertigjarige door het politieregister gehaald, maar er was niets naar boven gekomen. Geen eerdere arrestaties of veroordelingen.

Voor zover Tomek en de politie wisten, was James een brave burger.

'Het spijt me van je grootvader,' zei Sean vriendelijk.

'Dank je,' antwoordde James. 'Ik waardeer dat.'

Ze zaten met zijn drieën in James' tweekamerwoning. Het huis was modern, met panelen aan de buitenkant en een strakke witte afwerking. Het interieur was extravagant en weelderig. Sierlijke meubels, marmeren oppervlakken, grote spiegels aan de muren, opzichtige decoraties die niet zouden misstaan in het huis van een voetballer. Terwijl Tomek het interieur in zich opnam, moest hij denken aan het huis van Billy the Cow Fighter; het leek alsof ze dezelfde interieurontwerper hadden gehad. Maar in James' woonkamer was het pronkstuk, het middelpunt van de hele ruimte: een zestig inch flatscreen-tv aan de muur, boven een elektrische haard.

'Wedden dat voetbal er goed uitziet op dat ding,' merkte Tomek op.

'Je zou het niet geloven. Vooral de Championship en Premier League, in al die prachtige high-definition. Maar niets verslaat het echte werk, aan de zijlijn staan en de sfeer uit eerste hand ervaren.'

Tomek en Sean verloren James even aan een moment van overpeinzing.

'Aan de zijlijn?' herhaalde Tomek, ter verduidelijking.

James knikte. 'Ik werk voor Dagenham & Redbridge FC,' zei hij. 'Dus we hebben plaatsen op de eerste rij bij het beste team van de county. Het is niet hetzelfde als naar de Emirates of de Etihad gaan, let wel, en we hebben ongeveer een zesde van de capaciteit, maar het is nog steeds een goede sfeer, en nog altijd beter dan kijken op een tv-scherm van dertig inch.'

'Of op eentje van zestig inch, zoals sommigen kennelijk doen,' merkte Sean op, terwijl hij zich half omdraaide naar de enorme zwarte spiegel die aan James' muur hing.

'Precies. Ja.'

Maar Tomek luisterde niet. In plaats daarvan speelde hij de paar woorden die alarmbellen in zijn hoofd hadden doen rinkelen steeds opnieuw af.

Ik werk voor Dagenham and Redbridge FC.

Ze klonken steeds luider bij elke herhaling alsof ze in een plastic beker gevangen zaten.

'Je werkt bij Dagenham and Redbridge?' vroeg Tomek langzaam.

'Ik ben de materiaalman.'

'Voor het eerste team?'

'Ja.'

'En daarvan kun je dit huis betalen?'

'Nou.' James verschoof ongemakkelijk op zijn stoel. 'Ik heb een liefhebbende vrouw die alle uren van de dag werkt en dan thuiskomt om voor onze twee kinderen te zorgen. Allemaal terwijl ik buiten de deur naar voetbal kijk. Zij is de echte held.'

Tomek grijnsde geforceerd. 'Heeft iemand dat woord ooit gebruikt om jou te beschrijven?'

James' rug verstijfde en hij kantelde zijn hoofd opzij, zijn zesde zintuig werd geactiveerd. Hij nam even de tijd om te reageren.

'Het spijt me, heren,' zei hij uiteindelijk. 'Ik geloof niet dat u me het doel van uw bezoek hebt verteld.'

'Dat komt omdat we dat nog niet hebben gedaan,' antwoordde Tomek, en draaide zich naar Sean. Hij gaf zijn collega een knikje, en toen legde de sergeant het uit.

Terwijl hij wachtte, observeerde Tomek de reactie van de man, zoekend naar een teken van herkenning of schok of, nog zorgwekkender, angst. Er was niets.

'Waarom is de auto van mijn opa helemaal daarginds gevonden?' vroeg James.

'We vroegen ons af of jij ons dat kon vertellen,' zei Sean. 'We hebben bij de rijksdienst voor het wegverkeer en alle andere relevante instanties gecheckt, en ze zeggen allemaal dat de auto op zijn naam staat. Maar als hij alleen maar, zoals jij zegt, kan *bestaan* op dit moment, dan willen we weten wie hem heeft en waarom het eigendom niet is overgedragen.'

Weer verschoof hij ongemakkelijk. Toen keek James naar het tapijt en boog hij zich voorover om aan een jeukende plek bij zijn voeten te krabben.

'Kan ik jullie twee iets te drinken aanbieden?' vroeg hij.

'Zullen we dat nodig hebben? Denk je dat we hier een tijdje zullen blijven?' vroeg Tomek.

James beantwoordde de vraag niet. In plaats daarvan verliet hij de kamer en liep naar de keuken. Terwijl ze hem nakeken, wisselden Tomek en Sean een blik uit, en onmiddellijk stond Sean op om de man de kamer uit te volgen. In de tijd dat zij in de keuken waren, nam Tomek de gelegenheid om rond te kijken in de woonkamer. Waarnaar, dat wist hij niet. Maar een teken, een aanwijzing. Iets dat erop zou kunnen duiden dat hij iets met de moorden te maken had.

Een handschoen. Een condoom. Een potje honing dat ergens rondslingerde.

Maar hij vond niets. En tegen de tijd dat de twee mannen terugkwamen, zat hij weer in zijn oorspronkelijke positie, alsof hij zich helemaal niet verplaatst had.

'Moet zeggen,' zei James terwijl hij Tomek het drankje overhandigde. 'Dit alles is behoorlijk verontrustend. Ik kan je verzekeren dat mijn opa hier niets verkeerds heeft gedaan.'

'Dat betekent niet dat jij niets hebt gedaan,' merkte Tomek op.

Toen Sean weer op zijn plaats zat, haalde Tomek zijn schroeven-draaier tevoorschijn en begon aan de schroef te draaien. En met hoe hij zich voelde, had hij zin om hem zo strak aan te draaien dat hij het hout eromheen zou splijten.

'Wie heeft er zeggenschap over de bezittingen van je opa?' vroeg Tomek.

'Ik.'

'Dus jij zou controle hebben gehad over wat er met zijn auto gebeurde?'

'Ik... ik denk het.'

'Het antwoord is ja, James. U zou *wel* volledige controle erover hebben gehad, en dat weet u ook. En nu weten wij het ook. Dus u weet precies wat er met die auto is gebeurd en waarom die daar zou kunnen zijn.'

'Nee, dat weet ik niet. Ik heb geen idee wat er met die auto aan de hand is! Ik heb echt geen flauw idee. Eerlijk waar.'

Tomek grijnsde schamper. 'Wanneer mensen "eerlijk waar" zeggen nadat ze net een waarheidsverklaring hebben afgelegd, blijken ze door-gaans nogal oneerlijk te zijn. Zou jij dat ook niet zeggen, Sean?'

'Absoluut, Tom.'

'Dus misschien kunt u maar beter eerlijk tegen ons zijn. Dat zal u veel opleveren.'

'Hoe dan?'

Tomek aarzelde. Niemand had ooit zo'n reactie op die opmerking gegeven. Hij had altijd gevonden dat de betekenis voor zich sprak. Ofwel was James ongelooflijk dom, ofwel probeerde hij tijd te rekken om met een alibi te komen.

Tomek vermoedde het laatste. Dus koos hij ervoor niet te antwoorden en ging verder.

'Wat hebt u met de auto van uw grootvader gedaan nadat u hem in het verzorgingstehuis had geplaatst?'

'Ik... ik... ik heb hem aan een vriend verkocht.'

'Wie?'

'Dat kan ik me niet herinneren.'

'Onzin,' zei Tomek.

'Dan was het geen erg goede vriend,' voegde Sean eraan toe.

Ze gaven James wat tijd om na te denken over zijn woorden, om de beste uitweg te vinden uit het gat dat hij voor zichzelf aan het graven was. En Tomek zag het allemaal afspelen op het gezicht van de man. De stille wanhoop, het heen en weer schieten van zijn ogen, het ontwijken van oogcontact. Het was allemaal zichtbaar in het prachtige tafereel van James' gezichtsuitdrukking.

'Aan wie hebt u de auto verkocht, James?' vroeg Tomek.

Draaien, kronkelen.

'Het was geen vriend. Het was, het was gewoon een willekeurig iemand.'

'Wat betekent dat? Iemand kwam naar u toe midden op straat en bood u geld voor de auto, en u nam het aan?'

James liet zijn hoofd in zijn schoot zakken en drukte met zijn duimen tegen zijn neusvleugels. Tomek voelde dat de tranen niet ver weg waren. 'U begrijpt het niet. Het was een echt klotentijd. Ik had veel gedoe op mijn werk, thuis, met andere dingen, en als klap op de vuurpijl moest ik met hem dealen.'

Met hem dealen, dacht Tomek, alsof James' opa een last was geworden. De woordkeuze stond hem tegen.

'Wat speelde er op uw werk?' vroeg Sean, Tomek voor zijnde.

'Ontslagen. Er waren er een heleboel, zo'n anderhalf, twee jaar geleden. Er kwam geen geld binnen bij de voetbalclub. De eigenaar moest bezuinigen. Het was een heel stressvolle tijd voor iedereen. Ik moest vechten voor mijn baan en mijn waarde bewijzen.'

'En uiteindelijk kwamen ze tot hun zinnen en beseften ze dat de spelers niet zelf hun tenues konden wassen?' vroeg Tomek.

Hoewel hij de duimschroeven aandraaide, was hij blij om af en toe een paar linkse en rechtse directen uit te delen, alleen maar om James een beetje wakker te schudden.

'Mijn baan is net zo belangrijk als die van ieder ander in het team. Al het ondersteunend personeel, alle fysiotherapeuten, alle mensen achter de bureaus, iedereen die helpt om de club te laten functioneren. Als een kaartenhuis. Als er één valt, vallen wij allemaal.'

Tomek knikte sarcastisch en wendde zich tot Sean, hem stilzwijgend toestemming gevend om door te gaan met zijn vragenreeks.

'Had de dreiging van ontslagen een domino-effect op uw huwelijk en thuissituatie?'

'Natuurlijk had dat gevolgen,' antwoordde James. 'Dat is zoiets als vragen of water nat is.'

Of dat je denkt dat je een koe zou kunnen bevechten.

En toen kwamen de tranen. Bijna alsof het was afgesproken. James' lichaam schokte terwijl hij huilde en vervolgens de tranen wegveegde. Noch Tomek, noch Sean bood een hand aan of een troostende opmerking. Daar waren ze niet voor gekomen.

'Ons huwelijk stond op springen, en ik had bijna de voogdij over de meisjes verloren,' vervolgde James.

'En wat met de andere dingen die u in die tijd aan uw hoofd had?'

Een blik van verwarring droogde de tranen op James' gezicht. 'Welke andere dingen?'

Tomek keek op zijn horloge. 'Ongeveer twee minuten geleden zei u dat u veel aan uw hoofd had toen uw opa in een tehuis werd geplaatst. Werk, thuis, uw opa. En u zei ook andere dingen. Kunt u dat voor ons wat toelichten?'

James pauzeerde terwijl hij een antwoord bedacht. Tomek besloot het te negeren, wat het ook was. De man verborg iets voor hen, dat was duidelijk te zien. En Tomek had snel beseft dat geen enkele vorm van draaien en wringen, porren en peilen het aan het licht zou brengen. Niet in de veilige omgeving van zijn eigen huis. Zet de man in een verhoorkamer met de mogelijkheid van levenslange gevangenisstraf, en Tomek was er vrijwel zeker van dat ze dan wel een antwoord zouden krijgen.

'Er waren geen andere dingen,' antwoordde James bot. 'Het was gewoon een manier van spreken.'

'U bedoelde er duidelijk *iets* mee,' wierp Sean tegen.

James haalde langzaam zijn schouders op. 'U weet hoe dat gaat. Als alles in de shit zit en alles tegelijk lijkt te komen. Alsof een of andere klootzak daarboven' - hij wees naar de hemel - 'op je neerkijkt en zegt: "Dit is al lang overdue, lulhannes. Dit is alles wat je verdient." Ik bedoel, natuurlijk hadden we in die tijd ook wat geldproblemen, maar wie heeft die niet?'

'Geldproblemen, hoe?'

'Gokken,' antwoordde hij openhartig. 'Ik ben een paar jaar geleden in het casinospel beland. Bracht er veel nachten door. Had bijna alles verloren wat we hadden.'

'En wist de club daarvan?'

'Nee,' zei hij, terwijl hij zijn hoofd liet zakken. 'Mijn vrouw en ik hadden een paar ruzies en zij hielp me om tot inzicht te komen, hielp me om ervan af te kicken.'

Tomek merkte de woordspeling op en bracht het gesprek vervolgens op Billy Turpin, Darren Edgerton en Harrison Rossiter.

'Zeggen die namen u iets?'

'Natuurlijk. Ze spelen in onze jeugdopleiding, nou ja, behalve Harrison natuurlijk. Ik ken alle kinderen. Soms komen ze naar me toe en vragen of ze een shirt van het eerste elftal kunnen krijgen, maar dan zeg ik dat ze het beter aan de speler zelf kunnen vragen. Vaak zijn de spelers graag bereid om dat te doen, maar het is fijn dat ze eerst naar mij komen.'

'Hoe goed kent u de drie jongens?'

'Niet erg goed, om eerlijk te zijn. Ik spreek ze alleen een beetje terloops. En toen Harrison hier was, was hij heel verlegen. Weet niet hoe het met hem gaat in Frankrijk trouwens.'

'*Très bien*, heb ik gehoord,' zei Tomek, hoewel hij niets van dien aard had vernomen. Toen haalde hij een uitdraai uit zijn zak van de namenlijst die hij van de personeelsafdeling van de club had gekregen. 'Hoe lang werkt u al bij de club, James?' vroeg hij.

'Vijftien jaar. Net zo oud als mijn meisjes.'

'En hebt u in die vijftien jaar ooit geweten van, of geruchten gehoord over, iemand die drugs verkocht bij de club?'

'Drugs?'

'Ja, die komen in allerlei soorten en maten,' merkte Sean op.

'En, niet te vergeten, met verschillende dodelijkheidsniveaus,' voegde Tomek eraan toe.

De twee rechercheurs gaven James even de tijd om zijn gedachten terug te laten gaan door de jaren heen. Inmiddels waren zijn tranen volledig opgedroogd, en het enige blijvende bewijs ervan waren zijn licht roodgekleurde wangen.

'Niet dat ik me kan herinneren,' zei hij, tot Tomeks teleurstelling.

'Niets over drugs vermengd met andere drugs, of over het verkopen van iets aan de spelers?'

James schudde zijn hoofd. 'Sorry,' zei hij, en voegde eraan toe: 'Maar wat heeft dat allemaal te maken met de auto van mijn opa?'

Tomek negeerde de vraag en ging verder. 'Zeggen de namen Mandy Butler, Avena Kumar, Klaudia Golec, Chanelle Pendrey en Sonia Riggle u iets? Wat dacht u van Lily Monteith en Fern Clements?'

De uitdrukking op James' gezicht, zodra hij de namen van de moordslachtoffers en degenen die gedrogeerd waren bij het Cliffs Pavilion hoorde, was zo vlak als de zoutvlaktes van Bolivia. 'Ik heb van hen gehoord - maar alleen uit het nieuws. Ik zag de zaak laatst. Gaat het daarover? Is dat waarom u hier bent over de auto van mijn opa?'

Tomek zweeg even terwijl hij nadacht over een uitweg uit de vraag. Toen besefte hij dat eerlijkheid in zijn voordeel zou werken.

'Ik ga eerlijk tegen je zijn, James, en ik zou het op prijs stellen als jij hetzelfde doet.' Tomek pauzeerde, likte aan zijn lip, haalde adem. 'Gisteren is de auto van je grootvader gevonden, zoals mijn collega al zei, naast een verlaten gebouw in Shoeburyness. We hebben reden om aan te nemen dat dezelfde auto is gebruikt bij de ontvoeringen en moorden op Fern Clements en Lily Monteith. Aangezien jij de laatste persoon was die wettelijk eigenaar van de auto was, zouden we het zeer waarderen als je ons hierbij zou helpen. Ik zou het vervelend vinden als dit dezelfde impact zou hebben als de dreiging van ontslag op je familie had. Nu ga ik het nog eens vragen.' Tomek liet alle lucht uit zijn longen ontsnappen. 'Aan wie heb je de auto verkocht? Wie vermoordt deze meisjes?'

James dacht na over wat een eeuwigheid leek, en na een nog langer moment keek hij Tomek recht in de ogen en zei: 'Ik herinner me niet aan wie ik de auto heb verkocht. En ik weet niet wie die meisjes vermoordt.'

HOOFDSTUK
VIJFENVEERTIG

James Elliott loog tegen hen, dat was overduidelijk. Wat hem meteen bovenaan Tomeks lijst van verdachten plaatste.

Een lijst die voorlopig uit slechts één naam bestond.

De materiaalman wist iets, iets wat hij hen niet vertelde. In zijn hoofd zat de naam van de persoon aan wie hij de Volvo had verkocht opgesloten. De naam van de persoon die de meisjes had vermoord. James verborg het om een reden, en Tomek was vastbesloten uit te vinden wat die reden was. Daarom had hij het team opgedragen een onderzoek naar de man in te stellen en diep in zijn leven te duiken: zijn financiële administratie, zijn relaties, zijn werkverleden, zijn volledige achtergrond. En als er onregelmatigheden en tegenstrijdigheden waren, namen die overeenkwamen met die op de enorme lijst die ze al hadden verzameld, dan zouden ze die onderzoeken. Maar tot die tijd begaf Tomek zich naar de boulevard van Southend. Na zijn terugkeer op het bureau had hij een bericht van Nick ontvangen dat hij hem op het strand wilde ontmoeten.

Tomek vond de hoofdinspecteur op een bankje met uitzicht op het estuarium met Kent op de achtergrond. Een gure wind woei vanaf de kust en deed de panden van Tomeks jas opwaaien. De geur van zout en rottend zeewier, gemengd met de alomtegenwoordige geur van drugs, hing in de lucht. En het geluid van gegil en opwinding vanaf Adventure Island, Southends populairste bestemming voor avonturiers en families, echode in de verte.

'Had je nooit ingeschat als een zeeliefhebber,' zei Tomek terwijl hij de slip van zijn jas optilde voordat hij bij Nick op het bankje ging zitten.

Nick snoof. 'Er is veel wat je niet over me weet.'

'Nu is het moment om al je donkerste geheimen op te biechten. Ik beloof je dat ik je nog niet zal arresteren.'

Het begin van een glimlach flitste over Nicks gezicht en verdween toen onmiddellijk.

In de paar dagen sinds Tomek hem voor het laatst had gezien, was Nick een zorgwekkende hoeveelheid gewicht kwijtgeraakt. Zijn ogen en de huid van zijn gezicht waren zwaar, en hij zag er moe uit, gebroken, moedeloos. Zelfs zijn kale hoofd leek iets van zijn glans en vitaliteit te hebben verloren, dezelfde glans en vitaliteit die ervoor zorgde dat hij meedogenloos werd bespot op kantoor, waar ze hem een biljartbal noemden.

'Ik haat het om je zo te zien,' zei Tomek openhartig. 'Wanneer heb je voor het laatst geslapen?'

'De nacht voor het incident. Tenminste, echt geslapen. De rest was gewoon één lange... slopende... pijnlijke... dag.'

Zelfs zijn stem had alle essentie verloren. Voorheen had deze kracht en glans (al werd hierom weinig tot niet gespot) en hield hij tijdens vergaderingen moeiteloos een kamer vol met vijftien personen geboeid. Nu was zijn stem vlak, monotoon, als praten met Andy Murray. Alleen zonder het accent.

'Hoe gaat het met het onderzoek?' vroeg Nick, tot Tomeks verbazing.

'We hoeven het niet over werk te hebben als je dat niet wilt.'

'Ik wil het wel. Het is het enige wat mijn gedachten actief houdt. Het leidt me af van het constant denken aan Lucy. Arme Maggie, zij heeft niets vergelijkbaars, en haar werk vereist niet dat ze aan iets anders denkt tijdens haar dienst, dus ze zit daar maar te piekeren, te denken, te overdenken.' Nick draaide zijn vinger in de lucht als een molentje. 'Victoria houdt me trouwens op de hoogte.'

Dit was nieuw voor hem.

'Ik heb haar dat gevraagd. Denk niet dat ze achter je rug om is gegaan.'

'Wat heeft ze met je gedeeld?'

'Alles. Mijn hersenen hebben het nodig.' Nick pauzeerde en hief zijn blik naar het water. 'Dus die voetbalzaak...'

Tomek voelde zich plotseling verlegen. 'Ja.'

'Vertel me erover.'

'Nee. Ik wil eerst horen wat jij ervan vindt. Als je alles weet wat er te weten valt, dan wil ik weten wat jij denkt. Ben ik compleet gestoord, of denk je dat ik ergens op doorga?'

Nick keek naar Tomek alsof hij de vraag had verwacht, maar de rest van zijn gezichtsuitdrukking verraadde niets.

'Ik denk niet dat je compleet gestoord bent,' zei Nick. 'Ik denk eigenlijk dat je wel eens iets te pakken zou kunnen hebben. Maar ik denk niet dat een groep zeventienjarige jongens hierachter zit. Ik denk dat je moordenaar iemand bij de club is. Ofwel in het eerste team of iemand anders van de staf. Of mogelijk zelfs iemand die er vroeger werkte.'

'Waarom?' vroeg Tomek, oprecht geïntrigeerd.

'De getuigenverklaring bij de concerten. Als een van de spelers uit de academie de moordenaar zag, de moordenaar kénde, bedoel ik, dan is dat cruciaal.'

'Ik heb gevraagd om met de speler te spreken, maar hij zit in Frankrijk. Victoria heeft het verzoek geblokkeerd.'

'Ik heb het gehoord. Laat dat maar aan mij over.'

Misschien wist Nick echt alles wat er gaande was.

'Je bent net God, hè? Alomtegenwoordig.'

'Ik denk dat je alwetend bedoelt,' corrigeerde Nick. 'Maar ja. Ik weet alles over alles. Dat maakte me zo'n goede vader. Elke keer als Lucy met een vraag kwam, wist ik het antwoord. En zelfs als ik het niet wist, verzon ik het en deed alsof ik het wel wist. Ze heeft het verschil nooit gemerkt.'

Tomek legde een hand op de rug van de man, omdat hij voelde dat de tranen eraan kwamen.

'Niemand heeft gezegd dat je ooit stopte met een goede vader zijn,' voegde hij toe.

'Bedankt.' En toen kwamen de tranen. Slechts een paar, maar ze waren er, ondanks Nicks pogingen ze te verbergen. 'Sorry,' zei hij. 'Het is de wind.'

'Dat kun je wel zeggen,' antwoordde Tomek. 'De wind speelt mij ook parten.'

'Waar heb jij dan over gehuild?'

'O nee, niet huilen. *Winden laten*. Om de een of andere reden laat Kasia ons tegenwoordig witte bonen in tomatensaus eten als ontbijt.'

Nick rolde met zijn ogen en zei toen: '*Bonen, bonen, muzikale vrucht...*'

'*Hoe meer je eet...*'

Maar Nick koos ervoor het rijmpje niet af te maken.

Een moment van stilte, van luisteren naar de wind en de golven en het geschreeuw in de verte, ging tussen hen voorbij. Terwijl hij luisterde, sloot Tomek zijn ogen en concentreerde zich op zijn ademhaling. In. Uit. In. Uit. Een van de vele redenen waarom hij graag aan zee woonde, was het vermogen om hem direct te kalmeren en te ontspannen. Alsof het een kleine bubbel was waar alles opnieuw begon. Waar een moment van kalmte, rust en vrede was. En soms was er niets wat het oorverdovende geschreeuw van een tienermoeder die tegen haar kind schreeuwde kon verstoren.

'Heb je gehoord over de auto?' vroeg Tomek. Toen besefte hij het. 'Natuurlijk heb je dat. Nou, we hebben met de eigenaar gesproken. Materiaalman voor Dagenham and Redbridge.'

'Meer olie op het vuur,' merkte Nick op. 'Is hij je man?'

Tomek bromde. 'Weet ik niet zeker. Ik vind die vent niet bepaald sympathiek, maar hij beweert dat hij de auto aan een vriend heeft verkocht, van wie hij zich de naam toevallig niet kan herinneren. Maar het is oké, ik heb het team al opdracht gegeven om diep te graven, dus als er iets bovenkomt, weten we hem te vinden.'

'Goed zo. Klinkt alsof je alles goed onder controle hebt.'

Tomek grijnsde terwijl zijn ego een beetje opzwol. Toen onderdrukte hij het. De zaak was nog niet voorbij, en er was nog een lange weg te gaan. Nog langer als je de rechtszaak en de aanvraag bij het Openbaar Ministerie meetelde. Ze moesten ervoor zorgen dat alles absoluut waterdicht was, wat betekende dat James Elliott voorlopig buiten de verhoorkamer moest blijven. Totdat ze hem konden verbinden aan de misdaden, was hij een onschuldig man.

Onschuldig tot het tegendeel bewezen is. De ruggengraat van het hele rechtssysteem. En de man sloeg hen allemaal in het gezicht.

'Misschien hoef je toch niet terug te komen,' zei Tomek gekscherend.

'Je kunt er verdomme op rekenen dat ik dat wel doe. En ik zal net zo hard op jouw rug zitten alsof er niets veranderd is.'

'Alsof er niets veranderd is,' herhaalde Tomek, grijnzend.

HOOFDSTUK
ZESENVEERTIG

H et grootste probleem waar het onderzoek mee kampte was wachten.

Wachten, wachten, wachten. Het was de vloek van elk onderzoek. In de afgelopen twee dagen hadden Oscar en een team van forensisch onderzoekers het huis van James Elliott bezocht om DNA-monsters te verzamelen. Ze hadden ze verzameld, maar nu zou het nog een week, zo niet langer, duren voordat ze erachter zouden komen of het DNA van James Elliott overeenkwam met dat wat gevonden was in het bakstenen gebouw en de Volvo X70. Een combinatie van de drukke kerstperiode, jaarlijks verlof en de achterstand die veel andere onderzoeken vertraagde, stond ook dit onderzoek in de weg. Totdat ze het bewijs hadden dat James Elliott betrokken was bij de moord, moesten ze wachten. En iets anders vinden om hun tijd mee te vullen.

Oscar, of Kapitein Eigenlijk zoals hij in het team werd genoemd, was op het idee gekomen om het kadaster te raadplegen om uit te zoeken wie eigenaar was van het kleine stukje grond waarop het gebouw stond. De kleine vonk van opwinding en hoop die het idee had gewekt, had slechts een paar uur geduurd totdat een snelle controle had bevestigd dat het land eigendom was van het Ministerie van Defensie en dat er geen particuliere eigenaren in de buurt waren die het gebouw hadden kunnen gebruiken. Het team had met verschillende buren gesproken, en ze hadden niets gevonden dat enige zorg zou rechtvaardigen.

Het enige kleine vooruitzicht op opwinding kwam in de vorm van een tweede set bandensporen die op de plaats delict was ontdekt door een forensisch onderzoeker. Maar de opwinding duurde net zo kort als het kadasteridee, omdat ze al snel beseften dat het moeilijk zou zijn om het tweede voertuig dat de moordenaar had gebruikt te traceren, enkel op basis van de bandensporen. Het was geweldig als ze het voertuig hadden om de twee sporen te vergelijken, maar omdat ze niet eens wisten waarnaar ze op zoek waren, was het onmogelijk om te bepalen.

Tomek haatte wachten. Het maakte hem woedend, verdrietig. En in een wereld waar bijna alles vrijwel altijd direct beschikbaar is, merkte hij dat hij er steeds gefrustreerder door werd. Om zijn ongeduld te bestrijden, zette hij koffie voor zichzelf.

Hij was bezig met het koken van water toen zijn telefoon in zijn zak trilde.

'Ja?' nam hij op zonder naar de nummerweergave te kijken.

'Ik heb het artikel over Nick laten vallen.'

Abigail.

'Eindelijk. Dank je. Ik waardeer het.'

'Hoeveel?'

'Pardon?'

Hij voelde al aan waar dit naartoe ging, en terwijl hij de koffiekorrels in zijn mok roerde, zuchtte hij inwendig.

'Hoeveel waardeer je het?' vroeg Abigail.

'Ik heb geen tijd voor spelletjes, Abs. Wat wil je ervoor terug?'

'Ik heb iets dat misschien interessant is.'

'Zoals wat?'

'Zoals een Duitse vrouw die-'

'Ik ben niet op zoek naar iets vreemds, dank je,' zei hij, maar ze kon de grap er niet van inzien.

'Hou je mond. Laat me uitleggen. Na je persconferentie van laatst, zette iets wat die vrouw van de BBC zei me aan het denken.'

Tomek wist precies waar ze naar verwees: tijdens zijn persconferentie had een van de gezichtsloze journalisten die zich achter de gloed van de spotlights verscholen, de mogelijkheid geopperd of de moordenaar ooit in het buitenland had gedood. Op dat moment had Tomek het genegeerd. Maar blijkbaar had Abigail dat niet gedaan.

'Die lui bij de BBC doen jouw werk voor je,' zei hij.

'Ik ben verbaasd. Ze zijn meestal te druk bezig zichzelf uit de een of andere schandaal te redden,' zei Abigail, met wrok en minachting in haar stem. Daarna voegde ze toe: 'Maar het gaf me een idee. Ik dacht dat ik eens bij mijn contacten van buitenlandse publicaties zou nagaan of zij hadden gehoord van iemand die was overleden of bijna was overleden aan een allergische reactie.'

'Ik stel me voor dat ze je hebben uitgelachen.'

'Ja, maar nadat ik had uitgelegd wat hier gebeurde, hielden ze plotseling hun mond en luisterden ze.'

'En?'

'En, ik denk dat ik een vrouw in Duitsland heb gevonden die bijna is gestorven aan een allergische reactie onder verdachte omstandigheden.'

Tomek liet de lepel op het aanrecht vallen, zich niet bewust dat deze over het oppervlak schoot en op de vloer belandde.

'Welke verdachte omstandigheden?'

'Precies dezelfde als Diana Greenock.'

Tomek hield zijn adem in.

'Op welke manier?'

'Op elke mogelijke manier. Benedenwoning. Vermiste kat die door het raam naar binnen kwam. En ze heeft ook ernstig astma.'

Tomek knikte terwijl hij in de keukenkast staarde, zijn gedachten leeg.

'Hij was aan het oefenen,' fluisterde hij tegen zichzelf.

'Wat?'

'Wat onderscheidt haar van Diana Greenock? Waarom overleefde *zij* het wel en Diana niet?'

'Omdat deze vrouw iemand bij zich had logeren de nacht dat de kat binnenkwam. Ze had iemand die de hulpdiensten kon bellen en haar kon redden.'

'Wie is ze?'

'Martha Buhl.'

'Heb je contact met haar opgenomen?'

'Nog niet. Ik wilde het eerst met jou bespreken.'

Tomek knikte, zijn gedachten raasden door zijn hoofd.

'Oké. Prima. Goed. Geweldig. Jij zou het eerste contact moeten leggen, dan uitleggen wat er hier gebeurt, en me daarna in beeld brengen.'

'Dus je denkt dat zij misschien weet wie de moordenaar is?'

Tomek wilde niet te hard van stapel lopen. Tot nu toe wist hij alleen dat een vrouw bijna was gestorven onder zeer vergelijkbare, bijna identieke omstandigheden als Diana Greenock. Dat was alles. Niets meer, niets minder. Het zou irrationeel en bijna roekeloos zijn om aan te nemen dat er meer dan toeval in het spel was. Niet voordat ze degelijk, hard bewijs hadden.

De misdaden waren honderden kilometers van elkaar gescheiden.

Maar dat gold ook voor Diana Greenock en Mandy Butler.

'Wanneer is dit allemaal gebeurd?' vroeg Tomek.

'Ongeveer tien jaar geleden,' zei ze.

Tomek verstijfde.

Dat paste in het tijdskader.

Vijf jaar tussen het incident in Duitsland en de moord op Diana Greenock.

Drie jaar tussen haar en Mandy Butler.

Nog eens twee jaar tussen Mandy en Lily.

En nu een periode van twee weken tussen de dood van Lily en die van Fern.

Een moordenaar die langzaam de kunst van het doden perfectioneerde.

Een moordgolf die jaren in de maak was.

HOOFDSTUK
ZEVENENVEERTIG

Elk jaar organiseerde het team een oudejaarsavondfeest, met niemand minder dan hun resident feestorganisator Nadia als gastvrouw. Het was meestal een ware mix van alcohol, muziek en een handjevol hapjes en snacks, met catering verzorgd door de lokale Tesco Express in de hoofdstraat, en wat snoepgoed van de nabijgelegen Poundsaver. De avond was een gelegenheid voor hen om los te gaan en terug te kijken op het jaar en zichzelf te feliciteren dat ze het tot het einde hadden gered.

In voorgaande jaren had Tomek het evenement bijgewoond en zichzelf aan het eind van meerdere flesjes bier gevonden, en bij enkele gelegenheden in slaap gevallen aan zijn bureau. Maar dat was tijdens de jongere, zorgeloze dagen van zijn late twintiger en vroege dertiger jaren. Dit jaar moest hij het echter missen. In plaats daarvan had hij een avond van drinken, praten, muziek en plezier ingeruild voor precies hetzelfde. Het enige verschil was de locatie. En het gezelschap waarmee hij het zou doorbrengen.

'Dus ga je vanavond je move maken?'

'Welke move?' vroeg Tomek.

'Die je in alle films ziet.'

'Helaas is het leven niet zo.'

'Maar ga je het doen?'

Tomek wist niet precies wanneer Kasia's fascinatie voor zijn liefdesleven was begonnen, maar het was de laatste weken geïntensiveerd. Tot het punt waarop hij overwoog haar bij elk gesprek te betrekken dat hij ooit met iemand van het andere geslacht zou voeren. Altijd. Misschien was ze als een drugshond die de eenzaamheid en wanhoop in hem kon ruiken, en was ze wanhopig om te helpen.

'Ik ga niets *doen*. We gaan gewoon langs voor oudejaarsavond,' vertelde Tomek haar. 'Er is geen reden om er meer achter te zoeken.'

'Te laat,' zei ze met een glimlach die haar gezicht verlichtte.

Na nog enkele minuten in de auto kwamen ze aan bij het huis van Louise en Sylvia. Net als zij hadden ook zij de kerstversiering uit het raam gehaald, en Tomek was dankbaar dat hij nu een bondgenoot had in deze kwestie. Kasia ervan overtuigen dat zelfs het ophangen na Nieuwjaarsdag verkeerd was, bleek een moeilijk te winnen argument voor hem, maar uiteindelijk had ze toegegeven. En om haar zich beter te laten voelen over de beslissing, had Tomek voorgesteld om naar Louise en Sylvia te gaan voor een avond vol plezier, drinken, muziek, praten en misschien zelfs een paar gezelschapsspellen.

'Goedenavond, jullie twee,' zei Louise vrolijk terwijl ze de deur voor hen opende. 'Net op tijd. We zijn net klaar met alles klaarzetten.'

'Geweldig,' antwoordde Tomek, en gaf Kasia een por tegen haar schouder. 'Dat scheelt ons tenminste werk!'

'Geen bijpassende pyjama's vanavond?' vroeg Louise.

Tomek keek tussen hem en Kasia. 'Helaas niet. Hoewel jullie ook geen moeite hebben gedaan, dus ik voel me niet zo slecht.'

Voor de avond had Tomek een fles witte wijn gekocht - 11 pond van Sainsbury's - voor hemzelf en Louise, en een klein verpakking van vier alcoholvrije ciders voor de meiden. Toen ze de keuken binnenkwamen, nam Louise de fles van Tomek aan en bekeek het.

'Oyster Bay. Mijn favoriet. Hoe wist je dat?'

'Ik ben een politieagent. Ik heb mijn bronnen en kleine informanten overal.' Hij wees naar Sylvia, die net uit de woonkamer was gekomen, en Kasia, die zo dicht mogelijk bij haar stond. 'Namelijk, deze twee.'

'Nou, dat is erg aardig van je,' zei Louise, en richtte toen haar aandacht op de ciders. 'En voor wie zijn deze?'

'De informanten.'

Bij die woorden verdween de stralende, uitbundige glimlach op Louise's gezicht en veranderde in een donkerdere tint, alsof er net een schaduw over haar was gevallen.

Tomek voelde de behoefte om zichzelf te verdedigen.

'Ze zijn alcoholvrij. Na de vorige keer dacht ik dat dit een goede kennismaking voor hen is. Hen op jonge leeftijd en in een gecontroleerde omgeving laten wennen aan de smaken, met mensen die op hen letten. Je hoeft het niet te doen als je niet wilt. En als je ze hier helemaal niet wilt hebben, kunnen we ze in de prullenbak gooien.'

Louise pakte het pakketje op en bestudeerde het aandachtig. 'Ik denk dat je gelijk hebt. Geen zin om het onvermijdelijke te voorkomen, alleen maar uit te stellen.'

Met dat opgelost, schonken Tomek en Louise de drankjes in terwijl de meiden naar de woonkamer gingen, waar ze onmiddellijk opgingen in de wonderen van tv en hun smartphones.

'Hoe gaat het op je werk?' vroeg Louise.

'Zwaar. Lang. Maar ik heb een halve promotie gekregen, dus dat is best leuk.'

'Hoe werkt een halve promotie?'

'Het is er een waarbij ze je al het extra werk laten doen terwijl iemand ziek of met verlof is voor een paar weken.'

'Dus je bent een tijdelijke oplossing?'

'Absoluut.'

'Nou, gefeliciteerd. Een beetje ervaring op een hoger niveau is nooit slecht.'

Dat was het niet en Tomek was zich daar volledig van bewust. Maakte hem niet minder bitter over het feit dat hij met Victoria moest omgaan.

'Trouwens, bedankt,' begon hij, terwijl ze de woonkamer in liepen, drankjes in de hand.

'Waarvoor?'

'Voor het weghalen van al jullie kerstversiering. We hadden er eerder vandaag een paar ruzies over.'

Louise rolde met haar ogen en zuchtte diep. 'Vertel mij wat. Sylvia was hetzelfde. Maar ik vertelde haar dat als ik het voor het zeggen had, ze op Tweede Kerstdag al naar beneden zouden zijn.'

'Of helemaal niet opgehangen.'

Ze draaide zich naar hem toe en glimlachte. 'Daar trek ik de grens. Ik ben een grote fan van Kerstmis, begrijp me niet verkeerd, maar als het voorbij is, is het voorbij.'

Hun gesprek kwam tot een einde toen ze de woonkamer binnenkwamen. Bovenop een poef in het midden van het tapijt stond een groot dienblad met lekkernijen, met nog een dienblad op een salontafel. Een verrukkelijke selectie van lichte hapjes en lekkernijen: kaaskoekjes, Thaise zoete chillichips, broodstengels, Lindt-chocolaatjes, een doos Celebrations, kaas, crackers en een klein bakje druiven. Maar de echte topper, wat Tomek het meest aansprak en verbaasde, was het kleine glas met *paluski*. De smalle, met zout bedekte stokjes staken uit het glas als een mini-bos. Ze waren een basisproduct in de Poolse keuken en werden bij bijna elke gelegenheid genoten. En zelfs dan had je waarschijnlijk geen speciale gelegenheid nodig. Ze waren zout, smakelijk en duivels verslavend.

'*Paluski*!' schreeuwde Tomek opgewonden. 'Waar heb je die vandaan?'

'Ook ik heb mijn bronnen en informanten,' zei Louise met een glimlach.

Terwijl hij zijn hand uitstak naar een stokje *paluski*, zag hij dat ze de meisjes een knipoog gaf.

'Nu weten we in ieder geval de weg naar elkaars hart.'

De woorden waren zijn mond uit voordat hij het doorhad. En nu staarden alle drie hem aan.

Snel. Snel. Verzin iets.

'En ik denk dat de weg naar *jullie* hart kerst is.'

'Kerst!' riepen de meisjes, waarna ze zich tot elkaar wendden en begonnen te babbelen over hun versieringen en hoe jammer ze het vonden om ze weg te halen.

Goed gered, dacht Tomek.

Ze brachten de volgende paar uur door voor de tv, maar keken niet echt naar de rommel die was geprogrammeerd. In plaats daarvan praatten en lachten ze, en toen kreeg Tomek het briljante idee om bordspellen te spelen. Gelukkig had hij precies het juiste bij zich.

'Essex Monopoly? Ik wist niet eens dat er een Essex Monopoly bestond.'

'Geloof het maar, schat,' zei hij terwijl hij de verpakking opende. 'Weten jullie allemaal hoe je het speelt?'

Iedereen bevestigde dat ze dat wisten.

'Geweldig. Volgende vraag. Hebben jullie allemaal drie werkdagen vrij om dit te spelen?'

Iedereen bevestigde dat ze die hadden.

'Nou, ik niet, dus ik zal jullie binnen een paar uur moeten verslaan!'

En dat lukte hem precies in die tijd. Drie uur van dobbelen, kopen, betalen, bezitten, bouwen en strategisch zichzelf naar de eerste plaats brengen. Toen alle andere spelers officieel failliet waren, telde Tomek zijn winst voor hen uit.

'Vooruit dan,' zei Louise, terwijl ze haar derde glas wijn in haar hand hield. 'Met hoeveel heb je gewonnen?'

'Ik ben de tel kwijtgeraakt,' antwoordde Tomek, terwijl de waarheid was dat de marge waarmee hij had gewonnen te groot was, en om hen te behoeden voor schaamte, hield hij de informatie voor zichzelf.

Aangemoedigd door zijn overweldigende overwinning, stelde Tomek het volgende spel voor. Singstar op de PlayStation. Een spel dat twee microfoons en twee bereidwillige karaoke-enthousiastelingen vereiste. Het doel van het spel was simpel: meezingen met een populair nummer en zo zuiver mogelijk blijven. Bij het begin van het spel koesterde Tomek geen illusies over waar hij in de ranglijst zou eindigen. Maar aan het einde van het eerste nummer had hij ontdekt dat hij ermee weg kon komen door in de juiste toonhoogte te neuriën in plaats van de eigenlijke woorden te zingen en was hij als eerste geëindigd, tot grote ergernis van zijn tegenstanders. Voor de rest van de sessie werd hij gedwongen het spel 'eerlijk' te spelen door zichzelf te vernederen met zijn vreselijke zangtalenten. Aan het einde eindigde hij echter op een respectabele derde plaats, net voor Louise, met Kasia aan de top.

'Maakt dat het 2-0 voor de familie Bowen?' vroeg Tomek, zelfingenomen.

'Jullie zijn onze gasten,' antwoordde Louise. 'We moeten jullie wel laten winnen.'

'Of we waren gewoon beter vanavond. Slechte verliezer.' Tomek gaf haar een knipoog en schonk zichzelf zijn laatste glas wijn in. Hij had er maar één gehad, en meer zou hem over de limiet brengen. Om nog maar te zwijgen van het slechte voorbeeld dat hij daarmee aan zijn dochter zou geven.

Kort daarna verwelkomden de vier het nieuwe jaar met een omhelzing, feestpoppers en het geluid van tegen elkaar klinkende glazen. Veel rustiger en kalmer dan het tumult van dertig mensen die in elkaars gezicht schreeuwen met hun alcoholadem, terwijl ze moeizaam de kamer rondgaan om er zeker van te zijn dat ze iedereen een gelukkig nieuwjaar wensen.

'Gelukkig Nieuwjaar, meiden,' zei Louise. 'Wat hebben jullie gewenst?'

Sylvia en Kasia keken elkaar aan voordat ze antwoordden.

'We wensten dat Lucy beter zou worden.'

Trots zwol op in Tomek. Van alle dingen die ze had kunnen vragen - de Apple Watch die hij niet voor haar had gekocht met kerst of de kleren en schoenen waar ze hem bijna wekelijks om zeurde - had ze in plaats daarvan iets diepers gekozen, iets betekenisvollers en oprechters.

'Nou, het goede nieuws is dat ze aan de betere hand is,' legde Tomek uit. 'Ik zag Nick laatst en hij zei dat ze nog steeds in coma ligt, maar dat ze vooruitgaat.'

'Dat is *goed* nieuws,' zei Louise.

'Hebben jullie al gevonden wie het heeft gedaan?' vroeg Sylvia.

De vraag verraste Tomek. Voor zover hij wist, had ze de dag na het voorval een getuigenverklaring afgelegd.

'Wat bedoel je, schat?' vroeg Louise.

'De... de andere...' Ze slikte diep en vermeed hun blik.

Toen ze niet doorging, nam Tomek het op zich om voorzichtig aan te dringen.

'Is er iets dat je ons moet vertellen, Sylvia? Je kunt het hier zeggen. Dit is een veilige omgeving.'

Ze pauzeerde, wachtte. Beheerste zichzelf.

'Die avond,' begon ze zachtjes, starend naar het tapijt. 'Die avond zag ik nog een figuur... een man. Tenminste, ik *denk* dat ik hem zag. Het is al die tijd door mijn hoofd blijven malen. Hij stond daar gewoon... in het donker, bij de viskraam, en keek naar ons.'

HOOFDSTUK
ACHTENVEERTIG

'De moordenaar was daar op de avond van Lucy's incident.'
'Hoe kun je er zeker van zijn dat het de moordenaar was?' vroeg Victoria.

'Intuïtie.'

'Ik wil niet dat we op de zaken vooruitlopen, Tomek,' zei ze zachtjes.

Ze zaten samen opgesloten in haar kantoor en bespraken het essentiële stukje informatie dat Sylvia hun had gegeven. Het nieuws over de anonieme figuur had zich verspreid onder de rest van het team en ze waren het momenteel aan het onderzoeken.

'Het kan niets zijn,' zei hij. 'Maar aan de andere kant kan het ook *iets* zijn. En als dat zo is, dan wil ik ervoor zorgen dat we elk beschikbaar wapen in ons arsenaal inzetten om erachter te komen wie het is.'

'Heb je je afgevraagd waarom de moordenaar daar zou zijn?' vroeg Victoria.

Die gedachte was niet bij hem opgekomen. Niet dat het nodig was.

'Heb jij je afgevraagd waarom de moordenaar mensen verdomme vermoordt?' vroeg hij als reactie. 'Waarom doet hij dit alles überhaupt?'

Daarop had Victoria geen antwoord. Zittend in haar stoel kruiste ze haar benen en legde haar handen op haar knie. Toen gaapte ze diep, waarbij ze haar mond wijd opende en haar tanden zichtbaar werden. Ze wreef in haar ogen terwijl ze tegen een tweede gaap vocht.

'Zware avond gisteren, was het?' De minachting in Tomeks stem was overduidelijk.

'Een beetje,' antwoordde ze. 'Veel van ons hebben vanochtend last van katergremlins.'

Er was een tijd dat Tomek het jammer zou hebben gevonden de jaarlijkse oudejaarsavondviering te missen - een klassiek geval van FOMO, fear of missing out - maar nu kon het hem geen reet schelen hoe iemand van hen zich voelde. Ja, in eerdere jaren zou hij zich hetzelfde hebben gevoeld, moe, met bonzend hoofd, misselijk, en wanhopig verlangend naar iets vets en zuurs om het gif in zijn systeem te bestrijden, maar hij slaagde er altijd in zijn werk te doen. Hij bracht het altijd tot een goed einde. En nu kreeg hij de indruk van Victoria dat ze wilde dat de anonieme figuur nog een dag zou wachten, dat Tomek het zou uitstellen terwijl zij stiekem een dutje deed in haar kantoor met gesloten jaloezieën en een zonnebril over haar ogen.

Nou, daar zou hij niet voor zwichten.

Nick had dat nooit gedaan, dus waarom zou hij?

Terwijl Tomek toekeek hoe Victoria een fles water opende alsof ze Parkinson had, ging de deur open en stak Chey zijn hoofd om de hoek. Zijn gezicht kon, dankzij de pracht van de jeugd, de kater verbergen waar hij duidelijk aan leed. Helaas bleven sporen ervan hangen in zijn stem, krakkerig en gebroken. Om nog maar te zwijgen van de alcoholgeur die aan zijn adem hing omdat hij zijn tanden niet goed had gepoetst.

'Sorry... sorry dat ik stoor, sergeant, *mevrouw*.'

'Het is prima,' snauwde Tomek. 'Wat heb je?'

'CCTV-beelden van de viswinkel en een paar restaurants langs de boulevard van Old Leigh.'

Tomek stuwde zichzelf van zijn stoel en volgde Chey naar zijn bureau, waar hij Martin, Nadia en Rachel al aantrof die rond hingen. Allen wachtten gespannen op het nieuws.

Toen hij naderde, merkte hij dat de lucht om hen heen zwaar was van parfum en aftershave, een geur die aan de achterkant van zijn keel bleef plakken. Als hun pogingen om de alcohol te verbergen die momenteel uit hun poriën sijpelde discreet bedoeld waren, was het allesbehalve.

'Hallo, iedereen!' schreeuwde Tomek, terwijl hij herhaaldelijk met zijn handpalmen op tafel sloeg.

Na de eerste klap legden ze allemaal hun handen tegen hun hoofd, hun oren bedekkend. Allemaal behalve Nadia die, dankzij de baby die in haar buik groeide, de hele avond nuchter was gebleven en genoot van het zien van haar collega's die zich in zelfmedelijden wentelden.

'Wat doe je verdomme, idioot?' snauwde Martin, die van hen allemaal de ergste kater had.

Tomek gaf de man een klap op zijn rug en zei: 'Ik zorg er gewoon voor dat jullie allemaal fris en levend zijn vanochtend.'

'Je mag van geluk spreken dat niemand heeft overgegeven,' zei Nadia. 'Het was... *rommelig.*'

Tomek nam plaats op de stoel vooraan die voor hem was vrijgehouden. Een paar momenten later had het meest heldere teamlid (afgezien van Tomek en Nadia) de videobeelden geladen en op play gedrukt.

Op het computerscherm van de agent was duisternis te zien, de vage contouren van vormen nauwelijks zichtbaar. In het midden van de beelden was het strand, links waren Lucy Cleaves en Paddy Battersby, en onderaan, net buiten zicht, was de anonieme figuur, een silhouet van zwart, zijn kenmerken niet te onderscheiden.

Naarmate de beelden vorderden, en terwijl alle meisjes reageerden op het incident en op Paddy sprongen, bewoog de figuur. Eerst waren zijn bewegingen langzaam, aarzelend, maar toen hij meer vertrouwen kreeg dat hij niet gezien zou worden - de meisjes waren te gefocust op het vasthouden van Paddy en het verzorgen van hun vriendin - liep hij recht langs hen heen. Aan het einde van de boulevard sprong hij het strand op en verdween in de verte, waarbij hij een grote boog maakte tot hij het einde van het strand bereikte waar hij weer op de boulevard klom en in het donker verder ging, in de richting van Southend-on-Sea.

'Waar gaat hij daarna naartoe?' vroeg Tomek.

'Nou, er zijn geen beelden van die omgeving. Het is gewoon een smalle-'

'Wat gebeurt er als hij bij Chalkwell komt?'

'Je liet me niet uitpraten,' snauwde Chey. Toen klikte hij op nog een paar knoppen en er verscheen een tweede scherm met duisternis. 'Dit zijn beelden van verderop langs de boulevard tussen Chalkwell Beach en Southend.' Hij wees naar een bewegende schaduw op het strand. 'Volgens mijn inschatting is dit dezelfde man. Dezelfde lengte, dezelfde bouw, dezelfde outfit.'

'Waar gaat hij naartoe?'

En toen vond hij het antwoord in nog een stuk CCTV-beeldmateriaal. De figuur, gemaskeerd door een grote jas en zijn nabijheid tot de camera's, was onderweg naar Grosvenor Casino.

'Ga terug naar het eerste beeld, op Bell Wharf.'

Chey deed wat hem werd opgedragen, en Tomek leunde naar voren voor een beter zicht, zijn ogen centimeters van het scherm.

'Waar kijk je naar, sergeant?' vroeg Chey.

'Ik probeer uit te zoeken wie het is,' zei hij. En voegde toen toe: 'Ik denk dat het James Elliott is.'

HOOFDSTUK
NEGENENVEERTIG

Tijdens het eerdere onderzoek naar de financiële administratie van James Elliott had het team ontdekt hoe ongezond zijn verleden met het casino aan de boulevard en de verschillende online platforms was geweest. Een ongezond verleden dat bijna tot een echtscheiding had geleid en hem zijn baan had gekost. In de loop van twee jaar had hij bijna dertigduizend pond verloren en had hij zijn huis bijna kwijtgeraakt.

Tomek had iets soortgelijks in zijn leven meegemaakt. Twee van zijn vrienden van school hadden zich beiden geconfronteerd gezien met een faillissement door hun verslavingen. Ze hadden tegen hun partners gelogen, tegen zichzelf gelogen, en waren uiteindelijk aan hun einde gekomen nadat ze te diep in de schulden waren geraakt bij een woekeraaar die ze niet konden terugbetalen.

Wat James Elliott betreft, Tomek was niet bezorgd dat hetzelfde gebeurde. Integendeel, hij dacht het tegenovergestelde. Dat James Elliott degene was die de moorden pleegde.

'Waar is uw man, mevrouw Elliott?'

Amber Elliott, een vrouw die er net zo moe uitzag als Rachel zich voelde terwijl ze naast hem zat, depte haar zware eyeliner met een tissue. Ze had gehuild sinds hun aankomst, haar gedachten begonnen al het ergste te vrezen. Het was Nieuwjaarsdag, een van de drukste dagen op de voetbalkalender voor de National League, en haar man was nergens te bekennen. Hij was 's ochtends niet op zijn werk verschenen voor de wedstrijd om drie uur tussen Dagenham & Redbridge FC en Eastleigh. Hij was ook niet thuisgekomen van een nachtelijke uitstap.

'Ik weet niet waar hij is,' antwoordde ze, snikkend.

'Wanneer heb je hem voor het laatst gezien?' vroeg Rachel.

Tomek had haar gevraagd om mee te komen, samen met Anna, die momenteel de twee dochters van de Elliotts in de keuken bezig hield.

'Hij ging gisteravond uit,' antwoordde ze, haar stem brak halverwege.

'Weet je waarheen?' vervolgde Rachel.

Tomek was blij dat hij achterover kon leunen en zijn collega het gesprek kon laten leiden.

'Hij zei dat hij naar een voetbalevenement ging. Ze hebben meestal een oudejaarsavondfeestje voor de spelers en medewerkers. Een tam gebeuren. Niets te wilds omdat ze de volgende dag een wedstrijd hebben. De families zijn uitgenodigd, maar Lara voelde zich gisteravond niet zo lekker, dus we zijn niet gegaan.'

'Voelt ze zich nu beter?' vroeg Rachel terwijl ze naar de andere kant van de woonkamer schoof en naast Amber ging zitten.

'Ja, ze is nu weer in orde. Dank je.' Amber depte opnieuw haar ogen en vouwde het tissue verschillende keren dubbel.

'Wanneer merkte je dat er iets mis was?' vervolgde Rachel.

'Toen ik vanmorgen wakker werd. Hij was er niet. Ik probeerde zijn mobiel, maar hij nam niet op. Een deel van mij dacht dat hij bij de club was gebleven en gewoon van daaruit naar de wedstrijd zou gaan, aangezien het een paar uur rijden is. Maar toen ik een telefoontje kreeg van een van zijn maten bij de club die zei dat hij hem ook niet kon bereiken, wist ik dat er iets mis was. Dat er misschien iets met hem was gebeurd.'

Of dat hij misschien iemand anders iets heeft aangedaan.

'Heeft je man ooit eerder zoiets gedaan? Een nacht weggebleven en niet thuisgekomen?'

Amber Elliott kon Tomek niet in de ogen kijken terwijl ze langzaam, plechtig knikte. 'Toen... toen de dingen echt slecht waren... met het geld en het gokken,' begon ze, en hoestte toen ze verstikte in de tranen die in haar keel opwelden. 'Toen de dingen slecht waren tussen ons, waren er momenten waarop hij uitging om te gokken en pas de volgende ochtend thuiskwam, nadat hij al ons geld had verloren.'

De zorgen in Tomeks hoofd bleven groeien. Als James Elliott nachten lang wegbleef, was er geen weten wat hij nog meer zou kunnen hebben gedaan. Gokken, ja. Concerten bijwonen en ondertussen onschuldige meisjes vermoorden? Mogelijk.

Vanuit de keuken klonken vrolijke gilletjes en gelach door de deur. Amber hief haar hoofd op en draaide zich om naar de keuken.

'Mevrouw Elliott,' zei Tomek, waarmee hij haar aandacht weer op hem richtte. 'Uw kinderen zijn in orde. Ze zijn in goed gezelschap. Ik ga u nu enkele foto's tonen en ik ga u enkele moeilijke vragen stellen, oké? En ik heb nodig dat u heel goed voor mij nadenkt. Oké?'

Op dat moment draaide Amber zich naar Rachel voor emotionele steun. De agente toonde haar die door een arm om haar schouder te leggen en zachtjes over haar rug te wrijven. Uit haar reactie kreeg Tomek de indruk dat ze wist waar dit over ging.

'Waar was uw man op de avond van de negentiende december?'

De nacht van de dood van Fern Clements.

Terwijl ze tegen de tranen vocht, haalde Amber haar telefoon uit haar broekzak en bekeek haar agenda. 'Hij was bij een uitwedstrijd. Ze speelden tegen Tranmere Rovers.'

'En drie nachten daarvoor?'

De nacht dat Lily Monteith stierf.

'Hij... ik kan het me niet herinneren. Ik denk dat hij thuis was.'

'Maar je kunt het niet met zekerheid zeggen?'

'Nee. Sorry.'

Toen Tomek zijn mond opende, stond hij op het punt haar te vragen waar haar man twee jaar geleden was, op de avond van Mandy Butlers dood, maar toen besefte hij dat het onredelijk was om te verwachten dat ze zoiets zou weten.

'Ging uw man ooit naar concerten, mevrouw Elliott?' vroeg Tomek.

'Ik... Waarom? Wat heeft dat ermee te maken?'

'Beantwoord alsjeblieft gewoon de vraag,' antwoordde hij vast-beraden.

'Ik bedoel, misschien heeft hij dat wel gedaan. We zijn nooit naar zulke plekken geweest. Tenminste, niet in lange tijd. Alleen toen we net begonnen te daten. Dat veranderde allemaal toen hij zijn baan kreeg. Hij is altijd weg, gaat naar allerlei plekken, reist het hele land door.'

'Wat dacht je van bijen? Heeft je man interesse in bijen of heeft hij ze ooit genoemd in een gesprek?'

'Ik... ik... ik denk het niet.'

Tomek knikte. 'Hoe vaak zie je je man, mevrouw Elliott?'

'Niet veel.'

'Hoeveel dan?'

Ze sloeg agressief met haar hand op haar knie. 'Wil je dat ik er een getal op plak? Wil je dat ik je een percentage geef?'

'Graag,' zei Tomek met een lichte knik.

Zuchtend antwoordde Amber: 'Vijfentwintig procent van de tijd. Misschien iets meer. Hij is nauwelijks thuis. En ik heb het ook altijd druk op mijn werk, dus de meiden moeten het grootste deel van de week voor zichzelf zorgen. Gelukkig zijn ze nu oud genoeg om dat te kunnen, maar dat was niet altijd zo makkelijk.'

Tomek wachtte even voordat hij naar de volgende vraag ging. In de keuken gingen de opgewonden geluiden en speels gelach door, wat Amber een beetje meer op haar gemak stelde.

'Ik begrijp dat jullie twee jaar geleden een moeilijke periode hebben doorgemaakt.'

'Ja.'

'Wat is er gebeurd?'

'Dat was toen ik voor het eerst ontdekte dat hij gokproblemen had. Hij ontkende het, zoals je zou verwachten, maar ik had bewijs. Ik zag zijn bankrekening en alle e-mails die hij kreeg van gokbedrijven met aanbiedingen en gratis weddenschappen. Dus ik flipte. Het had ons bijna uit elkaar gedreven. De twee maanden dat we uit elkaar waren, hebben ons echt geholpen om onze relatie te herstellen. We zouden nu niet meer samen zijn als dat niet was gebeurd.'

Tomeks oren spitsten zich. Het tijdvenster van Mandy Butlers dood verscheen in zijn gedachten.

'Jullie waren uit elkaar?' vroeg Tomek ter verduidelijking.

'Ja.'

'Vind je het erg als ik vraag wanneer dat was?'

Ze ging rechterop zitten bij die vraag. 'Nou, je hebt naar al het andere gevraagd, ik zie niet in waarom ik een probleem zou hebben met *die* vraag.'

Tomek reageerde niet, en toen ze besefte dat hij dat niet ging doen, vervolgde ze: 'Het was tussen maart en juli. Twee jaar geleden. Ik herinner het me omdat we weer bij elkaar kwamen net voor de schoolvakantie en hij ons trakteerde op een vakantie naar Florida. Gekocht en betaald met zijn gokwinsten.'

Tomek nam even de tijd om de informatie te verwerken. De scheiding van James en Amber viel samen met de tijd waarin Mandy Butler was overleden. Wat hem zeer zeker in beeld bracht voor haar moord.

Wat er eentje overbleef: Diana Greenock.

Was het mogelijk dat hij haar ook had vermoord? Tomek wilde het graag geloven, maar kon niet bedenken hoe het zou passen. En toen trof het hem: Dagenham & Redbridge FC. De National League had twee teams uit de omgeving van Manchester: Rochdale en Oldham Athletic. Misschien had James op een bepaald moment vriendschap met haar gesloten, mogelijk bij een van de wedstrijden. Misschien hadden ze nummers uitgewisseld en wekenlang of maandenlang via sms geflirt, wachtend op zijn volgende bezoek. En misschien was hij die nacht haar huis binnengedrongen om haar te vermoorden.

Het was niet geheel onmogelijk. Maar het zou zeker meer speurwerk vereisen.

'Zeggen de namen Diana Greenock, Mandy Butler, Lily Monteith of Fern Clements je iets, Amber?' vroeg Tomek, terwijl hij haar een afdruk overhandigde die Chey had gemaakt. Erop stonden recente foto's van de vier slachtoffers, met hun namen boven hun hoofden. 'Neem alsjeblieft je tijd.'

En dat deed ze. Twee minuten, om precies te zijn. In die tijd pakte Tomek zijn telefoon en controleerde hij zijn e-mails, terwijl Rachel verdween om een kopje thee te maken voor haar en Amber en een glas water voor hem.

Tegen de tijd dat ze terugkwam, was Amber klaar met het analyseren van het document.

Tomek had het eerst niet opgemerkt, maar toen ze naar hem opkeek, zag hij de tranen in haar ogen vormen, en de twee die ze al niet meer kon bedwingen, abseilen nu over haar wangen.

'Betekent dit wat ik denk dat het betekent?' vroeg ze met een beverige stem.

'We weten nog niets met zekerheid, mevrouw Elliott.'

'Denk je dat mijn man dit heeft gedaan?'

'We onderzoeken momenteel alle mogelijke sporen,' antwoordde Tomek. 'Zeggen die namen je iets?'

Langzaam, aarzelend, wees Amber Elliott naar een naam op het blad.

'Lily Monteith. Ze gaat naar dezelfde school als de meisjes.'

De avond waarop Amber niet kon verklaren waar haar man was.

HOOFDSTUK
VIJFTIG

'Het moet concreter zijn,' zei Victoria terwijl ze een Alka-Seltzer in een glas water liet vallen.

De bubbels sisten en bruisten net als Tomeks frustratie.

'Hoeveel meer hebben we nodig?' vroeg hij. 'Wilt u dat we naast hem staan terwijl hij een meisje ontvoert en vermoordt met welke methode hij ook maar als volgende heeft gekozen, alleen maar zodat we absoluut zeker kunnen zijn?'

Victoria wierp hem een verachtelijke blik toe. 'Je hoeft niet zo spottend te doen, Tomek.'

'Soms denk ik van wel. Tot nu toe is James Elliott de enige verdachte van wie we met een zekere mate van zekerheid, hoe groot die ook mag zijn, kunnen zeggen dat hij onze moordenaar is.' Tomek stak zijn hand in de binnenzak van zijn colbert en haalde zijn notitieboekje tevoorschijn, waarna hij door de pagina's vooraan bladerde. 'Tracy Pickards forensisch profiel suggereerde dat hij iemand is in een machtspositie, iemand die grotendeels aantrekkelijk is, iemand die de barrières van zijn slachtoffers kan afbreken. En ik denk dat Elliott aan dat profiel voldoet. Hoewel hij misschien maar een materiaalman is, werkt hij bij een voetbalclub. Bepaalde types meisjes lijken daar dol op te zijn, vooral als hij zijn trainingspak draagt. Toen ik met hem sprak, kwam hij zelfverzekerd en enigszins manipulatief over. En, ik ben geen expert, maar ik zou zeggen dat hij ook vrij knap is. Om nog maar te zwijgen over het feit dat hij Lily Monteith kent, mogelijk door rond te hangen bij haar school, en zijn vrouw kan niet verklaren waar hij was op de avond van haar dood. Hij reist het hele land door, dus het is mogelijk dat hij op een bepaald moment in contact is gekomen met Diana Greenock en Mandy Butler. Hij maakt deel uit van de voetbalclub en heeft connecties met Darren Edgerton en Harrison Rossiter, en zijn gelaatstrekken zijn herkenbaar in elk van de compositietekeningen die onze getuigen hebben gemaakt.'

'Je maakt een grapje, toch?' vroeg Victoria terwijl ze een flinke slok bruisend water nam. Toen ze klaar was, vertrok ze haar gezicht en zette het glas op tafel, terwijl ze de bubbels uit haar hoofd schudde. 'Al die tekeningen tonen een blanke man met bruin haar en een puntige neus. Dat lijkt op bijna de helft van de kerels in deze stad. Een van hen lijkt zelfs een beetje op *jou*.'

Tomek stemde stilzwijgend in. Een van hen leek inderdaad op hem en hoewel compositietekeningen doorgaans niet zo zwaar moesten worden meegewogen, hadden ze wel hun nut en het overtuigen van zijn waarnemend hoofdinspecteur van de geldigheid van zijn beweringen was er een van.

'Beantwoord me dit,' begon Victoria. 'Wat heeft zijn gokken met dit alles te maken?'

Dit was ook het deel dat Tomek had dwarsgezeten. Het leek hem niet zo voor de hand liggend als de rest, maar hij was er zeker van dat er ergens een verband was. En soms was de enige manier om het te vinden door erover te beginnen praten.

'Ik heb daarover nagedacht,' begon hij, 'en ik denk dat het iets te maken heeft met de auto, wat nog iets is waar we hem op hebben, toch? De auto staat geregistreerd op naam van zijn familie, en hij wilde ons niet vertellen aan wie hij hem had verkocht. Ik denk niet dat hij hem aan iemand heeft verkocht.'

'Het gokken, Tomek,' zei Victoria streng, die dwars door zijn façade heen keek ondanks haar vertraagde reactietijd. 'Wat is het verband met de gokverslaving? Welk motief geeft hem dat om deze meisjes te vermoorden?'

'Het heeft er helemaal niets mee te maken,' zei hij. 'De gokverslaving was gewoon een van zijn ondeugden. De avond dat Lucy werd aangevallen op het strand, was hij daar voor iets anders. Misschien was hij toch al op weg naar het casino. Hij bevond zich gewoon op de verkeerde plaats op het verkeerde moment. Zijn vrouw legde ons uit dat hij soms 's nachts verdwijnt en dat hij altijd bij het voetbal is. Misschien voedde hij op die manier zijn verslaving en wilde hij langs de boulevard lopen in het donker om zijn identiteit te verbergen.'

Victoria wreef in haar ogen en dacht even na. Voordat ze kon antwoorden, klonk er een klop op de deur van haar kantoor. Victoria verzocht binnen te komen.

Het was Oscar, met zijn hele één meter vierenzestig.

'Hoe kunnen we u helpen, kapitein?' vroeg Tomek.

'Het gaat over James Elliott.'

'Heeft iemand hem in een materiaaltas gevonden?'

'Nee, maar agenten in uniform patrouilleren zoals gevraagd de velden in de omgeving op zoek naar meer slachtoffers, en we hebben waarschuwingen uitgestuurd voor vermiste personen die overeen-komen met de beschrijvingen van onze moordslachtoffers.'

Tomek knikte. 'Goed zo. Wat is er?'

'Eigenlijk gaat het over wat u net zei, brigadier.'

'Hebben ze hem in een materiaaltas gevonden?'

'Ja. En nee. Ik heb net gesproken met het hoofd personeelszaken, en die vertelde me dat ze James Elliott ongeveer twee maanden geleden hebben ontslagen. Ze hebben hem ontslagen omdat ze erachter kwamen dat hij een gokprobleem had. Ze kunnen het zich niet veroorloven iemand in dienst te hebben die zoiets doet bij de club. Reden voor onmiddellijk ontslag. Hij werkt daar al ongeveer acht weken niet meer.'

Tomek keek naar Victoria en toen weer naar Oscar. 'Dus wat heeft hij in godsnaam al die tijd gedaan?'

Toen keek hij naar de afdruk met de namen en gezichten van de slachtoffers.

'Dus hij is de afgelopen weken een werkloze gokverslaafde geweest die tegen zijn familie heeft gelogen,' zei Victoria, optredend als de onverbiddelijke stem van de rede. 'Het verklaart nog steeds niet zijn verband met al die meisjes. Heb je de lijsten gecontroleerd?'

De lijsten. De verdomde lijsten van alle mannen die ooit in het leven van de slachtoffers waren gekomen. Meer dan vierhonderd namen verspreid over vier verschillende spreadsheets.

Tomek knikte. 'Ik heb een eenvoudige zoekfunctie gebruikt voor elk, ja.'

'En?'

'Niets.'

'Nou, daar heb je het.'

'Maar die lijsten moeten niet als evangelie worden beschouwd,' verdedigde hij. 'Ik zou zeggen dat ze ongeveer net zo nuttig zijn als de compositietekeningen.'

'Wat was dan het nut van het samenstellen ervan?'

Oscar, die aanvoelde dat dit een discussie was die boven zijn niveau lag, begon langzaam de kamer uit te schuifelen. Tomek merkte hem op in zijn ooghoeken, en net toen hij de man wilde aanspreken, verscheen Sean in de deuropening, die deze volledig vulde met zijn enorme schouders.

'Wat is dit? Een feestje in mijn kantoor waar iedereen voor is uitgenodigd?'

'Nee, mevrouw. Het is beter dan een feestje, niet dat u geen goed feest zou kunnen organiseren, ik weet zeker dat u dat wel kunt, het is alleen...' Sean kwam uiteindelijk langzaam tot stilstand, terwijl hij Victoria diep in de ogen keek. Even dacht Tomek dat hij eruitzag als een verdwaalde schooljongen, wachtend op instructies.

'Wat heb je te zeggen, Sean?' vroeg Victoria vriendelijk.

'Er is zojuist een vermissing gemeld van een tienermeisje, veertien jaar oud. Voor het laatst gezien gisteravond.'

Tomek wierp een snelle blik op de inspecteur. 'James Elliott en een tienermeisje verdwijnen op dezelfde avond. Toeval?'

Daar kon ze niet tegenin gaan.

Het meisje heette Remi Sane, wat één letter verwijderd was van waar haar ouders haar wilden hebben: safe.

'Ze is gisteravond naar een vriendin gegaan en zou naar huis komen, maar dat heeft ze nooit gedaan,' legde Roger Sane, Remi's vader, uit. 'We hebben haar keer op keer gebeld, maar ze neemt gewoon niet op. We hebben al die berichten in het nieuws gezien over de moorden en de andere meisjes die zijn gestorven, en we zijn zo bang dat haar iets is overkomen.'

'Wat is haar allergie?' vroeg Tomek bot, zonder zich te realiseren hoe ongepast dat kon overkomen.

'Allergie? Ze... ze heeft er geen.'

'Juist.'

Daarmee vlogen hun verwachtingen dat het vermiste meisje verband zou houden met Lily Monteith en de andere slachtoffers regelrecht het raam uit.

'Wat maakt dat voor verschil?' vroeg Phoebe Sane naast haar man. 'Ze is nog steeds vermist, of ze nu een allergie heeft of niet.'

Het betekent alleen dat de kans veel groter is dat ze nog leeft, dacht Tomek. Hij besloot vervolgens dat het in ieders belang was als hij verder niets zou zeggen.

'Absoluut,' onderbrak Anna. 'We wilden uw dochter alleen uitsluiten van ons onderzoek naar de moorden die u noemde. De moordenaar heeft een bepaald type slachtoffer, en op basis van uw beschrijving van uw dochter, past zij daar niet bij. Dus in dat opzicht hoeft u zich geen zorgen te maken.'

'Dus wat u zegt is dat ze wel vermist kan zijn, maar u denkt niet dat ze dood is.'

En het ging allemaal zo goed. Tomek vond dat Anna het professioneel en diplomatiek had aangepakt, maar blijkbaar niet goed genoeg naar de zin van Remi's ouders.

'Het is belangrijk voor ons om te weten bij wie uw dochter gisteravond was,' vervolgde ze, de beschuldiging ontwijkend.

'Haar vrienden.'

'Ja. Weet u toevallig hun namen?'

Hoe zeer hij het ook haatte om het toe te geven, vanaf het moment dat hij ontdekte dat Remi geen allergie had, begon Tomek af te dwalen. Als ze niets te maken had met de moorden, dan verspilde hij zijn tijd terwijl die beter besteed kon worden aan het vinden van James Elliott.

Tomeks gedachten waren volledig in beslag genomen door de man die hen allemaal had voorgelogen. Die over zijn baan had gelogen, over zijn verslaving had gelogen, over de auto die buiten het gebouw in Shoeburyness was gevonden had gelogen. De man had een grote schietschijf op zijn hoofd, en Tomek kon niet wachten om hem in het midden van zijn vizier te krijgen.

Er gingen enkele minuten voorbij waarin hij half luisterde, knikte wanneer hij dacht dat er iets belangrijks of gevoeligs was gezegd, en glimlachte wanneer hij dacht iets opbeurends te horen. Ondertussen maakten zijn gedachten overuren. Met meer dan honderdzestig kilometer per uur.

Diana Greenock. Mandy Butler. Lily Monteith. Fern Clements. De Volvo. Het gebouw. Dagenham & Redbridge FC. Billy de verdomde koevechter.

Maar voordat hij nog meer aan hen kon denken, klonk er een geluid bij de voordeur. Luid, abrupt. Een bonkend geluid. Niet van iemand in nood, maar de wanhoop erachter was duidelijk.

'Remi!' riep Phoebe uit terwijl ze van de bank sprong en haar man achterliet.

Roger volgde haar kort daarna de woonkamer uit, met Tomek en Anna in zijn kielzog. Tegen de tijd dat de drie van hen in de gang aankwamen, had Phoebe haar armen om haar dochter geslagen, omhelsde haar stevig, drukte haar tegen haar borst, wiegde haar hoofd en kuste haar voorhoofd.

Ze hield haar dicht bij zich.

Remi Sane was nu precies zoals haar ouders haar wilden hebben.

Veilig.

'Het lijkt erop dat u ons niet meer nodig heeft,' zei Anna, terwijl ze samen naar de uitgang liepen.

HOOFDSTUK
EENENVIJFTIG

Tomek zat al uren aan zijn bureau, langzaam gek wordend, zichzelf in een kater-achtige toestand werkend, met alle bijbehorende symptomen. Hoofdpijn, vermoeidheid, somberheid, zelfverachting, verlies van waardigheid en spijt.

Een kater die hij helemaal aan zichzelf te danken had.

Hij had urenlang naar dezelfde informatie zitten staren, proberend de puzzelstukjes in elkaar te passen, op zoek naar een manier om het allemaal logisch te laten klinken. Maar uiteindelijk was zijn blik vernauwt en alles wazig geworden.

Pas toen hij een stevige hand op zijn schouders voelde, knipperde hij met zijn ogen. Of dat dacht hij tenminste. Hij kon zich niet precies herinneren wanneer hij dat voor het laatst had gedaan.

'Je ziet eruit alsof je wel wat slaap kunt gebruiken,' zei Sean terwijl hij naast hem ging zitten.

'Of een drankje.'

'Zin in een brutaal Nieuwjaarspintje later in de Last Post?'

Tomek haalde zijn schouders op. 'Ik zou wel willen. Maar Kasia, ze is de hele dag thuis geweest. Ik wil niet...'

'Ik snap het. Het nieuwe normaal.'

'Het nieuwe normaal.'

Beide mannen grijnsden naar elkaar en deelden een blik die Tomek op zijn gemak stelde.

'We moeten iets in de agenda zetten,' zei hij. 'Net zoals vrouwen dat doen.'

'We kunnen wel wat leren van Nads. Volgens mij heeft zij de uitnodigingen voor Halloween volgend jaar al verstuurd.'

Tomek rolde met zijn ogen en grinnikte. 'Ik denk dat ik mezelf als "misschien" opgeef voor die. Niet na de ramp van dit jaar.'

Zijn ex-vriendin was ongevraagd op het feest verschenen en had het ter plekke uitgemaakt, om vervolgens een pedofiel te vermoorden. Hij had zeker al plezierigere avonden met het team gehad.

'West Ham speelt eind van de maand thuis, als je zin hebt om te gaan?'

'Zou geweldig zijn. Ik weet zeker dat de kleine het prima vindt, ze kan gewoon naar een vriendinnetje of zo.'

'En haar moeder kan op beiden passen.'

'Als we het toch over liefdesinteresses hebben,' begon Tomek.

'Liefdesinteresses?' Sean's ogen werden groot. 'We hadden het niet over-'

'Ik vraag naar jou,' antwoordde Tomek gehaast. Vastbesloten om het gesprek terug te brengen naar Sean. '*Jouw* liefdesinteresses. Ik wil weten wat er bij jou speelt.'

'Bij mij?' Sean keek de ruimte rond en boog zijn hoofd. 'Ik heb geen liefdesinteresse.'

'Wat was dan dat gestuntel van eerder? In Victoria's kantoor?'

'Oh, met Vicky? Dat was-'

'Vicky?' Nu was het Tomek's beurt om grote ogen op te zetten. 'Jullie zijn nu al bij de schattige voornamen aanbeland?'

Sean stak zijn middelvinger op en zei dat hij moest oprotten. Iets wat Tomek absoluut niet van plan was.

'Jij kwam hiernaartoe,' voegde hij toe. 'Vertel me nu alles.'

Voor slechts de tweede keer sinds Tomek hem kende, zag Sean er verlegen uit, met dezelfde nerveuze schooljongensuitdrukking die hij eerder in het kantoor van de inspecteur had gehad.

'We zijn gewoon een keer wat gaan drinken. De rest van jullie waren al naar huis, denk ik, dus wij dachten bekijk het en gingen naar de pub. Toen raakten we aan de praat. Je weet hoe dat gaat.'

'Altijd de vrijgezel,' merkte Tomek op. 'En de dingen... ontwikkelen zich in de goede richting?'

Sean knikte, zijn wangen kleurden een tint donkerder.

'Oh jee. Ik kan niet wachten tot je dat aan Nick moet uitleggen als hij terugkomt.'

'Geen sprake van. Dat laat ik aan haar over.'

Tomek grinnikte. 'En ze zeggen dat ridderlijkheid dood is! Dat is zeker wat ze in je ziet, die onuitputtelijke behoefte om anderen voor te laten gaan. In dit geval doe je precies dat - je voert haar eerst aan de wolf.'

'Ik weet niet eens wat ze in mij ziet.'

'Nou, in ieder geval hoeven we ons geen zorgen te maken dat je jezelf tekort doet!'

Tomek kon de lachbui die uit zijn mond barstte niet onderdrukken. Het geluid echode door het kantoor en stoorde de collega's die het dichtst bij hen zaten. Toen hij zijn ogen opende, zag hij Sean die zijn buik vasthield, ook giechelend om de grap.

Het waren momenten als deze die Tomek eraan herinnerden dat er licht was in de duisternis. Hun werk was meestal zo deprimerend en verwoestend dat ze wat helderheid nodig hadden, hoe klein ook, om hun stemming op peil te houden.

'Nu moet jij me over *jouw* liefdesinteresse vertellen,' zei Sean tegen Tomek, waardoor zijn lachen abrupt stopte. 'Of moet ik zeggen *interesses*?'

'Ik? Liefdesinteresse? Nee. Ik heb geen idee waar je het over hebt.'

Voordat Sean kon reageren, begon Tomek's telefoon luid te trillen op tafel.

'Gered door de bel.'

Totdat hij zag wie er belde.

Edith, zijn buurvrouw.

De vierde keer in minder dan twee dagen. Om hem te laten weten of ze iets vreemds of verdachts had gezien in de straat. Vragend wanneer hij het beveiligingssysteem zou installeren dat hij voor het gebouw had gekocht (antwoord: wanneer hij eraan dacht en wanneer hij tijd had, twee dingen die zelden samenvielen).

'Hé, Edith,' zei hij, met rollende ogen naar Sean.

'Hallo Tomek. Hoe gaat het vandaag met u?'

'Prima, dank je. Is alles in orde?'

'Ik wilde u alleen laten weten dat ik hem weer heb gezien.'

'Wie?'

'De man.'

'O, juist.'

'Ja. Hij staat er nu al zo'n twintig minuten, denk ik. Hebt u geen melding op uw telefoon gekregen?'

'Welke mel-? O, ja, *die*. Nou, ik heb nog geen kans gehad om de beveiligingscamera op te hangen, ben ik bang.'

'O. Begrijpelijk.'

'Sorry daarvoor. Het werk is gewoon erg druk momenteel. Ik zou zeggen dat je Kasia kon vragen om het te doen, maar ik denk dat ze nog erger dan nutteloos zou zijn.'

'Dat geeft niet. Een andere keer dan maar.'

'Wilde u langs haar gaan?' vroeg Tomek. 'Misschien is het de moeite waard om te kijken of zij de man ook heeft gezien. Ze maakt een goede kop thee als u daar zin in heeft?'

Het geluid van geritsel echode door de telefoon.

'Ik ga nu op de deur kloppen. Kijken of zij iets heeft gezien.'

Tomek wachtte aan de lijn terwijl ze dat deed. Het geluid van langzame, gestage voetstappen die de trap op schuifelden - dezelfde vloerplanken die hij elke keer probeerde te vermijden als hij laat thuiskwam maar waarbij hij jammerlijk faalde - klonk in zijn oor.

Totdat... 'De deur staat open,' zei ze. 'Hoort de deur open te staan?'

'Nee.' Tomeks stem begon te breken.

Edith bewoog dichter naar de deur. Hij kon zich bijna voorstellen hoe ze haar hand op de klink legde en de deur zachtjes openduwde.

'Kasia?' klonk de zachte roep door de mobiele telefoon.

'Kasia?'

Niets.

Inmiddels was Tomeks ademhaling gestopt, zijn lichaam verstijfd, en zijn gedachten haperen.

'Kasia?'

Nog steeds niets.

Toen... 'Weet je zeker dat ze thuis zou moeten zijn, Tomek? Want ze is hier niet.'

HOOFDSTUK
TWEEËNVIJFTIG

Tomek had nog nooit zo snel naar huis gereden.

Sterker nog, hij had nog nooit ergens zo snel naartoe gereden. Gevaarlijk snel. Zigzaggend door het verkeer, door rood rijden zonder zijn voet van het gaspedaal te halen. Alle andere auto's die hem volgden hadden moeite om hem bij te houden. En toen hij bij zijn huis stopte, riep Sean naar hem: 'Jij verdomde idioot! Je hebt Kasia niks aan als je dood bent!'

Dat was misschien waar, maar op dit moment kon het hem niet schelen. Het belangrijkste voor hem was Kasia levend vinden, en niet dood in een of ander veld.

'Ik wil alle beschikbare eenheden de velden in de omgeving laten uitkammen,' beval hij tegen niemand in het bijzonder. 'Hadleigh. John Burrows. Ik wil dat ze allemaal scherp letten op James Elliott.'

Er waren niet meer dan vijftien mensen in zijn kleine tweekamerappartement. Iedereen van het team, behalve Nadia die gedwongen was achtergebleven om de telefoonlijnen te bewaken voor het geval er iets binnenkwam. Een eenheid van vier agenten in uniform en een team van twee personen van de forensische opsporing waren allemaal zijn kant op gekomen.

Dat was de omvang van hun leger. Vijftien hooggespecialiseerde en getrainde leden van de politiedienst tegen één man.

Tot nu toe hadden ze het hele appartement doorzocht, waarbij Tomek het meeste werk had gedaan, maar er was geen spoor van haar.

Geen spoor van braak. Geen teken van een worsteling.

Terwijl hij midden in haar slaapkamer stond, dwong hij zichzelf om zich voor te stellen hoe het gebeurd moest zijn. Hoe de deurbel moet hebben geklonken, hoe ze moet hebben opengedaan in de verwachting dat hij het zou zijn, en hoe ze moet zijn overmeesterd. Gedwongen tot onderwerping, op haar hoofd geslagen, vastgebonden, gekneveld, en vervolgens teruggedragen naar de auto van de moordenaar.

Toen vielen zijn ogen op het kleine Amazon-pakketje op de vloer naast Kasia's kledingkast.

Het verdomde bewakingssysteem voor thuis.

Dat hem bespotte, naar hem lachte, hem toefluisterde: *zie je wel*.

Als hij het maar eerder had geïnstalleerd. Als hij maar had gedaan wat talloze keren van hem was gevraagd, dan zou hij in ieder geval hebben gezien wie haar had ontvoerd. Dan zou hij op zijn minst de moordenaar in al zijn sluwe glorie hebben gezien.

Woede zwol in hem op, borrelend als Victoria's Alka-Seltzer. Totdat het uiteindelijk kookte en over de rand liep. Tomek spande zijn hele lichaam, greep de doos van de vloerbedekking en begon het op het bed uit elkaar te scheuren. Karton, plastic en de onderdelen van het apparaat vlogen door de lucht alsof ze probeerden te ontsnappen aan zijn woedende greep.

Pas toen Sean hem bij zijn schouder wegtrok, stopte hij.

'Wat ben je in godsnaam aan het doen?' schreeuwde hij in Tomeks gezicht.

'Ik moet het installeren. Iemand moet het installeren.'

'Dat kan niemand meer als jouw grote klauwen het ding kapot hebben gemaakt.'

Tomek pauzeerde, terwijl hij de ravage die hij had aangericht bekeek.

'Laat iemand het doen,' beval hij. 'Het moet gebeuren. Nu.'

'Heb je een boormachine? Een schroevendraaier?'

Tomek keek hem verbijsterd aan.

'Die heb ik nodig als ik het wil vastschroeven.'

Zijn hersenen functioneerden niet goed. Zo erg zelfs dat hij Seans vraag niet kon beantwoorden en de kamer uitliep, de man aan zijn lot overlatend. Toen hij de woonkamer binnenkwam, wees hij naar Chey en zei: 'Help Sean een schroevendraaier of zoiets te vinden. Wist niet dat er twee mensen nodig waren om een verdomde bewakingscamera te installeren.'

Chey knikte, onzeker van zichzelf, en rende toen de slaapkamer in.

Terwijl Tomek door zijn flat liep, was hij zich niet bewust van alles en iedereen om hem heen. Ze waren vervaagd tot de achtergrond, veranderd in een waas van vormen en kleuren. Toch besefte het heldere deel van zijn hersenen dat het nog steeds objecten waren die vermeden moesten worden.

Hij liep van plaats naar plaats, ijsberend, zonder zelfs na te denken.

Zijn geest draaide overuren nu de paniek was toegeslagen. Hij begon nu eindelijk volledig te beseffen en te begrijpen welke kwelling alle families die door de moordenaar waren getroffen, hadden doorgemaakt. Hoe ze zichzelf gek moeten hebben gemaakt van angst. Hoewel hij pas in de eerste fase zat, de onmiddellijke paniek, wist hij wat er nog meer zou komen.

Paranoia. Wanhoop. Angst.

Elk met hun eigen genuanceerde gevoelens en gedragingen.

Uitvallen naar vrienden en familie, degenen die om hem gaven.

Zichzelf gek maken met gedachten die door zijn hoofd raasden als in de Large Hadron Collider.

Hij bad alleen dat zijn situatie niet zou eindigen zoals alle andere. Met een dode tiener liggend in een veld.

Bij die gedachte zwol er een brok in zijn keel.

Die verdween zodra hij zag wie er net door de deur was binnengelopen.

'Ik heb met je buurvrouw gesproken. Ze heeft een getuigenverklaring afgelegd bij de uniformdienst. We hebben haar nummer voor als we nog iets nodig hebben.'

'Wat doe jij hier?' vroeg Tomek.

'Wat denk je? Ik ben terug.'

'Om te helpen?'

Nick legde een stevige, maar troostende hand - de hand van een vader - op zijn schouder. 'Lucy gaat nergens heen, en ik voel mezelf steeds dunner worden door alleen maar te zitten en niets te doen. Bovendien kan ik de afleiding wel gebruiken.'

Een zweem van een glimlach flitste op Tomeks lippen. Nick de ridder in blinkend harnas. Die op het laatste moment binnenkomt om hem te redden en de dag te redden.

Net toen Tomek zijn aandacht wilde richten op de volgende taak, kwamen Chey en Sean de slaapkamer uit, met de bewakingscamera in hun handen, die ze voorzichtig droegen alsof het lot van de wereld ervan afhing.

'Fijn dat je terug bent, chef,' zei Sean als eerste.

Toen Chey. 'Goed om u weer te zien, meneer.'

'Heren.'

'Hebben jullie alles wat je nodig hebt?' vroeg Tomek aan de twee klusjesmannen.

'We hebben een schroevendraaier en boor in je kamer gevonden. Vreemde plek om ze te bewaren, maar ik zal er niet naar vragen. Nu missen we alleen nog een paar batterijen.'

HOOFDSTUK
DRIEËNVIJFTIG

De batterijen moesten ze van een buurman lenen. Weinig mensen in de vier huizen waar ze hadden aangebeld, hadden batterijen in huis. En degenen die ze wel hadden, hadden geen werkende exemplaren.

Na verschillende frustrerende pogingen, waarbij ze verkeerd in de muur boorden of de camera elke keer op de grond lieten vallen, hadden Chey en Sean eindelijk de deurbel met camera geïnstalleerd en werkend gekregen. De meldingen kwamen nu voortdurend binnen op zijn telefoon.

Twee agenten in uniform waren samen met Martin voorlopig bij zijn huis gebleven, en terwijl ze heen en weer liepen, voor rookpauzes of telefoontjes of gewoon om de situatie op straat te controleren, bleef Tomeks telefoon constant piepen. De eerste paar meldingen waren nog te verdragen, maar kort daarna had hij besloten de notificaties uit te zetten. Het geluid dreef hem tot waanzin, en hij kon zichzelf niet langer dwingen ernaar te luisteren. Bovendien zouden ze wel bellen als er een noodgeval of update was.

Het was bijna twee uur 's nachts, en hij was een van de weinige teamleden die nog op kantoor waren. Sean, Rachel en Nick waren gebleven, terwijl de rest van het team naar huis was gegaan, klaar voor een vroege start de volgende ochtend.

'Ik denk dat jij hetzelfde zou moeten doen, maat,' zei Nick tegen hem.

Tomek schudde zijn hoofd. 'Met alle respect, chef, nee. Thuis is de laatste plek waar ik wil zijn. Ik ben een van de weinige mensen die daadwerkelijk iets kan doen aan wat er met Kasia is gebeurd. De rest van deze families die zoiets meemaken, zijn gedwongen om te zitten wachten en het ergste te vrezen. Ze staan machteloos, kunnen niets doen om hun geliefde te vinden. Maar ik kan dat wel. Ik verkeer in de bevoorrechte positie om dat te kunnen doen. Ik ga die kans niet verspillen.'

Nick kauwde op zijn onderlip. 'Bewonderenswaardig, dat begrijp ik. Maar je moet op een gegeven moment ook slapen.'

'Er staat een comfortabele bank in een van de verhoorkamers. Of ik breng gewoon een nacht door in een van de cellen.'

'Zodat je jezelf nog meer kunt martelen?' vroeg Sean een paar meter verderop. 'Christus, man, ik had je nooit voor een masochist aangezien.'

Tomek stak zijn middelvinger naar hem op en richtte zijn aandacht weer op waar hij mee bezig was.

Het was midden in de nacht, en tot nu toe hadden geen van de agenten die in de vele velden en parken van Hadleigh en Leigh gestationeerd waren iets verdachts gemeld. Helaas was de gemeente Castle Point zo groot, met tientallen potentiële locaties en niet genoeg personeel om ze allemaal te dekken, dat de teams gedwongen waren om constant rond te rijden en elk gebied sporadisch te controleren. Het was niet de ideale manier om te werk te gaan, maar Tomek was snel tot het besef gekomen dat als Kasia in een van de velden in de omgeving zou worden gevonden, ze dood zou zijn. Een harde waarheid waarmee hij in de toiletten was geconfronteerd, terwijl hij in de spiegel staarde en zijn betraande ogen afveegde.

De enige plek waarvan ze redelijkerwijs vermoedden dat de moordenaar haar naartoe had kunnen brengen, was het gebouw in Shoeburyness. Maar Tomek maakte zich daar niet te veel zorgen over, aangezien er sinds ze het hadden gevonden een onopvallende politieauto buiten gestationeerd stond, voor het geval de moordenaar zou terugkeren.

In de tussentijd was Tomek gedwongen om terug te gaan naar zijn roots, terug naar de taken die hij vroeger als rechercheur uitvoerde.

De telemetriegegevens van Kasia's telefoon waren opgevraagd, maar haar telefoon bleek uitgeschakeld te zijn, net als bij alle andere slachtoffers.

Er was huis-aan-huis onderzoek gedaan in zijn straat, maar niemand had iets bijzonders gezien, en degenen die wel iets hadden gezien, hadden niets belangrijks of de moeite waard om verder te onderzoeken opgemerkt. In plaats daarvan moest hij door de verschillende CCTV-beelden van de huiseigenaren spitten, op zoek naar de moordenaar in de kleinste beeldfragmenten.

Na twintig minuten doelloos naar het scherm te hebben gestaard, zag hij een auto stoppen bij het appartement. Maar door het verkeer op de drukke straat en de hoek van de camera kon hij het merk, model of kenteken niet onderscheiden. Het enige wat hij had was de bovenkant van het voertuig, wit en smal, een klein gedeelte van het zijpaneel, en een set koplampen. Verder niets. Zelfs de beelden van de figuur die uit de auto stapte waren korrelig en compleet onbruikbaar.

'Tijdverspilling,' siste Tomek terwijl hij gefrustreerd het toetsenbord van zich af duwde.

'Ik weet dat jij dat bent,' begon Sean, 'maar wat ben-'

Voordat hij zijn zin kon afmaken, ging de telefoon op kantoor over, de stilte doorbrekend. Het geluid was zo luid dat Tomek ervan opsprong.

'Godverdomme!' schreeuwde hij. 'Wie belt er nu in godsnaam-?'

En toen drong het tot hem door. Kasia. Iemand die belt met informatie.

Onmiddellijk sprong Tomek uit zijn stoel en rende het kantoor door naar het dichtstbijzijnde bureau met een telefoon. Hij rukte het toestel van de haak en drukte op de knop voor de luidspreker.

'DS Bowen Southend CID,' zei hij.

'Alles goed, sergeant?' klonk de stem van een jonge man die net de puberteit achter zich leek te hebben gelaten. 'Heel kort. Er is net een auto langs het gebouw gereden dat we in de gaten houden.'

Het gebouw waar Fern Clements was doodgestoken.

'Oké.'

'We denken dat we hem de avond ervoor ook hebben gezien.'

'Wanneer gisteravond?'

'Rond middernacht. Ongeveer dezelfde tijd.'

Tomek keek op de klok: 02:16. Hij kon zich niet voorstellen dat er veel auto's op de weg waren rond die tijd van de nacht, tenzij ze er voor één ding waren: moorden, of plannen om te moorden.

'Wat wil je dat we doen, sergeant?'

'Wat bedoel je?' vroeg Tomek verward.

'Wil je dat we hem volgen?'

'Wat denk je zelf? Natuurlijk wil ik dat, verdomme. Ga erachteraan en bel niet terug voordat je hem gevonden hebt.'

HOOFDSTUK
VIERENVIJFTIG

Z achtheid.
Een zachtheid die aanvoelde alsof ze werd beschermd.

Dat was het eerste wat ze voelde. De zachtheid van het matras. Daarbuiten was alles verdoofd. Haar benen, haar heupen. Zelfs haar handen en voeten, dankzij de boeien die ze om had. Het enige deel van haar lichaam dat iets kon *voelen* was haar bovenrug.

Toen opende ze haar ogen en zag wat op een slaapkamer leek. Het enige dat aangaf dat het zo'n kamer was, was het matras waarop ze nu lag en de houten kledingkast in de hoek. Daarnaast was er niets anders. De muren waren kaal, afgezien van de gaten waar fotolijsten of andere persoonlijke bezittingen hadden gehangen. Aan de bovenkant van de muren, bij het plafond, begon het kleverige behang te bladderen en uit elkaar te vallen.

Het volgende zintuig dat terugkeerde was haar reukvermogen.

De geur van vocht en schimmel en alle dingen die ze rook toen ze nog bij haar moeder woonde. Geuren die haar terug transporteerden naar die verschrikkelijke tijd, naar dat verschrikkelijke huis.

Maar dit was dat huis niet. Dit was die verschrikkelijke tijd niet.

Dit was veel erger.

Ze wist wat dit was. Ze had alle dossiers van haar vader doorgelezen als hij niet keek, had hem dingen horen bespreken tijdens zijn telefoongesprekken en hem er in hun gesprekken met elkaar op horen zinspelen.

Dit was de seriemoordenaar die meisjes van haar leeftijd ontvoerde en ze met hun allergieën vermoordde.

Nou, als dat het geval was en ze in het geheime hol of het huis van de moordenaar was, dan was ze de sjaak.

Zelfs de gedachte aan het in de buurt komen van een zak noten was genoeg om haar een anafylactische shock te bezorgen.

Ze had geen idee hoe ze daar terecht was gekomen. Ze herinnerde zich alleen dat ze de deur opende voor een man met een masker, die handschoenen droeg; dezelfde handschoenen waarvan haar vader duizenden paren had.

Forensische handschoenen. Het soort dat voorkwam dat zijn DNA op bewijsmateriaal terechtkwam.

Wat ging hij met haar doen? Zou hij haar meteen doden? Of zou hij haar laten wachten?

Het duurde lang voordat ze een antwoord op die vragen vond.

Het was nog donker buiten toen ze een geluid van beneden hoorde. Het midden van de nacht. Hoe laat precies wist ze niet. Maar ze was het afgelopen uur of zo in en uit slaap gevallen, waarbij ze haar tenen in en uit het water van bewusteloosheid dipte. Ze trok zichzelf uit het water telkens wanneer ze een vloerplank hoorde kraken of een ruitje hoorde bewegen.

Maar deze keer hoorde ze het geluid echt. Het geluid van naderende voetstappen. Dichterbij, dichterbij...

Een pauze, terwijl de moordenaar aan de andere kant van de deur wachtte. Het geluid van zijn ademhaling was hoorbaar van achter het hout.

Kasia hield haar adem in om de stilte niet te verstoren.

Hield het in tot haar longen bijna barstten.

En toen draaide de figuur zich om en ging weer naar beneden. Het geluid van voetstappen verdween langzaam, tot uiteindelijk het hele huis stil werd.

Op dat moment, toen ze had vastgesteld dat ze zo veilig was als ze ooit zou zijn, dipte Kasia haar tenen weer in het water van bewusteloosheid. En binnen enkele seconden dook ze er helemaal in.

HOOFDSTUK
VIJFENVIJFTIG

Tomek hoorde nooit meer terug van de puberende agent, wat zoals hij spoedig zou ontdekken, betekende dat ze de auto nooit hadden ingehaald.

Toen het eindelijk licht werd aan de horizon, had Tomek besloten een bezoek te brengen aan het kleine gebouw. Het had weinig zin om er midden in de nacht naartoe te gaan, waar zijn vaardigheden en expertise in het donker volkomen nutteloos zouden zijn geweest. Nu echter, met de zonnestralen die door de dikke grijze nevel boven hen drongen, hoopte hij dat dit zou veranderen.

Een lichte regen, vermengd met de kou in de lucht, viel al sinds de vroege ochtend, waardoor de rit naar het gebouw in Shoeburyness moeizaam en gevaarlijker verliep dan nodig was. De wegen waren sowieso al smal genoeg, en het werd nog erger door de modder die het asfalt bedekte en zijn onophoudelijke ongeduld om er zo snel mogelijk te komen.

Buiten het gebouw wachtten de twee agenten die het gebouw 's nachts in de gaten hadden gehouden. Ze waren beiden net zo jong als Chey, zo niet jonger. Begin twintig. Héél begin twintig. En ze zagen eruit alsof ze net van de politieacademie kwamen. Ze waren bijna in alle opzichten identiek: lengte, bouw, kapsel en haarkleur. Ze hadden zelfs dezelfde gebruinde huid - behalve hun neuzen. Cody, de agent die had gebeld, was de trotse eigenaar van een dunne, smalle neus, terwijl Flint, de andere agent, een grotere, gebroken neus had die van zijn gezicht leek af te hangen.

'Goedemorgen, inspecteur,' zei Cody, terwijl hij zijn hand uitstak.

Tomek schudde die en strekte toen zijn hand uit naar Flint. Beide jonge mannen hadden een sterke handdruk voor hun leeftijd. Hij hoefde niet te raden waarom.

'Vertel me alles wat je weet,' zei Tomek.

Voordat Cody kon beginnen, arriveerde het konvooi. Nick, Rachel, Sean en het forensisch team. Tomek had zichzelf een voorsprong gegeven, waarbij hij onderweg een paar snelheidswetten had overtreden. Toen ze allemaal uit hun respectievelijke auto's waren gestapt en de introducties hadden afgerond, begon Cody te spreken.

Hij had ieders volledige aandacht, alle zeven keken naar hem op en luisterden aandachtig. En het was duidelijk te zien dat de zenuwen hem parten speelden. Nog voordat hij was begonnen, werden zijn ogen groter en begon hij aan zijn achterhoofd te krabben.

'Nou, we zagen het eerst eergisternacht, toch?' vroeg hij aan Flint. 'Niet gisteravond. Maar de avond ervoor. De nacht ervoor.'

'Twee nachten achter elkaar,' merkte Tomek ongeduldig op. 'Ja, we begrijpen het. Ga verder.'

'Juist. Nou, de eerste keer dachten we er niks van, snap je? We dachten gewoon dat het een bewoner was die hier in de buurt woont, aan de andere kant van de boerderijen, maar toen we het gisteravond weer zagen, eigenlijk meer in de vroege uurtjes van vandaag, dachten we dat er misschien iets aan de hand was. Het is niet bepaald normaal dat dezelfde auto twee nachten achter elkaar om drie uur 's ochtends hier rondrijdt. Snap je wat ik bedoel?'

Tomek zuchtte inwendig. Hoewel hij besefte dat de agent nog jong was en hem het voordeel van onervarenheid en naïviteit gunde, vond hij het nog steeds irritant om naar hem te luisteren.

'Hoe weet je dat het dezelfde auto was?'

'Omdat ik hem herkende,' antwoordde Cody. 'Eigenlijk was het Flint die er vragen bij stelde.'

'Oké,' zei Tomek terwijl hij zich tot de andere agent wendde. 'Flint, jij klinkt als degene die bij de les is. Wat heb je gezien?'

'Nou, hij was wit.'

'Goed begin.'

'En dat was het wel zo'n beetje.'

Tomek zuchtte zwaar, deze keer hoorbaar. Maar terwijl hij dat deed, waaide er een windvlaag over het veld, waardoor niemand anders hem kon horen.

'Dus je zag een witte auto en dacht ons te bellen?'

'Ja, inspecteur.'

'Waren er nog opvallende kenmerken aan de auto?' vroeg Rachel, die tussenbeide kwam. 'Heb je het kenteken kunnen lezen? Het merk? Model?'

Flint dacht even na. 'Ik bedoel... het was pikdonker, en de koplampen waren uitgeschakeld. Maar ik denk... ik denk dat het een Cactus was of zoiets.'

'Een wat?' vroeg Tomek. 'We zijn hier niet in de woestijn, jochie.'

'*Tomek*,' zei Nick streng, en deed toen een stap naar voren. 'Bedoel je de Citroën Cactus?'

Flint knikte. 'Die met dat enorme paneel in het midden aan de zijkant dat eruitziet alsof een kind er gewoon een brievenbus op heeft getekend.'

Tomek wist niet over welke auto ze het hadden, maar te oordelen naar de gezichtsuitdrukkingen van zijn collega's wisten zij precies naar welke auto ze moesten zoeken. Een witte Citroën Cactus.

Een witte Citroën Cactus waarin zijn dochter opgesloten zat. Tomek probeerde aan James Elliotts auto's te denken; aan de auto's die op zijn naam stonden, of die hij op de oprit had gehad. Maar aangezien hij in de eerste plaats niet wist hoe de auto eruitzag, besefte hij dat de poging zinloos was en dat iemand op kantoor deze taak beter kon uitvoeren.

'Hebben jullie binnen in het gebouw gekeken?' vroeg Nick.

Beide agenten schudden hun hoofd.

'We hebben het de hele nacht in de gaten gehouden. Voor zover wij weten is er niemand binnen geweest.'

'Behalve toen jullie achter de auto aan gingen.'

Cody's wangen werden rood. 'Nou ja, behalve toen, ja.'

'Dus het was niet de hele nacht, of wel?' zei Tomek bot.

'Nee. Dat klopt.'

'Zeg dan geen dingen die niet waar zijn-'

'Sergeant!' Nicks stem sneed door de wind als een zeis en bracht Tomek en het geritsel van bladeren en bomen om hen heen onmiddellijk tot zwijgen. 'Dat is genoeg, dank je. Heren, kunnen jullie me nu naar het gebouw brengen?'

Het bezoek was zinloos. Het was precies zoals Tomek het voor het laatst had gezien. Niets was veranderd, niets was anders. En belangrijker nog, hij had Kasia er niet gevonden. Wat betekende dat ze nog steeds ergens daarbuiten was, vastgehouden op een geheime locatie waarvan zij niets wisten.

Waar? vroeg Tomek zich af. Maar hij kon niets bedenken. Tijdens hun hele onderzoek was dit het enige gebouw dat ze hadden ontdekt. De enige plek die iets weg had van kwaadaardigheid en slechtheid. En er was niets dat erop wees dat James Elliott een van zijn slachtoffers in zijn huis had gehouden, of dat hij een ander pand had waar hij ze gevangen hield.

Kort nadat ze de binnenkant van het gebouw hadden gezien, adviseerde Nick om terug naar het bureau te gaan. Omdat ze niet konden keren en terug konden rijden zoals ze gekomen waren, moesten ze de lange weg rond nemen. Tomek reed voorop, met de colonne auto's in zijn spiegel. Inmiddels was de regen opgehouden en begonnen de wolken te breken. Op de radio speelde de nieuwste popsong luid door de speakers. Kasia hield ervan om het hard te zetten, waarschijnlijk omdat haar trommelvliezen al zo beschadigd waren door het volume in haar koptelefoon, en hij had het hart niet om het zachter te zetten.

Terwijl Tomek over de smalle, kronkelende wegen reed, de laaghangende takken en het gladde asfalt ontwijkend, viel er iets op. Vogels. Specifiek, kraaien. Grote, agressieve kraaien, die cirkelden boven een bepaalde plek in een veld aan zijn rechterhand. Direct boven die plek hing een kleine, dunne zwarte wolk.

Tomek stopte abrupt en trok de handrem aan. Het geluid van piepende banden klonk achter hem, maar hij schonk er weinig aandacht aan toen hij uit de auto stapte. Hij wist niet waarom, maar iets trok hem naar de vogels, naar die plek. Een magnetisme, zijn intuïtie.

'Wat doe je in godsnaam, Tomek?' vroeg Nick terwijl hij uit zijn auto sprong. 'Waar ga je heen?'

Tomek negeerde hen en liep door. Springend over hopen natte aarde, plonsend in plassen, wadend door rijen groenten die daar groeiden. De groep kraaien was niet meer dan een paar meter verderop, maar Tomek had het lichaam al veel eerder opgemerkt, dankzij de geur, ranzig, walgelijk, opgepikt door de wind en naar zijn neusgaten gedragen.

'Hierheen!' schreeuwde hij, zijn stem brekend. 'Snel! Er ligt een lichaam!'

Tomek naderde voorzichtig, de grond afspeurend naar schoenafdrukken of afdrukken waar het lichaam over het oppervlak was gesleept. Zijn maag verkrampte en zijn lichaam werd koud van angst.

Nog maar een paar meter scheidden hem van het potentieel staren in de ogen van zijn dode dochter.

'Blijf daar!' riep Tomek terug. Als dit Kasia was die met haar gezicht naar beneden op de grond lag, wilde hij niemand anders erbij hebben. Hij wilde een moment met haar voordat het team kwam en de rest deed. Voordat ze haar zouden betasten en verplaatsen.

Hij naderde het lichaam langzaam, zijn benen trilden.

Het kwam geleidelijk in zicht.

En toen slaakte hij een zucht van opluchting.

De schoenen waren anders: herenschoenen. Net als de spijkerbroek en de jas. En het haar was ook anders.

Van een man. Zeker van een man.

Toen Tomek naast de man hurkte, realiseerde hij zich wie het was.

Starend naar de grond, met de helft van zijn gezicht in de aarde, lag James Elliott.

HOOFDSTUK
ZESENVIJFTIG

Tomek voelde een verwarrende mix van opluchting en wanhoop.

Opluchting dat Kasia niet dood was, dat haar lichaam niet ergens midden in een veld was gedumpt.

En wanhoop dat ze nog steeds vermist was, dat er nog steeds de kans bestond dat haar lichaam elk moment ergens in een veld kon worden achtergelaten.

De enige vraag die overbleef was waar... en wanneer.

Maar hij probeerde er niet aan te denken. Probeerde positief te denken, optimistisch. Het glas halfvol, en dat soort dingen.

Een paar uur waren verstreken sinds de ontdekking van James Elliots lichaam. In die tijd was er een forensische tent over hem opgezet, en een groot team van technische rechercheurs verzamelde momenteel bewijsmateriaal op de locatie. Het zou nog lang duren voordat ze klaar waren en naar huis werden gestuurd. De doodsoorzaak was wurging, en de werkhypothese was dat hij ergens anders was gedood, vervolgens naar de boerderij was vervoerd, waar zijn moordenaar langs de kant van de weg was gestopt, zijn lichaam naar de plek had gedragen en hem daar had achtergelaten. Tot nu toe had het team geen schoenafdrukken in de modder kunnen vinden, wat suggereerde dat zijn lichaam daar was gedumpt toen de grond droog was. Ze hadden echter wel bandensporen aan de kant van de weg gevonden die overeenkwamen met die welke eerder in het onderzoek bij het bakstenen gebouw waren ontdekt. Het bevestigde nog steeds niet het exacte merk of model waarnaar ze op zoek waren, maar het vergrootte wel de waarschijnlijkheid dat de auto die ze zochten inderdaad een Citroën Cactus was.

Op basis van James Elliots staat van ontbinding had Lorna Dean geschat dat de materiaalman daar minstens zesendertig uur had gelegen, misschien wel achtenveertig.

De eerste nacht dat Flint en Cody de Citroën Cactus hadden gezien.

Oudejaarsavond.

De nacht dat de auto niet was gevolgd door de twee agenten.

De nacht dat James Elliott was verdwenen.

Wat betekende dat iemand hem had ontvoerd en vermoord.

Hem het zwijgen had opgelegd.

Om een bepaalde reden. En Tomek was van plan uit te vinden wat die was. Maar ondertussen was er iets dat hij moest doen, iemand met wie hij moest spreken.

Tomek klopte op de deur en wachtte. De regen was weer begonnen, dit keer harder, met een zekere venijn, als een duistere voorbode van wat zou komen.

De deur ging een paar ogenblikken later open. Voor hem stond mevrouw Turpin, Billy's moeder, in een witte badjas, alsof ze net wakker was gemaakt.

'Wat doe je hier? Ik wil je niet in de buurt van mijn zoon hebben. Je moet weggaan, anders bel ik de politie.'

Tomek moest in zichzelf lachen om die laatste opmerking. Het maakte hem altijd aan het lachen. 'Ik bén de politie,' antwoordde hij.

'Dit is intimidatie!' Mevrouw Turpin stak haar hand in de zak van haar badjas en haalde haar telefoon tevoorschijn.

Tomek hief zijn handen op in overgave en verlaagde zijn stem. 'Alstublieft,' zei hij. 'U begrijpt het niet. Ik moet met uw zoon spreken.'

'Nee!'

'Het gaat over mijn dochter. Ze is... ze wordt vermist.'

Dat leek haar te doen stoppen. Langzaam liet ze haar telefoon zakken en verslapte haar greep op de voordeur. 'O, mijn God, is ze in orde? Ik bedoel, weet je of ze in orde is? Of ze gewond is geraakt? Hoe lang wordt ze al vermist?'

'Sinds gisteravond. Ze is ontvoerd uit ons huis.'

Billy's moeder aarzelde even en kantelde toen haar hoofd opzij. 'Het spijt me zo,' zei ze. Daarna voegde ze toe: 'Maar wat heeft dit met Billy te maken?'

'Ik wil met hem spreken, kijken of hij iets weet.'

'Natuurlijk weet hij niets. Waarom zou hij iets weten over de verdwijning van je dochter?'

'Vanwege de voetbalclub,' gaf Tomek toe. 'Iemand van zijn voetbalclub is hiervoor verantwoordelijk en ik moet weten of iemand contact met hem heeft opgenomen, hem berichten over Kasia heeft gestuurd, of persoonlijke vragen over haar heeft gesteld.'

Billy's moeder aarzelde, afwegend of ze hem binnen zou laten.

Uiteindelijk gaf ze toe en stapte ze opzij. Tomek knikte haar dankbaar toe toen hij binnenkwam.

Billy zat in de woonkamer, spelend op een Nintendo Switch, met gekruiste benen op een bank die zo groot was dat hij er helemaal in verdween.

'Billy, Kasia's vader is hier om je te zien.'

'Wat? Waarom?'

Zijn moeder legde een hand op zijn schouder. 'Ik zal hem het laten uitleggen.'

Toen gaf ze het woord aan Tomek, die zijn blik liet zakken en Billy aankeek. De ogen van de jongen waren wild van angst en bezorgdheid. Alsof hij wist dat hij iets verkeerds had gedaan en wachtte om erachter te komen wat Tomek wist.

'Gisteravond is Kasia ontvoerd uit ons huis. Ik wil weten of jij er iets van weet.'

'Ik... Nee...' Billy liet de spelconsole op de bank vallen en drukte zijn knieën dichter tegen zijn borst. 'Is ze oké?'

'Ik weet het niet.'

'Hoe is het gebeurd?'

'Ik hoopte dat jij me dat misschien zou kunnen vertellen,' zei Tomek. 'Heeft iemand van de voetbalclub vragen gesteld over Kasia? Heeft iemand willen weten wat haar bewegingen waren?'

Billy hoefde er niet lang over na te denken; hij schudde bijna onmiddellijk heftig zijn hoofd.

'Ik heb geen idee. Niemand van het voetbal heeft me berichten gestuurd of zoiets. Ik weet niet waarom iemand dit bij haar zou willen doen.'

Tomek wel. Tomek had meteen geweten waarom ze was meegenomen. Haar notenallergie. Degene die Billy was vergeten en waardoor ze in het ziekenhuis was beland.

Nu hij erover nadacht, besefte hij dat de zwarte figuur om een andere reden op het strand was geweest. Hij was daar voor Kasia, haar aan het observeren. Wachtend. Als ze die avond niet zo proactief was geweest door haar vriendin te verdedigen en de politie te bellen, vroeg Tomek zich af of ze niet eerder zou zijn meegenomen. Of ze nu al dood zou zijn.

Daar wilde hij niet aan denken.

Toch bleef het op de voorgrond van zijn gedachten, achtervolgde het hem, flitste het af en toe voor zijn ogen. Kwelde hem.

'Dus je weet niets over wat er met haar is gebeurd?'

Billy schudde zijn hoofd. 'Het spijt me. Nee, ik weet niets.'

Tomek keek naar de vloerbedekking, liet zijn schouders zakken. 'Als u nog iets te binnen schiet, of als iemand contact met u opneemt, bel me dan alstublieft.'

Hij stak zijn hand in zijn zak en haalde een visitekaartje tevoorschijn. Billy's moeder nam het voorzichtig van hem aan en bekeek het.

'Natuurlijk. We nemen contact op als we iets horen. Ik hoop dat u haar vindt. En ik hoop dat ze veilig is.'

Dat hoopte Tomek ook. Maar als de recente geschiedenis iets zei, dan sloot het tijdsvenster om haar levend te vinden zich snel.

En snel.

HOOFDSTUK
ZEVENENVIJFTIG

Tomek was nog geen dertig seconden terug op het bureau toen Nick zijn hoofd om de deur van zijn kantoor stak en hem naar binnen riep.

Geen tijd om met iemand te praten. Geen tijd voor een update. Geen tijd voor wat dan ook.

En iets in de manier waarop Nick hem had geroepen, suggereerde dat de hoofdinspecteur hem ook niet op het punt stond iets belangrijks te vertellen.

'Ga zitten,' beval Nick resoluut.

Tomek deed wat hem gezegd werd, zoals hij al zo vaak in het verleden had gedaan.

'Een paar dingen zijn onder mijn aandacht gekomen,' begon Nick, 'maar eerst wil ik vragen hoe het met je gaat.'

Hoe denk je verdomme dat het met me gaat? wilde Tomek zeggen, maar hij hield zich in. Hij herinnerde zich zijn gesprek met Nick over Lucy en hoe Nick op dezelfde vraag had gereageerd: kalm, beheerst en respectvol, hoewel hij hoogstwaarschijnlijk precies hetzelfde had gevoeld als Tomek nu.

Uiteindelijk antwoordde Tomek: 'Ik wil haar gewoon vinden. Ik wil gewoon weten dat ze veilig is en dat haar niets is overkomen.'

'Dat begrijp ik. Echt waar. Maar ik heb gezien hoe je mensen aanspreekt, hoe je hen bevelen geeft. Je kunt mensen niet als stront behandelen, Tomek. De manier waarop je eerder tegen Cody en Flint sprak, dat was onacceptabel, maat.'

Tomek beet op zijn lip. Liet zijn frustratie los op zijn tandvlees.

'En de manier waarop je teamleden opdrachten geeft. We willen allemaal Kasia vinden. Eerlijk waar, dat willen we. Maar je zo gedragen helpt niet, en het zorgt er niet voor dat we effectiever werken. Je staat onder *veel* stress, dat begrijp ik, *wij* begrijpen dat, maar er zijn grenzen, maat. God weet wat je moet doormaken. Dit is niets vergeleken met wat er met Lucy gebeurde, maar ik denk dat ik van iedereen nog het dichtst bij kom. En ik had niets te maken met de arrestatie van Paddy Battersby, en ik denk dat dat maar goed was ook. Ik denk dat ik afstand nodig had. Anders... verdomme, dan was ik die verhoorkamer binnengestormd en had ik hem in elkaar geslagen.' Nick streek met zijn hand over zijn kale hoofd alsof hij het oppoetste met zijn zweet. 'Begrijp je wat ik bedoel?'

Natuurlijk begreep hij wat Nick bedoelde. Hoe kon hij het niet begrijpen? Het was zo duidelijk en verblindend als de reflectie op Nicks hoofdhuid.

'Je wilt dat ik een stap terug doe van het onderzoek naar de ontvoering van mijn eigen dochter?'

'Ik-'

'Je maakt een grapje, toch? Nee. Geen sprake van. Ik ga niet verdomme achterover leunen en mijn voeten omhoog leggen als een klootzak.'

'Niemand vraagt je dat te doen. Je kunt nog steeds een actieve rol spelen in het vinden van je dochter. Je laat alleen...'

'Wat?'

'...ons al het praten doen.'

Tomek had genoeg van het knarsen met zijn tanden en klemde in plaats daarvan zo hard op zijn tong dat hij al snel metaal in zijn mond proefde.

'Is dat het?' vroeg hij bot. 'Mijn dochter is vermist en jij komt me alleen maar de les lezen en berispen omdat ik overreageer en me gedraag zoals ik doe.'

'Alsof er niets veranderd is... weet je nog?'

Tomek werd herinnerd aan hun gesprek op de boulevard.

'Alsof er niets veranderd is,' zei hij, terwijl hij lucht door zijn neusgaten blies en zich afwendde van de hoofdinspecteur.

'Ga je kalmeren voordat je weer naar buiten gaat?' vroeg Nick.

'Misschien. Waarom?'

'Omdat ik dat nodig heb. Ik heb een verrassing voor je.'

'Tenzij je mijn dochter hebt gevonden, zou ik dat woord niet in mijn buurt gebruiken als ik jou was.'

Nick verschoof ongemakkelijk op zijn stoel. 'Juist. Ja. Excuses.'

'Nou... Vertel op dan, wat is het?'

'*Laat dat maar aan mij over,*' had Nick hem op de boulevard gezegd.

En dat had hij gedaan. Niet omdat hij erop vertrouwde dat Nick zijn belofte zou nakomen (dat stond al vast), maar omdat hij het compleet was vergeten. Harrison Rossiter was naar de achtergrond verdwenen in zijn gedachten toen het vinden van James Elliott en zijn dochter voorrang kreeg.

Maar nu was de jonge man hier. Hij zou binnen tien minuten op het bureau arriveren. Op het laatste moment door Nick ingevlogen.

'Hoe heb je hem hierheen gekregen?' had Tomek gevraagd.

'Nou, ik vertelde hem dat het om een politieonderzoek ging, en als hij niet kwam, we de Franse politie naar zijn huis zouden sturen. Dat joeg hem de stuipen op het lijf, en nu is hij hier.'

Tien minuten later kwam Harrison Rossiter, de Ligue 1-academyspeler, het bureau binnen en werd verwelkomd door Anna en een administratief medewerker. Vervolgens werd hij naar een van de verhoorruimtes gebracht en werd Tomek ingelicht.

Terwijl hij naar de kamer liep, begon Tomek te zweten, en er drong een geur uit zijn oksels. Hij was nerveus. Meer dan nerveus. Hij scheet zeven kleuren bagger.

De jonge man, met zijn een meter negentig, kende mogelijk de identiteit van de moordenaar.

Kende de identiteit van de ontvoerder van zijn dochter.

Het antwoord op waar Kasia werd vastgehouden, en wie haar onder zijn controle hield.

Tomek bereidde zich voor terwijl hij zijn hand op de deurklink legde.

Hij opende de deur.

Trof Harrison Rossiter aan die aan tafel zat, rechte rug, handen in elkaar gevouwen, rustig rustend op het oppervlak. Het complete tegenovergestelde van Billy de Koevechter. Hij stelde zich voor dat de zeventienjarige onderuit gezakt op de stoel zou hebben gezeten, benen wijd open, misschien zelfs met één voet rustend op de rand van de tafel. Maar niet Harrison. De jongvolwassene straalde een sfeer van decorum, respectabiliteit en goede manieren uit. Alsof de Fransen hem die eigenschappen hadden bijgebracht, niet alleen op het voetbalveld maar ook in het echte leven.

Want, zoals Tomek zo vaak las, de kans dat hij het ooit tot prof zou schoppen was astronomisch klein, dus moesten ze hun academyspelers voorbereiden op het grotere geheel van het leven.

Tomek hoopte alleen dat hij net zo eerlijk was als respectvol.

Hij stak zijn hand uit. 'Aangenaam kennis te maken, Harrison. Bedankt dat je op zo'n korte termijn bent gekomen.'

'Dat is... oké.'

'Weet je waarom je vandaag naar het bureau bent gebracht?'

Zodra de vragen begonnen, begon Harrison met zijn vingers te spelen. 'De agent met wie we spraken, Hoofdinspecteur Cleaves, zei dat het over een concert van een paar jaar geleden ging.'

'Ja. Dat klopt. In het bijzonder het concert dat je twee jaar geleden bijwoonde in de Cliffs Pavilion. Herinner je je dat?'

Harrison dacht niet lang na. 'Catfish trad op.'

'Dat is het. Wat kun je me vertellen over die avond?'

Tomek onderdrukte elke neiging in zijn lichaam om de jongen rechtstreeks te vragen van wie hij de drugs had gekocht, maar hij hield zich in. Tegen zijn beter weten in. Het was verstandiger om de jongen op zijn gemak te stellen, hem te laten ontspannen, hem te laten wennen aan de vragen en de soorten vragen, en dan zou hij voor de kill gaan.

'Het was Avena's idee om te gaan. Ik was zelf niet echt een fan, maar ik sta altijd open om dingen met mijn vrienden te doen, herinneringen te maken en zo. Dus ik liet al het organiseren aan hen over en betaalde gewoon wat ik verschuldigd was en kwam opdagen. Voor zover ik me herinner, kwamen we er vrij vroeg aan zodat we vooraan konden staan, maar gedurende de avond raakten we allemaal van elkaar gescheiden omdat iemand onvermijdelijk naar de wc moest, dus iemand anders ging met hen mee, en dan besefte nog iemand dat hij ook moest gaan. Dus, ik bedoel, voor het ongeluk waren er alleen ik, Avena en Priti.'

'Hoe ver was je van het podium?'

Harrison lachte zachtjes. 'Typisch genoeg, omdat we steeds uit elkaar raakten, dreven we steeds verder weg van het podium naar het midden. Er was niemand om onze posities veilig te stellen en, je weet hoe het gaat, iedereen probeert zoveel mogelijk naar voren te dringen.'

'En op welk moment bood iemand je drugs aan?'

Toen stopte het gesprek. Harrisons lichaam verloor alle houding, hij stopte met het spelen met zijn vingers, en het gestage op en neer gaan van zijn borst versnelde.

Terwijl zijn gezicht vertrok, diep in gedachten, begonnen zijn pupillen te verwijden.

'Je bent er niet voor in de problemen,' zei Tomek. 'En niemand hoeft het aan je ouders te vertellen als dat is waar je je zorgen over maakt. Jongeren gebruiken de hele tijd drugs. Uiteraard vinden we dat helemaal niet leuk. Maar waar we echt een probleem mee hebben, en waar *ik* echt een probleem mee heb, is wanneer mensen die drugs vermengen met chemicaliën en gif. Dat is wat er met je vriendin Avena is gebeurd, toch?'

Harrison liet zijn blik in zijn schoot vallen en knikte, niet in staat Tomek in de ogen te kijken.

'Gelukkig had je vriendin geluk. Ze had geluk dat ze verstandig genoeg was om slechts de helft van die pil te nemen, en ze had geluk dat jullie allemaal zo snel reageerden. Maar sommige andere mensen hebben niet zoveel geluk gehad. Begrijp je wat ik bedoel?'

Nog een knikje, dit keer met zijn hoofd een fractie hoger geheven.

'De persoon die jou en je vrienden van drugs heeft voorzien, heeft sindsdien veel ergere dingen gedaan,' vervolgde Tomek. 'En nu moeten we uitvinden wie hij is en waar hij is.'

Meer knikken, meer omhoog kijken.

'En toen ik met Avena sprak, vertelde ze me dat je de persoon die jullie de drugs verkocht leek te kennen. Zei dat je hem een knuffel gaf. Zei dat je hem kende van voetbal. Klopt dat?'

'*Oui*,' zei Harrison, en verbeterde zichzelf toen. 'Ja.'

'Goed. Nu wil ik je even laten weten dat er niets met je zal gebeuren als je me zijn naam vertelt. We gaan je niet arresteren, en we zullen je naam zoveel mogelijk buiten het onderzoek houden, maar ik hoop dat jij, net als ik, deze kerel wilt plaatsen waar hij thuishoort. Achter de tralies, toch?'

'Inderdaad.'

'Goed. Nu wil ik dat je me in je eigen tempo vertelt wie je die drugs verkocht van de voetbalclub.'

HOOFDSTUK
ACHTENVIJFTIG

W ithin seconden stond de naam die uit Harrison Rossiters mond was gekomen bovenaan het whiteboard in de incidentenkamer. Binnen enkele minuten was het algemeen bekend en iedereen in het team, inclusief de noodhulpeenheden die naar zijn laatst bekende adres waren gestuurd, was op de hoogte gebracht.

Als onderdeel van hun eerdere gesprek had Nick gevraagd of Tomek achter kon blijven, terwijl de rest van het team op jacht ging. Op die manier zou Tomek, als hij hem tegen zou komen, niet in de verleiding komen om de man in elkaar te slaan.

Niet dat hij dat zou doen, natuurlijk, want de afgelopen dertig minuten was hij niet in staat geweest om überhaupt iets te verwerken. Hij kon niet eens aan zijn eigen naam denken, laat staan iemand binnen een centimeter van zijn leven slaan.

Hoewel hij het niet eens was met de beslissing om achtergelaten te worden, besefte hij dat hij de tijd kon gebruiken om de rol van de moordenaar bij elke moord beter te begrijpen. Om het bewijsmateriaal voor elke moord te verzamelen, zodat wanneer de zaak voor de rechter kwam, het Openbaar Ministerie alles zou hebben wat ze nodig hadden.

Het was een vrij logische, goed doordachte beslissing die hemzelf zelfs verbaasde.

In het begin begon hij met de meest recente zaak. Fern Clements. Het vijftienjarige meisje uit Hadleigh. Hij scande door al het bewijsmateriaal dat het team in de afgelopen weken had verzameld; de lijst van personen op haar school, haar leraren, haar familie en vrienden, iedereen met wie ze online had gesproken, en vond de naam van de moordenaar tussen dit alles.

Daarna ging hij verder met de dood van Lily Monteith. Hij bekeek het bewijsmateriaal dat was verzameld voor haar moord, vergelijkbaar met wat was verzameld voor Fern Clements. Vond ook daar de naam van de moordenaar.

En toen, na een uur onderzoek, was hij aangekomen bij de dood van Mandy Butler. En alle andere slachtoffers die gedrogeerd waren. Tomek vond de naam van de moordenaar bij hen allemaal. Verbonden door één ding: hun school. Op elk moment waren alle vijf de slachtoffers naar dezelfde school gegaan, maar hadden zich later om de een of andere reden in verschillende instellingen bevonden.

En toen kwam hij bij Diana Greenock. En de lijst van huurders die in hetzelfde gebouw als zij hadden gewoond. De lijst die de afgelopen week op zijn bureau had gelegen. Degene die hij te druk was geweest om door te nemen. De naam die op de vijfde rij van die lijst had gestaan.

De naam van de moordenaar.

Ten slotte controleerde Tomek de lijst die hem was gegeven door de personeelsadministrateur van Dagenham & Redbridge FC. Op deze specifieke lijst kon hij de naam van de moordenaar niet vinden. Maar na een kort telefoontje met dezelfde vrouw die hem oorspronkelijk de lijst had gegeven, kreeg Tomek de bevestiging die hij nodig had om te bewijzen dat de moordenaar in beperkte capaciteit en slechts voor korte tijd bij de club had gewerkt.

Aan het einde van alles voelde hij zich uitgeput, bijna beroofd. Zijn geest had het net allemaal verwerkt, en hij wist niet wat hij moest denken. Wist niet hoe hij moest denken.

Hij hief zijn blik op om naar de naam van de moordenaar op het whiteboard te kijken.

Voelde zijn bloed beginnen te koken.

En toen trilde zijn telefoon.

Een melding van zijn beveiligingscamera thuis, dit keer zonder geluid.

Er stond iemand bij zijn deur.

Was twee minuten geleden aangekomen.

Tomek tikte op de melding en wachtte tot de biometrische gegevens van zijn gezicht het apparaat zouden ontgrendelen.

En toen zag hij het. De moordenaar, Kasia's ontvoerder, die zijn dochter in zijn armen hield, haar zijn huis in droeg.

Met behulp van haar sleutel.

Daarna de deur achter hen sluitend.

Tomek liet zijn telefoon bijna op zijn bureau vallen.

De moordenaar was daar. De moordenaar was in zijn huis.

Maar belangrijker nog, Kasia leefde.

Voorlopig.

HOOFDSTUK
NEGENENVIJFTIG

Zachtheid.

Een zachtheid die aanvoelde alsof het haar beschermde.

En dit keer was dat ook zo.

Vertrouwd. Vriend, geen vijand.

De zachtheid van een matras die van haar was. De geur van haar Persil wasmiddel en lichaamsgeur die in de vezels was getrokken. De kuil in het midden van haar kussen, de groeven van haar lichaam van waar ze in foetushouding sliep.

Ze lag in haar eigen bed, haar eigen slaapkamer. Tenzij het een griezelig exacte kopie was.

Toen gingen de lichten aan en kreeg ze bevestiging.

Haar slaapkamer, hun flat.

Maar waarom? Waarom hier?

Had hij van gedachten veranderd en wilde hij haar teruggeven? Of zou hij haar hier vermoorden om het symbolischer te maken?

De afgelopen uren waren een waas geweest. Ze had voor het grootste deel doodstil gelegen, starend naar het zonlicht door de gordijnen, luisterend, wachtend. De geluiden van haar rommelende maag negerend. Ze kon zich niet herinneren wanneer ze voor het laatst had gegeten, noch wanneer ze voor het laatst water had gedronken. En ze voelde zich zwak, haar lichaam beroofd van alle energie. Als hij nu binnen zou komen en haar zou aanvallen, dacht ze niet dat ze zichzelf kon verdedigen. Ze dacht niet dat ze ook maar iets kon doen.

En toen ging de deur open. En ze zag haar aanvaller voor het eerst. Bij al hun eerdere ontmoetingen had hij een masker en rubberen handschoenen gedragen. En nu was het niet anders. Behalve dat hij geen gezichtsmasker droeg, en in zijn armen hield hij verschillende grote zakken noten. Pindanoten. Cashewnoten. Macadamianoten. Paranoten. Pistachenoten.

Alle soorten noten die haar konden doden als ze niet snel medische hulp zou zoeken.

Het meest bizarre en belachelijke moordwapen ooit.

'Goedenavond, Kasia,' zei hij, zijn stem beheerst, koud. 'Of moet ik zeggen, *dzien dobry*?'

HOOFDSTUK
ZESTIG

Tomek kwam midden op de weg slippend tot stilstand. Nog voordat de motor volledig was afgeslagen, was hij al uit de auto gesprongen en rende hij naar het voertuig van de moordenaar.

De Citroën Cactus van de moordenaar.

De auto die hij al meerdere keren had gezien maar nooit had opgemerkt.

Voordat hij het kantoor verliet, had Tomek een schaar gegrepen, meer als verdedigingswapen dan als aanvalswapen, en terwijl hij op de stoeprand naast de Citroën sprong, stak hij de punten in de banden en liet hij de lucht uit elk wiel ontsnappen terwijl hij om de auto heen liep. Zo zou er geen snelle en gemakkelijke ontsnapping mogelijk zijn.

Met de lucht die achter hem uit het rubber siste, haastte hij zich naar zijn huis. De voordeur was dicht, op slot.

Klootzak.

Als hij binnenstormde, wat hij eigenlijk wilde doen – hij wilde de deur intrappen en de moordenaar tegen de grond werken – dan zou hij het verrassingselement verliezen en zou hij Kasia's leven in gevaar kunnen brengen. Meer dan het al in gevaar was.

In plaats daarvan was hij nu gedwongen het langzaam te doen.

De tijd tikte weg terwijl hij rustig zijn huissleutel uit zijn zak haalde en in het slot stak.

Tik. Tak.

Beelden van Kasia die ergens in het appartement lag – *dood* – flitsten door zijn hoofd.

Tik. Tak.

En toen ging het slot open. Hij was binnen.

Onderaan de trap stopte hij, wachtte, hield zijn adem in, luisterde.

De geluiden van een worsteling, van ongemak echoden door het appartement. Maar geen geluid van paniek of geschreeuw.

Was hij al begonnen? Of zat ze in haar laatste stuiptrekkingen, vechtend tegen de laatste ademtochten terwijl ze leed op de vloer of het bed?

Tomek besloot niet langer te wachten. Naar de hel met het verrassingselement.

Naar de hel met alles.

Hij stormde de trap op, nam twee treden tegelijk, zijn zware voetstappen deden het gebouw trillen. Boven aan de trap zag hij dat het licht in Kasia's slaapkamer brandde en hij ging erop af. Hij wachtte niet bij de deur – een onweerstaanbare kracht ontmoette een onverzetbaar object – en stormde naar binnen.

Het zicht deed hem bijna huilen.

Daar lag ze, in het midden van het bed, met haar handen vastgebonden achter haar rug: Kasia. Zijn dochter, zijn lieve dochter. Om haar heen lag een berg noten en pinda's die elke centimeter van haar blootgestelde huid en haar pastelkleurige dekbed bedekten. Ze had zich in een bal opgerold en hapte naar adem terwijl haar lichaam vocht om te overleven.

Hij wist niet hoe lang ze al zo lag, maar hij wist dat ze onmiddellijk medische hulp nodig had.

En toen zag hij de moordenaar. De man die zoveel meisjes had achtervolgd, hun dromen had beëindigd en ongetwijfeld leefde in de nachtmerries van andere meisjes zoals zij.

De man die meerdere keren in zijn huis was geweest.

De man die Kasia's allergieën uit eerste hand had meegemaakt. Per ongeluk, ja, maar hij had ze toch gezien.

Phillip Balham.

Hij stond aan de andere kant van het bed over haar heen gebogen en strooide pinda's over het bijna levenloze lichaam van zijn dochter.

'*Część*, Tomek,' zei Phillip, met een zweem van een glimlach achter zijn tanden.

'Rot op!' spuwde Tomek en hij dook naar Kasia's nachtkastje, waar hij een van haar EpiPennen pakte. Toen kroop hij op zijn knieën naar haar toe, veegde een berg noten van Kasia's been en trok haar jogging-broek omlaag, zodat de bovenkant van haar dij zichtbaar werd. Zonder na te denken scheurde hij de verpakking open en drukte de pen in haar been, waarbij hij langzaam het tegengif in haar bloedbaan injecteerde.

'Kasia!' schreeuwde hij, terwijl hij zachtjes tegen haar gezicht sloeg. 'Kasia, hoor je me?'

Maar dat kon ze niet. Haar ogen rolden weg in haar achterhoofd.

Hij sloeg haar weer in het gezicht, harder deze keer. Hij schudde haar. Hij wilde dat ze bijkwam, dat haar geest terugkeerde naar het heden, naar de slaapkamer, naar hem.

'Kasia! Nee, nee, nee! Kom op, blijf bij me. Doe me dit verdomme niet aan. Ik kan je niet verliezen.'

Meer slaan, meer schudden.

Tot haar ogen uiteindelijk helderder werden, alsof ze er nu weer volledige controle over had. En toen knipperde ze. Herhaaldelijk.

'Papa?'

Het was niet veel, maar het was genoeg om hem te laten weten dat ze in orde zou komen. Dat ze zou leven.

Dat hij haar had gered.

'Ik ben hier, lieverd,' zei hij tegen haar. 'Het komt goed met je. Daar zorg ik voor. Maar eerst moet ik nog iets anders doen.'

Tomek pakte een van haar kussens en legde haar hoofd er voor-zichtig op. Toen richtte hij zijn aandacht op de plek waar Phillip Balham had gestaan.

Maar de man was er niet meer.

Phillip Balham was, net zoals hij tijdens het hele onderzoek had gedaan, aan Tomeks greep ontsnapt.

HOOFDSTUK
EENENZESTIG

Tomek vond het geen prettig idee om Kasia alleen achter te laten. Maar hij vond het idee om Phillip Balham te laten ontsnappen nog minder prettig.

Dus nam hij het besluit om Kasia in de slaapkamer achter te laten. Alleen. Maar toen hij het gebouw verliet, stopte hij bij de flat eronder en bonsde met zijn vuisten op haar deur.

'Edith! Edith! Ik ben het, Tomek. Ben je thuis? Ik heb je hulp nodig. Kun je-'

De deur ging open en voor hem stond een vermoeide en angstige Edith, die zich achter de deur verschool.

'Je bent thuis,' zei Tomek, hijgend naar adem. 'Ik heb je hulp nodig. Ik moet je vragen een ambulance te bellen. Het is een noodgeval. Kasia heeft anafylactische shock. Vertel ze dat ze een EpiPen-injectie heeft gehad. Vertel ze wie ik ben en laat ze de politie sturen. Ik wil dat je bij haar blijft terwijl je wacht.'

'Is het veilig daarboven?' vroeg ze zwakjes.

'Ja. De man die dit heeft gedaan is weg.'

'Waar naartoe?'

Dat was nu juist de vraag.

'Ik weet het niet,' zei hij, terwijl hij zich naar de straat keerde. 'Maar ik ben van plan erachter te komen.'

Hij vertrok voordat ze kon reageren. Aan het einde van de oprit hield hij halt. De Citroën Cactus stond er nog steeds, vermoedelijk achtergelaten nadat Phillip de banden had opgemerkt. Dat betekende dat de man te voet vluchtte.

Maar waarheen? Welke kant op? Links of rechts?

Tomek herinnerde zich een vergelijkbare situatie van een maand geleden, toen Kasia was weggelopen. Terwijl hij afscheid nam van haar leraar, was ze door het slaapkamerraam geslopen en naar het strand van Old Leigh verdwenen. Destijds had Tomek aan Sean gevraagd om haar mobiele nummer te traceren. Maar daar zou nu weinig tijd voor zijn. Niet met wat hij van plan was met Phillip te doen als hij hem eindelijk te pakken kreeg.

Denk na, Tomek, denk na.

Als hij Phillip Balham was, waar zou hij dan zijn? Welke kant zou hij op zijn gegaan?

Hij ging de informatie na die hij over de hyperpolyglot wist: de man woonde ergens in Southend, niet in Leigh, wat suggereerde dat hij de omgeving misschien niet goed kende. Maar er was één bepaald gebied in Leigh-on-Sea waarvan Tomek zeker wist dat Phillip er bekend mee was.

En dat was dezelfde plek waar Kasia naartoe was gegaan toen ze probeerde weg te lopen.

Bell Wharf Beach, Old Leigh.

Dezelfde plek waar Lucy Cleaves was aangevallen. Waar, zo besefte hij nu, Phillip, en niet James Elliott, had staan wachten, in de schaduwen had toegekeken, en vervolgens langs de boulevard was ontsnapt naar het Grosvenor Casino: zijn werkplek.

De reis naar de boulevard was iets minder dan een halve mijl. Een wandeling van tien minuten op een goede dag. En Phillip had al een voorsprong op hem. Te voet. Rennend.

Tomek wist niet veel over de atletische vaardigheden van de man, maar hij wist dat hijzelf in redelijk goede conditie was. Dagelijkse hardlooprondes in de afgelopen twintig jaar hadden hem in zo goed mogelijke vorm gehouden. Maar in de afgelopen weken, sinds Kasia in zijn leven was gekomen, was de bron die ooit de tijd om te rennen en zijn wilskracht om het te doen bevatte, plotseling opgedroogd. En toen hij het einde van de weg bereikte, zo'n tweehonderd meter van het huis, begon hij het serieus te voelen. Zwaar hijgend, volledig buiten adem.

Het was alsof zijn longen nu de capaciteit hadden van een zestigjarige, en hij nog maar een paar stappen verwijderd was van een instorting.

Maar dat gold ook voor Phillip Balham.

Tomek spotte de moordenaar een paar honderd meter voor hem, wankelend, met een vertragende pas.

En toen keek de man achterom. Zodra hij Tomek achter zich aan zag stormen, versnelde hij zijn pas en vergrootte hij de afstand tussen hen.

Een paar minuten later, beiden hijgend naar adem, beiden wensend dat ze nooit waren gaan rennen, bereikten ze de steile trappen die naar Old Leigh leidden. Het waren de metaforische treden tussen de nieuwe en oude stadscentra, en Tomek had ze honderden keren beklommen - alleen, tijdens zijn hardlooprondes, met vrienden - maar geen van die keren was moeilijker dan deze. Tegen de tijd dat hij ze bereikte, waren zijn benen als pudding, en met elke stap voelde hij alsof zijn lichaam het zou begeven. Gelukkig was er een leuning om zich aan vast te houden en zijn gewicht te ondersteunen. Hiervan gebruikmakend, leidde hij zichzelf de trappen af, blij om voor één avond zijn waardigheid op te geven.

Onderaan de trap strompelde hij achter Phillip aan, die nog steeds een paar passen voorlag en in de richting van een kleine brug rende die over de spoorlijn van London's Fenchurch Street naar Shoeburyness liep. Deze keer moest hij de trap beklimmen, en hij kreunde bij elke trede, terwijl zijn longen en lichaam het uitschreeuwden.

De afstand tussen hen werd geleidelijk kleiner.

Drie meter.

Tweeënhalve meter.

Tomek kon de wanhoop van de man om te ontsnappen ruiken.

En hij kon zijn eigen verlangen ruiken om hem koste wat het kost te stoppen.

Toen de afstand tussen hen nog maar een meter was, wierp Tomek zich op Phillip en tackelde de man als een rugbyspeler naar de grond op het hoogste punt van de brug. Het lichaam van de man voelde zacht aan toen hij er met zijn volle gewicht op landde. Jaren van rugbytraining, zowel recreatief als voor het team van de politie, hadden hem geleerd hoe hij goed, veilig en zonder letsel te veroorzaken moest aanvallen. Het had hem ook geleerd hoe hij iemand op de slechtst mogelijke manier naar de grond kon tackelen, door zijn lichaamsgewicht tegen dat van hen te gebruiken om hen te verpletteren en zoveel mogelijk pijn te veroorzaken.

Voor Phillip Balham had Tomek de laatste techniek gebruikt.

'Ga van me af!'

'Krijg de klere! Je mag van geluk spreken dat ik je niet van deze verdomde brug afgooi!'

Met zijn linker onderarm drukte Tomek Phillips gezicht tegen de betonnen brug, terwijl hij zijn andere arm in de onderrug van de man drukte.

Hij vocht tegen elke drang in zijn lichaam om zijn onderarm op de nek van de man te laten zakken en daar te houden.

'Je gaat boeten voor wat je hebt gedaan,' zei hij.

'Ik denk dat je te laat bent gekomen,' zei Phillip, hem tartend. 'Te laat om je eigen dochter te redden. Wat voor vader ben jij eigenlijk?'

'Eentje die op het punt staat het recht in eigen handen te nemen.'

Phillps ogen schoten even van de grond naar Tomek.

'Doe het,' zei hij, terwijl hij op aarde kauwde en het weer uitspuugde. 'Doe het. Het brengt haar niet terug. Het brengt geen van hen terug.'

'Dat weet ik. Maar het zal je stoppen nog meer slachtoffers te maken.'

'Kasia zou sowieso de laatste zijn,' zei Phillip. 'Ik heb haar voor het laatst bewaard.'

'Waarom?'

'Omdat zij de grote finale was. Dood door aanraking. Dood door pinda's. Hoe kan iets zo klein en onbeduidend zo'n effect hebben op een mens? Ik deed iedereen een gunst. Ik bevrijdde de wereld van zijn zwakheden.'

'Dus je vermoordde tienermeisjes door gebruik te maken van hun allergieën? Je raakte met ze bevriend tot ze je vertrouwden? Je genoeg vertrouwden om in ieder geval in je auto te stappen?'

'Die meisjes vertrouwden me niet,' hijgde Phillip tussen ademhalingen door terwijl Tomek de druk op zijn gezicht verhoogde. 'Ze zagen me gewoon een paar keer per week op school of wanneer ik langskwam om ze talen te leren. Ze waren stom en dom en zagen dat ik een auto had. Ik was de vriendelijke Poolse, Franse, Duitse en Spaanse bijlesleraar; wie zou mij ooit in twijfel trekken?'

Tomek had dat niet gedaan. De man had hem geen reden gegeven.

Phillip had er in alle opzichten normaal uitgezien. Gewoon een gewone kerel die zijn weg probeerde te vinden in de wereld en rondkwam van het geld dat hij verdiende met bijles geven, lesgeven op scholen en werken in het casino.

'Heb je James Elliott ook vermoord?' vroeg Tomek zodra de gedachte bij hem opkwam.

Phillip antwoordde niet. In plaats daarvan begon hij als een maniak te lachen in het vuil.

'James was een losse eindje dat moest worden afgehecht,' antwoordde hij. 'Hij wilde afspreken op oudejaarsavond, dus stemde ik toe. Hij begon zich zorgen te maken over de vragen die jij stelde over de auto, dus heb ik hem uitgeschakeld. Kon niet hebben dat hij zijn mond zou openen en mijn naam zou laten vallen.'

Tomek had moeite de woede te onderdrukken die in hem opborrelde. Het werd erger elke keer dat Phillip sprak, elke keer dat de man hem die zelfingenomen grijns toonde. Alsof hij trots was op zijn prestaties, trots op alles wat hij had bereikt: de wereld verlossen van vijf individuen die een unieke zwakte bezaten. Tomek voelde een golf van frustratie door hem heen stromen en drukte het gezicht van de man met nog meer kracht neer.

Bleef drukken en drukken.

Drukken en drukken.

Denkend aan Kasia... En het bed... En de pinda's... En de inbraak in zijn huis.

Totdat...

'Tomek! Tomek!'

De stem, diep en schor, werd gevolgd door het zware geluid van voetstappen stampend op beton. Even later verscheen Nick boven aan de brug, hijgend, snakkend naar adem, zijn buik en man-borsten die een fractie van een seconde later de rest van zijn lichaam volgden.

'Wat doe jij hier?' vroeg Tomek, terwijl hij nog steeds zijn gewicht op Phillip drukte.

'Ik ben je gevolgd,' zei hij. 'Het duurde alleen even voordat ik je inhaalde.' Nick kwam met een schok tot stilstand een paar meter van Tomek vandaan en legde zijn handen op zijn knieën, dubbel gebogen, hijgend. 'Doe niets stoms, Tomek. Hij is het niet waard.'

Nick deed voorzichtig een stap naar voren, zijn handen langzaam opheffend.

'Laat hem los, Tomek. Laat mij het vanaf hier overnemen.'

Maar Tomek kon hem niet horen. Kon niets horen. Inmiddels had de agressie en woede in zijn hoofd alle andere geluiden gedempt, en het enige waaraan hij merkte dat hij Phillps gezicht nog steeds tegen het beton drukte, was de man zelf die zich onder hem kronkelde.

Zodra Nick naderde, legde hij een hand op Tomeks schouder, waardoor hij bij zinnen kwam.

'Laat hem los, maat,' zei Nick zachtjes. 'Het is klaar. Het is voorbij. Je hebt hem te pakken.'

Maar Tomek hoorde hem niet. Het enige waar hij aan kon denken was dat het klaar was. Dat Phillip Balham niemand meer zou kunnen kwetsen.

Dat Kasia veilig zou zijn.

HOOFDSTUK
TWEEËNZESTIG

Tomek werd wakker zodra hij de zachte aanraking van haar vingers op zijn handen voelde. Hij opende slaperig zijn ogen en keek op om Kasia aan het einde van het ziekenhuisbed te zien, aangesloten op apparatuur, haar bruine haar in een knot boven haar hoofd.

Op dat moment leek ze zo op haar moeder. Mooi, elegant, sterk, ondanks het feit dat alles aan de situatie en haar omgeving het tegenovergestelde suggereerde.

'Hoe lang ben je hier al?' vroeg ze.

'Ik ben nooit weggegaan,' antwoordde hij terwijl hij rechtop ging zitten. Toen kneep hij in haar hand, waarbij hij de kleine botjes en het kraakbeen onder zijn druk voelde bewegen. 'Hoe voel je je?'

'Alsof ik door een bus ben aangereden.'

'Dubbeldekker of enkele?'

Kasia rolde met haar ogen. 'Een minibus, *eigenlijk*,' zei ze, met een "eigenlijk" waar de Captain trots op zou zijn.

Toen begon ze te lachen. Maar zodra ze begon, barstte ze uit in een hoestbui. Binnen enkele ogenblikken lag de inhoud van haar longen op haar handen, en ze veegde ze af aan het bed.

'De dokter zei dat dat een van de bijwerkingen zou kunnen zijn,' zei Tomek.

'Hoesten?'

'Nee. Een droog gevoel voor humor hebben.'

'Ik denk dat dat gewoon een symptoom is van jouw dochter zijn.'

Die gedachte deed hem glimlachen.

Jouw dochter.

Zijn dochter.

Mijn dochter. Zelfs het idee ervan voelde nog steeds vreemd voor hem. Er was zoveel gebeurd sinds ze in zijn leven was gekomen, een complete omwenteling, maar hij zou niets hebben willen veranderen.

Nou ja, niet helemaal niets.

'Dit is de laatste keer dat je Poolse les neemt. Als je de taal wilt leren, kun je naar Poolse tv-programma's kijken en het zo oppikken. Of je kunt naar je oma gaan en het in de comfort van haar woonkamer van haar leren. Jouw keuze.'

Een tijdje antwoordde Kasia niet. Haar gezicht vertrok en ze zag eruit alsof ze diep in gedachten was.

'Niet letterlijk, trouwens. Je hoeft nu niet te kiezen.'

'Ik weet het, ik vroeg me alleen af...' Ze liet haar hoofd zakken. 'Ik vroeg me af... Wat is er met hem gebeurd? Heb je... heb je hem gevonden?'

'Ja,' zei Tomek bot, recht op het doel af. Hij wilde transparant en eerlijk tegen haar zijn en hoopte dat zij op een dag in de toekomst ook transparant en eerlijk zou zijn tegen hem. 'Je zult Phillip Balham nooit meer hoeven zien.'

'Waarom niet?'

'Omdat we hem naar het politiebureau hebben gebracht en hij wordt aangeklaagd voor wat hij jou heeft aangedaan.'

'Net als Paddy,' herhaalde Kasia. 'Hetzelfde als wat er met Lucy is gebeurd?'

'Ja, zoiets.'

'Heb je mama verteld dat ik hier ben?' vroeg Kasia.

Niet alleen verraste de inhoud van haar vraag hem en trok hem uit zijn gedachten, maar ook haar stem verbaasde hem. Kasia had wekenlang niet over haar moeder gesproken, bijna tot het punt waarop Tomek was vergeten dat ze bestond, en waarop hij ervan overtuigd was dat zij haar ook was vergeten.

Maar nu had ze ervoor gekozen om haar te noemen. Juist nu op dit moment.

Hij zuchtte en kauwde op zijn onderlip.

'Nee, dat heb ik niet gedaan. Nog niet. Wil je dat ik dat doe?'

'Ja.'

En toen schoot hem een idee te binnen.

'Wat dacht je ervan als we het haar samen, persoonlijk vertellen?'

Een sprankje waardering flitste over haar gezicht.

'Ja, graag. Maar laat het op een schooldag zijn. Ik wil een excuus hebben om niet naar school te hoeven,' zei ze, en liet haar hoofd weer op het kussen zakken.

Dat was een argument waar Tomek niet tegenin kon gaan.

HOOFDSTUK
DRIEËNZESTIG

Alles eraan was hem inmiddels vertrouwd geworden. Het geluid van geroep, geklets en gelach boven het geruis van bakken voedsel uit. De geur van spek en ei en allerlei heerlijke lekkernijen die door de lucht zweefden en comfortabel in zijn neusgaten hingen. Het zicht van de vaste klanten van het café.

En zelfs het gezelschap waarin hij zich bevond was hem nu vertrouwd geworden.

Abigail Winters had, zoals altijd, de afspraak op het laatste moment geregeld, ervan uitgaande dat hij alles in zijn leven voor haar opzij zou zetten. En deze keer had ze geluk dat hij niets omhanden had: Nick had hem gedwongen een stapje terug te doen terwijl hij verwerkte wat er met Kasia was gebeurd. Ondertussen was Kasia weer naar school gegaan. Dus het appartement was leeg, en er was niets voor hem te doen.

De vrouw die naast Abigail zat, was hem echter niet bekend.

Abigail had haar voorgesteld als Martha Buhl, mogelijk het eerste slachtoffer van Phillip Balham.

'Weet je, je zou dit eigenlijk met Sean of iemand anders van het team moeten doen,' zei hij tegen Abigail net toen de serveerster hun porties dubbel ei, dubbel spek en dubbel toast bracht. Tomek bedankte haar en keek hoe ze wegliep. En terwijl ze wegging, merkte hij dat ze achterom keek en zijn blik ving.

'Ik *wil* met niemand anders van het team praten,' antwoordde

Abigail, terwijl ze hem terug bij het gesprek haalde. 'Ik wil dat Martha het aan *jou* vertelt.'

'Prima. Vertel het me dan maar.' Hij wendde zich tot Martha, die haar eten opzij had geschoven. 'Wat heeft Phillip Balham je aangedaan in Duitsland?'

En toen hoorde hij het verhaal.

Enkele jaren geleden, tien om precies te zijn, woonde Martha Buhl in een flatgebouw in een rustig, afgelegen deel van Frankfurt. Ze had Phillip voor het eerst ontmoet kort nadat hij in het gebouw was komen wonen, en ze waren vrienden geworden. Ze bewonderde zijn moed om voor een jaar naar een ander land te verhuizen alleen maar om de taal te leren. Martha werkte destijds in een ziekenhuis, woonde op de begane grond, werkte op alle mogelijke tijden en sliep op alle momenten van de dag. Totdat op een avond, terwijl haar toenmalige vriend bleef logeren, een kat door het raam naar binnen was gekomen en bij haar een ernstige allergische reactie had veroorzaakt. Als haar vriend, van wie Phillip niets wist, haar niet had gered met haar EpiPen en een snelle oproep aan de hulpdiensten, zouden haar allergieën - waarvan Phillip *alles* wist - haar uiteindelijk hebben gedood. Martha's eerste verdenkingen waren begonnen zodra Phillip een grote interesse begon te tonen in haar allergieën en haar afkeer van katten. Hij had, volgens haar, er een geadopteerd tijdens zijn verblijf in het gebouw, het behandeld en gevoed alsof het van hem was. Dezelfde kat die 's nachts door haar raam was geklommen, gestuurd om haar te doden, daar geplaatst door de wraakzuchtige moordenaar, Phillip Balham.

Zodra ze uit het ziekenhuis was ontslagen, had Martha de zaak bij de politie gemeld, alleen om uitgelachen en weggestuurd te worden. En tegen de tijd dat ze was teruggekeerd naar het flatgebouw, was Phillip uit het gebouw vertrokken en naar een ander deel van het land gegaan. Een tijdje had ze geschreeuwd en stampij gemaakt op internet, maar uiteindelijk was ze uitgeput geraakt en had ze besloten dat hij nooit zou terugkomen om haar pijn te doen.

Totdat ze had gehoord over de verhalen in het VK.

Die in Manchester die dezelfde kenmerken vertoonde, en die zo goed als bevestigd was dankzij het feit dat Phillip Balhams naam op de huurderslijst stond in dezelfde periode dat Diana Greenock was overleden.

'Abigail vertelde me dat Phillip nog vier andere vrouwen heeft vermoord?' besloot Martha.

'Ja. Hij kende ze doordat hij ofwel op hun scholen in een pastorale rol werkte, waarbij hij zich diep in het leven van mensen met allergieën nestelde, of door ze vreemde talen te leren, hetzij op school of... vanuit het comfort van hun eigen huis. Hij richtte zich op hen vanwege hun leeftijd en hun allergieën. Ze waren zwakker, kwetsbaar, vatbaarder voor hem.'

'Hij is verachtelijk,' siste ze.

'Dat is hij,' zei Tomek. 'Dat is hij zeker.'

'Hoe deed hij het?'

'Nou, zijn eerste slachtoffer in het VK was Diana Greenock uit Manchester. Een verpleegster, allergisch voor katten, wonend in een flat op de begane grond, net als jij. We denken dat hij haar heeft leren kennen tijdens voetbalwedstrijden. Een toevallige ontmoeting die uitdraaide op een moord. En op basis van wat je me verteld hebt, zou ik zeggen dat wat hij bij jou deed de blauwdruk was voor wat hij bij haar deed. In die tijd gaf hij les in de buurt, waar hij bevriend raakte met Mandy Butler, zijn tweede slachtoffer. Daar leerde hij haar Spaans op haar middelbare school voor haar examens. En nadat hij ontdekte dat ze naar Essex zou verhuizen, volgde hij haar. Alleen om daar op een schat aan mogelijkheden te stuiten in onze scholen. Het duurde een tijd voordat hij weer toesloeg, maar in die periode selecteerde hij ze, werkte hij zich op de een of andere manier in het leven van zijn slachtoffers in. Hij gaf ze les, hielp ze, won hun vertrouwen.' Tomek maakte zijn ontbijt op. 'Maar nu zal hij niemand meer kunnen kwetsen. Behalve zichzelf.'

'Dat zou voor hem een laffe uitweg zijn,' antwoordde Martha.

'Helaas denk ik dat hij precies dat soort persoon is.'

Toen de ontmoeting eindelijk ten einde was, betaalde Tomek de rekening en liep vervolgens met de twee vrouwen naar Abigails auto. Martha glipte in de passagiersstoel terwijl Abigail om de voorkant van het voertuig liep en precies voor hem bleef staan.

'Zie je wel dat ik een ontmoeting met haar voor je kon regelen,' zei ze triomfantelijk, terwijl ze hem van top tot teen bekeek.

'Ik ben onder de indruk.'

Ze legde een hand op zijn arm en kneep erin. 'Dat weet ik. Vergeet niet,' zei ze terwijl ze het bestuurdersportier opende.

'Vergeet wat niet?'

'Je bent me iets verschuldigd.'

'Nee, dat ben ik niet,' antwoordde hij.

'Eén date, Tomek Bowen. Dat is alles wat ik van je vraag. Het is niet alsof ik je ten huwelijk vraag.'

OVER DE AUTEUR

Jack Probyn is een Britse misdaadschrijver en de auteur van de Jake Tanner misdaadthrillerserie, die zich afspeelt in Londen.

Hij woont momenteel in Surrey met zijn partner en kat, en werkt aan een nieuwe detectiveserie die zich afspeelt in zijn geboortestreek Essex.

Wil je je niet aanmelden voor nog een maillijst? Dan kun je op de hoogte blijven van Jacks nieuwe uitgaven door een van de onderstaande accounts te volgen. Je krijgt bericht wanneer ik een nieuw boek uitbreng, zonder de rompslomp van het aanmelden voor mijn maillijst.

BookBub Auteurspagina "Volgen":

1. Vergelijkbaar met Amazon hierboven, klik op deze link: https://www.bookbub.com/authors/jack-probyn

2. Naast mijn profielfoto staat een knop met "Volgen"

3. Klik daarop, en BookBub zal je informeren wanneer ik een nieuw boek uitbreng

Als je meer actuele informatie wilt over nieuwe uitgaven, mijn schrijfproces en alles daartussenin, dan is mijn Facebook-pagina de beste plek om op de hoogte te blijven. We hebben daar een kleine gemeenschap die groeit. Waarom zou je er geen deel van uitmaken?